Dédicaces :

- À Catherine qui a inspiré un des personnages principaux du roman.
- À ma mère pour la correction des fautes d'orthographe
- À Ataraxie du très beau forum : www.fukusha-jinsei.com
  pour m'avoir généreusement offert l'assemblage de mes photos de couverture.

Impression : à la demande par Createspace filiale de Amazon. Charleston. USA

Editeur : Julien Centaure. Redon. France

ISBN-13: **978-1535569606**

Dépôt légal : août 2016

Prix de vente : 10,88 $ - 9,90

Les primitifs

CHAPITRE 1

Depuis plusieurs minutes, l' HAPS survolait en mode automatique le territoire sixpilien. Allongé sur le siège à flottement horizontal, Guillaume ne pouvait s'empêcher de ressentir une grande appréhension : à 28 ans, c'était en effet la première fois qu'il s'aventurait hors de la cité.
Il jeta nerveusement un coup d'œil derrière lui : Paris la magnifique n'était plus guère qu'une tache minuscule à l'horizon, sur le point de s'effacer. Il se retrouvait désormais désespérément seul, sans protection, sans assistance. Il ferma inconsciemment les yeux pour éviter de voir la cité disparaître, avec l'impression soudaine de s'enfoncer dans un tunnel.
Mais cette sensation ne dura pas. Guillaume était un battant et, se remémorant les derniers événements, il s'écria soudain :

- *Ah, quelle guigne !*

En dernière année d'école de journalisme, major de sa promotion, il n'aurait en effet jamais imaginé tirer comme sujet de fin d'études : « Vie au sein de la société sixpilienne »
Le seul sujet parmi plus d'un millier qui obligeait l'étudiant à quitter la civilisation ! Le seul sujet dont personne ne voulait !
Comble de tout, c'était la toute première fois que quelqu'un tombait sur ce reportage. Tous les élèves en connaissaient l'existence et tous le craignaient, bien-sûr. Mais depuis sa création, près d'un siècle auparavant, il n'était jamais sorti de la boîte électronique qui attribuait au hasard à chaque étudiant son stage de fin d'études. D'ailleurs, jusque-là, beaucoup le considéraient comme un canular ou une invention du corps enseignant qui pouvait ainsi menacer les étudiants dissipés de leur attribuer le reportage s'ils ne redevenaient pas sérieux au plus vite.
Eh bien désormais, tout le monde savait que ce sujet existait bel et bien et lui, Guillaume Sergent, un étudiant sérieux et passionné de journalisme, était tombé dessus.
A quoi bon être major de sa promotion ? Il était maudit ! Il allait devoir passer six mois sur place, en terre sixpilienne, perdu au milieu de nulle part pour réaliser un reportage sur le sujet le plus pitoyable qu'on puisse imaginer.
Tous ses copains se moquaient déjà de lui ! Eux avaient tiré des reportages dignes de ce nom : la coupe de foot inter-cités, le contrôle climatique, la cité des étoiles, les colonies de Jupiter… Même le sujet sur les égouts de Paris lui semblait une pure merveille à côté du sien.
bien-sûr, il avait essayé de faire intervenir les relations de son père, mais le recteur, Hervé Buissac, avait été inflexible. Cette « tête de crabe », comme le surnommaient les élèves, considérait qu'il n'y avait pas de mauvais sujets, et

qu'un journaliste devait se passionner, et surtout rendre passionnant, n'importe quel reportage.
Guillaume secoua la tête, se demandant comment on pouvait être aussi pathétiquement idéaliste ? Quelle bêtise ! Comment avait-on pu confier la direction d'une école aussi prestigieuse à un gâteux pareil ? A cause de lui, il allait perdre six mois de sa vie à vivre comme un sauvage, loin de tout ce qui faisait la grandeur de l'homme moderne. Loin des filles aussi, Rita, Jinny, Maryse... Loin de tout !
Exilé, voire banni ! C'étaient les termes qui lui venaient à l'esprit. Il se sentait banni en terre étrangère, au milieu des primitifs. Car les Sixpiliens, qui constituaient une gigantesque secte répandue sur toute la planète en dehors des cités, vivaient pratiquement comme des hommes préhistoriques, passant le plus clair de leur temps à cultiver la terre. Ils ne bénéficiaient quasiment d'aucune technologie, mis a part pour les quelques hôpitaux dont ils disposaient. Et même là, il s'agissait sûrement du minimum indispensable sans lequel ces hôpitaux ne seraient que de simples mouroirs.
Ah ! Guillaume ne parvenait pas à décolérer. Il fut interrompu dans ses pensées par
le navigateur automatique, annonçant qu'il déroutait le HAPS vers la station la plus proche pour recharger.
Guillaume haussa les épaules. Il n'avait même pas regardé le niveau d'énergie avant de partir. Pas grave : il gagnerait ainsi un peu de répit avant de plonger dans la préhistoire.

L'Ancien entra. Contrairement à ce que laissait entendre son titre, Bernard ne figurait pas parmi les plus vieux du village, loin s'en fallait, mais il était considéré comme le plus sage.
Béatrice l'observa pendant qu'il s'asseyait à la table des décisions du conseil. Elle lui donnait 50 ans, 55 au maximum.
L'Ancien se tourna vers le banc où elle était assise en compagnie de deux autres villageois et les salua d'un hochement de tête amical. Puis, il ouvrit le cahier des doléances et se mit à lire attentivement. Son visage n'exprimait rien de particulier.
La routine, se dit Béatrice. Tous les matins, l'ancien se rendait ainsi au conseil pour résoudre ce qu'on appelait les « questions ordinaires ». En clair, les problèmes d'importance mineure. Lorsqu'un problème plus grave se posait, il était assisté du conseil au complet et en général, cela se déroulait l'après midi.
C'était la première fois que Béatrice se présentait devant l'Ancien. Non pas que son attitude ait toujours été exemplaire, on ne la surnommait pas pour rien l' insoumise, simplement elle avait toujours su s'arrêter à temps, trouvant à la dernière minute le compromis qui évitait la convocation devant le conseil. Inversement, elle n'avait jamais vraiment de raisons de se plaindre de l'attitude d'autrui. Et quand bien même cela arrivait, elle préférerait régler la

chose directement avec la personne, sans passer par l'Ancien. Mais cette fois-ci, c'était différent. Elle n'avait pas le choix.
Béatrice était certes un peu solitaire, ne participant que très peu aux diverses manifestations, mais elle n'ennuyait personne et travaillait avec sérieux dans l'esprit sixpilien.
En échange, elle demandait juste qu'on la laisse en paix. Aussi, lorsqu'elle avait appris qu'elle faisait partie des personnes désignées pour recevoir le Techno parisien, elle s'était sentie injustement punie. Car il ne pouvait s'agir que d'une punition : personne, en effet, ne désirait de relations avec un techno. Elle avait aussi entendu dire que, habituellement, c'étaient des gens plus âgés, plus expérimentés qui se chargeaient de telles besognes. Il aurait même été logique de désigner ceux des marchés de la périphérie des cités puisqu'ils côtoyaient déjà régulièrement les acheteurs Technos.
En plus, il ne s'agissait pas d'un court séjour : le Techno resterait six mois ! Apparemment, ils seraient trois à se partager cet indésirable. Une semaine à tour de rôle.
Mais, c'était sans importance puisque Béatrice comptait bien refuser cette décision. Évidemment, elle n'était pas tout à fait sûre d'elle, mais elle se sentait forte et suffisamment motivée pour affronter l'Ancien. Après tout, on ne la surnommait pas l'insoumise sans raisons.

Juchée sur quatre pylônes de béton à plus de 150 mètres du sol, la station HU145 ressemblait à n'importe quelle autre station-relais : une immense plate-forme de la taille d'un terrain de foot comportant un parking et une usine pour la recharge en hydrogène des HAPS, une salle d'attente avec bar, un restaurant et un hôtel entièrement automatisé.
Sur toute la périphérie de la plate-forme, des panneaux captaient l'énergie solaire, la transformant en électricité, permettant à l'usine de fabriquer l'hydrogène pour les moteurs des HAPS, les Hélicoptères à propulsion solaire. L'appellation de ces derniers était en quelque sorte usurpée, puisque l'énergie solaire n'était pas directement impliquée dans le système moteur des appareils mais servait à fabriquer le carburant par simple électrolyse de l'eau.
Les hélicoptères automatiques de type HAPS étaient ce qui se faisait de plus économique et de plus écologique, mais se déplaçaient lentement et nécessitaient un temps de recharge de l'ordre de une heure tous les 500 kilomètres.
L'hydrogène ne se manipulant pas sans de nombreuses précautions, tout était entièrement automatisé. On laissait son HAPS sur la plate-forme et les robots de service s'activaient immédiatement.
Guillaume avait laissé son HAPS en mode recharge et sirotait une tequila sur la terrasse du bar en compagnie d'un autre voyageur qui, visiblement, était content de trouver quelqu'un à qui parler.

Pour un voyageur, se retrouver seul sur une station-relais au milieu des robots était plutôt déprimant et l'apparition d'un compagnon d'infortune était donc en général toujours la bienvenue.
Les deux hommes avaient tout de suite sympathisé.

- *Appelle-moi Jojo*, avait lancé l'autre.

A 45 ans, il était représentant en assurance et voyageait beaucoup. Il se mit à expliquer à Guillaume que les stations relais n'étaient pas toujours aussi désertes et austères.
Certaines servaient plutôt d'hôtels de passe, avec de vraies femmes, et non des robots sexuels sans imagination. D'autres, qu'il valait mieux éviter à moins d'avoir à recruter un tueur à gages, étaient de vrais coupe-gorges. Il expliqua qu'une fois, alors qu'il était en train d'atterrir sur une de ces stations, il avait aperçu deux hommes balancer une femme par-dessus le parapet de la plate-forme. Bien entendu, il avait annulé précipitamment la procédure d'atterrissage et était reparti sans demander son reste.
Guillaume laissa Jojo raconter de nombreuses histoires plus ou moins rocambolesques. Il était bien incapable de faire la part du vrai et du faux, mais il trouvait plaisant d'écouter l'homme raconter ses aventures.
Il l'encourageait à continuer par des exclamations ravies et en lui demandant, de temps en temps, quelques précisions.
A l'école de journalisme, il avait appris l'importance de l'écoute et était ravi d'appliquer la théorie en situation réelle, sur le terrain. Avec Jojo c'était facile puisque ce dernier avait visiblement besoin d'un auditoire. Guillaume se dit qu'un homme qui parlait autant devait être un piètre vendeur. D'ailleurs, comme pour lui donner raison, ce dernier n'essaya même pas de lui placer un contrat d'assurance.
Lorsque Guillaume lui expliqua qu'il allait passer six mois chez les Sixpiliens pour son stage de fin d'études, l'autre en resta bouche bée.

- *Mais qui s'intéresse aux Sixpiliens ?* Demanda-t-il avec incrédulité.

Guillaume haussa les épaules avec fatalisme. C'était bien le problème.
Il s'imagina, postulant pour un boulot à Paris Info avec un CV sur lequel son seul vrai reportage portait sur les Sixpiliens !
Il était tout simplement en train de foutre en l'air sa carrière.
Jojo, qui à défaut de savoir écouter avait sans doute comme point fort de déceler les sentiments des autres sur leur visage, se rendit immédiatement compte de son trouble.

- *Bah*, dit-il en souriant, *cela te fera quand même une expérience, non ?*
- *Sans doute*, répliqua Guillaume avec un manque évident de conviction.

Puis ils suivirent ensemble, sur le terminal holographique de la salle d'attente, le bulletin d'informations que, bien-sûr, Jojo commenta largement.
Les HAPS étant rechargés, les deux hommes se quittèrent en échangeant leurs coordonnées.

Guillaume regarda l' HAPS de Jojo s'éloigner en tanguant un peu. *Un vieux modèle,* songea-t-il.
Il ferma les yeux. Lui n'avait guère envie de décoller du relais.
Encore une heure de vol tout au plus et il serait à destination...
Si seulement il pouvait faire marche arrière, retourner à Paris, envoyer paître le recteur et même son propre père qui n'avait pas su l'aider...
Mais cela entraînerait immanquablement la fin de tout espoir de faire carrière dans le journalisme et cela, il n'osait l'envisager.

Béatrice était maintenant toute seule sur le banc. L'ancien avait reçu les deux autres villageois afin de résoudre un petit litige qui les opposait à propos de l'organisation du ramassage scolaire des enfants.
Trop préoccupée par son propre cas, Béatrice n'avait guère pris le recul nécessaire pour apprécier la façon dont l'ancien avait résolu l'affaire.
Elle s'en voulait maintenant. C'était un peu comme de ne pas avoir observé le combat d'un de ses futurs adversaires lors d'un tournoi de katé. Une erreur car, de toute évidence, l'ancien connaissait son métier.
En tous cas, les deux autres étaient partis satisfaits.
Dans le monde sixpilien, les conflits étaient assez rares, et en général, on trouvait toujours un compromis. La comparution devant le conseil permettait de trancher lorsque les deux partis avaient de bonnes raisons de rester sur leurs positions.
Au lieu de l'appeler, l'Ancien se leva et vint s'asseoir sur le banc, à côté d'elle.
Béatrice ne s'y attendait pas et elle perdit soudain un peu de son assurance. Cette proximité la dérangeait. Elle aurait nettement préféré se mettre à l'autre bout de la table, face à son adversaire.
L'ancien ne lui laissa pas le temps de se ressaisir :

- *Tu te souviens, Betty, lorsque tu étais montée tout en haut des ruines de l'église, jetant la panique parmi tous les gens du village qui avaient très peur que tu tombes ?*

Béatrice sursauta... il avait employé son surnom de l'époque :

- *Mais...* fit-elle, *c'était il y a tellement longtemps. J'avais 10 ans tout au plus...*
- *Oui, tu étais jeune, c'est vrai... Et lorsque, à la fête du printemps, ayant bu un peu trop de vin, tu as montré tes fesses à tout le monde... Ou lorsque tu as frappé le jeune Mathieu parce qu'il se moquait de ton caractère solitaire... Ou lorsque tu as refusé pendant une semaine de suivre les cours parce que tu voulais prendre du recul... Ou lorsque tu as mis des punaises sur le siège de la mère Bravin... Ou lorsque tu as ...*

- *Oui je sais* , coupa Béatrice qui n'avait pas envie d'en entendre plus, *je n'ai pas toujours été très sage. Mais,* continua-t-elle sur un ton de défi, *je ne savais pas que tout cela avait été consigné par écrit !*

L'Ancien sourit :

- *Rien n'est consigné par écrit. Je me souviens bien de toi, c'est tout. Tu sais, j'ai toujours eu à cœur de vous connaître tous. Sans doute est-ce pour cela que je suis devenu l'Ancien. Toi, tu n'as jamais comparu devant le conseil malgré tes nombreuses bêtises parce que tu as un bon fond, et parce que nous t'aimons bien.*

Béatrice baissa les yeux. Elle ne s'attendait pas à ce qu'on lui rappelle ses petits écarts. Surtout celui des punaises ! Car cette fois-là, elle s'en était terriblement voulu. Son chagrin, sa honte, son regret étaient tellement évidents que la mère Bravin ne l'avait même pas sanctionnée. Ce genre de mésaventures, elle préférait l'oublier, faire comme si rien ne s'était jamais passé ; mais lorsqu'on les lui rappelait, elle était plutôt mal à l'aise.

- *Bon*, continua l'ancien, *je ne vais pas t'embêter avec tout cela. Ce que je voulais t'expliquer, c'est qu'au conseil on t'aime bien et que l'on ne cherche pas à t'ennuyer. Si on te demande de recevoir le Techno, c'est parce que l'on pense qu'il est important qu'il rencontre quelqu'un comme toi.*
- *Mais,* lança Béatrice sur un ton agacé, *je n'ai vraiment pas envie de cohabiter avec un Techno, cela me rend malade d'avance. Je ne serai pas à la hauteur, cela finira mal, je le sais.*

L'Ancien lui posa gentiment la main sur l'épaule :

- *Si cela se passe mal, ce ne sera pas de ta faute mais de la nôtre. C'est nous qui te demandons cet effort. Tu n'auras pas à t'en vouloir. Ceci étant dit, je suis sûr que tu surmonteras cette épreuve. Tu es, sans le savoir, une Sixpilienne exceptionnelle. Tes petits écarts ne sont que des leurres qui cachent une formidable personnalité. Tu n'as que 25 ans et toute la vie devant toi. Fais ce que l'on te demande. Très vite, ce ne sera plus qu'un mauvais souvenir et tu nous auras rendu service.*

La jeune femme regarda l'ancien droit dans les yeux et vit combien il semblait sincère :

- *peut-être que d'autres personnes seraient plus intéressées ?* insista-t-elle timidement.

L'ancien rit de bon cœur :

- *Bien essayé, mais qui a envie de recevoir un Techno ? Même pas un autre Techno je pense. Nous, les Sixpiliens sommes tellement différents. Mais tu sais, personne ne peut prédire l'avenir et il faut de temps en temps observer nos adversaires potentiels et essayer de les comprendre.*
- *Mais six mois… cela va être terriblement long !*

- *Il ne sera pas en permanence avec toi, et puis, tout dépendra du Techno. Il sera peut-être moins prétentieux que ce que l'on raconte .*
- *Comment peut-on ne pas être humble ?*
- *Tu verras bien. Les Techno ont des machines à leur service, ils vivent deux fois plus vieux que nous, ils ont des colonies sur Mars et Jupiter, des cités sous-marines, des armes terribles… Comment veux-tu que tout cela ne leur monte pas à la tête ?*
- *Mais spirituellement et physiquement nous leur sommes très supérieurs.*
- *Peut-être…*
- *Comment peut-être ?* S'offusqua Béatrice, *c'est certain !*
- *Tout le monde croit toujours détenir la vérité sur le plan spirituel mais toi, comme moi, nous savons bien que la vérité n'est pas unique. Si c'était le cas, nous serions tous Sixpiliens ou tous Techno, non ?*

Béatrice soupira. Même si le reconnaître l'irritait au plus haut point, elle était maintenant résignée à faire ce que le conseil lui demandait.

- *Bon ! Et je suis sensée faire quoi avec le Techno ?*
- *Rien de plus que ce que tu fais tous les jours. Ne change pas tes habitudes. Fais ton travail, vaque à tes occupations et répond à ses questions du mieux que tu peux. C'est tout.*

La jeune femme se leva.

Et il arrivera quand ?

L'Ancien regarda sa montre :

- *S'il est à l'heure, dans deux heures. Cet après-midi, en tous cas. C'est toi qui le reçois pour cette première semaine.*
- *Quoi !* s'écria Béatrice, *c'est maintenant que tu me le dis !*
- *Oh, tu as encore le temps d'aller mettre un peu d'ordre chez toi si tu veux. Ensuite, reviens ici pour l'accueillir.*
- *Mettre de l'ordre pour un Techno ! Non mais tu plaisantes !*

Sur cette réplique spontanée, Béatrice se leva pour se diriger d'un pas décidé vers la sortie.

- *A tout à l'heure*, lui lança l'Ancien.

Il la regarda avec un sourire amusé quitter la pièce en faisant semblant de ne rien avoir entendu. *Quel caractère !* songea-t-il avec tendresse. Car il ne plaisantait pas tout à l'heure en disant que, derrière cette façade de perpétuelle révoltée, se dissimulait une des meilleures Sixpiliennes qui soit. Son visage devint soudain sérieux. Il attendit quelques secondes, par prudence, puis sortit de sa poche un module de communication de la taille d'un petit pois.

Un moment, il regarda l'appareil avec un peu d'appréhension. Le téléphone techno ne faisait pas le moindre bruit mais simulait directement les organes auditifs du cerveau. Tout le monde ici aurait trouvé bien insolite qu'il dispose d'un tel matériel. Ce genre de téléphone était certes courant dans le monde techno, mais totalement anachronique ici. *Enfin*, songea l'Ancien, *vu sa taille, il y avait bien peu de chance que quelqu'un l'aperçoive*. Il mit le module dans le creux de son oreille et composa vocalement un numéro.

- *Allo ?* (fit une voix dans sa tête).

L'ancien prit quelques secondes pour répondre :

- *C'est moi. Voilà, c'est fait. Tout est prêt.*
- *Vous pensez avoir fait le bon choix ?*
- *A propos de Béatrice et Paul ?*
- *Oui, évidemment*, fit la voix sur un ton légèrement agacé.
- *Je n'en sais rien, mais j'espère que cela va marcher.*
- *Mon Dieu, ce n'est pas d'espoir que nous avons besoin, mais de certitudes !*
- *Les choses ne sont pas si simples, vous le savez bien. Personne ne peut prédire à l'avance le comportement de ces deux-là, mais, ce qui est sûr, c'est qu'ils sont vraiment l'avant-garde d'une nouvelle génération de Sixpiliens et que nous les avons bien choisis. Paul est à une cinquantaine de kilomètres d'ici. Lui, je ne le connais pas, mais ce que m'en a dit mon ami Jean me donne à penser que sa rencontre avec votre Guillaume sera intéressante.*
- *Quand organiserez-vous cette rencontre ?*
- *Je ne sais pas encore, pour Béatrice, ce sera cet après-midi, pour Paul, il faut attendre qu'il revienne de son déplacement au marché de Clisson. Mais vous savez, tout dépend aussi de ce Guillaume que vous nous avez envoyé. Vous êtes sûr qu'il est bien ?*
- *Certain,* répondit la voix sur un ton sans appel. *Chez nous, on dispose de moyens d'analyse de la personnalité très performants, vous savez.*
- *Bon,* fit l'ancien en haussant les épaules, *alors cela devrait marcher.*
- *J'envie votre optimisme.*
- *Si cela ne marche pas, on continuera comme avant. Comme si rien ne s'était passé.*
- *Vous savez bien que ce n'est pas possible !* s'énerva la voix.

L'Ancien sourit. Il regarda, par la fenêtre, Béatrice qui avait atteint le bout de la rue.

- *Vous êtes encore là ?* s'inquiéta son interlocuteur.
- *Oui oui. Ne vous inquiétez pas. Nous avons fait nos choix, laissons maintenant les choses se faire.*

Sans attendre la réponse, il coupa la communication. *Mon Dieu*, songea-t-il, *comme les Techno étaient agaçants ! Toujours inquiets, toujours impatients. Il s'en voulait un peu de ce qu'il imposait à Béatrice. La pauvre ne se doutait pas de ce qui l'attendait !*

La petite échoppe attenante à la gare ne payait pas de mine et ne risquait pas d'attirer le badaud, mais cela n'importait guère car elle était bien

connue de toute une clientèle professionnelle à la recherche de sable de qualité.
De plus, avec la balance à une centaine de mètres à peine et le wagon plein de sable sur une voie de garage juste derrière, elle se situait vraiment à un emplacement stratégique.
Depuis l'échoppe, on disposait d'une vue imprenable sur une bonne partie du marché Ouest de Clisson, le plus important sans aucun doute de Vendée.
Aux portes de la ceinture extérieure de la cité de Nantes, il fonctionnait tous les jours sans interruption. Des milliers de petites échoppes y vendaient toutes sortes de produits aux Technos. Des légumes, des fruits, des céréales, des produits laitiers, de la laine, du miel, du sel, mais aussi des matières premières comme le bois, la terre, le minerai de fer et le sable, bien-sûr.
Le marché était le lieu de rencontre entre deux mondes très différents.
D'un côté les Technos qui vivaient dans les grandes cités et disposaient d'une technologie très évoluée, d'où leur nom, et de l'autre, les Sixpiliens qui étaient restés très attachés à la terre et à une vie très simple basée sur les six piliers qui constituaient leur philosophie.
Le rapport de force était bien-sûr à l'avantage des Technos qui pouvaient, s'ils le souhaitaient, imposer n'importe quoi aux Sixpiliens. En pratique cependant, chacun ayant besoin l'un de l'autre, un équilibre s'était établi.
Il n'en avait pas toujours été ainsi. Paul était trop jeune pour avoir connu ces époques troublées, mais l'histoire à l'école sixpilienne enseignait comment les Technos avaient violemment démontré à plusieurs reprises l'étendue de leur pouvoir.
En général, lorsque l'économie d'une cité n'allait pas bien, ou que des troubles apparaissaient dans les rues, les dirigeants, qui craignaient de perdre les prochaines élections, recherchaient des boucs émissaires. Alors, évidemment, les Sixpiliens étaient tout de suite montrés du doigt.
On leur achetait trop cher la matière ! Ils n'étaient pas assez productifs ! Ils vivaient aux dépens de la cité…
Il était ainsi arrivé que des cités décrètent du jour au lendemain que le prix des produits soit divisé par deux.
Dans ces cas-là, les acheteurs technos de la cité ne trouvaient plus personne à qui acheter quoi que ce soit, puisque les Sixpiliens allaient alors vendre leurs produits à une autre cité. Comme celles-ci étaient totalement indépendantes les unes des autres, cela ne posait guère de difficultés.
La loi de l'offre et de la demande jouait : les Sixpiliens vendaient alors un peu moins cher et la cité concurrente en profitait jusqu'à ce que la cité ayant imposé des prix trop bas finisse par revenir à un prix raisonnable.
Par contre, lorsque les cités s'alliaient entre elles, la crise pouvait prendre beaucoup plus d'ampleur.
C'est ainsi qu'en 2061 avait eu lieu la Grande guerre, une crise majeure qui avait touché la quasi totalité du continent européen.

Les cités unies ayant décidé conjointement de diminuer fortement les prix, les Sixpiliens avaient alors déserté les marchés, se repliant sur l'économie intérieure, cessant par la même occasion tout achat de produits en provenance des cités.
Mais si les Sixpiliens se contentaient de très peu pour survivre, les habitants des cités, eux, ne pouvaient envisager de diminuer leur train de vie luxueux.
Au bout d'un mois de bras de fer, les forces armées des cités étaient intervenues, envahissant les villages sixpiliens, imposant par la force la reprise des approvisionnements.
Comme les Sixpiliens n'avaient pas d'armée et que leur philosophie leur interdisait de faire la guerre, ils durent se contenter d'une résistance passive, néanmoins très efficace. La production sous la contrainte n'atteignit en effet jamais plus de 20% de son niveau habituel.
L'économie des cités s'écroula rapidement.
Les usines ralentirent et de nombreux centres commerciaux fermèrent leurs portes une partie de la semaine, faute d'approvisionnement.
Les Technos réagirent. Il y eut des exactions. De nombreux Sixpiliens furent exécutés sans autre motif que de s'être trouvés au mauvais endroitt au mauvais moment. Des villages entiers furent détruits.
Mais le peuple sixpilien tint bon.
Des essais pour moderniser la production à l'aide de systèmes automatisés échouèrent par manque d'expérience, les Technos ne connaissant rien à la culture naturelle ou à l'exploitation des ressources naturelles.
De plus, les forces d'occupation supportaient très mal le manque de confort en dehors des cités. Les soldats technos étant avant tout des Technos.
La situation perdurant, de nombreuses usines fermèrent purement et simplement leurs portes. Le chômage augmenta considérablement, provoquant de l'insécurité.
Au bout de trois mois, des troubles importants apparurent dans certaines cités qui furent alors obligées de rappeler une partie de leur armée pour rétablir l'ordre.
Les cités se réunirent alors au cours de la première conférence de Bruxelles pour décider de la marche à suivre. Les discussions durèrent des jours et, finalement, les partisans de la méthode brutale l'emportèrent.
Dans les jours qui suivirent, les satellites de guerre des cités entrèrent en action, traquant et exterminant les Sixpiliens qui durent se réfugier dans des caves, attendant avec angoisse que le ciel se couvre pour sortir.
Il y eut un million et demi de morts sur tout le continent.
Mais si le peuple sixpilien se trouvait brusquement menacé de génocide, ses bourreaux souffraient aussi.
La situation dans les cités s'était en effet encore aggravée. Plusieurs d'entre elles, débordées par les mouvements de révolte furent la proie de pillages.
L'armée, impuissante, parfois même complice, dut finalement ouvrir le feu sur la foule, créant une situation de guerre civile.

Les responsables technos prirent alors conscience de la situation dramatique dans laquelle ils se trouvaient.
Tout portait à croire que les Sixpiliens se laisseraient mourir plutôt que de céder. L'heure n'était plus à briser la résistance sixpilienne, mais plutôt à éviter que les cités ne sombrent toutes dans l'anarchie et le chaos.
Pour couronner le tout, des rapports des services secrets indiquaient que des pourparlers étaient en cours entre de nombreuses cités asiatiques et américaines pour profiter de la situation de faiblesse de leurs homologues européennes.
Une nouvelle conférence se tint donc précipitamment à Bruxelles.
Cette fois, les partisans de la méthode dure furent minoritaires et on admit officiellement que l'on était dans une impasse. La violence avait échoué.
On décida donc que toutes les cités devaient rappeler les satellites et cesser immédiatement toute action en territoire sixpilien.
Les cités s'engageaient par ailleurs à rétablir les prix des matières fixés avant les événements.
Dans la pratique, les prix augmentèrent même assez fortement puisque la crise avait créé une pénurie sans précédents.
La situation ne redevint normale que très progressivement puisque, les Sixpiliens n'ayant pas d'autorité représentative, il fallut envoyer des émissaires dans la campagne pour leur signifier la fin du conflit et leur expliquer les mesures prises. Il ne fut pas facile de les convaincre de sortir de leurs abris.
Finalement, les Sixpiliens pleurèrent leurs morts et n'eurent pas d'autres choix que de se remettre au travail.
Il fallut presque deux années pour que la production retrouve un niveau équivalent à celui d'avant le conflit. On ne pouvait évidemment pas reprocher aux Sixpiliens leur manque d'empressement à permettre à leurs bourreaux de retrouver ce qu'ils considéraient comme leur petit confort égoïste.
Ce fut le seul conflit de cette ampleur.
Régulièrement par la suite, des cités essayèrent individuellement d'imposer leurs conditions, au besoin par la force, mais ce ne furent que des conflits localisés géographiquement et très brefs dans le temps.
La Grande guerre eut le mérite de démontrer la détermination du peuple sixpilien.
Paradoxalement, elle contribua bien plus que tous les raisonnements pacifistes d'avant guerre à consolider l'équilibre des choses.
Ainsi, les Sixpiliens cultivaient et exploitaient les richesses de la nature pour les vendre aux Technos qui eux transformaient la matière, fabriquant des machines, des médicaments et, en règle générale, tout ce qu'une civilisation technologiquement avancée nécessitait.
En retour, une petite partie de leur production était revendue aux Sixpiliens.
Le marché constituait à la fois une frontière et un point de rencontre entre les deux mondes.

Paul se passa la main sur la figure. La fatigue…
La locomotive du district, qui avait amené leur wagon de sable jusqu'ici, était tombée deux fois en panne pendant la nuit. Il n'avait pas fermé l'œil.
Heureusement, en cette période estivale, les nuits étaient douces. Et ils étaient arrivés... c'était ce qui importait.
Paul tenait l'échoppe tandis que son camarade restait au pied du wagon.
Avec les Technos, il valait mieux se méfier. S'ils pouvaient voler quelque chose, ils ne se gênaient pas. Ils n'étaient plus vraiment en territoire sixpilien : ici, les valeurs morales étaient très différentes. Une vertu comme l'honnêteté pouvait apparaître comme une forme de lâcheté, l'honnête comme celui qui n'a pas assez de courage pour voler.
Cependant, le vol était sévèrement puni et fort improbable. Les agents de la police techno patrouillaient dans les rues, prêts à intervenir à la moindre plainte. En cas de suspicion, ils pouvaient fouiller une personne, l'arrêter sommairement et même l'abattre si elle refusait d'obtempérer.
C'était le monde techno…
Paul travaillait à l' exploitation de sable.
Tous les jours, la drague remontait du sable dans l'estuaire de la Loire. Il était ensuite déchargé pour être lavé puis trié selon la grosseur du grain.
Enfin, par train, il était acheminé vers la gare attenante au marché de Clisson pour y être vendu aux Technos.
Dans l'entreprise, Paul avait pour fonction de remplacer les employés absents. De fait, un jour il conduisait la drague, un autre il travaillait au retraitement, un autre à l'acheminement ou à la vente, comme aujourd'hui.
Cela faisait plusieurs mois qu'il n'avait pas remplacé quelqu'un de l'équipe du marché.
Ce n'était pas le poste qu'il préférait, loin s'en fallait, à cause du contact obligé avec les Technos.
Il considérait ces derniers comme des entités, moitié homme moitié fauve, et éprouvait envers eux à la fois de l'appréhension et de la fascination.
Il se contentait d'un rapport très courtois et formel avec les acheteurs technos, pour l'essentiel des entreprises de travaux publics. Les prix étant fixés d'avance, il n'avait guère à négocier.
Depuis ce matin, il n'avait pas vu grand monde. Quelques particuliers seulement étaient venus acheter du sable au kilo.
C'était mieux que rien, mais pas suffisant. La drague avait en effet besoin d'un bon carénage et, pour cela, il fallait gagner beaucoup plus d'argent que d'habitude afin d'acheter aux Technos de la peinture, de l'acier et des pièces de rechange pour les moteurs.
Mais il était inutile de s'inquiéter, la journée était loin d'être terminée.
Paul se dit même qu'avec un peu de chance, un gros entrepreneur lui prendrait tout son wagon et il rentrerait vite.

CHAPITRE 2

L'HAPS atterrit doucement sur l'herbe.

Tandis que l'ordinateur de bord lançait la procédure de vérification des circuits principaux, Guillaume débrancha la ceinture magnétique qui le maintenait sur le siège et actionna l'ouverture du cockpit.

Deux personnes se tenaient à une centaine de mètres. Probablement le comité d'accueil. Il fit semblant de ne pas les voir. Inutile de donner trop d'importance à des Sixpiliens.

Tranquillement, il descendit de l'appareil et se dirigea vers la soute à bagages. Le robot porteur qu'il avait emmené était ce qui se faisait de mieux sur le marché. Rangé, il ne prenait pas plus de place qu'un attaché-case, mais pouvait porter 150 kg de bagages avec une autonomie d'une heure en terrain plat.

Guillaume le posa sur le sol et l'actionna. Le robot se déplia immédiatement, formant un disque plat d'environ 80 centimètres de diamètre. Le système de suspension par coussin d'air émit un léger sifflement. Il était prêt à recevoir sa charge.

Guillaume saisit les cinq valises qu'il avait emmenées avec lui et les empila sur le disque, puis boucla la sangle de sécurité et mit dans sa poche le petit boîtier de contrôle.

- *Bonjour*, entendit-il derrière lui.

Il se retourna pour apercevoir un homme âgé qui lui souriait en lui tendant la main.

Guillaume la lui serra du bout des doigts sans lui rendre son sourire.

- *Je suis Bernard, l'Ancien*, continua l'homme, *vous êtes Guillaume Sergent, n'est-ce pas ?*
- *Oui*, répondit Guillaume.
- *J'espère que vous avez fait un bon voyage.*
- *Oui.*
- *Vous allez rester parmi nous un bout de temps, n'est-ce pas ?*

Guillaume se retint juste à temps pour dire « malheureusement ». Il lui était inutile de rendre les choses plus difficiles. Ces gens-là n'y étaient pour rien. Il se contenta de hocher la tête.

C'est à ce moment qu'il aperçut la jeune femme, un peu en retrait de l'ancien. Elle l'observait avec un visage sévère.

Il la dévisagea de la tête aux pieds : elle était menue, un mètre soixante-dix tout au plus, les jambes un peu arquées, une petite poitrine et des cheveux noirs coupés court. Le genre de femme qui n'a pas encore choisi son sexe, songea ironiquement Guillaume. Dans le monde normal, une telle femme aurait depuis longtemps subi une demi-douzaine d'opérations chirurgicales pour ressembler à quelque chose de présentable.

Elle portait une jupe flottante qui lui arrivait au niveau des genoux et un tee-shirt d'un blanc douteux.
La sauvageonne parfaite !
Elle donnait vraiment l'impression d'être là contre son gré.
L'Ancien, ayant suivi son regard, annonça :
- *Je vous présente Béatrice. C'est elle qui vous recevra cette première semaine.*

Guillaume hocha la tête.
- *Enchanté,* fit-il sans entrain, par pure politesse.
- *Moi de même*, répondit la jeune femme sur un ton qui disait tout le contraire.

Sentant qu'il valait mieux s'interposer, l'Ancien annonça :
- *On va tout de suite aller poser vos bagages chez Béatrice, puis nous ferons le tour du village. Si vous n'êtes pas trop fatigué, bien-sûr.*
- *Ça va, ça va.*

Ils se mirent en marche vers le village en suivant un étroit sentier de pierres. Guillaume s'assura que le robot fonctionnait correctement, puis regarda autour de lui : quelques maisons éparses et des champs cultivés, séparés par des haies. Plus loin, il pouvait apercevoir une colline à moitié recouverte par la forêt.
Des gens allaient et venaient à pied ou ... en vélo !
Des vélos de toutes les couleurs, mais rudimentaires, sans même une assistance solaire ; Guillaume se dit qu'il devait falloir appuyer de toutes ses forces sur les pédales pour avancer !
Dans le monde techno, les vélos avaient disparu depuis des siècles...
Guillaume aperçut un vieux tracteur garé contre un talus. La carrosserie de l'engin était déformée, rongée par la rouille. Des traces noires autour du pot d'échappement en disaient long sur l'état du moteur. Un quatre-temps, sûrement, qui devait fonctionner à l'alcool.
Guillaume réalisa soudain qu'il ne voyait pas la moindre trace d'une vraie civilisation. Pas de voie rapide pour les voitures, pas de tapis roulants, pas d' HAPS dans le ciel, pas d'annonceurs publicitaires en 3D... Il était vraiment chez les sauvages.
Les deux Sixpiliens marchaient sans échanger un seul mot.
Il entendit derrière lui le moteur de son HAPS redémarrer. L'appareil était programmé pour retourner tout seul vers la civilisation.
Guillaume se sentit soudain terriblement vulnérable. L'envie de courir pour remonter dans l'appareil le prit.
Après tout, que risquait-il ? S'il était viré de l'école de journalisme, il ferait autre chose, point final.
Il hésitait encore lorsque l' HAPS décolla.
Trop tard !
Serrant les dents, le Techno se força à ne pas se retourner. Inutile de se donner en spectacle. Il se sentait tellement étranger dans ce monde-là !

Tandis que le Techno s'installait dans la chambre qu'elle avait dû lui céder par la force des choses, la maison n'en possédant qu'une, Béatrice entraîna l'Ancien dehors.
Ce dernier se laissa faire, devinant par avance ce que la jeune femme voulait lui dire.

- *Non mais qu'est ce que c'est que ce dégénéré !* s'écria Béatrice, *tu as vu comment il me regarde !*
- *C'est un Techno tu sais ? Et franchement, pour un Techno il ne me paraît pas si mal.*

Béatrice resta quelques secondes bouche bée. Il y avait donc pire ?
Finalement, elle reprit :

- *Je ne sais pas si je vais y arriver…*
- *Tu y arriveras*, répondit l'Ancien d'un ton paternel, *tu y arriveras parce que tu es une Sixpilienne. Je ne vais pas te rappeler le 5e pilier, tu n'es plus une enfant et tu sais très bien que la tolérance est un des principes de base de notre philosophie.*
- *Le 5e pilier dit : « tolérer tout en sachant se défendre»* , rétorqua Béatrice, *eh bien franchement, j'ai plus envie de me défendre que de tolérer !*
- *Oui… combien de discussions j'ai pu avoir sur ce thème !* répondit l'Ancien d'un ton las. *Pour le moment tu n'es pas attaquée physiquement, non ?*
- *Non*, concéda la jeune femme.
- *Eh bien, commence par faire preuve de tolérance. Ce jeune homme est très mal à l'aise. Venir ici parmi nous est sans aucun doute pour lui une terrible épreuve. Il est seul, privé de son confort habituel et de ses proches. Il va avoir besoin d'aide.*
- *Si c'est en nous méprisant qu'il croit l'obtenir…*
- *C'est sa façon à lui de se protéger. Comme toujours, il faut voir au-delà des apparences. Il faut voir le cœur…*

Béatrice soupira :

- *C'est peut-être vrai, oui, mais c'est aussi plus facile à dire qu'à faire.*
- *Tu l'appliques pourtant naturellement lorsqu'il s'agit d'un Sixpilien. Pourquoi pas avec un Techno ?*
- *Parce que ce monsieur-là ne respecte rien. Ni nous, ni la nature ni même ses propres congénères.*
- *Tu ne crois pas que tu juges un peu vite ? Que sais-tu des Technos ? Et que sais-tu de ce Techno-là ?*
- *Je sais ce que l'histoire nous enseigne.*
- *L'histoire se contente de décrire des événements. Elle ne s'attache pas à la personnalité d'un individu. Or, chaque individu est différent. Chaque individu mérite qu'on lui donne une chance, qu'on essaye de le comprendre.*

Béatrice savait que l'Ancien avait raison, mais elle ne pouvait s'empêcher de râler.

- *Bon, disons que j'ai un mauvais à priori*, fit-elle.
- *Oui, c'est cela. Si je ne t'avais pas dit d'où il venait, tu serais peut-être moins négative envers ce Techno.*

Béatrice sourit.

- *Je crois que je l'aurais deviné tout de suite, non ?*
- *Oui, bien-sûr, je te le concède, mais sois gentille, fais un effort...*
- *Bon,* fit-elle, *je vais essayer. Mais franchement je n'en ai pas envie.*
- *Ça, je veux bien te croire .*

Ils se regardèrent quelques secondes puis se mirent tous deux à rire de bon cœur.

L'Ancien reprit finalement:

- *Écoute, on va laisser tomber la visite du village. De toute façon, je ne crois pas que notre Techno sera intéressé. Tu lui diras que j'ai été appelé pour une urgence. Il vaut mieux, j'en suis sûr, que je vous laisse faire connaissance.*
- *Ah...* soupira Béatrice, *tu te défiles quoi.*
- *Si tu veux petite insolente.*

Lorsque Béatrice entra dans la maison, le Techno n'était toujours pas sorti de la chambre.

Elle l'entendait s'affairer. Il avait amené tant de bagages !

Béatrice songea que tout ce qu'elle possédait devait tenir dans la plus petite des valises de son invité.

Cela donnait une idée du fossé qui séparait les Sixpiliens des Technos.

Puis, elle se demanda soudain où elle allait dormir ?

La maison ne comprenait qu'une pièce pour faire la cuisine et manger, une chambre, une salle de bain avec toilettes et une petite pièce qui servait de garde-manger.

Elle décida de débarrasser les rayonnages du bas de son garde-manger. En y entassant ses vêtements, cela constituerait un bon lit d'appoint. Son manteau pour l'hiver lui servirait de couverture ; même en été, les nuits étaient parfois bien froides.

Le godet de la grue racla le fond du wagon. Paul attendit qu'il s'immobilise puis saisit la pelle et commença à le remplir à nouveau de sable. C'était un peu laborieux mais pour nettoyer le fond du wagon il n'y avait pas d'autres solutions.

Encore deux godets et le wagon serait parfaitement nettoyé.

Comme Paul l'espérait, un gros entrepreneur leur avait commandé tout le sable disponible.

Il était à peine 15 heures et il ne leur resterait bientôt plus qu'à trouver un convoi pour ramener leur wagon à son poste de chargement, sur les quais près des ruines de l'ancienne usine.
Avec un peu de chance, demain matin à la première heure il serait chez lui.
Il avait téléphoné au village pour annoncer la bonne nouvelle et appris que là-bas, le temps s'était gâté. Un gros grain empêchait la drague de bien travailler.
Ce n'était pas dramatique car les stocks de sable à quai suffiraient largement à remplir le wagon plusieurs fois encore mais on s'inquiétait toujours un peu du mauvais temps qui ralentissait les opérations de dragage en plus de les rendre dangereuses et pénibles. Contrairement aux Technos, les Sixpiliens ne contrôlaient pas les conditions climatiques et ils ne disposaient même pas d'un véritable service de prévisions météo.
Paul avait donc pris l'habitude d'observer régulièrement le ciel. Suivant la forme et la couleur des nuages, suivant l'orientation du vent, la saison, le comportement des oiseaux, il pouvait, comme un vieux loup de mer, prédire le temps qu'il ferait dans les heures à venir.
Mais, pour le moment, l'important était de terminer de nettoyer le wagon.

Le Techno était enfin sorti de la chambre. Béatrice se retint de lui dire qu'il avait été particulièrement long et donc impoli. Elle lui indiqua une chaise et s'assit en face de lui.

- *Tu veux boire quelque chose ?* demanda-t-elle à tout hasard.

Guillaume hésita.

- *Non ça va*, répondit-il finalement.

Il n'avait pas spécialement soif et doutait fortement que la Sixpilienne ait à lui proposer des boissons dignes de ce nom.

- *Je peux te poser une question indiscrète ?* demanda Béatrice.

Guillaume la regarda, un peu inquiet : qu'est ce que cette petite sauvage avait derrière la tête ?

- *Oui, bien-sûr*, fit-il malgré tout.
- *Est-ce que c'est toi qui a décidé de venir chez nous ?*

Guillaume faillit s'étrangler :

- *Non, sûrement pas !* lança-t-il vivement.
- *Ah…* continua Béatrice, *alors on ne t'a pas demandé ton avis ?*
- *Non, je n'ai pas eu le choix,* expliqua Guillaume, soudain décidé à lâcher toute la vérité, comme on actionne une soupape avant que le réservoir n'explose. *Je suis en dernière année d'école de journalisme et j'ai eu la malchance de tomber sur le plus nul de tous les sujets: « la vie dans le monde sixpilien. »*
- *Ah…* fit Béatrice qui sentait la colère monter en elle. Elle ferma les yeux et respira profondément pour se calmer puis demanda :
- *Quel âge as-tu?*
- *28 ans.*

- *Mince ! A 28 ans on fait encore des études chez les Technos ?*

Guillaume eut une moue un peu méprisante.

- *Chez nous, certains étudient jusqu'à 40 ans. Il y a tellement de choses à apprendre !*
- *Ah… Chez nous, on étudie jusqu'à 16 ans tout au plus, après on apprend sur le tas, en travaillant avec les plus âgés.*
- *Eh oui,* répliqua Guillaume, *c'est pour cela que vous avez une civilisation aussi archaïque tandis que nous, nous colonisons Jupiter.*
- *C'est possible,* fit Béatrice en se retenant.
- *Non, c'est certain.*
- *Bon, si tu veux,* fit Béatrice d'un ton nettement plus énervé. E*t qu'est-ce qu'on t'a appris dans ton école de journalisme ?*
- *Oh, plein de choses. Tu ne pourrais pas comprendre.*

Béatrice ferma les yeux. Si elle assommait ce petit prétentieux , l'Ancien le lui reprocherait sûrement… Elle opta pour la diplomatie à outrance :

- *Je sais, mais je suis tellement curieuse.*

Guillaume sourit avec condescendance.

- *On a étudié l'histoire de l'antiquité à nos jours. On a étudié les lois. C'est important pour un journaliste de connaître le droit. On a aussi étudié la physique pour comprendre comment fonctionnent la plupart des machines et systèmes que nous utilisons. On a étudié la psychologie des gens…*
- *Ah !* le coupa Béatrice, *tu as étudié la psychologie des gens ?*
- *Ben oui.*
- *La psychologie des Technos tu veux dire.*
- *Oui, évidemment.*
- *Nous, les Sixpiliens, on n'est pas des gens ?*

Guillaume sentit soudain que la discussion prenait un mauvais tournant. Il essaya de redresser la barre:

- *Si, bien-sûr, mais vous êtes beaucoup plus… simples…*
- *Ah…* fit Béatrice, *tu crois donc que je suis quelqu'un de simple à comprendre ?*
- *Euh…*
- *Voyons voir, là, je suis en colère ou je suis sereine ?*

Guillaume la regarda droit dans les yeux :

- *Tu es en colère.*
- *Bien. Tu m'impressionnes là. Tiens, continuons, à ton avis je fais quoi dans la vie ?*
- *Comment veux-tu que je le sache, tu n'es pas une Techno !*
- *Oui, heureusement. Mais bon, essaye de deviner.*
- *Je ne peux pas, mais je suppose que tu cultives la terre comme tous les Sixpiliens.*
- *Ce n'est pas faux. Bravo. Cela fait partie de mes occupations. Qu'est ce que tu comptes faire au juste parmi nous ?*

- *Vous étudier bien-sûr ! Pour mon reportage.*
- *Et tu crois qu'on va se laisser étudier par quelqu'un comme toi ? Quelqu'un de tellement peu psychologue qu'il arrive à irriter, dès ses premiers pas en terre sixpilienne, la personne qu'on a obligée, contre son gré, à l'accueillir chez elle ?*

Guillaume ne répondit pas tout de suite. Il réalisait soudain que les Sixpiliens avaient beau être des primitifs, ils avaient leur fierté.

Cette femme qui lui faisait face avait de la personnalité et, de toute évidence, elle n'était pas sotte.

Il l'avait sans doute humiliée d'une façon ou d'une autre, sans s'en rendre compte. Il allait devoir faire preuve de diplomatie pour remonter la pente.

- *Bon,* dit-il, *on est parti du mauvais pied. J'ai eu tort de sous-estimer l'aspect humain des choses. Excuse-moi. Sans doute on devrait tout reprendre à zéro.*

Béatrice ne répondit pas. Elle savait maintenant que le Techno en face d'elle n'était qu'un enfant gâté qui croyait tout savoir. Le fond était peut-être bon, comme disait l'Ancien, mais la couche d'éducation techno en faisait un parfait imbécile, aussi arrogant qu'ignorant.

Il n'apprendrait sans doute pas grand chose de son séjour parmi eux. Cela n'avait d'ailleurs guère d'importance puisqu' après tout, il retournerait bientôt pour toujours dans son monde.

Elle se leva :

- *Écoute, ce n'est pas tout ça mais il faut que j'aille travailler. J'ai perdu une bonne partie de la journée. Les autres doivent se demander ce qui se passe.*
- *Ah, qu'est-ce que tu fais comme boulot ?J'ai bien deviné?*
- *Oui, en partie : le matin, je travaille à l'exploitation communautaire en saison et à l'atelier d'ébénisterie hors saison. L'après-midi, je suis auxiliaire pour l'enseignement du katé et des mathématiques à l'école. Le soir, je m'occupe de mon jardin.*
- *Je ne savais pas que les Sixpiliens étudiaient les mathématiques.*

Béatrice sourit :

- *Oh, cela n'a certainement rien à voir avec les mathématiques qui vous sont enseignées. Nous, c'est surtout le calcul élémentaire, les proportions, la trigonométrie… Tu sais, tout ce qui trouve une application dans la vie de tous les jours.*
- *Ah oui, je vois.*

Guillaume sourit. Ce que l'on apprenait dans les cités à 8 ans quoi, songea-t-il avec un rien de condescendance. Il demanda :

- *Et le katé c'est quoi ?*
- *C'est un art martial que nous pratiquons tous.*
- *Un art martial ?* s'étonna Guillaume*, je pensais que les Sixpiliens étaient pacifistes.*

- *Mais nous sommes pacifistes ! Le katé a avant tout un rôle social. C'est un mélange de karaté, d'aïkido des années 2000 et de méditation. Ce n'est pas évident à expliquer. Nous apprenons cela dès notre plus jeune âge et nous le pratiquons en général jusqu'à la fin de notre vie.*
- *Je parie que tu es une championne.*
- *Une championne ?*
- *Ben oui, tu gagnes quoi…*

Béatrice regarda le Techno comme s'il venait d'une autre planète.

- *Mais, chez nous, il n'y a pas de champions. Personne ne gagne. Certains sont meilleurs que d'autres et les rencontres sont alors très spectaculaires pour le plus grand plaisir de tous les spectateurs et des combattants eux-mêmes, mais on ne compte pas de points, l'objectif n'est pas de gagner.*
- *Je ne comprends pas.*
- *Bien, disons que c'est un art martial pratiqué comme une espèce de danse.*
- *Ah, d'accord.*

Béatrice se dit que le Techno n'avait pas dû comprendre grand-chose. Elle renonça à expliquer plus en détail le katé.

- *Écoute,* dit-elle, *je vais devoir y aller. J'ai un cours à 16 h 00. Si tu veux, tu peux venir, tu comprendras mieux après.*
- *Ok, je te suis.*

Ils sortirent dans la rue.

- *Tu ne verrouilles pas ta porte* ? s'enquit le Techno.
- *Pourquoi faire ?*
- *Ben, c'est que j'ai toutes mes affaires dans la chambre…*
- *Et alors ?*
- *Ben je n'aimerais pas qu'on me les vole.*
- *Mais il n'y a pas de voleur ici ! Même par curiosité, personne ne rentrera chez moi en mon absence. Tes affaires ne risquent absolument rien.*
- *Ah bon*, dit-il d'un ton dubitatif.
- *Tu ne verras jamais rien qui ferme à clef chez nous, sauf si le contenu est dangereux pour les enfants.*

Guillaume n'était guère convaincu. Il se disait que, vu le peu de choses qu'il y avait à voler chez la jeune femme, il n'était guère étonnant que personne ne soit jamais entré chez elle en son absence. Lui, au contraire, avait beaucoup de matériel de valeur.

Rien qu'une de ses caméras miniatures devait valoir mille ans de salaire d'un Sixpilien ; alors évidemment…

Il aurait dû activer son kit de sécurité. En cas de tentative de vol, ou même, s'il voulait, en cas de simple intrusion dans un rayon donné du capteur, il

recevait une alarme et pouvait visionner sur l'écran d'une petite console de poche ce qui se passait dans la pièce.
Il ne lui restait alors plus, s'il le jugeait bon, qu'à actionner une cartouche de gaz paralysant qui neutralisait le voleur.
Dans la cité, tous les voleurs étaient équipés de masques respiratoires, mais chez les Sixpiliens, on ne devait même pas connaître le concept de gaz paralysant.
Comment pouvait-on être aussi ignorant des techniques que l'homme avait développées au cours des siècles ?

La jeune femme marchait d'un pas rapide et Guillaume peinait pour suivre. En ville, on ne faisait pas vingt mètres sans rencontrer un tapis roulant. Une fois dessus, on se laissait porter jusqu'à la prochaine intersection. C'était rapide, l'équivalent d'un homme au sprint, pratique, l'ordinateur indiquait à chaque intersection le tapis à prendre pour atteindre sa destination, reposant, on pouvait même s'asseoir et pour couronner le tout, écologique.
Ici, on ne rencontrait même pas un chemin digne de ce nom. Il n'était pas question de demander à la Sixpilienne de ralentir, c'eût été bien trop humiliant, mais il commençait à regretter de l'avoir suivie. C'était un coup à se faire une tendinite !
Dire qu'il aurait pu rester dans la chambre à suivre tranquillement les dernières actualités sur son poste de TV holographique !
Mais bon, après tout, le reportage d'abord. peut-être que s'il travaillait bien, il pourrait demander à terminer un mois plus tôt que prévu.
Pour le moment, il n'avait pas grand-chose de spectaculaire à se mettre sous la dent, mais savait-on jamais ? Un bon reporter devait toujours être prêt pour le scoop.
Il regarda la Sixpilienne devant lui. Elle avait un beau petit cul. C'était sans doute la seule chose appétissante chez elle. Il se demanda si elle aurait envie d'une expérience sexuelle avec lui ? Sans doute. Il était plutôt bel homme et, pour une Sixpilienne, l'idée de faire l'amour avec un Techno devait être diablement excitante. Après tout, elle était peut-être bonne au lit et cela lui ferait quelque chose à raconter aux copains en rentrant.

Dès la sortie de Clisson, le convoi prit de la vitesse, atteignant un bon 80 kilomètres/heure.
Pour la première fois depuis le début de la journée, Paul se détendit. Voilà, la marchandise était vendue, ils rentraient chez eux. Ils n'étaient pas les seuls dans ce cas, ce qui expliquait que le convoi se soit formé si vite. Visiblement, les Technos achetaient beaucoup ces derniers temps.
Tout le monde semblait heureux de rentrer. Certains chantaient, d'autres jouaient aux cartes ou discutaient.
Cette gaîté faisait plaisir à voir.

Paul regarda sa montre : 17 h 15. Suivant le nombre d'arrêts qu'ils allaient effectuer et en espérant que la locomotive ne tomberait pas en panne, ils devraient arriver entre 20 heures et 22 heures.
Il aurait sûrement le temps de rejoindre la bande des « joyeux lutins » à la salle des spectacles pour finir la soirée.
Au village, on se moquait d'eux et les vieux disaient que les « joyeux lutins » n'étaient qu'une bande d'enfants qui ne grandiraient jamais.
Il est vrai que dès qu'il fallait organiser une fête ou dès qu'il se faisait une grosse blague dans le village, les « joyeux lutins » n'étaient jamais loin.
Mais ils répondaient aussi toujours présents lorsqu'il fallait donner un coup de main à quelqu'un qui n'avait pas eu de chance. Reconstruire une maison qui avait brûlé, partager leur récolte, couper du bois pour les plus âgés... Ils arrivaient avec leur bonne humeur et en général, d'un seul coup, tout allait beaucoup mieux.
Cette joie de vivre constituait un septième pilier, comme ils aimaient le dire.
Une philosophie éclairée qui n'était pas inscrite dans le concept de base sixpilien.
Jean, l'Ancien, les appelait d'ailleurs parfois les « septpiliens », en apparence pour se moquer, mais sans se départir de son air sérieux, ce qui donnait à penser qu'il les approuvait totalement.
Ou alors, il savait...
Ou il se doutait ...
Car s'ils s'amusaient beaucoup, s'ils donnaient cette impression de ne pas vouloir quitter l'enfance, les joyeux lutins cachaient pourtant un grand secret, un serment qu'ils s'étaient fait tout jeunes et qu'aucun d'eux n'entendait trahir : ne jamais laisser les Technos faire du mal aux leurs.
Ils n'avaient pas vécu la grande guerre ni les innombrables conflits localisés au cours desquels les Technos avaient commis les pires exactions sur la population sixpilienne désarmée. Mais les innombrables récits à ce sujet les avaient émus, les touchant beaucoup plus profondément qu'il n'y paraissait.
Plus on aime, plus on donne son cœur et plus on subit la souffrance de l'autre. Les joyeux lutins avaient développé cette extrême sensibilité par amour pour l'harmonie de leur petit monde. L'idée de voir cette harmonie détruite les révoltait. Ils ne laisseraient pas les Technos faire à nouveau ce genre de choses.
Le 5 e pilier les y autorisait. Il leur fallait trouver des solutions pour protéger les leurs. Ils avaient donc cherché.
Pour le moment, leur plus grande découverte avait été un vieil ouvrage qui traitait des coups mortels que l'on pouvait porter au karaté. Les joyeux lutins s'étaient donc entraînés dans le plus grand secret. Au début, Paul en avait éprouvé de la honte, comme s'il commettait un grave sacrilège, comme s'il trahissait la communauté.
Maintenant, il n'y pensait même plus. De toute façon, face à un satellite qui vous vise depuis son orbite, les coups mortels portés à main nue étaient

d'une totale inefficacité. Sans compter que si s'entraîner était une chose, tuer un individu, même un Techno, en était une autre, presque inconcevable pour un Sixpilien.
Paul se disait parfois avec désespoir qu'ils ne trouveraient jamais de solution à leur quête, que le petit monde sixpilien resterait toujours à la merci des Technos.
Le problème majeur pour eux était le manque d'informations. Certes, de nombreux ouvrages témoignaient de ce qui s'était passé auparavant, mais sur le présent, il n'existait rien. Et pour cause : Il n'y avait pas d'actualité dans le monde sixpilien, pas de gouvernement, pas d'union nationale, pas de pays, pas de journalistes, pas de télévision, pas de radio…
Cela faisait partie du concept de base qui remontait aux années 2000.
Pour naître et exister dans un monde où la cupidité, l'orgueil et la peur de l'autre dominaient, les premiers Sixpiliens avaient compris qu'il fallait impérativement qu'ils ne soient pas perçus comme une menace par les autres, ceux qu'ils appelaient les « normaux » par opposition aux leurs.
C'est ainsi que les premiers Sixpiliens travaillaient dur pour très peu d'argent, sans jamais protester. Ils ne revendiquaient rien et surtout pas l'égalité avec les « normaux ». Ils souhaitaient juste qu'on les laisse en paix.
Très appréciés de leurs employeurs qui pouvaient les exploiter plus que les autres, très appréciés des forces de l'ordre parce qu'ils ne commettaient jamais intentionnellement le moindre délit, les Sixpiliens avaient ainsi pu se développer en toute quiétude.
Le mouvement pouvait être à l'origine assimilé à un rejet unilatéral et individuel de la société de consommation et de ses travers (pollution, pillage des ressources, absence d'humanité…) et à une culture exacerbée de l'humilité.
Le Sixpilien était constamment à la recherche de plus d'humilité car il considérait que l'orgueil était une véritable maladie mentale, au même titre que la schizophrénie. Maladie la plus répandue et la plus sournoise qui soit puisque l'orgueilleux ne se rend même pas compte de son état.
Humilité et un certain rejet du matérialisme caractérisaient assez bien le Sixpilien de ces premières années.
Mais ce qui se remarquait plus que tout chez les Sixpiliens, c'était l'absence de direction.
Pas de syndicats, pas de dirigeants. On devenait Sixpilien par sa façon d'agir, de se comporter. Il s'agissait d'une philosophie, d'un mode de vie.
A l'origine du concept, on trouvait un ouvrage intitulé *Sixpiliens* écrit par un groupe de travail éclairé. Des auteurs complètement anonymes qui, en ne signant pas leur livre et en léguant l'intégralité de leurs droits à la maison d'édition, avaient témoigné de leur fidélité au concept d'humilité qu'ils défendaient.
Progressivement, la communauté sixpilienne avait prospéré car elle possédait un avantage considérable sur les « normaux » : elle consommait

peu. Tandis que ces derniers, insatiables et jamais satisfaits accumulaient les biens matériels, défendaient leurs droits, revendiquaient encore et encore de nouveaux avantages sociaux, les Sixpiliens, à l'inverse, développaient un art de vivre avec peu de chose.
Dans les années suivantes, un fossé s'était créé entre ces deux façons de concevoir la vie.
Les « normaux » avaient développé à outrance la société de consommation des années 2000 tandis que les Sixpiliens avaient continué à cultiver leur humilité et leur attachement aux choses simples.
Comme souvent chez l'humain, un phénomène de dualité avait pris place. On était « normal » ou Sixpilien. Entre les deux, difficile de trouver une identité.
La technologie permettait déjà des choses fantastiques. Les « normaux » étaient devenus les « Technos », évoluant dans un univers de machines et de techniques de plus en plus sophistiquées.
De leur côté, les Sixpiliens évoluaient dans un univers plus proche de la nature. Ils ne rejetaient pas les technologies à caractère humain comme tout ce qui permettait de soigner ou de communiquer, mais ils se refusaient à posséder une télévision, un camping car... Tout ce qui leur paraissait superflu en fait.
Les années passant, le fossé entre les deux visions des choses s'était amplifié. Il était même devenu physique lorsque le concept des cités avait vu le jour à l'occasion des grands bouleversements dans les années 2025.
A cette époque, les faillites économiques et sociales, les terribles guerres entre nations, les grandes épidémies, l'égoïsme et le racisme firent tomber les nations les unes après les autres pour donner naissance à l'organisation décentralisée des cités.
Les Technos s'enfermèrent dans ces îlots de haute technologie que constituaient les cités pour y développer leur conception de la vie tandis que les Sixpiliens, à l'inverse, s'enfuirent vers la campagne abandonnée, principalement pour y cultiver la terre.
Mais, toujours imprégnés de la doctrine initiale, les Sixpiliens s'organisèrent en villages plus ou moins grands, mais ne dépassant jamais 5 000 habitants, et sans jamais mettre en place la moindre organisation nationale. Par souci de ne pas constituer une menace pour les Technos d'une part, mais aussi par habitude envers un système qui avait montré son efficacité. Un système où les décisions étaient toujours prises sur place, au sein du groupe, avec une connaissance parfaite du problème.
En fait, les Sixpiliens avaient réinventés la notion de « nombre critique d'une population ». Pour eux, au-delà de ce nombre, les décisions n'étaient en effet jamais collectives et rarement adaptées. Le système se hiérarchisait, induisant des inégalités et des manipulations de l'information, créant des intermédiaires, des politiques. Par contre, en dessous de ce nombre, tout le monde peut participer à chaque décision, connaître les données des problèmes sans intermédiaire, et aucune hiérarchie n'est plus nécessaire.

Les Sixpiliens appelaient ça la « vraie démocratie ».
Mais une telle civilisation ne pouvait réellement s'épanouir que dans un univers de paix.
Pour le moment, songea Paul, les Technos n'étaient heureusement plus des ennemis mais plutôt une autre civilisation avec laquelle s'était établi un commerce mutuellement bénéfique.
Les Sixpiliens avaient une industrie peu développée, plutôt artisanale.
L'incroyable puissance industrielle des Technos était donc la bienvenue. Ces derniers donnaient des objets sortis de leurs usines en échange des matières premières et des produits de la terre.
Les Technos jouaient le jeu, sûrs de leur supériorité.
A l'école, les Sixpiliens apprenaient que c'était cette supériorité qui créait la situation de paix actuelle. Car si les Technos se sentaient menacés, ils réagiraient immédiatement comme des animaux sauvages, écrasant toute opposition. Ce serait une nouvelle guerre, ou plutôt un nouveau massacre car les Sixpiliens étaient aussi vulnérables que des fourmis sous le pied d'un géant.
Paul comprenait bien le principe sixpilien de paix qu'on lui avait enseigné, mais il ne pouvait pas s'empêcher de redouter terriblement que les Technos décident de s'en prendre à ceux qu'il aimait.
Il avait cette peur en lui. Il était conscient qu'il cédait peut-être à une tendance paranoïaque car il voyait que les autres au village n'avaient pas de tels soucis. Il doutait parfois de sa propre clairvoyance, mais il ne parvenait pas à s'empêcher d'éprouver cette peur pour les siens.
La clef de son problème était peut-être dans ce cauchemar qu'il faisait de temps en temps songea-t-il. Il était revenu3 jours auparavant : des créatures ailées immenses, apparues de nulle part, s'abattaient sur les humains pour les dévorer. La première phase était un carnage sans précédent et une panique générale. Les créatures pullulaient, elles décimaient littéralement les humains. Curieusement, mais on ne contrôle pas ses rêves, la deuxième phase était une étrange résignation qui s'emparait de ce qui restait de la population. Il y avait beaucoup moins de prédateurs dans le ciel, mais les gens ne faisaient plus rien pour se cacher. Ils vaquaient à leurs occupations dans un état de semi somnolence, finissant inéluctablement un jour ou l'autre pas se faire manger. Paul ne comprenait pas et faisait tout son possible pour survivre. Lorsqu'il était poursuivi par une créature, il s'arrangeait parfois pour détourner l'attention de l'animal vers un humain apathique. Il éprouvait alors un soulagement mêlé d'une immense honte.
Mais, malgré son écœurement, il survivait. Puis, venait la troisième phase. Il ne restait plus personne. Paul et une femme s'étaient barricadés avec beaucoup de nourriture dans la salle des machines d'un bateau. Des créatures de petites tailles, des bébés sans doute, les attaquaient parfois en se faufilant à travers les quelques ouvertures qu'ils avaient conservées pour ventiler le local, mais ils parvenaient relativement facilement à les tuer. Cela

leur fournissait même une nourriture complémentaire. Le temps s'écoulait. Et puis, venait la quatrième phase. N'ayant plus de provision, Paul décidait de sortir.
En observant l'extérieur avec sa compagne, il constatait avec surprise que des gens vivaient au grand air. Oh, pas grand monde, mais ici ou là la vie avait repris.
Les créatures étaient parties.
Le rêve s'arrêtait là.
Quelle interprétation lui donner ? Paul en avait parlé à d'autres Sixpiliens, mais personne ne savait trop quoi en penser. Eux ne faisaient pas ce genre de cauchemar. Mais ils n'avaient pas peur pour le village. Ils étaient sereins, confiants dans le système actuel. Ils avaient besoin des Technos et les Technos avaient besoin d'eux. C'était à leurs yeux la meilleure garantie. On n'avait en effet jamais vu un requin manger son poisson pilote.
Peut-être avaient-ils raison...
Parfois, un voyageur de passage racontait qu'il avait entendu dire que des bandes de pillards venus des cités attaquaient des villages sixpiliens, mais personne ne savait trop s'il s'agissait de faits exacts.
Lorsqu'ils l'interrogeaient, l'Ancien se moquait de ces racontars. Il expliquait qu'il n'y avait vraiment rien à voler chez eux et que les Technos ne trouvaient même pas les femmes sixpiliennes à leur goût. Quant aux pillards, ils seraient immédiatement repérés par les satellites de la police Techno qui ne permettrait pas de telles activités.
Ces réponses ne rassuraient guère Paul. Il suffisait de lire les vieux ouvrages de la bibliothèque pour voir que l'homme était un prédateur par nature, qu'il ne fallait pas grand-chose pour activer en lui des pulsions violentes. Alors, avec les joyeux lutins, il continuait à chercher un moyen de défendre le village. Il n'osait pas fonder une famille... Il n'était pas complètement heureux...

Le train s'arrêta brusquement, ramenant Paul à la réalité. Inquiet, songeant à une panne, il jeta un coup d'œil par la fenêtre.
Ce n'était rien, un troupeau de vaches qui avaient décidé de traverser la voie devant le convoi.
Un des mécaniciens descendit pour faire activer les choses. Il dut remonter précipitamment dans la locomotive sous les rires des voyageurs lorsqu'un jeune taureau surgissant du troupeau décida de ne pas se laisser intimider. Quelques minutes plus tard, ils repartaient.

CHAPITRE 3

Après un échauffement d'un quart d'heure environ, les enfants avaient commencé à répéter les enchaînements que Béatrice leur montrait. Ils faisaient les mouvements dans le vide, sans personne en face.
Assis dans les tribunes, Guillaume commençait vraiment à s'ennuyer.
Tous les élèves ainsi que leur enseignante étaient vêtus de kimonos blancs. Béatrice avait une ceinture noire tandis que les élèves arboraient des couleurs blanches, jaunes ou orange.
La salle dans laquelle se déroulait le cours de katé était un gymnase. On devait y pratiquer d'autres sports car des ballons de toutes tailles traînaient ici ou là.
Au bout d'une demi-heure, Béatrice donna des ordres brefs et les enfants se regroupèrent par deux. Ils se saluèrent et commencèrent à combattre. Les coups n'étaient pas portés.
C'était un peu comme une danse en moins gracieux, se dit ironiquement Guillaume.
Dans le monde techno, le seul sport de combat était la boxe. Les matchs allaient jusqu'à ce qu'un des adversaires déclare forfait ou ne se relève pas. C'était extrêmement violent et il y a avait parfois des morts, mais les vainqueurs gagnaient très bien leur vie.
Les champions de chaque cité du continent européen se rencontraient ensuite chaque fin d'année lors de la coupe d'Europe inter-cités. Tous les quatre ans se déroulait le championnat du monde.
Là, les paris engagés atteignaient des montants fabuleux, les gens pariant parfois un an de salaire sur un seul combat.
Alors qu'ici, se dit Guillaume avec un certain mépris, dans le monde Sixpilien, il n'y avait pas vraiment d'enjeu puisque, s'il avait bien compris ce que lui avait dit la jeune femme, ils ne désignaient même pas de vainqueur lors des combats!
Il reporta son attention sur les enfants qui continuaient à simuler un combat. Il remarqua que parfois, des coups portaient quand même. Celui qui avait mal contrôlé son mouvement s'excusait alors, saluant son adversaire.
Béatrice donna à plusieurs reprises l'ordre de changer de partenaire.
Cela dura une bonne quinzaine de minutes, jusqu'à ce qu'un homme vêtu d'un kimono blanc et d'une ceinture noire très usée entre dans la salle.
Tout le monde s'arrêta pour le saluer. L'homme rendit le salut puis donna des ordres brefs à Béatrice. Cette dernière l'attaqua énergiquement. Tout se déroula un peu trop rapidement pour que Guillaume comprenne, mais il vit l'homme tourner sur lui-même, déviant le poing de la jeune femme, puis lui faucher la jambe d'appel et l'accompagner dans sa chute pour finir par un coup simulé en pleine poitrine.

Ils recommencèrent l'enchaînement plusieurs fois, puis ce fut au tour des élèves de le travailler.
Guillaume se rappela que Béatrice lui avait dit qu'elle enseignait le katé en tant qu'auxiliaire. Cet homme-là était donc sûrement le vrai professeur. Il passa au milieu des élèves pour les corriger. Ensuite, l'ensemble des élèves effectua en rythme un enchaînement assez long. C'était assez impressionnant de les voir exécuter ces mouvements avec un parfait synchronisme. A deux reprises, ils crièrent, donnant une impression de puissance. Finalement, tout le monde s'assit en tailleur, ferma les yeux et attendit.
Guillaume se dit qu'il devait s'agir d'un exercice de méditation. Il s'efforça de ne pas faire de bruit. Il commençait à trouver le temps bien long lorsque le professeur donna un ordre sec.Tous les élèves s'alignèrent pour le salut, puis ils quittèrent le tapis en silence. Béatrice fit un signe dans sa direction en parlant avec l'homme. Tout deux se dirigèrent vers lui.
L'homme salua rapidement Guillaume et lui demanda :

- *Est-ce que le katé vous plaît ?*
- *C'est très impressionnant* , mentit Guillaume.

L'homme rit :

- *La prochaine fois, n'hésitez pas à enfiler un kimono si vous voulez.*
- *Ouf ! Je ne sais pas si j'en suis capable*, répondit Guillaume avec prudence.

L'homme le regarda avec des yeux soudain sérieux.

- *Vous l'êtes*, affirma-t-il.

Puis, sans attendre une réponse éventuelle, il se retourna et s'éloigna.
Béatrice attendit qu'il disparaisse dans les vestiaires pour expliquer :

- *C'était maître Rolland, probablement un de nos meilleurs experts en katé. Il reste quelques mois dans un village puis passe à un autre.*

Guillaume hocha la tête, guère impressionné.

- *Bon,* continua la jeune femme, *je vais me changer.*

Le retour vers la maison sembla beaucoup plus court à Guillaume, mais à son grand désarrois, ils passèrent devant sans s'y arrêter.

- *Où va-t-on ?* demanda-t-il.
- *Au jardin,* fit Béatrice sans ralentir.
- *Mais il n'est pas tard ?*
- *Tard ? Mais, il est à peine 17 h 30. Il faut que je m'occupe de mon jardin sinon nous n'aurons rien à manger. Je ne vais quand même pas aller demander de la nourriture à cette époque de l'année !*
- *Ben pourquoi pas ? Si tu n'as pas beaucoup d'argent je peux t'en donner. Après tout, il n'y a pas de raison que je ne paye pas mon séjour, comme à l'hôtel.*

Béatrice se retourna brusquement, fixant le Techno droit dans les yeux. Elle avait beau se dire qu'il lui fallait faire preuve de tolérance, que cet homme-là n'avait pas eu une éducation sixpilienne, qu'il était impossible qu'il comprenne, elle le trouvait prodigieusement énervant et même détestable. Mon Dieu, comme les premiers Sixpiliens avaient eu du mérite de rester fidèles à leurs convictions, notamment la tolérance, alors qu'ils côtoyaient tous les jours des individus peut-être encore plus odieux que ce Techno ! Se contrôlant de son mieux, elle lui dit :

- *Tu es invité en terre sixpilienne. Tu es tout seul au milieu de millions de Sixpiliens. Crois-tu vraiment que tu puisses nous imposer à toi tout seul ton mode de vie ?*
- *Euh…*
- *En plus, tu es là pour faire un reportage sur nous. Si ta conscience professionnelle est à la mesure de ton orgueil, tu devrais au moins essayer de vivre comme nous afin de mieux nous comprendre, tu ne crois pas ?*

Guillaume se demanda un instant s'il ne devait pas purement et simplement envoyer promener la Sixpilienne. Elle se prenait pour qui ?
Elle parlait d'orgueil ? Elle ne se rendait pas compte d'avec qui elle parlait de toute évidence ! Petite sauvage prétentieuse sans aucune éducation!
Pendant quelques secondes, l'idée d'arrêter là sa carrière de journaliste lui parut très séduisante, mais la raison reprit le dessus : s'il voulait devenir un grand du métier, s'il visait un prix, il lui fallait dès maintenant être capable de supporter une petite morveuse comme Béatrice. Il lui fallait accepter ses cours de morale stupides et sa vision bornée des choses. En un mot, il devait la laisser parler. Il rassembla toute l'humilité dont il était capable pour répondre de mauvaise grâce :

- *Après tout, tu as raison. Allons donc au jardin.*
- *Bon,* fit Béatrice un peu surprise. Elle s'attendait à un échange plus viril. *Je vais essayer de faire l'essentiel au plus vite. .. Ah, je voulais aussi te mettre au courant, pour ta gouverne, nous n'avons pas d'argent chez nous.*
- *Pas d'argent ?*
- *Non.*

Guillaume en resta bouche bée. Pas d'argent ? Il n'en revenait pas. Il aurait dû savoir cela avant de venir chez les Sixpiliens. Comment se faisait-il qu'une information aussi importante ne soit pas mieux connue ? Un monde sans argent, ce n'était pas courant ! Il faudrait vraiment qu'il étudie de près le phénomène.

Le jardin de la Sixpilienne s'étendait sur environ 1 000 m². Tout autour, des gens s'affairaient dans d'autres jardins de taille similaire.

- *Vous avez tous un jardin ?* demanda Guillaume.
- *Oui. Enfin… chaque famille en possède un et en tire l'essentiel de sa nourriture de juin à octobre.*
- *Et après ? L'hiver, vous mangez quoi ?*

- *On mange nos aliments conservés et on se procure chez le maraîcher des légumes frais en complément. Lui, il dispose de serres chauffées et donc il peut récolter toute l'année. C'est son métier.*
- *Vous avez des chambres froides pour conserver les légumes ?*
- *Oh non, mais nous avons beaucoup de techniques de conservation. A même la terre, dans le sable, dans l'huile, par séchage, par lactose, dans du sel, en conserves…*
- *Ouf ! Arrête, il faudra que tu me répètes tout ça quand j'aurai mon matériel pour enregistrer. C'est un peu compliqué.*
- *Comme tu veux,* fit Béatrice en s'accroupissant au milieu des carottes.

Sans plus s'occuper de son invité, elle entreprit de récolter le repas du soir. Guillaume s'assit par terre pour la regarder faire.
La jeune femme en profitait pour enlever les mauvaises herbes naissantes. Elle tirait doucement sur les pousses pour les extraire. Parfois, la tige cassait et elle creusait un peu avec une petite griffe pour récupérer la racine. Elle jetait les mauvaises herbes ainsi arrachées dans un seau. Lorsque le seau fut plein, elle alla le verser sur un gros tas d'herbe sèche.
Passionnant, songea Guillaume avec ironie sans chercher à en savoir plus.
A cette période de l'année, les mauvaises herbes poussaient très vite, mais plus tard, au cœur de l'été, Béatrice savait qu'il en viendrait beaucoup moins. Les enlever serait moins prenant. Elle n'aimait pas cette tâche. Elle ne la trouvait pas pénible, car elle n'avait guère à forcer et pouvait laisser son esprit vagabonder, mais elle détestait détruire ainsi ces petites plantes qui ne demandaient qu'à vivre. De la même façon, elle avait horreur d'éclaircir les pousses de carotte. Choisir ainsi lesquels vivraient et lesquels n'auraient pas le droit de grandir la révoltait. « Trop sensible » dirait sûrement l'ancien.
Parfois, Béatrice se disait que les humains étaient de trop dans cette nature. Ils intervenaient sans cesse, décidant de ce qui avait le droit ou non de pousser, défigurant le paysage avec leurs champs.
Certaines régions comportaient des zones totalement sauvages, seulement traversées par le chemin de fer. Béatrice aurait bien aimé aller voir comment la nature se débrouillait sans l'homme. On disait même que dans ces zones sauvages, les loups régnaient à nouveau en maître.
De fait, Béatrice n'était pas la seule à se sentir un peu comme un invité indésirable sur cette terre. Beaucoup de Sixpiliens partageaient cette vision des choses. Ils n'en étaient que plus respectueux envers la nature.
A propos d'invité indésirable… Béatrice se tourna vers le Techno. Il s'était allongé dans l'herbe et semblait regarder le ciel. A moins qu'il ne dorme. Elle serra les dents : celui-là n'était pas du genre à demander s'il pouvait donner un coup de main. Un vrai fainéant !
La jeune femme secoua soudain la tête comme si elle venait de dire une grosse bêtise. Ah ! Je suis encore en train de juger, se reprocha-t-elle.

Depuis que le Techno était arrivé, elle ne respectait décidément plus aucun des principes sixpiliens. Elle était même devenue plutôt agressive, comme lorsqu'elle avait reproché au Techno son orgueil.
Elle réfléchit et se dit finalement que ce devait être parce qu'elle se sentait en danger. Oui, c'était cela, elle se sentait attaqué par cet intrus qui pensait tellement différemment, qui semblait ne rien respecter et mépriser le peuple sixpilien. Il fallait quand même qu'elle se reprenne. Il fallait qu'elle songe à ces premiers Sixpiliens, entourés d'individus odieux comme ce Techno et qui avaient malgré tout tenu bon.
Retourner aux vraies racines du mouvement Sixpilien, voilà donc l'occasion qui lui était offerte sur un plateau. Il fallait qu'elle s'en montre digne.
Soudain, elle réalisa qu'elle ne savait même pas comment le Techno s'appelait. L'Ancien avait dû le lui dire mais elle ne s'en souvenait plus. En fait, pour elle, depuis le début, il était le Techno, pas un être humain, pas une personne sensible. Elle songea avec tristesse que c'était probablement ainsi que commençaient les guerres, parce qu'on oubliait que derrière l'étranger se cachait un être humain tout aussi désireux que soi de paix, tout aussi effrayé que soi par l'autre. Elle bafouait décidément les principes les plus élémentaires de la philosophie Sixpilienne. Il fallait vraiment qu'elle se reprenne.
Elle jeta un regard moins sévère en direction du Techno. Après tout, ce devait être difficile pour lui de sortir de son monde aseptisé pour se retrouver ainsi en terre inconnue. Son mépris et son orgueil n'étaient peut-être qu'un rempart qu'il dressait pour se protéger, pour exorciser sa peur…
La jeune femme interrompit sa réflexion car le Techno venait de pousser un cri. Il se redressa maladroitement et, d'un geste brusque, balaya la manche de sa combinaison. Béatrice courut vers lui, croyant qu'il venait d'être mordu par un serpent. L'apercevant, il lui désigna du doigt un point sur le sol.
Lorsqu'elle aperçut de l'endroit désigné la petite araignée qui s'enfuyait, Béatrice ne put s'empêcher d'éclater de rire. Ainsi, voilà donc les terribles Technos que tous ici craignaient : une simple araignée suffisait à les effrayer !

CHAPITRE 4

En plus de l'unique wagon de voyageurs, il ne restait plus que trois wagons de marchandise vides que la locomotive tirait maintenant à vive allure.

Paul reconnaissait le paysage ; d'ici une heure il serait de retour au village. L'homme en face de lui somnolait. Il se prénommait René et était plus nettement âgé que lui. Ils avaient parlé des Technos. En fait, Paul avait surtout écouté car l'autre lui ayant expliqué avec conviction à quel point Sixpiliens et Technos étaient complémentaires et dépendants les uns des autres, il était difficile de lui révéler ses craintes. Pour René, le monde semblait parfait. Lui aussi avait rapidement vendu sa cargaison de bois, et sa joie de rentrer si vite influençait sûrement son jugement. Il était marié et ses deux enfants avaient de la peine lorsqu'il partait ainsi pour le marché. Une fois, il avait emmené l'aîné qui avait alors 10 ans avec lui. L'enfant avait été un peu déçu de voir que, malgré leurs tenues originales et leur allure distinguée, les Technos ressemblaient en tous points aux Sixpiliens. Ils parlaient comme eux, souriaient, plaisantaient. L'un d'eux lui avait même adressé la parole pour lui demander si c'était lui qui vendait le bois. Il avait alors timidement désigné son père du doigt en rougissant un peu. Ce qui avait le plus fasciné l'enfant avait été sans aucun doute les colonnes qui délimitait le territoire de la cité. Tous les deux kilomètres environ, ces colonnes de béton de trente mètres de hauteur hérissées d'antennes surveillaient la frontière. Elles scannaient en permanence les gens qui passaient entre elles et après les sommations d'usage abattaient impitoyablement tout intrus qui refuserait de s'immobiliser. A l'aide des jumelles de son père, il avait pu discerner sur leurs flans les tourelles automatiques qui pouvaient envoyer des centaines d'aiguilles d'acier vers leur cible. Les colonnes recelaient des armes encore plus terribles, mais invisibles et ne servant guère qu'en cas d'attaque par une autre cité, c'est-à-dire, dans la pratique, pour ainsi dire jamais.

Cependant, à une époque, de nombreuses guerres entre cités avaient ravagé le continent. La plupart du temps, ces guerres se terminaient par la destruction pure et simple de la cité la plus faible et de l'essentiel de ses habitants. Les armes utilisées étaient terribles, souvent de type Nucléaire ou bactériologique… Tout se passait d'abord dans l'espace où satellites et avions spatiaux se livraient un combat impitoyable. Ensuite, une fois qu'une des cités contrôlait l'espace, s' il lui restait encore suffisamment de moyens, elle neutralisait assez facilement les efforts de son adversaire pour renverser la situation sur terre. Ces guerres étaient en apparence absurdes et horribles, mais dans la pratique, elles avaient permis à la population techno de se stabiliser en deçà des seuils critiques. A l'école sixpilienne, on apprenait que pour éviter la surpopulation d'une région, de nombreuses méthodes existaient, mais lorsque les habitants étaient trop égoïstes, la guerre s'imposait naturellement. C'est ainsi que toutes les petites cités qui n'avaient pas les moyens d'entretenir un parc d'avions spatiaux puissant avaient disparu. Le monde techno était impitoyable. Mais pour un enfant sixpilien, il était malgré tout fascinant. Les colonnes de défense techno avaient eu un effet catalyseur et, ce jour là, René avait pu expliquer beaucoup de choses à son fils. Dans le train, d'autres Sixpiliens étaient aussi intervenus, aidant volontiers René dans ses démonstrations. L'enfant avait formidablement mûri en quelques heures, comprenant soudain beaucoup de concepts sixpiliens. En revenant chez lui, René en avait parlé avec l'Ancien qui en avait déduit que l'école sixpilienne, malgré son principe de tout baser sur l'expérimentation, ne savait pas apporter ce déclic magique qui s'était produit lors du voyage de l'enfant.

Paul avait lui aussi son idée sur le sujet. Pour lui, les théories sixpiliennes étaient trop souvent admises sans le moindre esprit critique. En fait, les Sixpiliens avaient créé un monde paisible où l'on se sentait bien, où chacun trouvait le bonheur et cet état de fait justifiait la doctrine. Était-ce bien ?
Lorsqu'il se plongeait à la bibliothèque dans les ouvrages qui décrivaient le monde du passé, Paul se plaisait à penser que, pour un humain du XX e siècle par exemple, le monde Sixpilien actuel aurait certainement ressemblé à un véritable paradis. Mais ce qui sans aucun doute aurait déplu à cet humain du XX e siècle épris de libre arbitre et de réalisation de soi, c'était de ne pas pouvoir disposer de plus de liberté. Il aurait peut-être trouvé la vie trop banale, trop uniforme, sans piment.

Guillaume regarda le contenu de son assiette d'un air troublé.
Béatrice s'en aperçut et, avec sa franchise habituelle, elle demanda :

- *Alors quoi, tu n'aimes pas l'aspect de mon brouet de légumes ?*
- *Je ne sais pas,* répondit le Techno sur un ton hésitant, *c'est ce que tu as ramassé au jardin tout à l'heure ?*
- *Oui, de la tomate, quelques petits pois, de la courgette et j'ai ajouté du riz et un œuf de la coopérative.*
- *Pas de viande ?* fit Guillaume d'un ton un peu déçu.
- *Non*, répliqua Béatrice d'un ton sec, *chez nous, on ne mange pas de la viande tous les jours.*
- *Pourquoi ? Les protéines contenues dans la viande sont bien meilleures pour l'organisme humain que les végétales. Elle s'assimilent plus vite.*

Béatrice ne répondit pas tout de suite. Elle essayait de se rappeler ses cours de science naturelle.

- *Je ne sais pas si c'est meilleur pour l'organisme,* dit elle finalement, *mais pour la nature ce n'est pas très bien. Sais-tu qu'avec le coût nécessaire pour fabriquer 200 g de viande tu peux servir à trente personnes un plat de céréales leur donnant une ration protéique convenable.*

- *Oui ?* fit Guillaume sceptique, *cela reste à prouver.*
- *Enfin voyons, ce fut le grand mal du XXI e siècle, tout le monde le sait.*
- *Ben pas moi.*
- *Oui, forcément, vous les Technos vous préférez oublier.*
- *Oublier quoi ?* fit Guillaume en jouant avec sa cuillère, comme s'il voulait retarder le moment de commencer à manger.
- *Oh, c'est vieux comme le monde, ça remonte à l'époque où il y avait des pays.*
- *Ah... Oui, ce n'est pas récent. Et alors ?*
- *Eh bien, la surconsommation de viande par les pays riches a entraîné une catastrophe écologique sans précédent. Les pays pauvres détruisaient les forêts sur leur territoire pour cultiver les céréales destinées à engraisser le cheptel de leurs riches voisins. Ces mêmes céréales leur auraient permis de nourrir 10 fois leur population affamée. Sans oublier que les élevages des pays riches, qui étaient de vrais camps d'extermination pour les animaux, polluaient les nappes phréatiques et étaient à l'origine de bon nombre de maladies nouvelles transmissibles à l'homme. De vrais réacteurs biologiques où se créèrent bon nombre de virus terrifiants. Sais-tu aussi qu'un tiers des gaz à effet de serre étaient produits par les pets de ces animaux d'élevage ?*

Guillaume haussa les épaules :

- *Bah, nous avons trouvé le remède depuis longtemps puisque nous ne mangeons que de la viande de synthèse.*
- *Ah...* fit Béatrice avec incrédulité, *tu veux dire que vous fabriquez votre viande ?*
- *Ben oui, c'est de la viande de synthèse.*
- *Mais alors, vous n'avez pas de troupeaux ?*
- *Pour quoi faire et puis, où les mettrions nous ?*

Guillaume réfléchit et ajouta :

- *Sans parler que c'est dégueulasse de tuer des animaux pour se nourrir. Tu aimerais qu'on te tue pour cela toi? C'est inhumain.*

Béatrice resta un moment choqué par les paroles de son invité. Mince ! Un Techno qui reprochait aux Sixpiliens leur inhumanité ! C'était un comble ! Ces enflures avaient massacré les Sixpiliens sans défense pendant des siècles mais ils se préoccupaient du sort des vaches !

Elle refréna une soudaine envie de sauter sur cet imbécile prétentieux pour le frapper. Elle réussit de justesse à se contrôler en considérant que ce Techno n'était finalement qu'un enfant gâté sans aucune expérience de la vie. Elle lança :

- *Je n'ai pas saisi combien de vaches vous avez dans la cité ?*

- *Des vaches ? On n'en a pas… Enfin, peut-être quelques unes dans les zoos je pense. Je ne m'intéresse pas trop au sujet.*
- *En fait, vous les avez exterminées quoi !*

Guillaume s'offusqua :

- *Non, pas du tout, on les a laissé disparaître, voilà tout.*
- *Et si on donnait aux vaches le droit de choisir ?*
- *Quoi ? Parce que tu crois qu'elles appréciaient d'être mangées ?*
- *Non* , fit Béatrice, *mais elles ont peut-être envie d'exister non ? De gambader dans l'herbe, de faire des petits veaux. De vivre quoi.*
- *Je ne comprends pas.*
- *Bon, mets-toi un instant à la place des vaches,* fit Béatrice sur un ton professoral, *imagine un instant qu'une entité qui tire profit du troupeau humain et qui est seule juge pour déterminer l'heure de notre mort, considère soudain que nos conditions de vie sont décidément épouvantables. Elle décide de mettre un terme à l'humanité parce qu'elle juge qu'elle souffre trop. Plus du tout d'humains, ou, si tu veux, quelques privilégiés dans un zoo juste pour se rappeler comment c'est fait un humain. Trouverais-tu cette solution intéressante ?*
- *Mais nous ne sommes pas des vaches !*
- *Ah, si tu le dis. Mais tu sais, tu manques d'imagination, tu devrais lire des ouvrages de science-fiction. Il existe peut-être dans l'univers des êtres invisibles qui se nourrissent de nos émotions comme on se nourrit du lait des vaches et utilisent notre âme après la mort comme on mange la viande des vaches.*
- *Mais ce sont là des hypothèses délirantes, irréalistes, moi je te parle de concret. Les vaches c'est du réel !*
- *Oui, mais moi je te le répète, mets-toi à la place des vaches et tu verras que mon hypothèse tient la route. Là-haut, une entité a décidé que les humains souffraient trop, leurs conditions de vie sont trop épouvantables ; alors, on les rend stériles et le tour est joué. Exactement comme vous avez fait avec les vaches. Alors, est ce que cela te plairait ?*
- *Je préfère ne pas répondre.*

Béatrice insista :

- *Imagine tous ces gens qui ne naîtraient pas ! En fait, d'une certaine manière, l'entité serait responsable d'un génocide ; On dit toujours que la mort d'un nouveau-né est terrible car il n'a pas eu le temps de vivre. Vous les Technos, vous tuez avant même la conception. Et vous avez bonne conscience ! C'est terrifiant !*

Guillaume rit soudain de bon cœur :

- *Elle est bien bonne celle là ! L'assassin qui reproche aux colombes de ne pas tuer !*
- *Tu ne comprends pas ce que je veux te dire.*

- *Ah non ?*
- *Non, tu fais l'enfant. Si nous faisions comme vous, il n'y aurait plus de vaches sur Terre.*
- *Mais vous assassinez vos vaches, oui ou non ?*
- *Nous faisons comme dans la nature, en tant que prédateurs, nous tuons les vaches âgées et, plutôt que de les ensevelir dans un grand trou, nous les mangeons. Rien de plus normal. Il serait absurde de faire autrement, ce serait du gaspillage. La nature tout entière fonctionne ainsi. Elle fonctionnait ainsi avant nous tous et elle continuera à fonctionner ainsi après. Mais le vrai secret de tout cela est dans le rejet des extrêmes : contrairement à nos ancêtres, nous ne mangeons pas de viande à chaque repas. Nous en consommons très peu et donc les troupeaux que nous élevons ont une vie décente. Rien de comparable avec les élevages industriels intensifs du XXI e siècle. Nos vaches sont peu nombreuses et donc peu polluantes. Elles nous apportent énormément. Pas seulement leur viande ; elle nous donnent du lait, du beurre, du cuir et du fumier pour les plantations. On vit en harmonie. On s'occupe de nos vaches et elles nous le rendent bien.*
- *Le fumier, ce sont les excréments ?* demanda Guillaume soudain inquiet.
- *bien-sûr*, s'exclama Béatrice avec l'impression de s'adresser à un enfant de six ans, *mais qu'est-ce qu'on vous apprend dans vos écoles à la cité ?*
- *Euh…* fit le Techno en regardant à nouveau le contenu de son assiette, *il n'y a pas de danger pour quelqu'un comme moi qui n'est pas habitué ?*

Béatrice fit non de la tête. En même temps, elle se dit que la seule chose que cet imbécile de Techno retiendrait de cette discussion était que les Sixpiliens assassinaient des vaches et mangeaient leurs excréments. Il y avait un immense fossé entre cet homme et elle. Un fossé certainement impossible à combler. Il ne servait à rien d'essayer de convaincre les Technos de quoi que ce soit, c'était comme s' ils ne parlaient pas la même langue. Il ne s'agissait même pas de mauvaise foi, juste d'une incommensurable différence de culture. Cet homme-là était d'un autre monde, d'un autre univers.

Le reste de la soirée se passa sans incident, le Techno mangea poliment son brouet de légume puis il alla dans la salle de bain pour faire sa toilette.

Elle dut lui expliquer comment fonctionnaient les WC. Ils convinrent de se retrouver à 6 heures le lendemain matin pour le petit déjeuner.

Alors qu'elle finissait de nettoyer la cuisine, Béatrice aperçut de la lumière sous la porte de la chambre du Techno. Elle se demanda ce qu'il fabriquait mais se garda bien de s'approcher de la porte. Chacun son monde songea-t-elle.

Guillaume se détendait en participant à un bon film de science fiction. Le thème était simple : les humains, ayant colonisé une bonne partie de la galaxie, se trouvaient confrontés à une civilisation belliqueuse qui essayait de les exterminer. L'histoire ne brillait pas par son originalité, mais les décors et les effets spéciaux étaient remarquables. Guillaume se félicita d'avoir emmené son SPV (Système de participation virtuel). L'appareil lui permettait d'incarner un des héros du film et d'intervenir dans son déroulement, de modifier le scénario. C'était un des grand développements de l'informatique corticale Techno. Après cette première journée dans le monde sixpilien, il avait bien besoin de retrouver la civilisation. Cette pensée négative interféra sur le déroulement du film, créant un vide d'image. Guillaume jura et mit en pause. Il n'arrivait même pas à se détendre ! Ah le monde sixpilien… Archaïque, primitif étaient vraiment les qualificatifs qui lui venaient à l'esprit. Les toilettes dataient de la préhistoire. On déféquait dans un espèce de bidon surmonté d'un siège en bois dur et il fallait jeter de la sciure de bois par-dessus. L'odeur était écœurante, à la limite du supportable. Pour s'essuyer, il avait dû utiliser des feuilles d'un ersatz de papier ! Il en avait consommé une bonne vingtaine sans parvenir à se nettoyer parfaitement. Les feuilles ressortaient toutes un peu souillées, quand elles ne se déchiraient pas. Ses doigts puaient ! Il se sentait sale !
Dans son appartement à Paris, les toilettes étaient constituées d'un système à dépression qui venait automatiquement s'ajuster à l'anatomie de l'utilisateur. Les excréments étaient désintégrés par un bombardement d'ondes. Aucune mauvaise odeur, aucune saleté…
Après l'expérience des WC, il avait évidemment demandé à prendre une douche. A son grand désespoir, les douches n'étaient qu'un vulgaire tuyau de caoutchouc d'où sortait de l'eau tiède. A priori, il fallait utiliser du savon. Guillaume avait bien aperçu une espèce de cube de couleur brunâtre, mais, après l'avoir reniflé, il avait hésité à l'utiliser. Des fois qu'il se serait rendu ridicule en utilisant un produit pour les chaussures. Tout cela était désespérément primitif.
Pas de robot auquel on pouvait commander toutes sortes de services, du nettoyage classique par ondes Seros au massage le plus sophistiqué. Il ne voyait même pas comment se sécher. Ce n'était quand même pas avec les bouts de tissu qui pendaient sur une patère au mur !
Heureusement, il avait amené avec lui une bonne provision de cachets pour les dents, car s'il en croyait ce qu'il avait vu sur le lavabo, la Sixpilienne devait se nettoyer les dents avec une
brosse ! Comme au vingtième siècle quoi !

Enfin, tout cela n'était rien à côté du lit aussi dur qu'une planche ! Il était tout aussi éloigné de son lit habituel à suspension gravitaire que l'était ce taudis de son appartement ultramoderne.
Il allait devoir vivre comme un animal. Le bilan de la journée n'était pas brillant. Pas grand-chose à mettre dans son reportage. En plus, la bouffe était infecte. Sitôt dans la chambre, il avait avalé une pilule de protection microbienne. Dire qu'il venait de consommer des légumes engraissés aux excréments ! Il savait que si les copains le voyaient, ils seraient tous morts de rire.
Il se sentait tellement... sale.
Et cette folle de Sixpilienne si sûre que son mode de vie était convenable, voire supérieur ! C'était fou d'être aussi endoctriné et têtu. Il aurait tellement voulu montrer à cette petite sauvage ce qu'était la vraie civilisation.
C'était comme les murs de la cuisine dont elle était fière de lui déclarer les avoir peint de sa main ! Tu parles d'une ouvre d'art : un fond rouge et des espèces de plantes blanches et vert pâle en surimpression. A 6 ans n'importe quel Techno, même demeuré, ferait mieux que cela !

CHAPITRE 5

En rentrant chez lui après une bonne soirée avec les joyeux lutins, Paul eut la surprise de trouver un mot de l'Ancien lui demandant de venir le voir. Il décida qu'il lui rendrait visite le lendemain matin à la première heure avant de se rendre sur les quais. La *Belle*, leur drague, y était bien amarrée à titre préventif car le vent soufflait très fort. Habituellement, elle était amarrée à un corps mort au large pour libérer les quais, mais le danger pour la rejoindre avec l'annexe était grand en cas de mer formée, comme en ce moment.
Paul bailla, fatigué de cette longue journée. Encore quelques bonnes ventes comme aujourd'hui et ils pourraient réparer les moteurs de la drague et remplacer les équipements trop usés. Avant de se jeter dans sont lit, il essuya l'eau qui s'écoulait du toit, formant une grande flaque dans la cuisine. Par grand vent, la pluie arrivait à s'infiltrer. Il en parlerait au couvreur. En attendant, deux grands seaux feraient l'affaire. Le bruit du goutte à goutte l'aiderait à s'endormir.
De fait, il ne mit pas plus de quelques minutes à sombrer dans un profond sommeil réparateur.

Il faisait à peine jour.
Guillaume hésitait à brancher son système de sécurité. Il entendait la Sixpilienne qui s'affairait dans la cuisine et se demanda s'il ne l'offusquerait pas en ne lui faisant pas confiance. Ne lui avait-elle pas affirmé que ses affaires ne risquaient rien ? S'il ne parvenait pas à établir avec la jeune femme des bonnes relations, les journées risquaient d'être plutôt pénibles, cette petite diablesse avait du caractère ! Finalement, il renonça à brancher son système de sécurité. Priorité à la diplomatie. A 6 heures pile, il sortit de la chambre.

En voyant le Techno entrer pile à l'heure dans la cuisine, Béatrice regretta de ne pas lui avoir donné une heure plus matinale encore.
Elle ne pensait vraiment pas qu'il se lèverait à l'heure et avait espéré le laisser en plan pour aller tranquillement faire ses 6 heures de travail à l'exploitation communautaire.

- *Tu comptes venir avec moi au travail ce matin ?* demanda-t-elle sur un ton neutre.
- *Évidemment*, répondit l'autre, *je vais emporter la caméra, comme cela je commencerai vraiment mon reportage.*

Ils mangèrent des crêpes avec du jus de riz.
A un moment, le Techno dit :

- *Tu sais, j'ai repensé à notre discussion d'hier soir.*
- *Laquelle ?* fit hypocritement Béatrice.
- *Ben celle à propos des vaches.*
- *Ah oui et alors ?*

- *Je trouve quand même que c'est dur de manger les vaches. Vous auriez très bien pu simplement les garder pour le lait et le fumier.*

Béatrice eut la désagréable impression de se répéter :

- *Outre le fait qu'on ne pourrait plus manger de viande, on ferait quoi des vaches vieillissantes qui n'auraient plus de lait ?*
- *Elles donneraient encore du fumier*
- *Et les corps ?*
- *Vous pourriez les incinérer*
- *Et ce serait rentable et logique?*
- *Je ne sais pas,* concéda Guillaume.
- *Ce serait en tous cas contre nature. Une vache doit, comme tous les autres animaux, avoir un prédateur qui élimine les éléments devenus faibles.*
- *Ah…* fit Guillaume sur un ton sceptique.
- *Quel fermier se lancerait dans une entreprise aussi peu rentable que d'élever des vieilles vaches, probablement à moitié paralysées, devant être soignées jusqu'à ce qu'elles meurent de je ne sais quelle maladie, la communiquant peut-être au reste du troupeau ?*
- *Euh…*
- *La nature est force et sagesse. Par elle on apprend tellement. Il suffit d'un peu d'humilité. Regarder, écouter… Car ce qui fonctionne dans la nature est le fruit de dizaines de milliers d'années d'adaptation. Dans la nature, tout ce qui n'est pas parfaitement au point a disparu depuis longtemps.*
- *Tu as une approche assez Darwiniste des choses.*
- *Je ne sais pas ce que tu veux dire, mais je suis convaincue que tant que l'homme aura la prétention de vouloir changer la nature pour l'adapter à ses besoins, à ses caprices, la race humaine sera comme en déséquilibre. Par contre, lorsqu'il acceptera de se plier aux lois de la nature, de les respecter et de se contenter de la place modeste qui lui est dévolue, alors, il trouvera une certaine stabilité.*
- *Mais cela ne veut rien dire !* s'offusqua Guillaume, *c'est quoi la stabilité de l'homme? Accepter d'être le jouet des forces naturelles ?*
- *Tu ne pourras jamais comprendre. Vous autres les Technos avez basé votre civilisation et votre logique sur l'assouvissement de vos caprices d'enfants gâtés. Il vous faut des télés, des ordinateurs, des avions, des machines de guerre… Vous allez en haut des montagnes, sur la Lune, sur Mars, sur Jupiter… Mais qu'est ce que cela vous apporte de plus ?*
- *Cela repousse sans cesse les limites de la connaissance. Cela nous permet de mieux contrôler les forces de la nature. Cela rend l'homme plus fort.*
- *Pff…* , fit Béatrice, *enfermés dans vos cités, vous restez quand même des êtres humains fragiles.*

- *Ah non, ce n'est pas vrai, sais-tu seulement que la moyenne de vie dans les cités est de 135 ans ? Et vous, les Sixpiliens, vous vivez combien de temps ?*
- *Bah, j'aimerais bien les voir de près ces gens de 135 ans. Ils arrivent encore à se nourrir ou il faut les intuber ?*
- *Ils vivent normalement. Notre médecine est très au point, tu sais. Et vous, à quel âge mourez-vous ? 60 ans ?*

Non, 70 ans voire 80 ans. Mais bon, c'est compliqué chez nous car c'est avant tout une question de philosophie et de renonciation à soi. Ici, une personne âgée est aidée par les plus jeunes, elle peut aller à l'hôpital, se soigner. Rien ne l'empêche de prolonger sa vie. Cependant la majorité des personnes âgées préfèrent s'éteindre doucement, mangeant moins, renonçant à la plupart des soins auxquels elles ont droit parce qu'elles sont fatiguées de vivre, parce qu'elles ont envie de laisser leur place aux plus jeunes, et aussi parce qu'elles ont cette volonté de faire le don de leur vie à la communauté.

- *Ah, vous laissez mourir vos vieux, quoi ! Et toi qui nous reprochais d'avoir fait disparaître nos vaches !*
- *Ouf !* fit Béatrice en levant les yeux au ciel, *tu ne comprends décidément rien !*
- *Bof, disons plutôt que nous n'avons pas la même façon de voir les choses. Dans les cités, on maîtrise tellement de choses dont vous autres Sixpiliens n'avez même pas idée ! Il vous manque ces connaissances pour ouvrir votre esprit, pour sortir de votre condition de paysans sous-développés.*

Béatrice haussa les épaules, exaspérée. Elle n'arriverait jamais à faire comprendre à cet horrible prétentieux la moindre notion de philosophie sixpilienne. Il faudrait un miracle. Elle reprit :

- *Vous vous croyez supérieurs en tout mais c'est une erreur. Prends l'exemple de la maternité. Contrairement à vous dans les cités, une femme sixpilienne porte son enfant tout le long de la grossesse.*
- *Bon, et alors, qu'est ce que cela vous apporte ?*
- *Mon Dieu, mais c'est une communion avec cet enfant qui va naître. C'est un don de soi. Cela développe chez la mère et chez l'enfant un sentiment d'union. Il se crée des liens tout au long de la grossesse. C'est… magique.*
- *Tu parles, cela fait souffrir la mère, l'empêche tout le long de la grossesse de faire ce qu'elle veut, abrège son espérance de vie…*
- *Mais on a toutes envie de donner un peu de notre vie pour cet enfant qui va naître. C'est un don de soi.*
- *C'est nul, cela ne sert à rien. Chez nous, on prélève un ovaire et quelques spermatozoïdes, on vérifie ce que va donner le résultat, on féconde artificiellement, puis on plonge le fœtus dans la matrice qui va le nourrir. A ce moment-là, la mère peut venir voir tous les jours*

son enfant se former à travers la paroi transparente de la matrice et lui parler si elle veut. Vous autres vous ne voyez rien de tout cela. En plus, à brinquebaler votre enfant à droite à gauche, vous le rendez plus fragile.

Béatrice se tut. Elle n'avait pas encore eu d'enfants, mais l'idée de pouvoir regarder son bébé grandir en toute sécurité devant ses yeux était plus que séduisante. Elle était même fantastique. Les Technos étaient quand même forts. Et même si, sur le plan moral, porter son enfant lui semblait fondamental, elle dut reconnaître que le Techno avait marqué un point, l'ébranlant dans ses convictions. Elle ne voulut pas le lui avouer et décida un peu lâchement d'abandonner le sujet :

- *Tu es sûr de vouloir venir ?* demanda-t-elle.
- *Oui, certain,* répondit Guillaume, *tu ne veux pas m'emmener ?*
- *Mais si, cela ne me dérange pas,* mentit Béatrice, *mais c'est le jardin communautaire tu sais, c'est la même chose que mon jardin hier soir, en beaucoup plus grand.*
- *Bon,* fit Guillaume en cachant à peine sa déception, *on verra bien.*

Béatrice lava rapidement les bols dans lesquels il avaient bu le jus de riz, puis elle invita le Techno à sortir avec elle. Du coin de l'œil, elle le regarda descendre gauchement les deux marches du perron. Elle ne put s'empêcher de sourire. Tu parle d'un être supérieur, se dit elle avec ironie, ça descend les escaliers avec autant de grâce qu'un canard et cela veut donner des leçons !

Jean, l'Ancien, semblait perdu dans ses pensées. Paul toussa poliment pour signaler sa présence.

- *Tiens, c'est toi Paul*, fit gaiement le vieil homme.
- *Oui, je crois que tu veux me voir non ?*

L'ancien sourit, reportant son attention sur les champs dans lesquels s'affairait une bonne partie des gens du village.

- *Tu n'as pas envie d'aller les aider ?* demanda-t-il après quelques secondes de silence.

Paul sourit. A une centaine de mètres, il avait reconnu Élisabeth dont il était secrètement amoureux depuis si longtemps. Ils avaient toujours été dans la même classe à l'école. La jeune femme ne partageant visiblement pas ses sentiments, il avait renoncé, mais chaque fois qu'il la voyait, il ressentait un petit coup au cœur. Peut-être que c'était cet amour déçu qui lui donnait tant envie de prendre la mer sur la sablière et de vivre seul.

Et puis, si Élisabeth avait fréquenté quelques hommes, elle ne s'était pas encore décidée à fonder une famille. Alors, il gardait un petit espoir.

Au dernier tournoi de katé, l'ayant aperçue au premier rang des spectateurs, il avait donné tout ce qu'il pouvait pour l'impressionner. Mais, tellement concentré dans ses combats, il n'avait guère pu vérifier si elle l'avait ne serait-ce que remarquée. C'était cependant très probable car il se souvenait que beaucoup de spectateurs l'avaient applaudi.

L'Ancien le coupa dans ses réflexions :

- *Qui donc regardes-tu ?*

Paul sursauta comme un enfant pris en défaut :

- *Personne en particulier…* dit-il en détournant son regard.
- *Ah, moi je crois que tu regardais la petite Élisabeth.*
- *Non, non,* fit Paul en secouant la tête.
- *Tout le monde sait que tu as le béguin pour elle*, continua l'Ancien.
- *Je l'aime bien, c'est tout.*
- *Je serais toi, j'irais la voir pour l'inviter.*
- *A manger ?*
- *Oui, par exemple, ou à un faire un peu de katé. Elle n'est pas mauvaise, tu sais.*
- *Bon, je verrai*, fit Paul soudain plein d'espoir.

L'Ancien soupira.

- *Bon, ce n'est pas pour cela que je souhaitais te voir.*

Paul ne dit rien, attendant la suite.

- *En fait, la semaine prochaine, lundi très exactement, nous allons recevoir un Techno. Pour le moment, il est dans un autre village.*

Paul ouvrit de grands yeux :

- *Un Techno !*
- *Oui, un Techno. Cela t'embête ?*
- *Non, non,* fit Paul gêné, *simplement… c'est la première fois, non ?*
- *Je ne sais pas.Tu n'as rien contre les Technos ?*

Un moment, Paul se demanda si l'Ancien était au courant du secret des joyeux lutins. C'était possible. Il savait sûrement beaucoup de choses. Mal à l'aise, il répondit :

- *Non non…*
- *Bon, tant mieux, parce que c'est toi qui va le recevoir chez toi.*
- *Quoi ?* s'écria Paul.
- *Il est important que ce Techno partage la vie de tous les jours d'un Sixpilien. Cela ne durera qu'une semaine. Ensuite, il repartira deux semaines avec d'autres membres de notre communauté, puis il reviendra avec toi pour une nouvelle semaine et ainsi de suite pendant 6 mois.*
- *Mais, ma maison n'est pas…*
- *Elle n'est pas terrible, non. Tu as jusqu'à la fin de la semaine pour y remédier. Mets de l'ordre, nettoie les murs et les fenêtres. Qu'il ne raconte pas ensuite chez ses frères technos que nous vivons comme des animaux.*

Paul ne répondit pas. Il ne s'attendait vraiment pas à cela. Beaucoup d'idées plus ou moins contradictoires se bousculaient dans sa tête. Il ressentait à la fois de l'appréhension et une excitation certaine : il craignait les Technos mais c'était là l'occasion rêvée d'en apprendre plus sur eux ?
Il demanda :

- *Mais qu'est ce qu'un Techno vient faire chez nous ?*
- *Il vient nous étudier je crois,* répondit l'ancien.

  Nous étudier
- *Oui. Enfin… je ne connais que la version officielle : il fait un reportage sur les Sixpiliens. Mais tu sais, les Technos sont très… spéciaux. On ne sait jamais trop ce qu'ils ont derrière la tête.*
- *Ah…*
- *Bof, cela n'a pas d'importance. Il ne te mangera pas.*
- *Non,* répondit Paul soudain pensif.

Il n'apprendrait rien de plus de l'Ancien. Il se dit que, décidément, il se passait des choses curieuses ces derniers temps. D'abord les Technos qui lui achetaient sa marchandise en quelques heures, et maintenant, ce visiteur inattendu. Il avait hâte d'aller en parler aux autres.

Comme d'habitude, Béatrice s'affairait à enlever les mauvaises herbes sous l'œil apparemment indifférent du Techno. Ils étaient relativement nombreux ce matin : environ une cinquantaine. Le Sixpilien chargé de l'exploitation communautaire n°3 avait réparti les tâches et noté les noms de chacun, comme d'habitude.

Tout le monde était au courant, bien-sûr, pour le Techno, mais la discrétion et la retenue étant de mise, personne ne lui demanda quoi que ce soit. A un moment, Sylvie se rapprocha de Béatrice et, sans cesser de travailler, elle lui demanda :

- *Alors, ça se passe comment avec le Techno ?*
- *Ouf !* fit Béatrice d'un air entendu.
- *Comment ça ouf ? Il est intéressant ?*
- *Ben si tu veux, je te le laisse. On arrange cela avec l'Ancien.*
- *Sûrement pas !* répondit Sylvie avec un geste de recul, *mais raconte !*
- *Oh, il n'y a pas grand-chose à dire. Il se croit très supérieur. Il ne comprend rien à nos principes. Tiens, tu savais toi qu'ils mangent de la viande de synthèse ?*
- *C'est quoi ça de la viande de synthèse ?*
- *Ben c'est de la viande qu'ils fabriquent en laboratoire, sans passer par des animaux vivants.*
- *Non ? C'est super génial, comme cela ils n'ont pas à tuer leurs animaux !*
- *Ne sois pas bête, ils n'ont plus à tuer leurs animaux pour la bonne raison qu'ils n'en ont plus.*
- *Ah… évidemment. Et alors ?*

Énervée, Béatrice décida de laisser tomber, elle changea de sujet :

- *Ils étudient longtemps aussi, jusqu'à 40 ans, tu te rends compte ?*
- *Dis donc !*
- *Et il prétend que la moyenne de vie d'un Techno est de 135 ans.*

- *Non ?* fit Sylvie étonnée.
- *Tu parles, c'est peut-être bidon ! Et puis de toute façon, comment veux-tu qu'on le vérifie ?*
- *Je ne sais pas moi. Pourquoi mentirait-il ?*
- *Parce que c'est un Techno et que les Technos mentent tout le temps.*
- *Ah oui. Et puis, même si c'était vrai, cela sert à quoi de vivre si vieux ?*
- *Je n'en sais rien.*
- *Bon, allez ! Quoi d'autre ?* interrogea Sylvie dont la curiosité n'était décidément pas satisfaite.
- *Je ne sais plus moi. Il dit beaucoup de bêtises, tu sais. On dirait un adolescent.*
- *Ouais, mais il est beau gosse quand même.*
- *Tu trouves ?* demanda Béatrice.
- *Je…*

Sylvie s'était arrêtée de parler. Surprise, Béatrice leva la tête vers elle. La jeune femme regardait en direction du bord sud de l'exploitation. Béatrice s'aperçut soudain que tout le monde dans le champ regardait dans la même direction. Elle suivit leurs regards et fut surprise de constater que le Techno s'était accroupi dans le champ et qu'il essayait maladroitement de tirer sur les mauvaises herbes. Sa première pensée fut méchante : *Il est incapable de faire la distinction entre une mauvaise herbe et une plante utile*, puis elle se demanda si elle devait aller le voir pour l'aider. Un Sixpilien plus proche, un homme assez âgé, lui évita cette corvée.
Béatrice n'en revenait pas. Un Techno qui essayait de faire du travail de Sixpilien ! C'était absolument inédit et si elle ne l'avait pas vu de ses propres yeux, elle ne l'aurait pas cru.
Ou il était devenu fou, ou cet apprenti journaliste n'était finalement pas comme les autres, enfin, du moins, pas conforme à l'idée qu'on se faisait habituellement des Technos.

S'apercevant que tout le monde le regardait, Guillaume songea à se relever. Mais un vieil homme s'approcha et, sans un mot, lui prit la main pour lui montrer comment arracher les mauvaises herbes. Il sentit le contact de cette main calleuse et éprouva soudain une impression ambiguë. Il n'aimait pas ce contact physique, mais en même temps, il se sentait soudain accepté. C'était vraiment magique. En fait, il avait seulement voulu voir s'il était capable d'arracher une mauvaise herbe comme les Sixpiliens, par simple curiosité et pour son reportage aussi. Il n'aurait jamais imaginé une telle réaction des gens autour de lui. Guidé par le vieil homme, il venait d'arracher une bonne dizaine de mauvaises herbes. Ce n'était pas bien difficile. Il se releva. Tout le monde se remettait au travail. Le vieil homme s'éloigna de quelques mètres.

Guillaume regarda ses mains maculées de terre. Ce n'était pas très propre, mais il venait soudain de réaliser que s'il voulait comprendre les Sixpiliens et, surtout, obtenir leur bonne volonté, il suffisait qu'il s'efforce de vivre comme eux. C'était le seul moyen de ne pas être rejeté, de réussir à pénétrer au cœur du sujet. Il sentit qu'il venait de découvrir là, dans ce champ, le secret des plus grands journalistes. Le grand secret ! Celui qui ouvrait toutes les portes. Comment l'expliquer ? C'était comme à la guerre en fait: il y avait les journalistes de salon à l'arrière qui interviewaient les soldats qui revenaient du front, et les « vrais » journalistes, en première ligne, au côté des combattants, partageant leur solitude et leur peur continuelle. Lui, Guillaume, appartiendrait à cette deuxième catégorie : les grands journalistes.
Heureux, il s'accroupit et se mit au travail sans trop forcer. Il n'allait quand même pas se faire mal au dos.

CHAPITRE 6

Sylvie ne tarissait pas d'éloge à l'égard du Techno.
Béatrice l'écoutait sans trop intervenir, surprise de sa réaction. Elle se sentait un peu perdue car, de son côté, si elle avait apprécié le geste du Techno, elle ne comprenait pas comment un homme qui méprisait si ouvertement le mode de vie Sixpilien quelques minutes plus tôt pouvait soudain sembler l'adopter ? C'était vraiment troublant. Sylvie, qui n'avait pas vu l'autre aspect du Techno, était fort logiquement sous le charme. Mais, pour Béatrice, il y avait comme une fausse note. Quelque chose qui ne collait pas. Elle sentait bien que les Technos étaient beaucoup plus complexes que les Sixpiliens. Entre leur façon d'agir et leur pensée, il pouvait certainement y avoir des décalages considérables. C'était là quelque chose de nouveau, une situation à laquelle les Sixpiliens n'étaient plus habitués. Trop de temps s'était écoulé depuis l'époque où les deux communautés cohabitaient, aujourd'hui, elles ne se connaissaient plus. Les Technos étaient pour eux comme des grands frères dont on a du mal à comprendre les motivations réelles.

La drague filait à 12 nœuds. Au large, la mer était encore formée après la tempête de la nuit, mais dans l'estuaire, la houle ne dépassait pas un mètre cinquante. La marée était étale. En tous cas, le vent était complètement tombé et la visibilité excellente. De la passerelle, Paul gouvernait. Il attendit l'alignement des deux balises surnommées « Tondu » et « Moins que rien » avant de virer vers le grand banc d'Augny. Les autres dragues des autres villages étaient remontées plus haut sur la Loire, mais Paul préférait gagner un poste plus près de l'embouchure. Comme cela, il profiterait de la marée montante du soir pour regagner le port. Évidemment, ils roulaient un peu, mais la drague était stable, cela ne gênerait pas véritablement les opérations de dragage. L'étrave se souleva soudain sous l'effet d'une vague un peu plus grosse que les autres, puis retomba dans une gerbe d'écume qui aspergea tout le pont avant. Sur la table à cartes, les jumelles glissèrent. Derrière, dans la salle de quart, quelques exclamations fusèrent. L'équipe y attendait la consigne de gagner les postes de travail. Seul Louis, debout sur l'aileron tribord, observait silencieusement le large. Paul sourit : Louis avait toujours rêvé de partir sur un de ces petits cargos mixtes qui faisaient l'Afrique ou l'Amérique, mais il ne s'était jamais décidé à quitter sa femme et ses deux jeunes enfants pour cela. Louis était un marin dans l'âme, un aventurier du grand large, mais il avait aussi un grand cœur. Il n'en parlait à personne, ne se plaignait pas, mais Paul savait bien. Il suffisait de voir son visage épanoui lorsqu'un petit cargo venait mouiller dans l'estuaire.
Devant, les vagues déferlaient maintenant, indiquant l'approche des hauts fonds du banc d'Augny. Paul mit avant lente. Dans la salle de quart, les hommes, habitués, se préparaient.

Une mouette fatiguée vint se poser sur la cabine d'une des grues, donnant des coups de bec contre la tôle. Le ciel s'éclaircissait lentement, annonçant une bonne journée. Une fois n'était pas coutume, le vieux moteur tournait comme une horloge. Paul sourit. A cette époque de l'année, le métier était tellement agréable ! Il songea au Techno qui allait venir troubler cette belle harmonie. Pourvu que cela se passe bien.
C'est alors que, brusquement, Louis leva le bras en direction d'un point noir en amont de la Loire. Intrigué, Paul prit les jumelles. Il s'agissait d'un curieux vaisseau, de forme ovoïde, avec une petite tour qui en émergeait au centre. Un sous-marin ! Oui, c'était cela. Paul se rappelait maintenant ses lectures à la bibliothèque. Il s'agissait un bateau de guerre qui plongeait au fond de l'eau. Il n'en avait jamais croisé jusqu'à présent. Il avançait très vite.
La rencontre avec ce genre d'engin n'était pas de bon augure. Si la cité de Nantes l'envoyait en mer, c'était probablement qu'elle craignait un conflit avec une autre cité. A moins qu'il ne s'agisse du tournage d'un film ou d'une expérience scientifique.
Les Technos étaient très friands de films ou de reportages scientifiques. Dans le monde sixpilien, le cinéma et la télévision n'existaient pas. Paul se souvenait vaguement de la raison : les créateurs du mouvement considéraient en effet que les médias étaient des instruments d'endoctrinement et qu'ils détruisaient la relation familiale. Les gens préféraient en effet regarder un navet sans intérêt plutôt que de jouer en famille aux cartes ou de se raconter des histoires. Il se disait même que les Technos regardaient leur télé pendant les repas, créant des conflits entre ceux qui voulaient suivre le programme et ceux qui avaient envie de parler un peu. En plus, lorsqu'ils regardaient un film, les spectateurs cessaient toute pensée constructive. Le cerveau se contentait d'encaisser les images, de suivre l'histoire. Paul n'avait jamais vu un film de sa vie alors il lui était difficile de se faire vraiment une opinion. peut-être que tout cela était exagéré mais bon… C'était en tous cas ce qu'on lui avait enseigné.
Il réalisa soudain que Louis s'était rapproché. Il lui donna ses jumelles. L'engin se rapprochait rapidement. Les deux hommes échangèrent un regard inquiet. Paul avait lu que les sous-marins étaient devenus complètement obsolètes. Avec leur flotte d'avions spatiaux et leurs satellites, les Technos pouvaient atteindre en quelques minutes n'importe quel point du globe. Les sous-marins n'avaient donc plus guère d'intérêt militaire.
Il s'agissait sûrement du tournage d'un film ou d'un documentaire. Tous les marins étaient maintenant sur le pont, regardant en direction du curieux vaisseau et les commentaires allaient bon train. Paul attendit un peu pour faire jeter l'ancre. Il doutait que le Techno s'engage dans leur direction à cause des hauts fonds mais il préférait rester manœuvrant. L'autre devait filer 30 ou 35 nœuds. Il soulevait une vague de près de 2 mètres qui balayait derrière lui les berges de la Loire. Les pêcheurs le long du fleuve avaient sûrement dû avoir une belle frayeur en voyant passer cet énorme vaisseau.

Le sous-marin était maintenant presque parallèle à eux. En haut du kiosque, un homme les regardait. Il n'avait pas besoin de jumelles classiques pour les observer de près. Les militaires technos portaient en effet des visières très performantes qui leur permettaient de grossir à volonté dans une direction donnée, de voir la nuit, de ne pas être éblouis par le soleil et sans doute d'autres fonctions que Paul ne connaissait pas.
Le Techno en haut du kiosque leur fit un signe amical de la main à laquelle tout le monde s'empressa joyeusement de répondre. Ce petit geste eut pour effet de détendre l'atmosphère. Paul songea que la solidarité entre gens de mer s'appliquait peut-être aussi, après tout, avec les Technos.
Le sous-marin était immense, peut-être 200 mètres de long. La coque semblait parfaitement lisse, sans la moindre aspérité. Difficile de deviner le matériau mais il y avait fort à parier qu'il ne s'agissait guère de métal. Sans doute un de ces nouveaux matériaux composites indécelable par les ondes radar classique. Il s'agissait donc d'un sous marin furtif.
Pas de nom sur la coque. Paul songea aux appareils compliqués qui devaient se cacher là-dessous. Tout cela devait coûter une fortune. Il avait lu qu'au XXI e siècle, le budget de l'armée dans une démocratie en temps de paix pouvait représenter jusqu'à 20% des dépenses totales du pays !
Les Sixpiliens ne consacraient pas un seul sous à leur défense. Mais peut-être exagéraient-ils dans l'autre sens, songea Paul.
Ils apercevaient maintenant l'arrière du sous-marin. Il ne devait pas être propulsé par une hélice car on ne discernait aucun remous. Sans doute un de ces systèmes qui aspirait l'eau à l'avant pour la recracher à grande vitesse à l'arrière. Un « réacteur à eau » comme on disait vers la fin du XXI e siècle.
Paul s'aperçut soudain qu'ils étaient arrivés en plein sur le banc de sable. Il débraya le moteur et donna le signal pour mouiller l'ancre.
Tandis que le sous-marin s'éloignait rapidement vers le large, les habitudes reprenaient à bord. Le cuisinier jeta à la mer les restes du déjeuner que les mouettes s'empressèrent de se disputer avec des grands cris.
Sur le sonar s'affichait la géographie du fond. Pas de rocher, que du sable sur plusieurs mètres d'épaisseur. Paul se dit que dans cent ans, celui qui serait à sa place verrait exactement la même chose sur son écran. Les prélèvements étaient tellement faibles qu'on pouvait même craindre qu'ils ne suffisent pas à endiguer l'ensablement progressif du chenal, à moins que les Technos ne continuent à acheter comme la veille auquel cas il faudrait armer de nouvelles dragues.

Lors du déjeuner à la cantine de l'exploitation communautaire, Sylvie s'arrangea pour s'asseoir en face du Techno. Ce dernier, ravi de son succès, leur décrivit un peu le monde des cités. Il parla des exploitations agricoles automatisées en tour. Il s'agissait d'édifices constitués de dizaines d'étages de champs artificiels parcourus par des robots qui prenaient soin des plantes.

Il expliqua qu'en fait, seuls les gens riches achetaient les produits issus des tours agricoles, par snobisme. Car l'industrie alimentaire qui pouvait pratiquement reproduire tous les produits naturels, de la viande à n'importe quel fruit ou légume, fournissait 95% de la consommation sous forme de plats qu'il suffisait de réchauffer.
Tout le monde fut ébahi. Béatrice ne disait rien. Elle se contentait d'écouter. Elle se sentait différente des autres. Quelque chose en elle rejetait le Techno. Elle avait beau se dire que ce n'était pas normal, que c'était contraire à la doctrine, que c'était peut-être du racisme, elle n'arrivait pas à apprécier cet homme venu des cités. Elle le trouvait presque diabolique.
Elle se dit que peut-être que quelque chose en elle ne tournait pas rond, elle se demanda même avec angoisse si elle n'était pas devenue la proie de cette terrible maladie qu'était l'orgueil.
Elle savait qu'au XXI e siècle, la plupart des gens en souffraient. C'est ainsi par exemple qu'un chef de famille pouvait priver ses enfants d'une nourriture de qualité simplement parce qu'il voulait se payer une voiture plus belle que celle de son voisin. Certains orgueilleux pouvaient avoir des réactions extrêmement violentes, comme de tuer à coups de couteaux leur propre femme qui voulait les quitter, et même leurs enfants parfois. A cette époque, l'auteur d'une bêtise ou d'une erreur voulait rarement le reconnaître pour ne pas se sentir humilié, pour ne pas être « blessé dans son orgueil » comme on disait. Dans la vie, c'était à qui était le plus reconnu et tous les moyens étaient bons pour y parvenir, même le vol ! A l'école, les enfants recevaient des notes et étaient classés. Le dernier était un cancre, le premier paradait, se considérant comme supérieur. Les gens se construisaient des maisons aussi grandes et aussi luxueuses que possible, simplement pour paraître riches. Ils partaient en vacances à l'autre bout du pays, voire dans un autre continent, par snobisme, visitant même les bidonvilles qu'ils contribuaient à créer par leur vanité, leur cupidité et leur égoïsme. Même le sport était gangrené. On donnait beaucoup d'argent au meilleur. Alors, tout le monde voulait être le meilleur car ainsi, il pouvait s'acheter plus de choses que les autres. Peu importait que ces choses soient inutiles. Pendant ce temps-là, la moitié de la planète mourait de faim ou de maladie. Et c'est dans cette époque épouvantable qu'est née la doctrine Sixpilienne. Les adeptes du capitalisme et de la société de consommation disaient : « Sois le meilleur, obtient ce que tu mérites, écarte les moins bons, écrase les si nécessaire. Il n'y a pas de place au soleil pour tout le monde.» Les adeptes du communisme disaient : « Que chacun ait la même chose. Égalité pour tous. » Ils voulaient récupérer ce que les nantis possédaient. Les Sixpiliens eux disaient : « Vis humblement, rejette ce qui est inutile et communie avec l'autre »
Un tel discours détonnait au milieu des doctrines reconnues et il ne pouvait donc plaire qu'à une faible minorité. Au début, la communauté sixpilienne fut donc considérée comme une secte. Même les religieux la rejetaient. Et pour

cause : pour un Sixpilien, s'adresser à Dieu était déjà une épouvantable preuve d'orgueil. Prétendre au paradis ou à une quelconque absolution était pure vanité. Parler au nom d'un Dieu était un sommet de prétention.
Malgré tout, les Sixpiliens firent des émules parmi les gens de bonne foi en posant des questions simples : « Comment une personne peut-elle s'acheter un bon film tandis qu'un seul enfant sur terre n'a pas de quoi manger ? » A ce jour, il était difficile de concevoir le monde d'alors, surtout pour un Sixpilien.
Béatrice reconnaissait volontiers qu'elle n'avait guère d'expérience dans ce domaine, mais d'un autre côté, elle sentait bien que le Techno avait quelque chose à voir avec ce monde là et elle redoutait d'être pervertie à son contact.
Tandis que le Techno expliquait quelque chose à Sylvie, elle se leva discrètement et sortit de la cantine. La vue des champs sous le soleil la détendit. Elle resta là quelques instants à savourer le paysage, contente de s'être débarrassée de son invité. Mais à peine avait-elle commencé à marcher qu'elle entendit une voix derrière elle :

- *Ohé ! Béatrice.*

Elle se retourna, serrant les dents.

- *Eh bien*, fit le Techno, *tu ne m'oublierais pas ?*
- *Je pensais que tu préférais rester aux champs, je serais revenu te chercher après mon cours de katé,* mentit Béatrice.

Elle n'en revenait pas de mentir avec autant de naturel. Les mauvaises choses s'apprennent très vite, se dit-elle non sans une certaine amertume.
Guillaume la regarda en souriant. Cette petite Sixpilienne avait du caractère. Elle était moche comme un pou, mais il eut soudain envie de la posséder. Il se dit qu'il était important pour lui d'arriver à la séduire. C'était comme un défi qu'il devait relever. Cette fille terminerait dans son lit ou il ne méritait pas de devenir journaliste.
Très loin, fort heureusement, d'imaginer ce qui traversait l'esprit de son invité, Béatrice reprit son chemin. Se maintenant à sa hauteur, Guillaume lui demanda :

- *Pourquoi est ce que vous n'utilisez pas des désherbants ?*

Béatrice souffla, un peu excédée. Celui-là allait l'obliger à réviser tous les enseignements des Sixpiliens. Elle essaya de botter en touche :

- *Tu sais, tu ferais mieux de poser ce genre de questions à l'Ancien. Il est beaucoup plus érudit que moi dans ce domaine.*
- *Oui, c'est probable, mais tu es plus agréable à regarder et tes réponses sont sûrement beaucoup plus spontanées.*

Béatrice se tourna vers le Techno. Comme il était énervant !

- *Tu as bien tort. L' Ancien répondrait bien mieux que moi. Quant à être ou non agréable à regarder, rappelle-toi que tu t'adresses à une Sixpilienne ; chez nous, la notion de beauté est très différente de chez vous.*
- *Ah…* fit Guillaume, se promettant d'élucider plus tard cette question, *en attendant, tu m'expliques pourquoi vous n'utilisez pas*

de désherbants chimiques ? Ne me dis pas que tu ne sais pas ! Que tu désherbes à la main depuis des années sans savoir pourquoi !

- *Est-ce que tu te demandes toi pourquoi tu veux être journaliste ?*
- *Parce que c'est un métier que j'aime. Il me fera rencontrer plein de gens, découvrir plein de domaines, voyager...*
- *Bon, et bien moi j'aime désherber à la main parce que c'est une activité comme une autre. Elle me laisse le temps de réfléchir.*
- *Mais tu peux réfléchir sans pour autant désherber ! Et puis, c'est crevant.*
- *Parce que tu n'es pas habitué à travailler. Pour nous, c'est facile.*
- *Bon, d'accord, mais ce serait plus facile avec un désherbant chimique.*

Béatrice réfléchit :

- *Oui, mais un désherbant chimique laisserait des particules nocives sur nos cultures qui empoisonneraient notre corps et notre esprit. Et puis, qu'est ce que je ferais de mes journées ? »*
- *Eh bien comme nous !* s'écria Guillaume, scandalisé par un raisonnement aussi simpliste, *tu pourrais te cultiver, regarder des films, te promener, danser…*
- *Ne t'inquiète pas, on a aussi nos distractions, mais le travail est un acte d'humilité et de communion avec la nature.*
- *C'est donc cela que l'on vous enseigne dans vos écoles sixpiliennes ?*
- *On ne l'apprend pas, on le ressent. Travailler la terre, c'est comme caresser un être qui t'est cher, c'est sensuel.*
- *Eh bien moi, je préfère caresser pour de bon une femme et laisser la terre aux machines.*
- *Parce que pour toi, il y a une hiérarchie des tâches. Travailler la terre te semble une tâche de bas-niveau alors que raconter ce que les autres font te semble beaucoup plus valorisant.*
- *Ben oui, cela me semble évident.*
- *Bon,* dit Béatrice, *alors tu ne comprendras jamais la philosophie sixpilienne, tu es trop orgueilleux pour cela.*
- *Non, il ne s'agit pas là d'orgueil. Je suis simplement beaucoup plus attiré par les tâches de niveau intellectuel élevé. J'aspire à mieux comprendre le monde et les hommes, et ce n'est pas en arrachant de l'herbe que j'y arriverai. Et puis, si nous nous étions contenté d'arracher des brins d'herbes, il y a longtemps que l'humanité aurait disparu, fauchée par une de ces terribles maladies que nous avons réussi à vaincre.*
- *Avec une nourriture plus saine, un environnement moins pollué, une activité physique en harmonie avec la nature, vous n'auriez peut-être pas eu à vaincre toutes ces maladies. Quant à croire que tu ne comprendras pas le monde en arrachant de l'herbe, c'est ton*

opinion. Pour moi, ton raisonnement est la preuve que tu ne comprendras justement jamais le monde. Ceci étant dit, franchement, en quoi êtes-vous plus heureux que nous ?

- *Déjà, on vit plus longtemps.*
- *Et alors, n'êtes vous pas fatigués de vivre lorsque vous êtes vieux ?*
- *Non, tous le monde veut vivre le plus longtemps possible.*
- *Mais pourquoi ?*
- *Je ne sais pas moi, il y a mille raisons : pour voir grandir nos arrière petits-enfants, pour réaliser des choses que l'on n'a pas encore trouvé le temps de faire avant…*
- *N'est-ce pas plutôt parce que vous avez peur de mourir ?*
- *Oui, si tu veux. Et alors, vous les Sixpiliens, vous n'avez pas peur ?*
- *Si,* concéda Béatrice, *mais nous l'acceptons.*

Guillaume fit un geste de lassitude de la main :

- *Bah, tout cela ce sont des mots. La vérité c'est que vous êtes comme des religieux de l'ancien temps avec des dogmes immuables que vous ne pouvez pas justifier mais qui vous évitent d'avoir à réfléchir.*
- *Non, la vérité c'est que nous vivons heureux sans conflit, en aimant autrui dans une nature que nous respectons. Et puis, comment peux-tu nous juger alors que tu ne connais absolument rien de notre mode de vie ?*
- *Tu sais, on apprend quand même deux ou trois choses sur les Sixpiliens à l'école. Mais bon, d'accord, tu as raison, on verra bien d'ici quelques mois.*
- *Ah, tiens, par curiosité, j'aimerais bien savoir ce que vous apprenez sur nous.*
- *Que vous euthanasiez vos vieux par exemple,* lança Guillaume pour provoquer la Sixpilienne.
- *Quoi ?*
- *Ben oui quoi, lorsqu'un Sixpilien est trop âgé, il doit mourir. Tu me l'as confirmé ce matin.*

Béatrice s'arrêta de marcher. L'émotion lui fit chercher ses mots:

- *C'est… sans doute impossible de te faire comprendre une telle notion. Je pense que tu fais référence à ce que l'on appelle entre nous la « salle du jugement dernier ». Effectivement, nous avons un lieu dans lequel chaque adulte reconnu apte se rend chaque année à la date anniversaire de sa naissance. Là, sans aucun témoin, il effectue une sorte de parcours d'obstacles avec des règles à respecter. Pour terminer ce parcours, il y a un temps limite. Lorsqu'il n'arrive plus à le réaliser, il sait qu'il est devenu trop vieux. Il sait que, peut-être, il est temps pour lui de songer à s'en aller.*
- *Cela s'appelle de l'euthanasie !*
- *Tu ne peux pas comprendre.*

- *C'est un peu facile comme réponse. Tu ne peux pas argumenter un peu?*
- *bien-sûr que oui ! D'abord, personne ne sait à part toi que tu ne peux plus réaliser le temps. Tu es libre de continuer à vivre. Personne ne viendra jamais te reprocher quoi que ce soit. Au contraire, les autres, ceux qui t'aiment, redoutent plus que toi cette épreuve car ils ne veulent pas te perdre. Simplement, c'est comme un test, cela te permet de te dire que voilà, tu as fait ton temps, désormais ce sont les autres qui travaillent pour toi.*
- *Mais c'est dégueulasse. C'est une façon de pousser les vieux au suicide.*
- *Je te l'ai dit : tu ne peux pas comprendre. Tu es révolté parce que tu t'identifies à la personne âgée en conservant à l'esprit ta peur de la mort et ton souci de réaliser en permanence tes petits caprices. Mais nous ne sommes pas comme toi, nous sommes… très différents*
- *Ben mince alors. Moi, je continue à considérer que c'est là pousser les gens au suicide. Qu'est-ce qu'ils font les vieux quand ils ne font plus le temps ? Ils s'empoisonnent ? Ils se jettent d'un toit ?*
- *Tu dis des bêtises. Moi par exemple, lorsque je ne ferai plus le temps, je pense que j'arrêterai le katé, je ne prendrai plus la moindre médecine, je mangerai moins, je me laisserai aller quoi… C'est ce que beaucoup font en général. Ils continuent à travailler mais sont plus contemplatifs. En général, la mort survient assez vite. En tous cas, dans les année qui suivent.*
- *Ah oui ? Et par quel miracle ?*
- *Ben je ne sais pas moi, parce que le corps change de rythme. Il n'est plus aussi dynamique. Il n'est plus soutenu par les médecines traditionnelles. Bon, il faudrait demander à un médecin de l'hôpital, il y a sûrement une explication.*
- *Et les handicapés, ou ceux qui ont eu un accident, ils font comment pour réaliser le temps ?*
- *Mais, eux n'ont pas le statut d'adulte apte. Ils ne vont pas dans la « salle du jugement dernier ».*
- *Ah, et même toi, si tu ne fais pas le temps parce que ce jour-là tu as un coup de fatigue ou une blessure?*
- *Je recommence le lendemain, une semaine après, un mois après... Cela n'a pas d'importance.*
- *Ouais…* fit Guillaume sur un ton sceptique.
- *Tu ne peux pas comprendre. Cette épreuve, c'est entre ta conscience et ton corps.*
- *Non, tu as raison, je ne comprends pas. Est-ce que tu te rends compte que quelque part, tout cela équivaut à dire qu'une personne est jugée inutile pour la communauté sur la base de son état physique et pas de son esprit ?*

Béatrice se remit à marcher. Elle n'aimait décidément pas ce Techno qui remettait en cause les choses les plus élémentaires.
L'autre ne la lâcha pas :

- *C'est ta personnalité, ton esprit, ta sensibilité qui te caractérisent, pas ton état physique.*
- *Décidément,* dit Béatrice sur un ton irrité, *tu ne comprends vraiment rien ! Je ne te dis pas le contraire. C'est un comble d'entendre cela de la bouche d'un Techno ! Il n'y a qu'à voir le mépris que vous avez pour nous. Essaye de concevoir que c'est un choix de notre communauté. En l'acceptant, chacun de nous démontre sa solidarité envers le reste de la communauté et plus particulièrement les jeunes générations. Je préfère que nos médecins s'occupent des jeunes enfants qui ont toute une vie à découvrir plutôt que de moi qui ai déjà vécu, qui ai profité de la vie.*

Guillaume leva les yeux au ciel :

- *Mais chez nous, il y a abondance de biens et de moyens et un tel problème ne se pose pas. Utilisez des fertilisants et des désherbants chimiques et votre production de nourriture sera multipliée par dix. La main d'œuvre ainsi libérée pourra devenir médecin et soigner vos enfants et vos vieux.*
- *Mais ce n'est pas si simple.*
- *Ah bon ?*
- *Non, tout cela fait partie d'une culture. Nous nous consacrons à l'autre et pas à nous-même. Tu vois, ton problème à toi est de justifier que tu puisses vivre le plus vieux possible même si tu es un poids pour la société. Notre problème à nous est de donner à l'autre, de donner notre temps et même notre vie.*

Guillaume eut un soupir de lassitude.

- *Non, effectivement je ne comprends pas.*

Béatrice sourit :

- *C'est normal. Dès notre plus jeune âge, on nous apprend à raisonner en fonction de l'autre. On se dit : si je fais cela comment l'autre le percevra-t-il ? On se voit à travers les yeux de l'autre. On ne pense pas à soi mais à l'autre. C'est sans doute le cœur de la philosophie sixpilienne. C'est le premier des six piliers de la doctrine : « Reconnaître l'autre, c'est être capable de tout son cœur de se mettre à sa place, et agir en conséquence. » Mais vous les Technos, vous apprenez surtout à vous aimer vous-même, à tirer profit des opportunités tout en respectant la loi. Cette loi composée de centaines de milliers de textes. Nous, nous n'avons pas de loi écrite, nous avons juste cette culture de l'autre. Essaye de comprendre cela : pas tous ces textes de loi comme chez vous, juste notre culture de l'autre et notre bonne foi. Alors évidemment, il y a des choses que nous ressentons et que tu ne percevras jamais.*

Guillaume leva les yeux au ciel :

- *Sache, puisque tu en parles, qu'avant d'aimer l'autre il faut s'aimer soi-même, c'est un des principes de base de la psychanalyse.*
- *Ah çà, c'est bien un raisonnement techno ! Nous les Sixpiliens, nous croyons que l'amour doit être reçu ou donné aux autres mais qu'en aucun cas on ne doit s'en auto-distribuer. C'est parfaitement égoïste et très à l'image de ton monde individualiste. C'est aussi parfaitement présomptueux. Mais je comprends que ce soit très à la mode dans les milieux psychanalystes parce qu'évidemment c'est une notion que le malade reçoit très bien. Et comme le malade est aussi le client qui paye…*
- *Bah, tu n'es pas d'accord parce que tu ne comprends pas. Je vais essayer de t'expliquer une notion de psychanalyse élémentaire: dans chaque individu il y a deux mois. Le premier, c'est celui qui réclame, qui a besoin d'attention, de reconnaissance et d'amour, celui qui veut recevoir, l'affamé. Il faut l'apaiser pour que ton autre moitié, celle qui aime donner, puisse se réaliser, s'exprimer.*
- *Cela veut dire qu'il faut se sentir bien dans sa peau pour donner de l'amour à l'autre ?*
- *Voilà !*
- *Ouais, moi d'abord, les autres après quoi ! C'est parfaitement égoïste. Ce n'est pas du tout la philosophie sixpilienne.*
- *Si tu le dis,* lança Guillaume d'un ton découragé. En fait il comprit qu'il ne convaincrait jamais la Sixpilienne. C'était un peu comme d'essayer d'expliquer la relativité restreinte à un chimpanzé.
- *Écoute,* insista la jeune femme, *si tu veux vraiment faire un reportage sur notre monde, arrête de le regarder avec un œil critique. Oublie ton monde à toi et dis-toi bien que si nous sommes encore là après tant d'années, c'est que quelque part nos principes ne sont pas complètement aberrants. Laisse-toi aller à écouter. Deviens neutre. Ne laisse pas ton éducation et ta façon de penser interférer. Accepte nos règles.*

Sur ce, sans attendre une éventuelle réponse, la Sixpilienne se remit à marcher.

Guillaume ne dit rien. Il venait peut-être découvrir la deuxième leçon de la journée : un journaliste se doit de s'intégrer dans le milieu qu'il étudie. C'était tellement évident qu'il s'en voulait de ne pas l'avoir appliqué plus tôt. Peut importait que les Sixpiliens soient ou non des primitifs, qu'ils raisonnent mal… il devait devenir lui-même un primitif et découvrir ce monde sans laisser transparaître sa personnalité. Il devait se fondre dans le décor.

Toutes les Sixpiliennes n'étaient pas influençables comme cette petite sotte de Sylvie avec laquelle il avait mangé. Dans le cas de Béatrice, c'était beaucoup plus difficile car cette dernière avait vraiment énormément de personnalité et elle était totalement conditionnée par la doctrine sixpilienne. Il

ne la convaincrait jamais. Mais ça n'avait pas d'importance, elle restait une grande source d'informations. Il devait la flatter, dire oui à ses affirmations idiotes, lui faire croire qu'il abondait dans son sens
Encore une fois, il se dit qu'il allait falloir maintenant remonter la pente avec la Sixpilienne.
Il regarda ses fesses tandis qu'elle marchait devant lui et sourit. Elle finirait dans son lit et ce sera la preuve qu'il aura gagné. Ce serait son trophée.

A la fin de la journée, la drague était déjà déchargée, le sable lavé, trié et deux wagons étaient prêts à partir, l'un vers Nantes, l'autre vers Rennes. Paul venait de finir l'entretien de son jardin et rentrait chez lui se laver et se changer. Ce soir, ils mangeaient tous dehors près du bois de Balurelle. L'été était propice à ce genre de fêtes. En plus, Élisabeth serait sans doute là. A défaut de lui avouer sa flamme, il pourrait danser un peu avec elle et lui parler. Avant d'aller là-bas, il passerait à la salle des spectacles raconter aux joyeux lutins qu'il allait recevoir un Techno. Ils parleraient aussi sûrement du sous-marin. La soirée s'annonçait passionnante.

Béatrice ne fut qu'a demi-surprise de voir le Techno pénétrer sur le tatami et demander s'il pouvait apprendre lui aussi le katé. Bien entendu, cela créa une belle pagaille car tous les enfants commentèrent immédiatement l'événement.
Elle n'eut pas d'autre choix que d'accueillir Guillaume et, après qu'elle eut remis de l'ordre, le cours reprit. Le nouvel élève n'était pas très vif, plutôt tendu et pas très concentré, mais pour un premier contact avec le katé il ne se débrouillait pas trop mal. En tous cas, il ne prononça pas une seule parole, comme le veut l'usage, et s'efforça de reproduire les mouvements de base. Béatrice évita la traditionnelle séance de kumité (combat) car, étant la seule adulte, elle aurait été obligée de combattre avec le Techno et cela ne l'inspirait vraiment pas. Un grand maître avait dit une fois qu'au Katé, on ne pouvait progresser que si l'on aimait son adversaire. Béatrice n'aimait pas du tout le Techno. Elle n'était donc pas en mesure de combattre avec lui. Aimer tout le monde ! même les inconnus et même les Technos. Pour cela, il fallait décidément une maîtrise de la philosophie sixpilienne que Béatrice n'atteindrait jamais.
Elle songea soudain avec une certaine amertume que, pour le moment, la venue du Techno avait surtout mis en évidence ses lacunes personnelles. Elle ne se sentait assurément pas une Sixpilienne modèle. Elle découvrait avec effroi que, contrairement à Sylvie par exemple, elle n'était pas sans posséder un certain orgueil. Pour un Sixpilien, c'était une terrible découverte. Que pouvait-il lui arriver de pire ? Peut-être que l'ancien l'avait choisie à cause de cela, pour la mettre à l'épreuve et lui faire comprendre qu'elle devait s'améliorer. A moins qu'il ait considéré qu'il valait mieux mettre au contact du

Techno une personne déjà contaminée, de sorte qu'elle joue un rôle pare-feu vis-à-vis des enfants que sont la plupart des autres Sixpiliens ?
En tous cas, encore une fois, cela lui permettait de réaliser à quel point les premiers Sixpiliens avaient eu du mérite. Non seulement ils avaient dû supporter des individus comme ce Techno, mais en plus, ils l'avaient fait en vivant au milieu d'eux, dans leur société de consommation.
Ils avaient eu cet incroyable mérite de savoir rejeter l'attrait de la technologie grand public, des plaisirs faciles, de l'assistance à outrance alors que tout cela s'étalait devant leurs yeux.
Béatrice se dit qu'eux étaient vraiment des Sixpiliens. Des vrais philosophes. En fait, le Sixpilien d'aujourd'hui était un enfant qui n'avait pas connu l'épreuve du feu. Il n'avait aucun mérite.
A la fin du cours, les enfants se précipitèrent vers le Techno, lui posant mille questions. Béatrice les laissa faire malgré son appréhension : en effet, si les adultes sixpiliens étaient de vrais enfants, alors les enfants sixpiliens étaient quant à eux de purs innocents. Le Techno pouvait faire des dégâts extraordinaires. Pourquoi avait-il fallu que ce diable de Techno vienne parmi eux ? Pourquoi l'avoir accepté ? A quoi cela servait-il ?
En plus, ce soir, tout le monde allait manger sur la colline près de l'écluse du canal. Ceux de la manufacture allaient même présenter un spectacle avec leur famille. Est-ce qu'elle devait rester chez elle en tête à tête avec le Techno ou pouvait-elle l'amener ?
Elle décida finalement qu'il n'était pas question qu'elle rate une fête à cause de cet horrible énergumène. Sylvie serait aussi là et il suffirait de l'amener jusqu'à elle pour en être débarrassée pour la soirée. Comme cela, elle irait se frotter un peu aux garçons. Cela faisait un bout de temps qu'elle n'avait pas eu une aventure. Pourquoi pas ce soir ?
Elle se demanda soudain pourquoi elle n'avait pas encore fondé ou intégré une famille. Le temps passait, elle adorait les enfants, et pourtant, elle ne se décidait pas. Quelque chose l'empêchait de passer à l'acte.
Elle était différente des autres et c'était pour cette raison que l'Ancien l'avait choisie pour recevoir le Techno.

CHAPITRE 7

La fête battait son plein dans tous les villages sixpiliens. Tout le monde s'amusait, le vin coulait à flot et les spectacles s'enchaînaient les uns après les autres sur le grand podium. Les gens dansaient, les enfants jouaient. Assis sur des bancs, les plus âgés regardaient faire en commentant. D'ordinaire, Béatrice se laissait aller, se laissant envahir par l'euphorie ambiante, mais pour la première fois elle n'arrivait pas à participer à la fête. Discrètement, elle surveillait l'Ancien. Il s'amusait comme tout le monde, avec un peu plus de retenue peut-être, mais on sentait bien qu'il était détendu. De manière générale, il était bien rare qu'un Sixpilien rate une fête.
Chacun apportait une petite contribution au banquet : des fruits, un gâteau, du vin, des confiseries… On se couchait tard.

- *Tu viens danser Béatrice ?* lança une voix joyeuse derrière elle.

Béatrice se retourna : c'était Rolland. Un de ses admirateurs comme elle aimait les appeler. Elle avait eu quelques aventures avec lui et elle le trouvait adorable, mais aujourd'hui le cœur n'y était pas.

- *Pas envie de m'amuser. Pas en forme,* répondit-elle.

L'autre s'éloigna sans insister, un peu déçu.

- *Mais je t'aime bien quand même*, lui lança Béatrice.

Rolland lui fit un signe de la main pour lui montrer qu'il avait entendu. La jeune femme sourit. En fin de compte, elle était venue à la fête pour la bouder. Quelle ironie ! Elle ferma les yeux et essaya de se laisser aller.

- *Tu ne danses pas ?* fit une voix.

Béatrice ouvrit les yeux, surprise. L'Ancien se tenait devant elle. Son visage n'exprimait aucun reproche, il était juste attentif.

- *Non*, répondit elle, *je suis trop crevée.*
- *Où est ton invité ?*

Béatrice regarda le sol, un peu gênée:

- *Il est avec Sylvie, elle doit lui apprendre à danser.*
- *Tu aurais pu lui apprendre toi-même non ?*
- *Pas envie…* fit la jeune femme sur un ton boudeur.

L'ancien lui posa doucement la main sur l'épaule.

- *Tu as du mal à accepter le Techno n'est-ce pas ?*

Béatrice releva la tête, soudain décidée à vider son sac :

- *Je n'aime pas cet homme. Il est orgueilleux et calculateur, paresseux, impoli. Je n'aime pas les questions qu'il me pose et sa façon qu'il a de nous juger.*

L'ancien secoua la tête :

- *Tu es sûre que c'est seulement lui qui te juge ? Tu ne viendrais pas d'en faire autant de ton côté ?*
- *Peut-être.*
- *Sûrement, oui.*

L'ancien respira profondément :

- *Vous êtes comme deux enfants. Chacun essaye de convaincre l'autre que son mode de vie est le meilleur, mais vous avez peut-être tort tous les deux. Son mode de vie lui convient et le tien te convient. Les deux sont donc peut-être bons. Aucun n'est meilleur que l'autre.*

Béatrice resta bouche bée.

- *Mais…* fit-elle en hésitant, *tu ne vas quand même pas me dire que les Technos sont meilleurs que nous ?*
- *Non, je ne dirai pas cela, c'est sûr. Par contre, je suis certain que les Technos ont des choses intéressantes à nous apprendre. Que tout n'est pas à jeter.*
- *Si tu le dis...* fit la jeune femme d'un ton peu convaincu.
- *Mais ce n'est pas tout. Tu as la chance d'être confrontée dans ta vie de tous les jours à un Techno. C'est un retour aux sources formidable. C'est comme si tu te retrouvais une centaine d'années en arrière. Tu ne dois pas convaincre cet homme que le mode de vie sixpilien est le meilleur, tu dois seulement lui expliquer le pourquoi de chacun des choix que nous avons fait.*
- *Mais il n'écoute rien !*
- *Et toi, tu m'écoutes là ?*
- *Un peu…*
- *Écoute, je suis sûr qu'il écoute, ton Techno. Il rejette pour le moment tes explications mais, à défaut d'accepter, il finira un jour par comprendre ton point de vue. De ton côté, tu dois faire de ton mieux pour expliquer. S'il ne sent pas ta réticence et ton désir systématique de lui démontrer que tu as raison, il sera plus réceptif, tu verras.*
- *Mais je défends notre monde et notre philosophie de vie.*
- *Notre monde ? Tu crois parler en son nom c'est sûr. Mais nous n'avons rien à prouver aux Technos. Qu'ils nous jugent s'ils le souhaitent, cela n'a aucune espèce d'importance.*

Béatrice serra les dents. L'Ancien avait raison. Elle était en train de se fourvoyer complètement. Elle se comportait comme tous ces intellectuels du passé qui voulaient imposer leur vérité aux autres. Que lui importait de prouver quoi que ce soit à ce Techno ? Elle se laissait guider par l'orgueil. C'était terrible ! Elle se sentit soudain tellement insignifiante, tellement sale… Elle regarda l'Ancien dans les yeux et lui dit d'une voix empreinte de reproche:

- *Mais pourquoi m'avoir choisie moi ? Vous voyez bien que je ne suis pas à la hauteur…*
- *Mais si tu l'es. Tu as beaucoup de caractère mais tu es une excellente Sixpilienne. Il fallait nécessairement quelqu'un comme toi. Quelqu'un qui ne se laisse pas faire. Quelqu'un de fort. Tu ne t'en rends pas compte, mais je t'assure que le Techno est très décontenancé par ton attitude. Il s'attendait sûrement à être reçu*

comme un être supérieur et au lieu de cela, il est confronté à une femme qui ne plie pas, qui ne le vénère pas.

Béatrice ne dit rien. Pour sûr, il ne lui était jamais venu à l'esprit de vénérer un tel individu.

L'Ancien reprit :

- *Mets juste un peu d'eau dans ton vin et tu verras que cela ira mieux pour toi. Tu te détendras. N'essaye pas de convaincre le Techno de quoi que ce soit. Explique juste le pourquoi des choses. Il ne sert à rien de vouloir le convaincre à tout prix que tu détiens la vérité. Les Technos ont leur façon de voir les choses et nous la nôtre. Le temps a prouvé que nous pouvons coexister pacifiquement sans aucune difficulté, alors continuons ainsi. Respectons nos différences.*
- *Même si lui ne respecte pas les nôtres ?* insista Béatrice.
- *Est-ce une raison pour ne pas respecter la sienne ? N'est-ce pas justement ce qui fait notre spécificité à nous Sixpiliens ? Dois-je te rappeler le 3e pilier ? Tu ne dois pas chercher à imposer, tu dois laisser le choix à cet homme. Répondre à ses questions c'est l'informer, mais essayer de le convaincre c'est imposer. C'est ce qu'il te faut éviter et tu le sais bien au fond de toi.*
- *Bon*, dit Béatrice d'une voix à peine audible, *j'essayerai.*
- *Oh tu y arriveras,car je suis sûr que tu comprends bien que cette colère qui t'anime n'est pas saine. Tu voudrais que le peuple sixpilien soit reconnu par cet homme, mais le peuple sixpilien n'en a cure car il n'a pas le moindre orgueil. Si ce Techno nous considère comme des moins que rien ce n'est pas grave. Personne ne lui en voudra. Il repartira chez lui à la fin de son étude avec ses convictions et tout redeviendra comme avant.*
- *Mais alors, pourquoi est-il venu ?*
- *Ah cela… Les voies du Seigneur sont impénétrables.*

Béatrice se rappela soudain que l'Ancien était très croyant. Il aimait lire la Bible et prétendait y trouver beaucoup des enseignements sixpiliens. Elle se redressa et, brusquement, elle se décida à aborder le sujet qui lui faisait si peur depuis quelques temps. Craignant la réponse, elle demanda d'une voix à peine audible:

- *Je me demandais justement cet après midi si…* elle hésita, *si je n'ai pas un peu d'orgueil en moi ?*

L'Ancien rit de bon cœur :

- *Si tu étais vraiment orgueilleuse, tu ne t'en rendrais pas compte. C'est une des caractéristiques de cette maladie, on ne peut pas s'en rendre compte par soi-même. Ce sont les autres qui le voient.*
- *Tu es sûr ?*
- *Oui, certain. Tu peux me croire, tu n'es pas orgueilleuse.*

- *Bon,* fit Béatrice qui se sentait soudain tellement soulagée, *j'ai eu si peur* !
- *Tiens, puisque nous en sommes aux confidences,* dit l'Ancien à voix basse, *j'aimerais bien que tu me dises aussi si je suis orgueilleux ?*
- *Non, bien-sûr que non !* s'exclama Béatrice surprise.

Elle éclata de rire. L'Ancien ressemblait soudain à un enfant.

- *Bon,* dit-il d'un ton penaud, *et si tu dansais un peu avec moi ? Personne ne m'invite. Je dois faire peur.*

Béatrice le prit par la main.

- *Allons-y !* fit-elle de bon cœur.

Le bouquet final fut splendide. Dans un vacarme assourdissant, des dizaines d'explosions de lumières se succédèrent dans le ciel, projetant des couleurs scintillantes tout le long de l'estuaire. Tout le monde applaudit avec entrain.

Paul adorait depuis toujours les feux d'artifice. C'était vraiment un spectacle grandiose. En ce soir de fête, la plupart des villages en tiraient un.

Il reporta son attention sur Élisabeth qui discutait gaiement un peu plus loin avec deux autres jeunes femmes. L'orchestre jouait à nouveau et des couples se formaient pour danser.

Il devait être minuit. Les gens plus âgés et ceux qui avaient des enfants quittaient la fête pour aller se coucher mais les jeunes resteraient encore jusqu'à 2 ou 3 heures du matin. Beaucoup iraient ensuite faire l'amour.

Les femmes avec lesquelles Élisabeth se trouvait furent invitées et elle se retrouva seule. C'était l'occasion idéale. Paul rassembla tout son courage et se précipita.

- *Tu danses avec moi ?* Demanda-t-il, le cœur un peu serré à l'idée qu'elle allait peut-être refuser.

Élisabeth sourit :

- *Je n'ai pas trop envie de danser mais pourquoi n'irions pas nous asseoir quelque part pour discuter.*

Paul s'empressa d'acquiescer, ravi. Il ne dansait pas très bien et tout ce qu'il demandait c'était de passer un moment avec la jeune femme.

Ils marchèrent dans le clair de lune, s'éloignant en direction du port. La musique était maintenant un simple murmure au loin. Paul suivait sans rien demander, heureux de se trouver là. Finalement, Élisabeth alla s'asseoir sur le banc de pierre à l'entrée des quais. Profitant de la lumière diffuse d'un des rares réverbères de la zone portuaire, Paul admira quelques secondes le profil de la jeune femme. Il songea que, malgré la formation sixpilienne, les forces qui poussaient un homme vers une femme, et réciproquement, étaient toujours aussi mystérieuses. Un peu gauchement, il s'assit à côté d'elle, laissant une dizaine de centimètres entre eux. Elizabeth sourit, elle se rapprocha contre lui, le touchant :

- *Tu m'aimes bien, n'est-ce pas ?* demanda-t-elle.

Paul fut surpris par une question aussi directe, mais il décida de ne pas l'éluder :

- *bien-sûr… En fait, je crois que je t'aime bien depuis toujours*, avoua-t-il.

La jeune femme se mit à rire :

- *On n'a jamais été loin l'un de l'autre en fait.*
- *C'est vrai.*
- *Je … J'ai toujours voulu aller avec toi, mais…* commença la jeune femme.

Paul sentit son cœur se serrer. Il craignait tellement ce que la jeune femme allait dire qu'il l'arrêta :

- *Laisse tomber. Cela n'a pas d'importance.*
- *Si* , insista Élisabeth, *justement, cela a beaucoup d'importance pour moi.*

Paul se tut, conscient maintenant qu'il devait laisser la jeune femme parler. Une bonne minute s'écoula avant qu'elle ne reprenne :

- *Tu es tellement sage, Paul.*
- *Ah…*
- *Oui, j'ai toujours su que si j'allais avec toi, ce serait sérieux. Or je voulais plutôt vivre, m'amuser.*

Paul sourit, soudain soulagé. Il avait eu tellement peur que la jeune femme ne lui annonce qu'elle n'éprouvait rien pour lui. Il ne dit rien, la laissant parler.

- *En fait*, continua-t-elle, *ce que je veux te dire, c'est que ces derniers temps, j'ai beaucoup réfléchi. Je suis fatiguée des aventures avec les garçons, je suis fatiguée de beaucoup de choses… j'aimerais…*

Comme la réponse tardait à venir, Paul demanda :

- *Tu aimerais peut-être fonder une famille ?*
- *Non, pas encore, pour cela, il faut se sentir sûre de soi. Ce n'est pas mon cas. Je ne sais plus trop ce que je veux. Je ne suis pas bien dans ma peau, tu vois ?*

Paul s'inquiéta :

- *Tu es malheureuse ?*
- *Non,* répondit Élisabeth en souriant, *ce n'est pas cela. Je me sens toute bête de t'ennuyer avec cela…*
- *Mais tu ne m'ennuies pas !*

Élisabeth se mit à rire. Paul sentit que ce rire la libérait.
Elle mit sa main sur son genou et serra doucement.

- *Ce que je voudrais te dire est dérangeant…*
- *Bon,* dit Paul, *me voilà prévenu.*

La jeune femme rit à nouveau, un peu gênée de toute évidence.

- *Comment expliquer ? Je ne suis pas malheureuse, j'aime bien le village et les gens qui l'habitent, j'aime bien ma vie, mais, ce que je voudrais je crois, c'est partir loin avec quelqu'un qui m'aime.*

Paul ne répondit pas tout de suite, il ne comprenait pas trop et sentait qu'a ce stade de la discussion, il pouvait facilement tout gâcher.

- *Partir ?* répéta-t-il finalement un peu bêtement.
- *Oui, partir loin à la découverte d'autres lieux, tu sais comme lorsque la terre n'était pas explorée partout.*
- *Ah…*
- *Partir avec toi si cela t'intéresse.*

Paul sentit son cœur battre. Il irait n'importe où du moment que ce soit avec Élisabeth.

- *Tu veux partir quand ? Ce soir ?*

La jeune femme se mit à rire.

- *Oh, je ne suis pas si pressée.*
- *Bien, écoute, on pourrait partir se promener, je pense que l'Ancien sera d'accord.*
- *Là n'est pas le souci.*
- *Non ? Mais tu veux partir combien de temps ?*
- *Je ne sais pas.*
- *Ah… Bon, mais tu veux aller où exactement?*
- *Je ne sais pas non plus.*

Paul se tut, plutôt décontenancé. Il n'avait pas la moindre idée d'un endroit où aller. Il était bien au village et ne se posait guère de questions. Un moment, il songea à Louis et à son rêve de grand large. Élisabeth était sans doute comme lui. Elle éprouvait le besoin de partir à l'aventure. Dans la pratique, rien ne les empêchait de partir. Ce n'était pas courant, mais nullement interdit. Simplement, habituellement, cela n'intéressait personne.
Il dit sur un ton mal assuré :

- *Je pourrais t'emmener la prochaine fois que je vais au marché.*

Élisabeth battit des mains comme une enfant :

- *Ce serait absolument génial !* s'écria-t-elle, *j'ai toujours rêvé d'aller voir à quoi ressemble une cité techno.*
- *Mais on ne peut pas pénétrer dans la cité.*
- *Je sais, mais déjà de loin… Ce sera bien.*

Paul se sentit un peu rassuré. Si ce n'était que cela. Il continua :

- *Il y a une vieille coque dans un des hangars du chantier naval. Elle n'appartient à personne. Je suis allé la voir plusieurs fois, elle pourrait être remise en état. On pourrait faire cela le soir après le travail.*

Élisabeth parla sur un ton émerveillé :

- *Oui, ça me va ! On la remet en état et le dimanche, on pourrait aller se promener dans les îles !*

Elle se mit à rire. Paul se garda bien de lui dire que l'île la plus proche était beaucoup trop loin pour qu'un dimanche suffise pour l'atteindre et revenir. Inutile de la décevoir si vite. Il continuait à chercher comment satisfaire la jeune femme lorsque celle-ci l'embrassa sur les lèvres. Un baiser rapide, léger. Il la regarda, un peu décontenancé. Elle l'observait, soudain silencieuse. Dans la pénombre, il ne pouvait pas vraiment distinguer son expression, mais il la sentait triste. D'un voix un peu tremblante, elle dit soudain :

- *Je ne suis pas heureuse.*
- *Mais…*
- *C'est comme cela. Je sais que ce n'est pas bien, j'ai honte, mais voilà, je ne suis pas heureuse.*
- *Tu n'as pas d'amis ?*
- *Si, je n'ai même que cela.*
- *Bon, mais alors, qu'est ce qui te rend malheureuse ?*
- *Je ne sais pas.*

Paul respira profondément. C'était bien la première fois qu'il rencontrait une Sixpilienne qui se disait malheureuse et en plus, sans même savoir pourquoi. Il cherchait désespérément comment aider la jeune femme mais se sentait vraiment dépassé.

Il se contenta de prendre sa main dans la sienne.

- *Tu es si gentil* ! souffla Élisabeth.
- *Si tu le dis…*
- *En réalité, je ne sais pas pourquoi on n'a jamais été ensemble ?*

Paul haussa les épaules :

- *Tu l'as dit tout à l'heure, je suis trop sage. Et puis il est vrai que ne suis pas très à l'aise avec les femmes.*
- *Oui, tu es meilleur sur un tatami de katé n'est ce pas ?*
- *Je ne sais pas.*
- *Si si, je le sais moi. Je te regarde souvent. Tu es vraiment bon.*

Paul bénit la pénombre qui masquait son trouble. Il s'était toujours moqué éperdument de savoir ce qu'il valait au katé. Il aimait combattre et peu lui importait de faire bonne figure, sauf lorsque Élisabeth faisait partie des spectateurs. Dans ces moments-là, il se surpassait pour qu'elle le remarque. Visiblement, cela avait fonctionné.

- *Tu te débrouilles très bien toi aussi,* dit-il.
- *Arrête !* le coupa la jeune femme, *je suis nulle. Je n'aime pas pratiquer le katé. Je préfère danser ou faire l'amour.*
- *Oui…* souffla Paul qui ne savait plus trop où il en était.
- *Tu as fait souvent l'amour ?* demanda malicieusement la jeune femme.

Paul ne répondit pas. Il avança la tête et embrassa Élisabeth. C'était tout ce qu'il avait trouvé pour éviter de répondre. Non, il n'avait pas beaucoup fait l'amour. Quelques fois à l'occasion des fêtes avec des femmes qu'il connaissait à peine. Elles lui avaient dit qu'il se débrouillait bien. Il se demanda s'il serait à la hauteur avec quelqu'un comme Élisabeth. Sûrement oui, parce qu'il l'aimait de tout son cœur.

Cette fois, ils s'embrassèrent longuement. Élisabeth se colla contre lui et il l'accueillit avec plaisir. Ne plus parler, et surtout, ne plus la laisser parler.

La musique s'était arrêtée depuis quelques minutes. Béatrice alla s'allonger dans l'herbe. Finalement, elle avait dansé des heures et se sentait fourbue. Il ne restait plus grand monde. Plusieurs de ses cavaliers lui avaient proposé des activités un peu plus coquines que la danse mais elle avait décliné leurs propositions. Cette nuit, elle avait juste souhaité danser jusqu'à l'épuisement. Les garçons étaient tous gentils, mais elle avait envie d'une belle histoire d'amour, pas de sexe. Ce besoin d'une relation plus sérieuse constituait sans doute une nouvelle étape dans sa vie de femme.
Pas de trace du Techno, ce qui n'était pas pour lui déplaire. En fait, elle l'avait aperçu riant avec Sylvie à un moment donné et s'était éloignée au plus vite de peur qu'il se croit obligé de venir lui parler, ou pire, lui demander de danser avec lui.
Elle observa une lumière blanche qui traversait rapidement le ciel étoilé. Elle se mit à rire : petite, elle croyait qu'il s'agissait d'étoiles filantes et, comme le veut la coutume, elle faisait systématiquement un vœu. Elle se souvenait encore de sa déception lorsqu'on lui avait expliqué qu'il s'agissait en général de satellites ou d'avions spatiaux technos.
Le rêve s'était évanoui. Ce genre de désillusions marque sans aucun doute profondément la personnalité d'une personne. Elle en voulait déjà aux Technos.
Elle resta allongée ainsi une bonne demi-heure avant de se décider à rentrer. La maison était silencieuse. Elle se glissa dans son lit de fortune sans vérifier si le Techno était dans sa chambre.

CHAPITRE 8

La salle de contrôle des communications de la ville de Nantes constituait un chef-d'œuvre d'architecture moderne. De l'extérieur, ce n'était qu'une tour en verre de forme elliptique qui s'élevait à environ trois cents mètre de haut, mais à l'intérieur, on découvrait qu'à défaut de simples étages posés l'un au-dessus de l'autre, la tour était constituée de centaines de balcons qui tapissaient sa paroi interne. Dans la partie centrale, des ascenseurs navettes montaient et descendaient sans relâche pour desservir les balcons. La partie basse de l'édifice abritait un jardin sous serre d'une beauté incomparable. L'arbre le plus grand montait à 42 mètres de haut, obligeant les navettes ascenseur à effectuer des détours pour éviter les branches. Au-dessus de la tour, des panneaux renvoyaient vers ce petit paradis végétal la lumière du soleil. Régulièrement, des cris de singes se faisaient entendre. Ces petits animaux avaient en effet colonisé le jardin et s'y reproduisaient. Enfin, pour couronner le tout, de l'eau tombait en cascade depuis le haut de l'édifice jusque dans un bassin de près de vingt mètres de profondeur dans lequel la rumeur prétendait qu'on pouvait trouver d'authentiques piranhas.
Malgré de tels atouts, cette salle de contrôle des communications n'était pas un lieu touristique. Personne, en dehors du personnel y travaillant, ne pouvait donc profiter du spectacle.
Le technicien de première classe William était l'un de ces privilégiés, même si, après 22 ans de maison, il n'y faisait plus guère attention.
Intelligent et opportuniste, passionné par son travail, il avait lentement mais sûrement gravi les échelons le rapprochant du sommet de la tour. Son poste de travail se situait maintenant au niveau 91 de la tour. Au-delà, du 92 e au 99 e étage, on n'accédait plus par les ascenseurs mais par les airs. De fait, le matin, lorsqu'il prenait la navette qui l'amenait de la base au 91iem niveau, William faisait partie des techniciens les plus gradés. Lorsqu'il annonçait au robot de la navette le niveau auquel il se rendait, il ne manquait pas de se délecter de l'effet que cela déclenchait sur le visage des personnels des niveaux inférieurs. Il jubilait de voir leurs yeux envieux, leur attitude de respect voire de soumission. Combien de fois cela lui avait-il permis de se retrouver au lit avec une de ces employées à moitié idiotes des premiers niveaux ? Malin, il ne dévoilait quasiment rien de son travail, se contentant de vagues allusions à des opérations spéciales ou à des secrets d'état, ce qui entretenait l'aura de mystère que ces ingénues voulaient bien lui attribuer.
En fait, son travail n'avait rien de très glorieux et consistait essentiellement à trier les communications selon des critères préétablis afin de détecter toute conversation qui pouvait révéler un danger potentiel pour la cité.
Par exemple, certains mots, et surtout leur association dans une même phrase, déclenchaient des alarmes. Il écoutait alors la conversation et, si nécessaire, l'archivait avec les coordonnées des correspondants. C'est ainsi que se constituaient des dossiers confidentiels sur certains habitants de la

cité. Par contre, le traitement de ces dossiers lui échappait. Des techniciens de niveau supérieur s'en occupaient. William ne connaissait que le code informatique des gens qu'il archivait, pas leur nom. Il se disait parfois avec humour qu'il pourrait même archiver une de ses propres conversations sans même s'en apercevoir.
La plupart du temps, les tris sur les associations de mots donnaient des millions de résultats et il devait combiner avec d'autres critères pour obtenir un nombre de conversations ne l'obligeant pas à plus de quelques heures d'écoute. Dans ce domaine, les possibilités étaient considérables. L'âge des correspondants, leurs paramètres confidentiels, le sujet de la discussion... William aimait beaucoup utiliser l'intonation de la voix. Si cette dernière révélait un certain degré d'excitation ou d'angoisse, un drapeau se levait à côté de l'enregistrement de la conversation. C'est ainsi qu'il avait fait ses meilleures interceptions.
Parfois, à titre expérimental, William spécifiait des critères complètement différents, comme aujourd'hui. Il relut sa sélection :

- Conversation datant de moins de 5 jours ;
- entre une cité techno à moins de 400 km et l'extérieur ;
- codage de niveau supérieur à zéro ;
- fréquences vocales d'un des correspondants non identifiables ou inconnues du fichier ;
- durée de conversation inférieure à 3 minutes ;

Le résultat donnait une liste de près de deux cent cinquante conversations, mais l'une d'entre elles intrigua William car elle concernait un interlocuteur parisien de niveau hiérarchique important et lui-même situé en territoire sixpilien. Autrement dit, l'individu possédait au moins deux téléphones et en avait prêté un à une personne inconnue se trouvant en terre sixpilienne. Ce genre de démarche n'était pas interdite, mais ce qui intrigua encore plus William fut que le codage de la conversation était de niveau 5, c'est-à-dire le degré le plus élevé légalement utilisable pour des conversations ne relevant pas du secret défense.
Certains chefs d'entreprise utilisaient ce type de codage, mais ils ne se promenaient pas chez les Sixpiliens. Il était vraiment très rare qu'un Techno pénètre en territoire sixpilien, à moins qu'il ne s'agisse de militaires effectuant des incursions de repérage ou d'entraînement, mais dans ce cas, le codage aurait atteint le niveau 7 et aurait été accompagné d'un brouillage empêchant d'identifier les sources et tout particulièrement l'identité des correspondants. Ce n'était pas le cas, et il y avait donc là une communication suspecte qu'il fallait écouter.
Seulement voilà, il lui était impossible de décoder le niveau 5, même avec les logiciels les plus puissants à sa disposition. Il fallait faire appel aux services du chiffre qui seuls avaient accès aux bio-ordinateurs de la défense et à leurs super logiciels de décryptage.

William attendait donc avec impatience la venue de son superviseur afin que ce dernier émette un avis favorable. Il risquait de ne pas pouvoir écouter lui-même le contenu de la conversation, mais, si elle avait de l'intérêt, sa découverte ferait de toute évidence bon effet dans son dossier d'évaluation. William avait de l'intuition et il se dit que cette conversation lui vaudrait même de prendre du galon. Le 92 e niveau l'attendait peut-être ? Il sentit l'excitation le gagner. C'était vraiment une excellente journée.

Paul jeta un coup d'œil au réveil posé à même le sol. La sonnerie était sur le point de se déclencher. Il la coupa pour ne pas réveiller trop brusquement Élisabeth qui dormait encore paisiblement.

Le visage de la jeune femme exprimait une grande sérénité. Son souffle était léger. Le drap avait glissé et un de ses seins pointait. Paul avait très envie de le caresser mais il n'osa pas.

Ils avaient fait l'amour comme jamais sans doute ils ne le referaient. Leurs deux corps soudés ondulant, se frottant, s'écartant pour se rencontrer aussitôt de nouveau, leurs lèvres s'unissant dans des baisers sans fin.

Il avait caressé ce corps comme s'il avait attendu cela toute une vie, avançant à tâtons, découvrait un nouveau monde, une nouvelle terre.

Ils s'étaient vraiment aimés comme s'ils n'y aurait pas d'autre fois, comme s'ils vivaient leurs derniers instants, comme s'ils n'avaient plus que cela.

Et tout cela sans une seule parole, sans autre langage que leurs caresses, le mouvement de leur corps et l'éclat de leurs yeux qui se reflétaient l'un dans l'autre.

Paul se rendit compte qu'il ne trouverait jamais les mots pour décrire ce qu'il avait ressenti. Son seul souci avait été de donner du plaisir et tout s'était déroulé au-delà de ses plus folles espérances. Cela avait été merveilleux, magique.

A la fin, Paul aurait pu mourir sans regret, comme si toute sa vie n'avait eu d'autre but que de vivre cet instant là, comme si après, rien n'avait plus d'importance.

Ils s'étaient endormis épuisés, l'un contre l'autre, débordant de reconnaissance l'un envers l'autre, ivres de sensations et de bonheur.

bien-sûr, ils recommenceraient, mais cette première fois resterait unique.

Paul sourit. Ils étaient vraiment faits l'un pour l'autre, ils étaient… des âmes sœurs.

Il ferait n'importe quoi pour la satisfaire.

Il l'avait attendue si longtemps !

Il ne regrettait rien. Peut-être que cette longue attente constituait l'un des ingrédients indispensables à l'alchimie qui avait conduit à cette merveilleuse nuit.

Sous le drap, la main d'Élisabeth se posa sur son ventre.

Surpris, il demanda doucement :

- *Tu es réveillée ?*

- *Oui.*

Ils restèrent plusieurs minutes sans rien dire. Paul se en profita pour caresser le sein qui s'offrait à lui depuis un moment.

La pointe du mamelon se durcit et Élisabeth gémit. Il eut soudain envie de refaire l'amour mais la jeune femme se déroba :

- *Ben dis-donc, tu es insatiable !* lança-t-elle avec bonne humeur, *et le boulot, tu ne comptes pas y aller ? Il fait jour !*

Paul rit :

- *Je n'ai pas envie d'y aller, non. Tu sais quoi : je voudrais rester là avec toi dans ce lit toute la vie !*
- *Ouah ! Si ce n'est pas de l'amour ça !*

Ils rirent comme des enfants. Élisabeth dit soudain sur un ton sérieux :

- *Tu te rappelles notre conversation d'hier soir sur le port ?*
- *Oui, bien-sûr, comment veux-tu que j'oublie. Je t'emmènerai au bout du monde comme promis.*
- *Arrête, je ne demande rien de tout cela. Je suis très bien ici, surtout avec toi.*
- *Tu ne veux plus voyager ?* demanda Paul d'un ton surpris.
- *Non, je me fous complètement des voyages, ce que je voulais, c'était voir comment tu réagirais en découvrant que j'étais une déviante. Je voulais savoir si tu m'aimerais plus que la philosophie sixpilienne.*
- *Je ne comprends pas. Notre philosophie est avant toute chose d'aimer l'autre, non ?*
- *Oui, je sais, mais il en résulte des règles qui font nos coutumes et nos usages actuels. Les transgresser c'est un peu trahir notre engagement.*

Paul sentit que la conversation prenait à nouveau une tournure qui le dépassait, il prit un peu peur :

- *Écoute Élisabeth, je t'aime pour ce que tu es. Je te connais depuis toujours, je t'ai vu agir avec bonté et respecter nos traditions. Si demain tu décidais de ne plus les respecter, c'est que nos traditions sont mauvaises.*
- *Ah bon, cela te paraît aussi simple ?* fit la jeune femme d'un ton moqueur.
- *Oui, je ne suis pas quelqu'un de compliqué tu sais, je veux juste contribuer à ton bonheur, c'est ce qui me rend heureux.*

Élisabeth mit ses bras autour du cou de Paul et elle serra très fort, à l'étouffer. Elle lui souffla à l'oreille :

- *Mon Dieu, pourquoi vouloir plus que ce que tu m'offres ?*
- *Ce n'est pas grand-chose*, fit Paul.
- *Oh si c'est beaucoup ! Je suis allé à droite à gauche à la recherche de je ne sais quoi tandis que toi tu m'aimais.*
- *Je ne sais pas… tu n'étais pas prête, tu avais besoin de temps.*

- *Non, je n'ai fait que m'aventurer sur des chemins égoïstes.*
- *Tu es venu, non ? Ton chemin et le mien se sont finalement rencontrés.*

Élisabeth lâcha Paul et, s'asseyant en face de lui sur le lit, elle resta un moment silencieuse.

Finalement, d'une voix mal assurée, elle dit :

- *Tu sais pourquoi je n'ai pas pris de cavalier hier soir, m'arrangeant pour ne pas être trop loin de toi ?*

Paul hésita :

- *Je ne sais pas non… Tu avais envie que je vienne te parler ?*
- *Oui grand nigaud, bien-sûr, mais pourquoi ?*
- *Je ne suis pas sûr que cela m'intéresse de le savoir*
- *Si !* insista la jeune femme, *je veux te le dire. Si on doit passer le reste de notre existence ensemble il faut tout se dire, non ?*

Paul faillit bondir de joie en entendant Élisabeth parler de rester toute la vie avec lui. Il éprouva du mal à revenir à la discussion tant il était heureux.

- *Si tu veux, mais tu sais, moi, je te prends comme tu es, je me moque bien de tes motivations.*
- *Écoute, je suis venue vers toi parce que tu vas recevoir bientôt un Techno, tout le monde le sait dans le village, et j'étais curieuse d'en savoir plus, de rencontrer ce Techno avec toi.*
- *Bon, et alors ?*
- *Tu ne trouves pas que c'est méprisable. Que c'est égoïste, intéressé ?*

Paul haussa les épaules :

- *Non, je ne vois que le résultat, tu es avec moi non ?*

Élisabeth ne dit rien. Dans ses yeux, Paul vit l'émotion qui s'emparait de la jeune femme.

- *C'est épouvantable !* dit-elle en pleurant doucement*, tu es parfait ! Tu es un Sixpilien idéal. A côté de toi… je me sens sale…*
- *Mais qu'est-ce que tu racontes ?*
- *Rien, ne t'occupe pas,* dit la jeune femme en séchant ses larmes avec le drap, *nous sommes beaucoup tu sais à ne plus être digne de la philosophie d'origine, à nous poser des questions, à rechercher autre chose.*
- *Autre chose comme les voyages ?* demanda presque timidement Paul.
- *Oui, c'est un peu cela.*
- *Mais quel mal y a-t-il à vouloir voyager ?*
- *En as-tu envie toi ?*

Paul sentit que la question recelait un piège. Il avait peur de décevoir Élisabeth. Il décida pourtant d'être sincère:

- *Non, pas spécialement, sauf si c'est avec toi.*
- *Qu'est ce qui fait ton bonheur ? Qu'est-ce qui te remplit de joie ?*

- *D'être avec toi.*

Élisabeth rit mais redevint sérieuse, trop vite aux yeux de Paul.

- *Bon, d'accord, mais avant cette nuit, qu'est-ce qui faisait ton bonheur ?*
- *Plein de choses,* répondit Paul, *voir le village paisible, jouer aux cartes avec les copains, faire du katé, respirer l'air du large, ramasser les légumes du jardin, faire un gâteau et le partager avec les autres, je ne sais pas moi… Ce qui fait notre vie de tous les jours non ?*
- *Bon, et qu'est ce qui te déplaît ? Qu'est-ce qui te rend malheureux ?*

Paul n'hésita pas :

- *J'ai peur que les gens que j'aime aient des soucis, qu'ils soient malades. Et là, maintenant, j'ai peur que tu ne veuilles plus de moi…*

Élisabeth mit sa main sur le genou de Paul, pour l'encourager à parler, mais aussi par tendresse :

- *Paul,* dit-elle, *est ce que tu t'ennuies parfois ?*
- *M'ennuyer ? Je ne crois pas non. Il y a tellement de choses à voir, à faire…*
- *Voilà, tu vois, c'est ce que je voulais te démontrer : notre mode de vie te convient à merveille. Tu es heureux.*

Paul fronça les sourcils :

- *Tu veux dire que toi tu n'es pas bien ?*

Élisabeth secoua la tête :

- *Je ne sais plus… Je le pensais avant cette nuit, mais je me rends compte maintenant que je me suis peut-être laissée aller sur une mauvaise pente. Il faut me laisser passer un peu de temps, que je puisse faire le point.*

Paul sourit :

- *Parce que l'on a…*
- *Non !* s'écria Élisabeth en se moquant, *je n'ai jamais été aussi bien avec un homme c'est certain, mais ce n'est pas cela qui me perturbe, c'est toi, ton attitude, ta façon d'être, ta candeur, ta gentillesse, ta sincérité, ta tolérance…*
- *Ah…*
- *Tu es un enfant, mon Paul, et comme le dit le quatrième pilier, « ce sont les enfants qui rendront le monde meilleur ». C'est ce que tu fais.*

Élisabeth l'embrassa.

- *Bon,* dit elle, *je dois faire un peu de toilette, je suis à l'exploitation forestière ce matin. On a besoin de bois pour faire des caisses à légumes. Après, je filerai voir les copines. Je crois que c'est la première fois depuis bien longtemps que j'ai envie d'aller les voir, de papoter. C'est ce que tu m'as apporté : j'ai retrouvé le bonheur de vivre. J'espère que ça va durer, que je ne retomberai pas dans cette quête du superficiel qui m'animait ces derniers temps. J'ai une folle envie de choses simples. C'est presque trop beau pour être vrai.*

- *Ah,* dit Paul sur un ton un peu désabusé, *moi c'est l'inverse, je n'ai jamais eu aussi peu envie d'aller travailler.*

Élisabeth éclata de rire.

- *C'est normal. On était tous deux dans les extrêmes. Moi je ressemblais presque à une Techno et toi tu étais un Sixpilien trop parfait ! Maintenant, tu es un Sixpilien un peu moins parfait et moi je retrouve notre philosophie. J'ai envie de choses simples. J'ai envie de toucher des plantes, de regarder le ciel, de boire de l'eau, d'écouter les enfants jouer, de m'allonger contre toi sans bouger.*
- *Tout cela est facile à réaliser.*
- *Oui Paul, tout cela est facile à réaliser. Tout cela était en moi et autour de moi et je ne le voyais plus.*

Paul regarda le sol.

- *On fait quoi ce soir, on se revoit ?*

Élisabeth sourit :

- *Si tu veux de moi.*
- *Mais voyons, je suis fou de toi !*
- *Bon, d'accord, mais est-ce que pour me prouver que tu m'aimes tu accepteras que nous ne fassions pas l'amour ce soir ?*

Paul haussa les épaules.

- *On restera allongé l'un contre l'autre et on ne fera rien. Je veux bien ne plus jamais te faire l'amour pour te prouver que je t'aime.*
- *Ne sois pas bête ! Ce sera juste ce soir, juste pour être convaincue que ce n'est pas seulement sexuel, que c'est plus fort.*
- *Élisabeth, je me fous du sexe, je t'aime vraiment.*

Élisabeth sembla soudain bien triste.

- *J'ai tellement souvent fait l'amour sans autre envie que des sensations, du plaisir... Comment ai-je pu oublier ce qu'on nous a enseigné ?*
- *Tu croyais avoir oublié, mais c'était en toi.*
- *Je m'en veux vraiment tu sais, j'ai tellement envie de me rattraper. Il faut que je vois les copines, que je leur explique ce qui m'est arrivé.*
- *Ouah là !* s'inquiéta Paul.
- *Allez, ne t'inquiète pas, je ne parlerai pas trop de toi, sinon, elles vont toutes venir te voir et il n'y aura plus assez de place pour moi dans ton cœur.*
- *Mais je ne les aime pas comme toi. Mon cœur est rempli de toi.*
- *Tu es un amour,* dit Élisabeth en riant.

Béatrice finissait de déjeuner lorsque le Techno sortit de la chambre. Il était décoiffé et ses traits tirés en disaient long sur le peu de repos qu'il avait dû prendre.

- *Eh bien*, fit Béatrice, *tu as une tête d'ivrogne.*
- *Qu'est-ce qu'il y a au programme ce matin ?* fit le Techno d'une voix ensommeillée.
- *Ah, comme d'habitude, jardin communautaire ce matin, on va s'occuper des tomates, puis katé et jardin personnel.*
- *Bof…*
- *Tu n'es pas obligé de venir tu sais ?*

Guillaume hésita. Il était vraiment crevé. Il ne ferait rien de bon ce matin. Il fit demi tour :

- *Tu as raison, il faut que je récupère, je vais me recoucher. Je te retrouverai au réfectoire à midi. Ça va ?*
- *Comme tu veux,* répondit Béatrice en se disant que c'était toujours cela de gagné.

Qu'il dorme donc toute la journée s'il voulait. Après sa discussion avec l'Ancien, elle avait décidé de ne plus vraiment chercher à faire comprendre quoi que ce soit au Techno. Que ce dernier écrive ce qu'il voulait sur le monde sixpilien, cela ne changerait de toutes façons rien à leur vie. Elle quitta la maison de bonne humeur pour se rendre au jardin.

Dés qu'elle arriva sur place, elle se dirigea vers les plans de tomates. D'autres Sixpiliens arrivaient aussi, certains travaillaient déjà. Cela faisait trop longtemps qu'ils ne s'étaient pas occupés de cette partie du jardin communautaire et les mauvaises herbes envahissaient les pieds de tomates, certaines s'enroulant autour des branches. Les gourmands poussaient partout. Il était vraiment temps d'intervenir, d'autant plus que déjà de nombreuses tomates arboraient une couleur vert pâle ou orangée. La récolte allait vraiment commencer.

Béatrice alla saluer les gens autour d'elle. Les commentaires allaient bon train. La saison démarrait vite cette année et il allait falloir mettre les bouchées doubles. D'autant plus qu'une partie du groupe irait demain travailler à l'atelier pour la préparation des pots. L'Ancien avait en effet jugé que la récolte allait être importante et qu'il serait nécessaire de mettre en œuvre les différents systèmes de conservation du surplus de tomates dés à présent. On ferait des conserves avec les pots en verre clair, ceux en grès serviraient à la lacto-fermentation. Un peu plus tard, quand les poivrons arriveraient à maturité, on préparerait aussi du carpaccio en pots stérilisés… La tomate était un légume merveilleux, facile à cultiver et qui pouvait être conservé de multiples façons. Béatrice en avait une dizaine de pieds dans son propre jardin.

Elle avisa soudain Sylvie qui travaillait déjà un peu à l'écart, sans s'occuper de ce qui se passait autour d'elle, ce qui n'était pas dans ses habitudes. Béatrice alla la rejoindre :

- *Salut Sylvie,* fit-elle d'un ton enjouée, *je ne t'ai pas remerciée de m'avoir débarrassé du Techno hier soir. c'était vraiment sympa !*
- *Ce n'est rien,* répondit Sylvie d'une voix à peine audible. Elle ne leva même pas la tête, semblant trouver la vue du sol plus intéressante.

Béatrice connaissait bien son amie, d'ordinaire si gaie, et elle comprit immédiatement que quelque chose ne tournait pas rond. Elle la prit par le bras et l'entraîna à l'écart. Sylvie se laissa faire sans résister. Dès qu'elles furent suffisamment éloignées pour ne pas être entendues des jardins avoisinants Béatrice demanda :

- *C'est en rapport avec le Techno n'est ce pas ?*

Sylvie fit un petit mouvement de tête qui semblait signifier oui mais elle ne répondit pas vraiment, s'obstinant à regarder le sol. Béatrice fronça les sourcils. Elle s'agenouilla brusquement pour apercevoir le visage de son amie mais cette dernière se retourna.

- *Mais enfin Sylvie !* s'offusqua Béatrice, *tu m'en veux à ce point là ? Tu es fâchée ?*

La jeune femme secoua la tête et se jeta soudain dans les bras de Béatrice, la serrant très fort.

Béatrice sentit ce corps qui s'appuyait désespérément contre elle et elle en fut émue. Non, elle ne lui en voulait pas, c'était évident. Il s'était passé quelque chose avec le Techno et Sylvie ne voulait rien dire. Si c'était cela, Béatrice sentit qu'elle allait s'en vouloir toute la vie. Elle comprenait soudain que si l'Ancien lui avait confié le Techno, c'était peut-être pour éviter ce genre de situation. Sylvie était une enfant et cette espèce de salaud de Techno pouvait lui faire beaucoup de mal. Elle parla le plus doucement possible :

- *, tu peux tout me dire, cela restera entre nous, je commence à connaître mieux ce type, il n'est pas fait pour toi, je n'aurais jamais dû te laisser seule avec lui.*

Sylvie resta silencieuse.

- *Allez, dis-moi quelque chose, je me sens tellement coupable !*
- *Laisse tomber,* dit doucement Sylvie en s'écartant d'elle. Elle regardait à nouveau le sol.
- *Pas question ! Pourquoi est-ce que tu ne me regardes pas ?*
- *Parce que…*
- *Parce que quoi ? Tu me fais de la peine. J'ai l'impression que tu ne m'aimes plus. pourquoi*
- *Mais non, ce n'est pas cela.*
- *Allez, regarde moi.*

Sylvie hésita un instant, mais elle finit par relever la tête sans pour autant regarder Béatrice dans les yeux, un sourire gêné aux lèvres. La jeune femme avait des cernes sous les yeux et les joues un peu bouffies mais rien de grave en apparence. Béatrice en fut soulagée. Le malaise devait se situer sur le plan psychologique.

- *C'est gentil de ne plus me faire la tête, mais tu sais, je ne te laisserai que lorsque tu m'auras tout dit.*
- *Non…* se défendit Sylvie, *je n'ai pas envie de te raconter.*
- *Il le faut pourtant,* répondit Béatrice sur un ton sérieux. Elle venait d'avoir une idée : provoquer son amie.

Elle mentit :

- *Tu sais que ce matin, le Techno m'a dit qu'il voulait venir habiter chez toi ?*

Sylvie sursauta :

- *Non, il ne faut pas !*
- *Ah, tu ne veux pas le garder pour toi toute seule ?*
- *Ah non ! Je ne veux plus le voir…*
- *Bon alors je peux l'essayer moi aussi ?*
- *Non !*
- *Pourquoi ?*
- *Parce que… Il n'est pas comme nous…*
- *Ah, il n'est pas fait comme un homme de chez nous ?*
- *Si si… Ce n'est pas cela.*
- *Sylvie, je ne te comprends pas.*
- *Écoute, tu m'embêtes, je ne veux…*
- *Tu ne veux pas me dire ?*
- *Non.*
- *Mais pourquoi ? Si tu ne me dis rien, je ferai ce soir l'amour avec le Techno. J'en ai envie, il est gentil et séduisant.*
- *Non, ne fais pas cela !*
- *Mais pourquoi ? Tu n'as pas l'air d'aller mal.*
- *Si, je vais mal…*
- *Il t'a fait mal quelque part ?*
- *Ce n'est pas cela…*
- *Mais mince alors ! Pourquoi ne veux-tu rien me dire ?*
- *Parce que j'ai honte !* s'exclama Sylvie.

Béatrice se tut un moment, d'abord pour relâcher un peu la pression, mais aussi pour se donner le temps de réfléchir. Ainsi, le Techno avait fait l'amour avec Sylvie et il s'était passé quelque chose que cette dernière ne voulait pas raconter. Béatrice regarda en arrière : les autres ne s'occupaient pas d'eux. Il fallait quand même se dépêcher. Elle s'en voulait d'avoir raconté à sa meilleure amie qu'elle avait envie de faire l'amour avec le Techno. C'était un horrible mensonge, mais elle avait besoin de savoir ce qui s'était passé. Elle reprit :

- *Bon, écoute, tu m'en as dit à la fois trop et pas assez. Raconte tout, sois gentille, tu sais bien que je ne le répéterai à personne, ce sera entre nous.*
- *Je… C'est peut-être ma faute…*

- *Tu rigoles !* s'offusqua Béatrice, *tu n'as pas à avoir honte de toi. Enfin, tu te rends bien compte que ce type est très différent de nous ? Il n'a aucun respect pour nous.*
- *Mais… Je croyais que tu avais envie de lui ?*
- *Je t'ai menti pour que tu me dises ce qui se passe. Je n'aime pas du tout le Techno et j'étais super contente que tu m'en débarrasses hier soir. Seulement, je n'avais pas pensé qu'il te ferait du mal.*
- *C'est-à-dire…*
- *Il t'a fait du mal, non ?*
- *Oui et non…*

Béatrice s'efforça de ne pas s'énerver :

- *Mais enfin Sylvie, toute la vie on s'est tout raconté, même les choses qui nous faisaient honte. Et puis voilà que ce foutu Techno arrive et on ne se dit plus tout ?*

Sylvie fondit en larme.

- *Tu as rai… raison*, bégaya-t-elle sous le coup de l'émotion, *je suis trop bête.*
- *Tu n'es pas bête, tu es un peu perdue aujourd'hui c'est tout. Demain, les rôles seront peut-être inversés.*
- *Oui, tu as raison.*
- *Bon, alors, vas-y, raconte !*

Sylvie sortit un mouchoir et se moucha bruyamment. Béatrice l'observa : c'était une enfant gentille et douce. Qu'est ce que cet imbécile de Techno avait bien pu lui faire ?

Sylvie hésita :

- *Tu promets que cela restera entre nous ?*
- *Oui, si je dois un jour en parler, je te demanderai la permission avant et si tu ne me la donnes pas, je n'en parlerai pas. C'est promis.*

Sylvie sembla plus détendue :

- *Bon, tu as raison, hier j'ai un peu bu et j'ai eu envie de faire l'amour avec le Techno. Il ne dansait pas trop mal et était tellement attentionné que j'ai été tentée.*
- *C'est toi ou c'est lui qui a proposé la chose ?*
- *Je ne me souviens plus. Il me prenait souvent la main, dansait collé contre moi… Enfin, toujours est-il qu' à un moment donné, il m'a donné une pilule à mettre dans mon verre.*

Béatrice fronça les sourcils :

- *Et tu l'as fait ?*
- *Ben oui, je pensais que c'était anodin.*
- *Avec les Technos, rien n'est anodin ! Bon*, fit Béatrice d'un ton résigné, *et alors, il s'est passé quoi ?*
- *Je…*
- *Ben quoi, tu t'es sentie excitée non ? Tu as eu envie de faire l'amour.*

Béatrice avait lu quelque chose à propos de pilules aphrodisiaques que les violeurs du XXI e siècle utilisaient pour séduire leurs victimes.

- *Oui, c'est cela, j'avais très envie.*
- *Bon, et alors ?*
- *Alors on est allé chez moi.*
- *Et ?*
- *Il m'a donné une autre pilule*
- *Allons donc, tu n'étais pas assez excité à ses yeux ?*
- *Ce n'est pas cela, il m'a dit que cela décuplerait mon plaisir, que c'était un amplificateur de sensations.*
- *Ouah ! Et alors ?*
- *Lui aussi il a pris des trucs. Il m'a expliqué mais je ne me souviens plus.*
- *Ben peut-être quelque chose pour mieux bander non ?*
- *Oui, peut-être…*
- *Bon, et alors ?*
- *Et bien il s'est jeté sur moi et m'a… pénétré*
- *C'est tout ?*
- *C'est-à-dire…* dit Sylvie sur un ton gêné, *j'ai éprouvé…*
- *Du plaisir ?*
- *Oui, c'est cela, beaucoup de plaisir. J'ai même eu peur à un moment donné que ce soit trop. J'ai eu peur de… mourir.*
- *Bon, et c'est tout ?*
- *Oui.*
- *Et tu as honte de quoi ?*

Sylvie grimaça :

- *Sur le coup, je n'ai pas réfléchi, mais lorsqu'il en a eu fini avec moi, je me suis senti…*
- *Un objet ?* hasarda Béatrice qui venait de comprendre.
- *Oui, c'est cela. Il n'y avait pas d'amour dans ce rapport, c'était purement sexuel et artificiel, il ne m'a même pas embrassée.*

Béatrice ne put s'empêcher d'embrasser Sylvie sur les lèvres :

- *Tiens, moi je t'aime vraiment et je t'embrasse.*

C'était bien la première fois que Béatrice embrassait ainsi Sylvie depuis l'époque où, petites filles, elles avaient échangé un baiser sur les lèvres pour voir comment c'était. Cette dernière sourit, un peu gênée mais en même temps heureuse :

- *Tu es un amour !*

Béatrice sourit à son tour :

- *Enfin Sylvie, pourquoi es-tu choquée ? Tu sais pourtant que les Technos sont épouvantablement égoïstes et qu'ils recherchent par tous les moyens le plaisir individuel le plus intense possible. Il leur faut toujours plus.*
- *Oui, je sais, mais j'ai honte parce que j'ai…*

- *Parce que tu as aimé ?*
- *Oui…*
- *Bon, mais il n'y a aucun mal à avoir aimé.*
- *Tu crois ?*
- *J'en suis sûre. Il n'y aurait même aucun mal à recommencer.*
- *Ah non ! Mon corps a aimé, mais pas mon esprit.*
- *Pourquoi ?*
- *Que veux-tu dire ?*
- *Analyse ton sentiment Sylvie, qu'est-ce qui t'a dérangée ?*

La jeune femme réfléchit :

- *J'ai trouvé que c'était contre nature. Que c'était chimique. Cela ne venait pas du cœur. N'importe quel autre homme, même le plus méchant qui soit, aurait fait l'affaire. C'était contraire à tout ce que l'on nous enseigne, à ce en quoi je crois.*
- *On t'enseigne la tolérance aussi non ? Très franchement Sylvie, si ton corps a envie, tu peux recommencer. N'hésite pas. Il n'y a pas de honte dès lors que tu n'en souffres pas, dés lors que tu assumes. C'est ce qui fait la différence entre notre philosophie et une religion bornée. Nous sommes tolérants. Si tu en a envie…*
- *Oui, tu as raison,* la coupa Sylvie, *mais bon, je ne veux pas recommencer.*
- *Au XXI e siècle, ils avaient des drogues qui procuraient des états de grand bonheur sans même avoir à faire l'amour. Tu t'injectais la substance et hop, tu planais. Ceux qui en prenaient ne pouvaient plus arrêter. Leur esprit disait « non », mais le corps était plus fort.*
- *Oui, ce doit être cela. Mais moi, je dis non et je ne le referai plus. Mon corps ne gagnera pas car je suis forte.*

Béatrice commençait à entrevoir les dangers que le Techno faisait courir au monde sixpilien. Ce type était un véritable virus ambulant qui pouvait faire chanceler des siècles de philosophie et de sagesse. Elle regarda Sylvie droit dans les yeux :

- *Que vas-tu dire au Techno lorsque tu le reverras ?*
- *Je n'ai pas envie de le revoir.*
- *Pourquoi ?*
- *J'ai honte.*
- *C'est plutôt lui qui devrait avoir honte. Il n'est même pas capable de séduire une femme sans appeler la chimie à la rescousse.*
- *Oui, c'est vrai.*
- *Si tu veux lui donner une bonne leçon, dis-lui ce que tu viens de me dire.*
- *Euh… Je t'ai dit quoi ?*
- *Ne fait pas ton idiote, tu m'as dis que tu préférais lorsqu'il y avait des sentiments. Lorsque tu sentais que ce n'était pas seulement sexuel.*

- *Oui, c'est cela !*
- *Bon, et bien dis-le-lui. Ça le fera réfléchir. Surtout, n'aie pas honte, il t'a eue par surprise, tu as goûté à sa version artificielle de l'amour et voilà, cela ne te plaît pas plus que cela.*
- *Tu as raison.*
- *Et si tu as envie de recommencer, pourquoi pas. Tu peux, mais avec un homme qui éprouve des sentiments pour toi, pas avec quelqu'un qui te prend comme un simple objet sexuel. Demande-lui s'il peut te procurer des pastilles.*
- *Ça ne va pas non ?*
- *Dommage,* fit Béatrice en rigolant, *j'aurai bien essayé moi avec un de nos gars.*
- *Tu blagues ?*
- *Bof, oui et non. Mais bon, laisse tomber, ce n'est pas grave. Au fait, tu as encore honte de toi ?*

Sylvie fronça les sourcils comme si elle s'efforçait de se rappeler pourquoi elle avait été si mal. Elle sourit avec reconnaissance :

- *Non, grâce à toi je n'ai plus honte de rien. Je vais montrer à cet imbécile que ses artifices ne remplaceront jamais les sentiments*
- *Ce n'est pas grâce à moi Sylvie. Ces idées, tu les as en toi. Cette expérience te permet simplement de renouer avec les fondements de notre philosophie. Tu étais mal parce que tu avais du mal à formuler d'où venait le problème, c'est tout. N'importe quel autre Sixpilien t'aurait aidée. Si j'avais été à ta place, j'aurais sûrement eu le même problème que toi et cela aurait été à toi de m'aider.*
- *Non, je ne crois pas. Toi, tu es plus forte.*

Béatrice haussa les épaules.

- *J'ai surtout le Techno sous les yeux depuis qu'il est arrivé et je vois bien qu'il s'intéresse surtout à lui-même. C'est un égoïste qui est incapable de concevoir la portée de nos concepts. Il se moque éperdument d'autrui. Plus je le vois agir, mentir, manipuler, et plus je comprends le courage des pionniers du mouvement sixpilien. Je comprends aussi pourquoi notre philosophie a vu le jour : des hommes et des femmes à l'esprit sain l'ont embrassée par dégoût pour cet univers incroyablement égoïste et artificiel dans lequel ils étaient obligés de vivre.*
- *Comme des ermites non ?*
- *Oui, si tu veux.*
- *Ce Techno est très différent de nous n'est-ce-pas ?*
- *Oui, il est l'aboutissement d'une civilisation intelligente mais qui prône la réalisation de soi au détriment des autres. Un mode de vie qui flatte avant tout l'ego.*
- *Oui, je me souviens, c'est ce qu'on ressentait dans les jeux de rôle à l'école.*

- *On le ressentait oui, mais ce n'était qu'un jeu de rôle. Là, tu viens de plonger dans la réalité. C'est autre chose, n'est-ce-pas ?*
- *C'est terrible !*
- *Mais tu t'en es sortie et maintenant, tout les mécanismes de la pensée sixpilienne affluent dans ton esprit conscient pour combattre cette vision tellement différente des rapports humains.*
- *Oui, c'est comme si j'avais été vaccinée jeune. Mon esprit réagit face à la maladie.*
- *C'est exactement cela.*

Sylvie sourit. Ses traits fatigués semblaient tellement plus détendus :

- *Je t'adore Béatrice. Maintenant, j'ai honte de ne pas être venue te voir tout de suite pour te dire ce qui s'était passé. Tu ne m'en veux pas ?*

Les deux femmes s'étreignirent en riant comme deux petites filles.

- *Allons nous promener un peu,* dit Béatrice, *les pieds de tomates attendront.*

Elle songea à nouveau que l'Ancien avait eu raison de lui confier le Techno parce qu'elle se sentait de taille à l'affronter. Elle apprendrait beaucoup de lui et de sa civilisation. Par contre, là où il avait tort, c'était d'imaginer qu'elle puisse accepter le mode de vie techno, qu'elle puisse y trouver une quelconque valeur. Certes, il s'agissait là d'une certaine forme d'extrémisme, elle en était consciente, mais c'était ainsi. Il fallait bien que quelqu'un réagisse ! Elle ne laisserait pas le Techno faire du mal à un seul Sixpilien. La tolérance attendrait. Elle songea que ce paresseux n'avait même pas réussi à se lever ce matin tandis que Sylvie se trouvait au travail avant tout le monde. Elle trouva soudain l'odeur des pieds de tomates encore plus délicieuse que d'habitude, presque enivrante. Comment un Techno pourrait-il jamais comprendre ce genre de choses ? Lui qui prenait des pilules pour faire l'amour. Lui qui imposait sa loi à la nature au lieu de faire un avec elle. Lui qui n'écoutait que ses propres caprices au lieu d'essayer de comprendre l'autre. Premier pilier : « Reconnaître l'autre, c'est être capable de tout son cœur de se mettre à sa place, et agir en conséquence ». En écoutant Sylvie raconter son aventure, Béatrice avait ressenti son trouble. Elle s'était littéralement retrouvée à sa place, ce qui lui avait permis de la comprendre. C'est ce qu'on lui avait enseigné. C'était l'essence même de la philosophie sixpilienne.
Les deux femmes quittèrent les jardins pour se diriger vers le chemin longeant l'ancienne carrière de pierres. Elles se promenèrent ainsi, parlant de choses et d'autres jusqu'à l'heure du repas.

En dégageant du quai, Paul racla contre les piliers de bois et perdit un des vieux pneus qui servait de défense. A bord, tout le monde savait qu'Élisabeth et lui avaient passé la nuit ensemble et les plaisanteries allaient bon train. Paul s'en moquait. Il était heureux. Il se demanda s'il serait jamais aussi heureux. Il prit son premier amer : la pile de l'ancien pont de Saint-

Nazaire. Maintenant, il ne ferait plus d'étourderie, la routine reprenait le dessus. Le temps était calme même si de gros nuages noirs annonçaient un orage. Louis monta le rejoindre :

- *J'ai mis la pompe de cale avant*, lança-t-il.

Paul hocha la tête : il commençait à devenir urgent de caréner :

- *Il y avait beaucoup d'eau ?* demanda-t-il.
- *Bof, un peu plus que d'habitude peut-être, mais la pompe étale bien, dans dix minutes au plus elle travaillera à sec.*
- *Tu as vérifié la pompe de pont ?*
- *Oui, j'ai fait un essai hier soir. Elle est moins puissante mais elle suffira si la pompe de cale a un souci.*

Paul sourit, après tout, il se moquait éperdument de la pompe, de la sablière et du monde entier. Il lui tardait uniquement de retrouver Élisabeth, de s'allonger à côté d'elle et de ne rien faire d'autre que de la regarder.

Guillaume s'écroula littéralement sur la chaise du réfectoire. En face de lui, Sylvie sembla à peine le remarquer.

- *Bonjour*, fit-il, sûr de son effet.

Il s'était aspergé d'un parfum spécial qui, à en croire les publicités, devait rendre folle de lui toute femme s'approchant dans un rayon de dix mètres.

- *Comment ça va, ce matin ?* insista-t-il.
- *Très bien*, répondit Sylvie sur un ton indifférent.

A côté d'elle, Béatrice faisait semblant de ne rien entendre, mais en réalité, elle était suspendue aux lèvres de son amie. Elle avait peur que cette dernière ne soit pas assez forte pour affronter le Techno.

- *On remet cela ce soir ?*

Quel culot ! songea Béatrice.

- *Bof, ça ne me dit rien*, fit Sylvie avec un flegme digne de la grande aristocratie anglaise du XIX e siècle.
- *Tu n'as pas aimé ?* demanda Guillaume qui tombait des nues.
- *Si si, c'était très bien, mais bon, j'aime mieux comme font les gars de chez nous.*

Guillaume regarda la jeune femme comme si elle descendait d'une soucoupe volante.

- *Quoi ! Mais avec eux, tu n'éprouves pas un dixième des sensations que je t'ai fait vivre !*

Sylvie éclata de rire. Seule Béatrice, qui la connaissait bien, savait que cela traduisait un état de tension extrême chez la jeune femme.

- *Est-ce que tu connais vraiment bien les femmes ?* lança Sylvie en riant encore.
- *Oui je crois*, répondit le Techno avec assurance.
- *Les femmes de chez toi peut-être, mais pas les Sixpiliennes.*
- *En quoi êtes vous différentes ?* s'offusqua Guillaume.

- *Oh, physiquement, on doit ressembler beaucoup à nos sœurs technos, mais nous, on est des cérébrales. On aime qu'il y ait du sentiment.*
- *L'un n'empêche pas l'autre.*
- *Ah bon, tu éprouves quelque chose pour moi ?* demanda Sylvie soudain sérieuse.

Guillaume se sentit gêné. Il ne s'attendait pas à une discussion aussi franche devant tout le monde. Il regarda rapidement autour de lui pour chercher de l'aide, mais seule Béatrice semblait suivre la discussion et, en croisant le regard de cette dernière, il comprit immédiatement qu'il allait devoir se débrouiller seul. Il sourit à Sylvie, s'efforçant de mettre de l'ordre dans ses idées.

- *Chez nous*, commença-t-il, *on distingue bien le sexe et l'amour. On se marie avec la femme que l'on aime, mais tant que l'on n'est pas marié, on peut avoir des rapports sexuels avec toute femme qui nous attire du moment, évidemment, que c'est réciproque.*
- *Ah…* fit Sylvie, *et vous utilisez toujours des… produits ?*
- *Oui, on utilise des stimulants qui permettent que ces rapports sexuels soient intenses. Il n'y a pas de mal à cela.*
- *Je trouve que c'est affreusement artificiel.*
- *Comment cela artificiel ?*
- *Ben oui, vous avez remplacé l'art de faire l'amour par des produits chimiques.*
- *Mais non, ce n'est que pour éprouver des sensations plus fortes.*
- *Vous résumez donc le sexe à éprouver de la jouissance.*
- *Ben oui...*
- *Oh mais cela on peut le faire toute seule si c'est le seul but. Pour nous Sixpiliens, faire l'amour c'est avant tout donner à l'autre.*
- *Mais nous aussi, on est deux à éprouver du plaisir.*
- *Tu ne sais parler que de plaisir,* insista Sylvie, *chez nous, on apprend à écouter le corps de l'autre, à faire ce qu'il faut pour l'éveiller. On respecte l'autre, on se donne du mal, c'est de la communication. Moi je te parle de sensations cérébrales, toi tu raisonnes muqueuses.*
- *Euh… et alors ?*
- *Non, si le but de faire l'amour est d'éprouver des sensations intenses, autant prendre seul des drogues. L'amour, chez nous, c'est autre chose. C'est un don de soi, c'est un échange. Il faut aimer pour cela.*

Guillaume ne répondit pas tout de suite. Il sentait intuitivement qu'il butait là sur une de ces énormes différences entre la civilisation techno et celle des sixpiliens. Il se rendait à nouveau compte que, depuis son arrivée au village, il n'avait pas vraiment su écouter les gens qui l'entouraient, essayant maladroitement d'imposer sa propre culture. La civilisation sixpilienne était incontestablement inférieure, mais les gens qui la composaient étaient des êtres humains à part entière, avec leurs sentiments, leurs coutumes, leur façon de voir le monde. Il s'était déjà heurté à Béatrice et, maintenant, c'était au tour de Sylvie. Il fallait à tout prix qu'il rétablisse la situation, qu'il essaye de comprendre le point de vue de ces gens. S'il devait se fâcher avec tout le monde, son reportage serait un vrai raté.

Mais, même au-delà du succès ou non de son reportage, Guillaume commençait à éprouver de plus en plus le besoin de comprendre pourquoi les Sixpiliens vivaient de façon si différente. La femme qui lui faisait face était un être humain, comme lui, on lui avait imposé un autre mode de vie qui semblait la rendre heureuse. Pourtant, ce mode de vie rejetait les progrès que la civilisation techno avait réalisés dans tous les domaines. Il fallait vraiment comprendre le pourquoi. C'était important, peut-être même le cœur de son reportage. Pourquoi les Sixpiliens vivaient-ils ainsi ? Il regarda la jeune femme droit dans les yeux :

- *Ce que tu dis se défend,* dit-il doucement. *Chez nous, on vit à cent à l'heure, on veut toujours plus. Cela nous a conduit à cette façon de faire l'amour. Ce n'est pas mauvais pour autant mais c'est différent, c'est sûr.*
- *Oui,* fit Sylvie, *c'est différent. Chez nous les Sixpiliens, on ne juge pas, mais on aime ou on n'aime pas. Moi, je n'aime pas.*
- *Bon, on ne le refera plus.*

Sylvie sourit.

- *Tu es gentil.*
- *Je ne sais pas, par contre je suis différent, c'est sûr. J'ai du mal à m'habituer à votre façon de vivre, il faut être patiente avec moi.*

Le ton était presque humble. Béatrice observa le Techno avec curiosité. Pour la première fois, il lui semblait noter une certaine sincérité dans ses propos. Après tout, les Technos n'étaient peut-être pas tous si mauvais que cela. La gentillesse de Sylvie l'avait sans doute ému. Elle reporta son attention sur la jeune femme qui semblait maintenant complètement détendue. Elle avait merveilleusement su gérer la situation, tenant tête au Techno, lui expliquant sa vision des choses. Dès qu'elles seraient entre elles, Béatrice la féliciterait.

CHAPITRE 9

Lorentz écouta une nouvelle fois la conversation téléphonique interceptée par le technicien Williams. L'enquête préliminaire avait très vite avancé. Le correspondant Sixpilien était inconnu, mais le Techno s'appelait Hervé Buissac, le directeur de la plus prestigieuse école de journalisme parisienne ; un homme quasiment intouchable, à moins de prendre le risque de voir tous les médias se déchaîner contre le gouvernement à Nantes comme à Paris. D'ailleurs, lorsque Lorentz en avait référé au ministre de la sécurité intérieure, ce dernier lui avait immédiatement recommandé la plus grande discrétion. Les cités étaient parfaitement indépendantes, se concurrençant dans bien des domaines, se faisant même la guerre parfois, mais les journalistes formaient une caste à part. Ils communiquaient entre eux dans le monde entier et se soutenaient. Leur influence auprès du public était considérable.

Lorsqu'une enquête touchait de près ou de loin un journaliste important, il fallait prendre des précautions.

Toute l'équipe de Lorentz travaillait maintenant en priorité sur ce dossier. Malheureusement, ils n'étaient pas à Paris, ce qui limitait considérablement leurs possibilités. Lorentz avait obtenu l'autorisation d'activer un agent dormant sur place, ce qui en disait long sur l'importance que le gouvernement nantais attribuait à cette affaire. Son correspondant au gouvernement lui avait même laissé entendre qu'un accord de coopération pourrait être trouvé avec Paris, ce qui permettrait de booster l'enquête.

Une partie de la conversation décodée revenait sans cesse dans l'esprit du superviseur :

- *Si cela ne marche pas, on continuera comme avant... Vous savez bien que ce n'est pas possible !*

De toute évidence, il se passait quelque chose d'important. Hervé Buissac ne risquerait pas sa position pour rien. Mais quoi ? La conversation ne révélait rien. On y parlait d'une nouvelle génération de Sixpiliens et d'une rencontre avec un certain Guillaume qu'il fallait identifier au plus vite car à l'évidence, il s'agissait d'un Techno. Pour les deux autres personnages, Paul et Béatrice, on ne pourrait pas faire grand-chose. Il s'agissait de Sixpiliens et aucun registre n'existait. Ce n'était pas la première fois que Lorentz déplorait cette lacune. Même au temps du bétail, les éleveurs marquaient leurs animaux. On devrait obliger les Sixpiliens à tenir des registres avec les caractéristiques de chaque individu comme cela était fait dans les cités du monde entier. A la prochaine réunion de coordination des services, il remettrait ce sujet sur la table. En attendant, le superviseur avait demandé au technicien Williams de surveiller et de lui transmettre sans délai toutes les communications d'Hervé Buissac.

Le temps était terriblement lourd. Une masse sombre s'accumulait dans le ciel, obscurcissant le paysage. Les tours climatiques de Nantes étaient trop loin pour dévier l'orage qui se préparait.
Cela ne semblait pas gêner du tout Béatrice qui continuait à s'affairer dans son jardin en chantonnant. C'était la première fois que Guillaume voyait la jeune femme aussi gaie. Il se rendait maintenant compte qu'elle était différente des autres Sixpiliens. Son caractère emporté et une certaine fierté, la rendaient finalement plus proche de la mentalité techno. Elle ne se laissait pas faire. Elle voulait imposer son point de vue. Mais cette incroyable faculté de se satisfaire, comme les autres Sixpiliens, d'une vie aussi médiocre, aussi dénuée d'intérêt, était un grand mystère que Guillaume devait élucider. Il lui fallait impérativement comprendre. Pour cela, il devait séduire ou plutôt apprivoiser la Sixpilienne. Participer au cours de katé était un moyen comme un autre de se rapprocher d'elle.
bien-sûr, il aurait pu beaucoup plus facilement parler avec Sylvie, mais la pauvre fille correspondait beaucoup plus à l'idée qu'on se faisait du Sixpilien standard. Elle était facile à manipuler, sans véritable volonté : une brebis au milieu du troupeau. Une brave fille sans cervelle. Non, c'était vraiment chez Béatrice que se trouvait la clé de l'énigme. Ceci étant dit, songea Guillaume avec un rien d'exaspération, rien ne prouvait qu'il réussirait à déchiffrer ce mystère.

L'Ancien entendit l'air de la chanson « Dansing in the Rain » dans sa tête. Il mit un moment à réaliser qu'il s'agissait du téléphone techno. Pressant son palais avec la langue, il fit monter la pression dans ses oreilles, ce qui activa le téléphone.

- *Allô*, fit il.
- *C'est moi !* répondit une voix excitée.

Visiblement, son correspondant techno était dans tous ses états.

- *Oui ?* fit l'Ancien avec appréhension.
- *On a la date, c'est pour demain soir, il faut maintenant que vous réagissiez très vite !*
- *Demain soir ?* répéta bêtement l'Ancien, *mais c'est trop tôt ! Ce n'était pas prévu comme cela !*
- *Écoutez, vous aviez l'objectif et le mode opératoire ; maintenant je vous donne la date, alors à vous de jouer.*
- *Mais*, protesta l'ancien, *je ne sais même pas qui vous êtes vraiment.*
- *Cela n'a aucun intérêt. Voyez avec vos gens au plus vite. Organisez vous ! Sinon, vous serez responsable d'un massacre. N'oubliez pas ce que nous avons convenu et utilisez les informations que je vous ai fournies.*

L'Ancien voulut protester mais il était trop tard, l'autre avait raccroché.Il se sentit soudain totalement dépassé par les événements. Désemparé. Jusque-

là, il ne s'était agi que d'une histoire un peu folle qu'un Techno était venu lui raconter un soir très tard chez lui, mais maintenant, cela prenait forme, se concrétisait.
La balle était dans son camp. En fait, se dit-il, il n'avait pas vraiment le choix. En faisant confiance à son correspondant techno, il risquait seulement de passer pour un imbécile, ce qui n'avait guère d'importance. Par contre, s'il ne faisait rien, de nombreux Sixpiliens risquaient de mourir demain soir et cela serait difficile à accepter. Il fallait agir.
Il prit le téléphone sixpilien qui reposait au bout de la table en chêne devant lui et composa le numéro de Jean, son collègue du village de Paul. Jusque-là, il lui avait seulement parlé d'un jeune Techno à recevoir, pas du reste. L'autre risquait de le prendre pour un fou ! Enfin, le bon côté, c'est qu'ils seraient bientôt deux à décider de la marche à suivre. Ensuite, si Jean était d'accord, il irait voir Béatrice pour lui expliquer son rôle.
Il se sentait soudain terriblement coupable d'impliquer la jeune femme, mais elle était de loin la plus capable pour mener à bien une telle mission. Un instant, l'espoir qu'il s'agisse d'un canular illumina son visage. Mais il ne voyait pas vraiment l'intérêt de la chose et puis, cet homme qui était venu le voir ce soir-là ne donnait vraiment pas l'impression de quelqu'un qui aimait blaguer. L'ancien se souvint de la façon dont le Techno scrutait avec inquiétude la nuit en sortant de sa maison, comme s'il redoutait que quelque ennemi soit tapis dans l'ombre. Il sursautait au moindre bruit. Non, ce n'était certainement pas un canular. Malheureusement.

Béatrice posa son panier un peu plus loin. Ce soir, elle avait décidé de préparer un bon bouillon de légumes avec des petits morceaux de viande. Comme cela, son invité verrait que chez les Sixpiliens aussi on mangeait bien. En fait, sûrement bien mieux que dans les cités de béton où s'entassaient les Technos. Elle s'en voulait toujours de persister à vouloir prouver qu'elle avait raison, c'était vraiment contraire à la doctrine, mais elle ne pouvait pas s'en empêcher. Elle ne se serait jamais acharnée de la sorte avec un Sixpilien, mais face au Techno, c'était plus fort qu'elle. Il lui semblait maintenant en discerner la raison : toute sa vie on lui avait enseigné à se mettre à la place d'autrui pour raisonner, pour agir. Avec le Techno, elle ne pouvait pas parce qu'elle ne le supportait pas. Il dégoulinait d'orgueil et s'il était un fléau dont la civilisation humaine avait eu à pâtir, c'était bien l'orgueil. Impossible de se mettre à la place de cet homme là, impossible donc de le comprendre, impossible de le traiter comme un Sixpilien. Finalement, tout cela était fort logique. Trop logique sans doute, reconnut Béatrice en son fort intérieur.

Du haut de la colline, Élisabeth apercevait au loin la drague en plein travail. Elle sourit. Paul devait s'y affairer. Elle regarda avec un peu d'inquiétude le ciel qui s'assombrissait de plus en plus. Le changement de météo ne pouvait pas avoir échappé aux marins ; s'ils continuaient à travailler c'était sûrement parce que le risque était minime. Elle se mit à rire : c'était drôle de se soucier ainsi autant de quelqu'un.

Elle avait encore du mal à réaliser à quel point cette nuit avait changé tant de choses en elle. Dire qu'elle n'avait pas été jusque-là une bonne Sixpilienne aurait sans doute été exagéré, puisqu'elle respectait les usages et coutumes et participait aux travaux communautaires. Mais c'était en elle que, jusque-là, quelque-chose ne tournait pas rond. D'ailleurs, ces derniers temps, cette impression de train-train quotidien, sans surprise, sans aventure, sans souci la lassait terriblement. Elle s'endormait le soir en rêvant de voyages et de changements. Quelques siècles plus tôt, elle aurait sans nul doute été une battante avide de sensations fortes. C'était difficile à expliquer, surtout dans le monde Sixpilien, mais elle s'était imaginé avoir besoin de poussées d'adrénalines, de suspense, de risques. En même temps, elle n'avait jamais voulu rejeter la philosophie Sixpilienne. Elle aimait du fond du cœur les gens paisibles et humbles qui l'entouraient et elle n'éprouvait que mépris pour le monde techno. Tout cela était bien compliqué. Un psychiatre du XXI e siècle aurait sans doute pu l'aider.

Elle se mit à rire. Il fallait vraiment un gentil garçon comme Paul pour la détourner de son malaise existentiel. Avec lui, c'était comme si, d'un seul coup, tous les cours de philosophie sixpilienne lui revenaient à l'esprit. L'humilité, le souci de l'autre, le désir de faire un avec la nature, d'accepter l'ordre des choses, de s'émerveiller de choses simples comme une branche qui oscille dans le vent, des fourmis en train de vaquer à leurs occupations, des senteurs dans les bois, un bol de soupe chaude sur la table...

Elle avait cru pouvoir rejeter tout cela et le regrettait maintenant. Mais qu'est-ce qu'elle avait donc voulu ? Des choses que les autres n'avaient pas ? Des sensations de puissance ?

Paul lui apportait probablement d'un seul coup la seule chose qui lui avait vraiment manqué : l'amour. Quelqu'un à aimer passionnément et qui le rend bien. Cela changeait tout évidemment. C'était sans doute un peu tôt, mais elle sentait même qu'un enfant serait le bienvenu. Elle toucha machinalement son ventre plat et s'émerveilla à l'idée de le voir s'arrondir.

De nouveau elle se mit à rire, émerveillée par cette vague de bonheur qui la submergeait. Elle allait sans doute un peu vite, mais c'était tellement bon de vivre. Elle n'avait même plus envie d'aller en parler avec ses amies.

Les premières gouttes se mirent à tomber, la ramenant à la réalité. Il valait mieux rentrer récupérer un anorak si elle ne voulait pas travailler tout le reste de l'après-midi trempée jusqu'aux os.

CHAPITRE 10

Lorentz observa discrètement la réaction du général Topieu à l'écoute du dernier appel décodé. Le militaire jubilait. Il se sentait visiblement dans son élément. Il faut dire que la situation était devenue pour le moins délicate. On parlait d' « objectif », de « massacre »...
Le ministre de la sécurité intérieure André Le Beg était aussi présent, accompagné d'experts que Lorentz voyait pour la première fois. Une certaine tension régnait dans la grande salle de réunion du dernier étage du centre des communications. Tout le monde s'agitait.
Le général prit la parole, imposant naturellement le silence autour de la table :

- *Je ne vois qu'une chose à faire : envoyer une centaine de mes hommes investir le village sur le champ. On trouve le correspondant sur place et on le fait parler.*

Un conseiller du ministre répondit :

- *Effectivement, avec l'analyse spectrale de la voix de notre homme vous n'aurez pas trop de mal à le retrouver, mais si vous l'interceptez, cela risque d'empêcher l'opération prévue de se dérouler. Visiblement il n'est qu'un intermédiaire, il ne connaît même pas le nom d'Hervé Buissac. N'aurait-on pas plutôt intérêt à mettre en place une surveillance rapprochée ?*

Le général Topieu tapa du poing sur la table, ce qui fit sursauter la moitié de l'assemblée peu habituée à ce genre d'effet.

- *Dans ce type de situation, il faut agir vite avant d'être dépassé par les événements, croyez-moi.*

Le ministre intervint :

- *Il faut peut-être aussi réfléchir un peu avant de se trouver impliqué dans une opération militaire aux conséquences imprévisibles.*
- *Quelles conséquences ? Au pire, on massacrera un peu de Sixpiliens. Ce n'est pas bien grave.*
- *Vous oubliez Hervé Buissac.*
- *Ah, vous les politiciens, vous tremblez devant les journalistes. Il n'est même pas de chez nous !*
- *Justement général, Paris est une cité bien plus puissante que Nantes et on ne souhaite pas vraiment marcher sur ses plates-bandes.*
- *C'est donc cela, vous avez peur des Parigots !*

André Le Beg s'énerva soudain.

- *De toute façon, c'est nous, les politiciens, comme vous dites, qui déciderons de la marche à suivre et pour le moment, je le répète : pas de précipitation. Laissez vos chiens de guerre dans leur caserne.*

Le général haussa les épaules et se tut. Lorentz ne put s'empêcher d'esquisser un sourire. Il n'aimait guère les militaires et voir un général se faire rappeler son devoir d'obéissance était pour le moins plaisant. Le ministre demanda quels étaient les moyens d'observation qu'on pouvait rapidement mettre en œuvre. Un des techniciens présents, une femme, prit la parole :

- *Nos moyens d'observation sont, conformément à la loi inter-cités, limités à un rayon de cent kilomètres autour de Nantes. Ce n'est pas suffisant pour observer le village sixpilien. On ne peut pas déplacer un de nos satellites ou envoyer un drone sans que ce soit considéré comme une violation des accords et donc un acte de guerre. Par contre, on peut utiliser le vieux réseau partagé Euclide. bien-sûr, ce n'est pas discret car tout le monde pourra savoir ce que l'on observe mais bon, on peut faire cela à partir d'une centrale informatique privée. Cela devrait passer inaperçu. Nous ne sommes pas en période de tension inter-cités, les autres ne surveillent que les unités liées à des organismes officiels.*

Quelqu'un intervint :

- *C'est bien oui, cela donnera l'impression d'un particulier qui a envie de se documenter sur les Sixpiliens.*

Le général ricana :

- *Oui, sauf que si Paris manigance quelque chose dans ce village, votre centrale privée sera immédiatement répertoriée.*
- *C'est vrai, concéda la femme sans se décourager, mais rien ne prouve qu'une organisation officielle parisienne s'intéresse vraiment à ce village. Pour le moment, vu la faiblesse des moyens de codage utilisés, seul Hervé Buissac semble concerné. Notre observation devrait donc passer inaperçue.*

André Le Beg demanda :

- *Quel est votre nom mademoiselle ?*
- *Je m'appelle Marie Beaunier et j'appartiens au service d'analyse des images satellites.*
- *Bien, nous allons former une cellule d'écoute et d'observation pour surveiller ce village et les alentours immédiats. De son côté, le général conservera une unité en état d'alerte permanent. Il doit pouvoir investir ce village dans les 15 minutes qui suivront un éventuel feu vert.*

Le général Topieu haussa les épaules. Il disposait en permanence d'unités se relayant à bord d'avions spatiaux au sol prêts à décoller dans la minute qui suivait un feu vert de sa part. Le village pouvait être investi dans les cinq minutes qui suivaient son ordre. Mais il ne se faisait guère d'illusion, André le Beg était bien trop faible pour déclencher une telle action.
Selon lui, les cités s'enlisaient chaque jour un peu plus dans une interminable période de paix qui était en train de provoquer la dégénérescence de

l'humanité toute entière. Certaines cités n'entretenaient même plus d'armée, se contentent de quelques avions spatiaux pour donner le change. La jeunesse traînait, désabusée, dans les rues jusque tard le soir, se droguait, ne respectait plus rien. Les industriels étaient incapables de créer de véritables nouveaux produits aptes à susciter l'engouement du consommateur. Le taux de suicide atteignait un niveau record. Le monde techno s'effritait, faute d'une bonne guerre. Il était pourtant de notoriété publique que les guerres avaient toujours su stimuler l'esprit créatif de l'homme et lui redonner goût à la vie.
Si on lui donnait tout pouvoir, il lâcherait simultanément ses combattants sur des cités pacifistes comme Rennes, Le Mans et Tours. En quelques heures, il pourrait les annexer et initier ainsi la constitution d'un puissant consortium capable de rivaliser avec Paris. Mais là, il savait fort bien qu'il rêvait tout éveillé. Il lui avait fallu trois mois de palabres et de paperasserie pour réussir à faire sortir le sous-marin *Neptune* de la cale où il croupissait depuis 50 ans. Le *Neptune* avait pris la mer hier matin officiellement pour une campagne d'observation de la calotte glacière mais en réalité c'était surtout l'occasion pour son équipage de naviguer autrement que sur des simulateurs et de tester les systèmes embarqués. Le commandant du navire était venu, la larme à l'œil, lui serrer la main pour le remercier. Le cœur serré, sans un mot, le général Topieu avait embrassé cet homme humilié.
C'était une honte de laisser de si bons officiers croupir dans des placards. De plus, le sous-marin *Neptune* constituait, en cas de conflit, une formidable plate-forme d'observation et de lancement capable de mettre en orbite des satellites de secours furtifs alors même que tout ce qui décollerait de la cité de Nantes serait immédiatement repéré et condamné à une destruction plus ou moins immédiate.
Mais bon, qui pouvait comprendre ? Les politiciens ne réagiraient qu'au dernier moment comme d'habitude. En cas de défaite, ils auraient même sûrement le culot de reprocher aux militaires leur manque de préparation, d'anticipation. Il décida soudain qu'il en avait assez de supporter ces imbéciles d'administratifs. Il avait une petite idée derrière la tête qu'il allait mettre rapidement en application.

De gros nuages noirs cachaient le soleil lorsque Paul mit pied à terre. Jean l'Ancien l'attendait sur le quai. Il lui fit signe de venir le rejoindre. Paul aurait préféré voir Élisabeth mais bon, la jeune femme était évidemment encore au travail.

- *Il faut qu'on parle*, lança Jean sans même le saluer.

Paul fronça les sourcils en hochant la tête. Il n'avait jamais vu l'Ancien dans un tel état de nervosité. Il semblait littéralement piétiner sur place. Que pouvait il donc se passer ? Son cœur se serra soudain à l'idée qu'il était peut-être arrivé quelque chose de grave à Élisabeth.

Parfois, la vie est terriblement injuste. Il ne dit rien, retenant sa respiration, et suivit l'ancien jusqu'au banc où justement, la veille, ils avaient discuté Élisabeth et lui. Mon Dieu, était-ce un signe du destin ? L'Ancien lui fit signe de s'asseoir. Il ne savait visiblement pas par où commencer. Paul craqua :

- *Élisabeth*, fit il dans un souffle.

Jean secoua la tête, agacé :

- *Non, non, elle va très bien, ce n'est pas cela !*
- *Ah*… fit Paul brusquement soulagé. Ce ne pouvait pas être quelque chose de bien grave.
- *C'est une histoire de fous et je ne sais pas par où commencer.*
- *Ah…*
- *Tu ne m'aides pas*, fit Jean, *tu ne sais dire que ah…*
- *Ben, je ne sais pas moi, c'est à propos du sable ?*
- *Non, c'est beaucoup plus grave. Écoute, à ce qu'il semble, il existerait un groupe de Technos qui s'amusent à massacrer des villages Sixpiliens.*
- *Hein ?*
- *Oui, ils débarquent on ne sait d'où et s'amusent à tuer tout le monde. C'est à qui aura le plus beau tableau de chasse. Mais le pire, c'est qu'apparemment, nous serions leur prochaine cible.*

Paul secoua la tête. C'était comme si son pire cauchemar se réalisait soudain. Il se demanda si tout cela n'était pas le cours inéluctable des choses, s'il n'était pas né pour vivre cela. Il regarda Jean :

- *Que peut on faire ?*

L'ancien soutint son regard et répondit :

- *On peut faire beaucoup de choses, mais toi d'abord, qu'est ce que tu veux faire ?*

Paul se demanda ce que l'autre savait à son sujet.

- *Normalement, on doit laisser faire, sinon, toute l'armée techno risque de nous tomber dessus non ?*
- *Oui*, reconnut l'ancien, *c'est ainsi que nous avons gagné la grande guerre, en nous laissant massacrer, mais là, ce n'est pas pareil.*
- *Pourquoi ?*
- *Ce n'est pas une cité qui s'en prend à nous, c'est un groupe de malades mentaux qui prennent plaisir à nous chasser comme des animaux. Ils n'ont pas l'appui de la cité. Cette dernière les traduirait probablement devant un tribunal si elle les prenait sur le fait.*
- *Mais alors, pourquoi ne pas les dénoncer à la cité ?*
- *Parce que personne ne nous écouterait, même si on avait des preuves, ce qui n'est pas le cas.*

Paul s'inquiéta soudain :

- *Mais c'est quand qu'ils vont nous attaquer ?*
- *Demain soir !*
- *Mais comment tu sais tout cela ?*

- *C'est Bernard, un autre Ancien à qui un Techno est venu parler, qui me l'a expliqué*
- *Et vous faites confiance à un Techno ?*
- *Oui, on pense qu'il dit vrai. Tu sais, il y a toujours eu des bruits qui couraient à propos de massacres. Cela ne fait que confirmer. Et puis, quel intérêt aurait un Techno à nous raconter des salades ?*
- *Et quel intérêt a-t-il à nous prévenir. Depuis quand les Technos s'occupent-ils de notre sort ?* rétorqua Paul.
- *Tu sais, tous les Technos ne sont pas mauvais. Certains sont bienveillants.*
- *Si tu le dis. Mais qu'est-ce qu'on peut faire ? Ils vont venir avec des avions, ils auront des armes puissantes.*
- *Non, c'est difficile à concevoir, mais ce sont des chasseurs, ils ont une espèce de code d'honneur, ils font cela à pied, au contact de leur proie. Ils ont des armes de poing et ils achèvent les blessés au couteau.*
- *Ah la vache! Bon, on n'a qu'a évacuer le village. Allons nous cacher dans la forêt.*
- *Je ne pense pas que nous leur échapperions en nous cachant dans la forêt, ils ont des détecteurs. Mais en plus, cela ne résout en rien le problème car alors, ils s'attaqueront à un autre village. On sera responsable d'un autre massacre. Nous nous serons sauvés en sacrifiant un autre village et tous ceux auxquels ils s'en prendront dans le futur.*

Paul secoua la tête :

- *Dis-donc Jean, tu es en train de me démontrer qu'il faut arrêter ces tueurs ? Que c'est en quelque sorte notre devoir à nous de les neutraliser ?*

L'ancien parut soudain déstabilisé :

- *Euh… Je ne sais pas… Je croyais…*
- *Oui,* continua Paul, *tu croyais que c'est ce que j'allais te proposer ?*
- *Oui,* reconnu l'ancien penaud.
- *Eh bien, tu fais un bien piètre chef de guerre. Et avec quoi on va les neutraliser dis-moi?*
- *Je ne sais pas.*
- *Et tu m'as tout dit ? Tu n'as pas d'autres informations ?*
- *Si, si. Ils vont venir en HAPS. Le mode opératoire est toujours le même. Ils déposent 2 hommes équipés de fusils de précision en un point élevé à 2 ou 3 kilomètres du village. Dés qu'ils sont prêts, ils tirent sur tous les gens qui sont dehors, obligeant tout le monde à se réfugier dans les maisons. Le reste, une dizaine d'hommes est alors déposé à proximité du village. Ils pénètrent dans chaque maison et tuent tout le monde. S'il y a de la résistance, ils lancent*

à l'intérieur une grenade soleil. Tu sais, ce truc qui fait monter la température à 1000 degrés. Ils ne prennent pas de risque.

- *Nom de Dieu !* s'exclama Paul, *mais on fait comment pour les arrêter ?*
- *Je ne sais pas,* reconnut l'ancien d'un air découragé.
- *Mais on n'a rien, aucune arme. Ces gens sont des assassins, ce sont des ordures. Pourquoi font-ils cela ? Quel plaisir cela peut-il leur procurer ?*
- *Ils aiment tuer.*
- *Mais quel plaisir y a-t-il à tuer ?*
- *Je ne sais pas moi ! Cela doit leur donner une impression de puissance. Dans un livre ancien, je me rappelle avoir lu l'histoire d'un grand chasseur qui était fasciné par cet instant où la vie quitte le corps de sa proie.*
- *Mais ce genre de personne est malade.*
- *Oui, je sais, mais cela existe, et cela va nous tomber dessus.*

Paul réfléchit un instant :

- *Je vais voir avec les autres. Si on est suffisamment nombreux à leur sauter dessus on peut en neutraliser un ou deux, et les autres vont se décourager.*
- *C'est cela ton plan ?*
- *Oui, on les attend et au moment où ils approchent, on leur saute dessus à une vingtaine. Au corps à corps on est beaucoup plus fort qu'eux.*
- *Mais où les attendrez-vous ?*
- *Dans une des maisons.*
- *Mais ils ont des détecteurs, ils verront bien que vous êtes trop nombreux dans la maison et puis tu ne sais pas par quelle maison ils vont commencer. Avant qu'ils n'arrivent à votre portée, ils risquent d'avoir massacré la moitié du village.*

Paul grimaça :

- *Oui, c'est vrai. De toute façon, il faut commencer par évacuer les enfants et de manière générale tous ceux qui ne sont pas en état de combattre. Il faut les envoyer vers un autre village. On a le temps d'ici demain soir. Et demandons de l'aide aux villages du coin, qu'ils nous envoient des hommes prêts à se battre.*
- *C'est une excellente idée*, s'exclama l'ancien soudain plein d'espoir. *On n'aura que des combattants dans le village pour les recevoir. Si on peut leur sauter dessus à une centaine, on va les neutraliser. D'autant plus qu'ils ne s'attendront sûrement pas à cela.*
- *Mince !* s'exclama Paul.
- *Quoi ?*

- *Il reste le problème des deux hommes équipés de fusils de précision. Ils vont nous décimer lorsqu'on sautera sur leurs complices.*

L'ancien parut soudain vingt ans plus vieux.

- *Mince,* répéta-t-il bêtement.

En plus, il venait de se rendre compte qu'il avait oublié de préciser un détail important à Paul. Un détail qui risquait de ruiner toute l'ébauche de plan échafaudé : le Techno avait insisté pour que, si une partie des chasseurs s'échappait, rien ne laisse supposer que les habitants du village avaient été prévenus. Sinon, il devrait rendre des comptes et cela risquait d'aller très loin. Il voulait que les chasseurs soient neutralisés dans la plus grande discrétion. Qu'ils disparaissent tous. Et puis, il y avait aussi le problème du reporter techno qui assisterait aux événements… mais cela, inutile d'en parler. Déjà, on verrait bien s'il aurait le courage de se présenter.

Teren nettoyait son fusil à aiguille lorsque le général Topieu entra dans la salle d'armes. Il se leva et salua au garde-à-vous. Le général sourit, content de trouver le lieutenant Teren seul.

- *Repos lieutenant.*

Teren se détendit un peu. Il regarda le général tourner autour de lui comme un requin autour de sa proie.

- *Dites-donc lieutenant , vous n'en n'avez pas assez de nettoyer votre fusil ? Vous n'avez pas envie d'un peu d'action ?*
- *Je suis à vos ordre, mon général.*

Le général Topieu baissa la voix :

- *Écoutez lieutenant, j'ai une mission pour vous, mais je voudrais que cela reste entre nous.*

Une fraction de seconde, Teren se dit que cette proposition sentait l'illégalité à plein nez, mais son esprit de discipline reprit rapidement le dessus. Comme tous les officiers, il vénérait le général Topieu qui incarnait à leurs yeux le défenseur des valeurs militaires. Leur père spirituel en quelque sorte.

- *Aucun problème mon général.*
- *Bien, bien. Alors, je vais vous expliquer ce que vous aurez à faire.*

Béatrice avait du mal à réaliser ce que l'Ancien venait de lui expliquer. Encore une fois elle répéta :

- *Tu es vraiment sûr que ce n'est pas une blague ?*
- *Oui, j'en suis certain.*
- *C'est fou, ces Technos sont vraiment des ordures.*
- *Tous les Technos ne sont pas ainsi.*
- *Si, je le vois bien avec celui que vous m'avez collé, Ces gens-là ont en eux les germes du malheur. Ils ne pensent qu'à eux-mêmes.*

- *Ils n'ont pas une éducation sixpilienne c'est certain, mais tous n'ont pas un mauvais fond. Celui que tu accueilles n'est pas un mauvais gars et il tombe vraiment bien, il pourra témoigner.*

L'Ancien n'avait pas dit à Béatrice que la venue de Guillaume faisait partie du plan. Il avait été envoyé pour filmer l'attaque du village. Il était inutile pour le moment de révéler ce détail. Plus tard peut-être. Béatrice demanda :

- *Je lui dit quoi moi au Techno ?*
- *Tu lui dis que tu vas l'amener voir celui qui l'accueillera après toi afin qu'ils fassent connaissance.*
- *Oui, d'accord, mais une fois sur place, je fais quoi ?*
- *Je te conseille de le laisser et de revenir.*
- *Quoi !* s'exclama Béatrice, *je ne peux quand même pas laisser un village sixpilien se faire massacrer sans donner un coup de main. Ils vont sûrement choisir d'essayer de se défendre. Si je les laisse, je perds mon âme. Toute ma vie je m'en voudrai.*

L'ancien sourit.

- *Je me doutais bien que tu dirais cela.*

Béatrice haussa les épaules, levant les mains d'un geste rageur :

- *On devrait y aller tous !*
- *Non, cela je ne pense pas. S'ils voient trop de monde, les chasseurs se douteront de quelque chose. Ils seront sur leurs gardes. Ce n'est pas bon.*
- *Oui, tu as raison,* reconnut Béatrice.

L'Ancien souffla

- *Il nous manque décidément l'expérience de ce genre de choses.*
- *Heureusement non ?*
- *Oui, heureusement. Il est dommage que le Techno ait eu aussi peu de temps pour apprendre à mieux connaître le monde sixpilien, il aurait pu nous aider dans ce domaine.*
- *Attends, arrête de le défendre !* s'exclama Béatrice, *n'oublie pas que ces chasseurs sont de son monde. Ils sont tous pareils !*
- *Oh ! On croirait entendre un de ces racistes du XXI e siècle.*

Béatrice baissa les yeux.

- *Bon*, fit-elle, *d'accord, je ne suis peut-être injuste.*
- *Tu manques surtout de tolérance, tu sais, cette qualité dont nous avons su faire part à ton égard lors de tes écarts de jeunesse. Cette qualité fondamentale qui nous caractérise. Troisième et cinquième pilier.*
- *Je connais nos principes, mais je n'aime pas le Techno.*
- *Oui, je sais. Au fait, sais tu au moins comment il s'appelle ?*
- *Je m'en fous.*
- *Tu ne veux pas employer son nom parce que tu as décidé de l'assimiler au monde techno, mais tu te trompes. Un individu est*

toujours unique, il ne peut pas être mis dans un même sac avec tous les autres.

- *Peut-être, mais crois-moi, il a tous les défauts des Technos.*
- *C'est ce que tu crois parce que tu filtres les informations qui te parviennent à son sujet, ne gardant que le négatif. Tu n'es pas objective. Tu l'as déjà jugé.*
- *Il ne pense qu'à son nombril et pour lui, nous sommes à peine humains.*
- *C'est ce que tu crois, mais moi il me semble que tu te trompes. Il est sûrement orgueilleux, vaniteux, arriviste, matérialiste, égoïste, mais c'est seulement parce qu'on lui a enseigné à être ainsi. L'individualisme, le dépassement de soi, la compétition, c'est ce qu'apprend un Techno dès son plus jeune âge. Là-bas, autour de lui, tout le monde est comme cela. Jusque-là, il ne connaissait que cela. Mais au contact de notre monde, je vois bien qu'il évolue. Il raisonne encore avec la logique qui lui a été inculquée mais il commence déjà à en percevoir les limites. Il sait déjà que quelque chose ne colle pas. Il cherche à comprendre.*
- *Il suffirait qu'il se remette en question au lieu de vouloir nous imposer sa technologie et ses coutumes de dégénéré.*
- *Tu peux l'aider, mais si tu lui fais la guerre, il restera sur ses positions. Il essayera de te prouver qu'il a raison. Il mettra un point d'honneur à gagner. L'orgueil l'aveuglera. Par contre, si tu l'écoutes, si tu cherches à le comprendre, si tu l'acceptes comme il est, même en restant fidèle à tes convictions, alors il se peut qu'il perçoive certaines choses.*
- *Oui, tu as sûrement raison en théorie, mais dans la pratique je n'aime pas cet homme-là. Je voudrais juste qu'il me laisse tranquille, qu'il aille voir quelqu'un d'autre et puis, on a un problème beaucoup plus urgent à résoudre.*

L'Ancien hocha la tête. La jeune femme marquait un point. Un moment, il avait cru pouvoir oublier, se réfugier dans le quotidien comme si cette histoire de chasseurs n'était qu'un mauvais rêve, mais Béatrice avait le sens des priorités. Ce n'était pas pour rien qu'il l'avait choisie elle, parmi tant d'autres :

- *Oui, il faut que tu partes là-bas ce soir. Tu diras à Guillaume qu'il va faire un reportage pendant deux jours sur le village qui l'accueillera après toi. Il faut qu'il emmène son matériel. Tiens, même si tu ne l'aimes pas, tu verras sa réaction lorsqu'il sera confronté aux chasseurs. Je suis sûr qu'il prendra notre défense.*
- *Oui, en espérant qu'il ne se fasse pas massacrer avec tout le village. En plus, il ne sera pas d'une grande utilité, il ne sait même pas se battre.*
- *Il filmera, c'est beaucoup plus important que de se battre.*

Béatrice leva les yeux au ciel :

- *Ce n'est pas cela qui arrêtera les Technos. J'espère que les gens du village seront plus combatifs.*

L'ancien ne dit rien. Béatrice avait raison à sa façon. L'espace d'un instant, leurs yeux se croisèrent. L'ancien lut dans ceux de la jeune femme une détermination farouche. Un vrai petit animal sauvage. Les Technos allaient avoir affaire à forte partie. Malgré lui, il ressentit de la fierté. Il expérimentait là des sentiments desquels il avait pourtant appris à se méfier. L'homme est un animal, une machine à survivre dans un environnement hostile et sa nature guerrière n'est jamais loin. En chaque homme, même Sixpilien, résident des pulsions violentes qui ne demandent qu'à s'exprimer. Cette fierté malsaine, il se dit soudain que les foules devaient la ressentir en voyant défiler au pas de l'oie les superbes soldats nazis qui allaient ensanglanter l'Europe entière.
L'ancien songea aussi soudain que c'était peut-être la dernière fois qu'il voyait Béatrice. Qu'il l'avait choisie et probablement envoyée à la mort. Il se demanda s'il pourrait survivre à une telle horreur. Il voulut parler mais se tut. En fait, il n'y avait plus rien à dire.
Béatrice dut sentir son désarroi et elle lui sourit. Il en fut désarmé. Il se sentait tellement malheureux, tellement pitoyable.

CHAPITRE 11

Une secousse encore plus violente que les autres projeta littéralement Guillaume contre Béatrice. Il s'excusa. Décidément, prendre un train sixpilien ressemblait fort à un tour d'avions tamponneurs à la fête foraine, le confort en moins : les banquettes étaient dures comme du bois, pas de climatisation et un brouhaha tel qu'il fallait presque crier pour se parler.
En plus, songea Guillaume, le train n'avançait pas. On s'arrêtait à chaque station, c'est-à-dire à peu près tous les trois kilomètres. C'était simple, le train passait plus de temps arrêté qu'à rouler. Désespérant ! A croire que les Sixpiliens aimaient perdre leur temps. Le contrôleur qui autorisait d'un coup de sifflet le train à repartir attendait complaisamment que les gens se soient fait leurs adieux, comme s'ils n'allaient plus jamais se revoir. Quant au contrôleur lui-même, on se demandait bien à quoi il servait puisque le train était gratuit.
De toute façon, le monde sixpilien en général ressemblait à une visite guidée de la préhistoire. Il venait de trouver le titre de son reportage : « visite guidée de la préhistoire ».
Le train s'arrêta dans un crissement de frein à vous arracher les dents. Guillaume en profita pour se lever et regarder par la fenêtre. Il n'y avait pas de quai à proprement parler, juste un chemin de pierre. Pas vraiment de gare non plus, juste une bâtisse qui faisait plutôt office d'abri contre la pluie. Le lierre en recouvrait la moitié. Autour, c'était la campagne, des champs d'un côté, une forêt de l'autre et un chemin bordé de haies qui devait mener au village le plus proche. Toute cette verdure finissait par lasser. C'était un peu comme si l'on se noyait, comme si l'homme n'avait pas su se rendre maître de la nature. L'air sentait le foin, les vaches ou les sous-bois, les fleurs parfois, en tous cas, il sentait toujours quelque chose, comme si la nature voulait rappeler en permanence que c'était grâce à elle qu'il était possible de respirer.
Guillaume se tourna vers Béatrice qui lisait un livre. Dans le monde techno, les livres avaient depuis longtemps disparu. Rien qu'à voir la jeune femme tourner méticuleusement les pages il en avait des crampes aux doigts. En plus, un livre c'est lourd et encombrant. On se fatigue les yeux. Il ne put s'empêcher de demander :

- *Pourquoi est-ce-que tu n'as pas de télévision ? Pourquoi préférer les livres ?*

La jeune femme leva les yeux vers lui, visiblement surprise par la question. Curieusement, elle sembla chercher ses mots, ou alors, elle n'avait pas compris la question. Depuis qu'ils étaient partis, il sentait qu'elle lui cachait quelque chose. Elle était différente, tendue, comme oppressée par quelque événement. Il n'était plus, lui le Techno, son principal problème. Elle ne lui accordait qu'une attention partielle. C'était évidemment fort énervant, humiliant même.

Finalement, la jeune femme répondit :

- *Nous n'avons pas cela chez nous pour mille raisons.*
- *Mille raisons !* s'exclama Guillaume, *cite m'en donc une poignée cela me suffira.*
- *Je doute que cela te suffise*, répondit Béatrice sur un ton presque méprisant, *enfin, je vais essayer de te répondre.*
- *Merci.*
- *D'abord, la télévision maintient ton cerveau dans une attitude passive. Tu es saoulé d'images que tu absorbes sans avoir le temps de réfléchir. C'est comme si tu n'avais plus de cerveau. A l'inverse, avec un livre par exemple, tu es obligé d'imaginer en permanence dans ta tête les paysages, les personnages, ton cerveau est actif. Mais il n'y a pas que cela. Un livre permet d'expliquer des pensées, de décrire des états d'esprit.*
- *Oui ,* la coupa Guillaume, *mais tu sais le cinéma est un art. Les effets spéciaux sont formidables. Aucun livre ne t'apporte cela.*
- *Ah… Mais l'écriture aussi est un art à part entière. Tu préfères te laisser aller à la facilité voilà tout,* ne put s'empêcher de répliquer la jeune femme en se disant qu'encore une fois, elle ne tenait pas compte des conseils de l'Ancien.
- *Quel mal y a-t-il à cela ? C'est l'évolution normale des choses, on améliore sans cesse notre confort.*
- *Il n'y a aucun mal à cela sauf si cela devient une obsession. Sauf si l'on cherche son bonheur dans des choses sans cesse plus compliquées.*
- *Admettons que tu aies raison, mais tu sais, j'ai l'impression que tu es restée quelques centaines d'années en arrière, quand les hommes étaient fiers de montrer leur superbe écran tout plat. Depuis, la télévision a évoluée, maintenant, tu es carrément dans la peau des personnages grâce aux techniques sublimatoires, tu as même des films où tu fais tes propres choix, tu modifies le scénario en direct.*
- *Et alors, tu es toujours aussi passif. Est ce que tu inventes les paysages ? Les scènes ? Les personnages ?*
- *Non, mais tu prends des décisions. Tu choisis.*
- *Bof…*
- *Bon,* fit Guillaume, soucieux d'éviter une polémique, *as-tu une autre raison ?*
- *Oui, fabriquer des télévisions nécessite une industrie complexe et polluante.*
- *Complexe certainement, mais polluante je ne pense pas. Chez nous la plupart des objets que nous fabriquons sont recyclés en fin de vie.*
- *Ils sont recyclés à cent pour cent ?*

- *Je ne sais pas, sûrement.*
- *Alors pourquoi consommez-vous autant de matières premières ? Nos mines vous fournissent sans arrêt en métaux divers, vous avez aussi besoin de pétrole, de caoutchouc et de tellement d'autres produits.*
- *Pour toi c'est beaucoup, mais à l'échelle de la planète c'est une quantité infinitésimale. As-tu une autre raison ?*
- *Oui, la télévision empêche les gens de se parler. Elle a détruit le cercle familial des humains du XXI e siècle. Au lieu de se parler, les familles écoutaient béatement la télévision.*
- *C'est débile comme raison, tu peux très bien l'éteindre.*
- *J'ai lu que ce n'est pas ce qui se passait.*
- *Tu as lu !* s'exclama Guillaume, *c'est terrible comme tu peux croire tout connaître sans même l'avoir vécu.*

Soudain, la vieille dame assise à droite de Béatrice prit la parole :

- *Mais, jeune Techno,* dit-elle doucement en regardant Guillaume droit dans les yeux, *car vous ne pouvez qu'être un Techno, nous considérons que c'est l'histoire. L'expérience de nos ancêtres. Pour nous, tout ce temps passé devant la télévision fut une erreur. Les gens regardaient des émissions sans intérêt, des films qui n'avaient d'autre valeur que les effets spéciaux, des reportages transformant les faits, des feuilletons niais et tellement loin des réalités de la vie. Nous pensons que cela a grandement contribué à former des générations de gens incapables de communiquer, ne pensant qu'à leur propre petit bonheur égoïste. C'est notre façon de voir les choses. Votre amie essaye de l'expliquer à sa façon. Vous savez, nous sommes libres de penser ainsi et ce n'est pas la peine de chercher à tout prix à nous convaincre que nous avons tort. Vous êtes dans notre monde, acceptez nos explications, soyez tolérant.*

Guillaume prit le temps de réfléchir. Il avait oublié la présence des autres passagers dans le compartiment. Béatrice sourit à la vieille dame. Ce précieux coup de main était vraiment le bienvenu. Avec ce qui les attendait au bout du voyage, elle avait du mal à se concentrer pour lire, alors ce genre de discussion avec le Techno lui donnait envie de s'enfuir en courant.

- *Chère Madame,* reprit Guillaume en s'adressant à la vieille dame, *malgré votre âge, je pense que vous n'avez pas mon expérience de la télévision. En fait, vous n'en avez aucune. C'est un peu comme si moi, un Techno, je venais vous donner des leçons de jardinage. Moi je ne me permettrai pas.*
- *Vous avez sans doute raison, mais acceptez notre point de vue. Vous savez, nous n'avons pas élaboré notre mode de vie sur un coup de tête. Nous ne l'acceptons pas non plus par résignation. Pour nous, c'est l'aboutissement de notre philosophie. Croyez-*

vous que nous soyons idiots au point de nous fourvoyer depuis tant de générations ?

- *Je ne sais pas,* dit doucement Guillaume, presque pour lui-même, *c'est justement là un mystère que je veux élucider. Je veux comprendre.*

La vieille dame soupira, souriant gentiment :

- *Vous comprendrez si vous vous laissez aller. Si vous oubliez un instant votre monde pour vous immerger totalement dans le nôtre. Si vous laissez tomber ces barrières que sont vos préjugés pour permettre à ce que vous voyez de vous parler. Alors, sans remettre nécessairement en question vos propres coutumes, vous verrez que notre philosophie n'est pas aussi aberrante qu'il peut vous sembler.*
- *Je ne suis pas quelqu'un de passif.*
- *C'est certain,* concéda la vieille dame. *Vous êtes un homme d'action. Mais pour nous, écouter et observer tout en réfléchissant sont des actions positives et constructives. A l'inverse, critiquer aveuglément est une action négative. Connaissez-vous le premier pilier de la philosophie Sixpilienne ?*
- *Euh… On me l'a dit je crois, mais je ne m'en souviens plus.*
- *Parce que vous n'avez pas su en reconnaître l'importance. Je vous le redonne : reconnaître l'autre, c'est être capable de tout son cœur de se mettre à sa place, et agir en conséquence. Est-ce que vous comprenez ce que cela signifie ?*
- *Oui, bien-sûr*, répondit Guillaume soudain un peu agacé par ce cours de morale et le ton professoral de la vieille dame.
- *Tous nos enfants sont éduqués dans ce souci constant de se voir à travers les yeux de l'autre. Ils sont l'autre en permanence dans leur façon d'appréhender les relations sociales. Alors évidemment, nous n'avons jamais ce genre de discussion où chacun essaye d'avoir raison parce que chacun essaye de comprendre le point de vue de l'autre avant de défendre le sien. Parce que peu nous importe d'avoir raison ou tort. Là, évidemment, c'est beaucoup plus difficile parce que vous n'avez pas eu cette éducation. Parce que vous venez d'un monde différent et que vous êtes très différent. Il vous faut faire un très très gros effort ne serait-ce que pour concevoir l'idée d'essayer de vous mettre à notre place.*

Béatrice ferma les yeux. C'était ce qu'essayait de lui expliquer l'Ancien quelques heures plus tôt. En fait, le reproche de la vieille dame s'adressait autant à elle qu'au Techno. Restait à déterminer si son attitude était une réaction de défense face à l'arrogance et au mépris du Techno ou si un mal s'était insidieusement insinué en elle bien avant la venue du Techno.

La vieille dame lui prit gentiment le bras :

- *Tu devrais lui expliquer petit à petit les six piliers qui sont le fondement de notre civilisation.*

Béatrice sourit, elle se pencha pour souffler discrètement à l'oreille de sa voisine :

- *Je ne sais pas s'il a assez d'humilité pour en comprendre vraiment la signification.*

La vieille dame se tourna vers Guillaume, le dévisageant avec une espèce de crainte mêlée de curiosité :

- *Cela n'a pas d'importance. Tu auras fait ce qui doit être fait. S'il ne veut ou ne peut pas comprendre c'est tant pis. Mais toi, tu auras l'esprit tranquille. Pour le moment, à en juger par la discussion que vous venez d'avoir, il réussit à te tirer dans son univers où avoir raison, gagner, être le plus fort est la doctrine officielle. Tu dois résister à ces joutes verbales qu'il t'impose probablement inconsciemment. Sans véritable volonté de nuire.*
- *Je vais essayer,* répondit Béatrice avec sincérité.

Elle aurait voulu expliquer à la vieille dame ce qui se préparait. L'objet de leur voyage. Elle aurait voulu lui démontrer qu'elle avait des circonstances atténuantes pour se comporter ainsi face au Techno, mais n'était-ce pas là encore une fois une réaction d'orgueil ? Le plus énervant dans tout cela était que même si elle savait pertinemment qu'elle se comportait mal, elle n'arrivait pas à résister à la tentation de s'opposer au Techno. Il y avait de toute évidence de l'orgueil en elle. C'était contre cette terrible maladie, plus que contre le Techno qu'elle allait devoir se battre. Il lui faudrait aussi comprendre comment cela avait pu se produire. Une Sixpilienne touchée par l'orgueil ! En face d'elle, Guillaume ne se posait probablement pas des questions de ce genre. Lui ne se remettrait pas en question à l'instar des hommes du passé qui avaient trouvé un terme beaucoup plus positif pour accepter leur maladie : la fierté. Ce n'était plus une réaction d'orgueil mais de fierté. La fierté est positive, l'orgueil est négatif. Les hommes avaient toujours su justifier leurs actes quels qu'ils soient.

Béatrice ferma les yeux pour se laisser gagner par un grand sentiment de paix. La vieille dame lui tenait toujours le bras et ce contact lui faisait le plus grand bien. En face d'elle, Guillaume hocha la tête. Il n'était de toute évidence pas du tout convaincu par le discours, mais après un rapide coup d'œil autour de lui, il réalisa que tout le monde était d'accord avec la vieille dame. Béatrice la première, évidemment. On ne peut pas lutter seul contre tous, même si on est persuadé d'avoir raison. Il s'arma de son plus beau sourire et mentit :

- *Chère madame, je vais essayer de suivre vos conseils.*

Dans le compartiment, personne ne fit le moindre commentaire mais tous souriaient. Sauf Béatrice qui savait fort bien que le Techno mentait, qu'il n'avait rien compris. Mais c'était vraiment sans importance. Ce qui comptait, c'était ce contact tellement humain avec la vieille dame. La vie valait d'être

vécue ne serait-ce que pour ces moments de communion profonde avec l'autre. La vieille dame venait de lui apporter cette sérénité qu'elle ne parvenait pas à trouver seule dans la lecture. Elle venait par la même occasion de lui donner le courage nécessaire pour affronter ce qui l'attendait le lendemain. Se battre et peut-être mourir pour défendre le monde sixpilien lui semblait soudain un immense honneur.
Dans une demi-heure, ils arriveraient au village.

Avançant doucement la tête, Teren jeta un coup d'œil au village. Il ne pouvait guère progresser au-delà de la haie sans se faire remarquer. A l'arrêt, son projecteur de camouflage lui permettait de se confondre avec la végétation, mais s'il se mettait en mouvement, le projecteur serait incapable de s'adapter en temps réel aux modifications d'environnement et les Sixpiliens ne manqueraient pas de repérer cette anomalie dans leur paysage. Il lui fallait attendre la nuit pour intervenir. Il jeta un coup d'œil au ciel. La couverture nuageuse ne faiblissait pas. Elle allait durer encore 2 ou 3 jours. Aucun satellite ne pouvait le repérer. bien-sûr, en temps de guerre, les armées lançaient des bouées relais qui se positionnaient à la limite de la couche nuageuse, renvoyant vers le satellite ce qu'elles voyaient. Mais aucune cité ne pouvait utiliser ce genre de dispositif en tant de paix, sauf en violant les accords inter-cités.
Personne n'avait envie d'une guerre. Teren ouvrit doucement son sac à dos pour y récupérer son analyseur de son à longue portée. L'appareil avait été calibré d'après les enregistrements de la voix du correspondant sixpilien. Si ce dernier se mettait à parler dans un rayon de 200 mètres, ses coordonnées s'afficheraient immédiatement sur le petit cadran. Teren avait toute la soirée pour repérer sa cible. Il appuya doucement sur la zone tactile pour allumer l'appareil. Il fallait maintenant attendre que la cible parle.

Dans la petite salle des fêtes, la quasi-totalité des adultes du village était réunie. Jean essayait vainement de ramener le calme. Il faut dire que l'annonce de l'attaque prochaine du village et de la nécessité de se débrouiller seul avait déclenché l'émoi parmi les habitants. A une époque habituellement riche en fêtes diverses, personne ne s'attendait à un tel choc. C'était en quelque sorte l'annonce de la fin du monde. La brutalité des Technos était bien connue, mais là, cela dépassait l'entendement. A tel point d'ailleurs qu'au début certains lancèrent qu'il ne pouvait que s'agir d'un canular. Cependant, au fur et à mesure que les minutes passaient, tout le monde sembla considérer qu'il fallait prendre la menace au sérieux. S'il s'agissait d'une blague, au moins, ils se seraient protégés. Les avis étaient très partagés sur la conduite à tenir. Évacuer le village ? Beaucoup de femmes soutenaient qu'à défaut de tous quitter le village, il fallait au moins évacuer les enfants.

Après une bonne vingtaine de minutes de brouhaha, Jean réussit à prendre la parole. Il se mit alors à expliquer que selon toute vraisemblance, le groupe de Technos agissait dans la plus totale clandestinité et sans aucun soutien d'une quelconque autorité officielle. Cela sous-entendait des moyens limités et donc la possibilité pour les Sixpiliens de mettre fin à ces massacres. Ils devaient faire face à l'attaque car s'ils évacuaient, les chasseurs comprendraient que quelqu'un de leur entourage les avait trahis et ils n'auraient de cesse de le trouver. Ensuite, ils reprendraient leur chasse et l'opportunité de les arrêter serait peut-être perdue à tout jamais.
Cette fois, le calme était revenu dans la salle. Chacun semblait accepter la nécessité de faire face. Il ne restait plus qu'à trouver comment. Jean fit signe à Paul de venir le rejoindre. Ce dernier expliqua le mode opératoire des chasseurs. De nouveau, tout le monde se mit à parler en même temps. Paul dut hurler :

- *Mon Dieu, taisez-vous donc !*

Le silence se fit.

- *Pardonnez mon impatience, mais vous savez, nous avons fort peu de temps pour nous préparer et je pense avoir élaboré un plan qui tient la route. Je voudrais vous le soumettre.*

Paul soupira puis reprit :

- *Notre seule chance de neutraliser les chasseurs est de les prendre au corps à corps. Là, notre maîtrise du katé fera la différence. Il faut donc les attirer dans une maison où nous cacherons nos meilleurs pratiquants.*

Quelqu'un lança :

- *Mais comment vas-tu les attirer ?*

Paul baissa les yeux, un peu gêné :

- *Ben justement, vous savez que si les Sixpiliens aiment parfois un peu trop le sexe, les Technos eux sont encore bien pires. Ils aiment souvent dominer, humilier… Ils violent… Enfin c'est ce qui se dit… Alors si tel est le Techno moyen, imaginez comment doivent être des types capables de massacrer un village : ce sont nécessairement de vrais animaux à l'écoute de leurs instincts les plus pervers. On peut donc les piéger. Je vous propose de mettre deux femmes toutes nues dans une des maisons. Dés que nous aurons aperçu les Technos, elles feront semblant de faire l'amour ensemble. Normalement, cela devrait les exciter. A mon avis, ils se dirigeront tous directement vers la maison pour violer les deux femmes et évidemment nous serons là pour les recevoir.*

Paul s'attendait à beaucoup de commentaires, mais ce fut le silence. Jean demanda finalement :

- *Mais comment vas-tu faire pour qu'ils viennent directement sur cette maison-là ?*

- *Je ne sais pas. J'ai parlé d'une maison, mais on pourrait faire la même chose dans deux ou trois autres en périphérie du village. On est bien assez nombreux pour cela.*

A la surprise de Paul, Élisabeth prit la parole :

- *Il est inutile de faire plusieurs maisons pièges parce que les Technos disposent toujours d'instruments sophistiqués. Ils peuvent entendre de très loin ce qui se passe dans les maisons. Il suffira que les deux femmes poussent des gémissements évocateurs pour qu'ils rappliquent.*

Paul sourit :

- *Oui, je pense que tu as raison. Une seule maison, ça simplifie tout. Alors, ça peut marcher, non ?*

Quelqu'un demanda :

- *Eh bien. Admettons, mais ceux qui ne seront pas dans la maison piège seront où ?*
- *Dans les maisons plus à l'intérieur, comme si de rien n'était.*

Personne ne répondit. Ce fut encore Jean qui émit une objection.

- *Pour les deux femmes c'est OK, mais les combattants, les chasseurs vont sûrement les repérer de l'extérieur de la maison piège avec leurs appareils. Ils comprendront que c'est un piège. Ils tireront à travers les fenêtres sans même pénétrer dans la maison.*

Paul fit non de la tête :

- *Les combattants ne seront pas dans la maison piège mais dans une maison proche. Moins de dix mètres. Il faut percer dans le mur de la maison piège une ouverture que nous camouflerons par sécurité avec des feuillages côté extérieur et une toile quelconque côté intérieur. Les femmes crieront dès qu'elles seront sur le point d'être attaquées et les combattants pourront alors parcourir la courte distance et faire brusquement irruption dans la maison. L'effet de surprise sera total.*
- *Et si les Technos ne pénètrent pas tous dans la maison ?* demanda quelqu'un.
- *Ils ne pénétreront peut-être pas tous, mais bon, il suffit qu'il en rentre suffisamment. Nos combattants les neutraliseront ou les prendront en otage.*
- *Et ceux de dehors, ceux qui ne seront pas rentrés ?*
- *Eh bien des maisons environnantes viendront d'autres combattants qui profiteront de leur surprise pour les neutraliser eux aussi.*
- *Ouf ,* fit Jean, *c'est pas mal même s'il faudra beaucoup de chance pour que cela marche. Et que fais-tu des tireurs ?*

Quelqu'un demanda de quoi il s'agissait et Jean dut expliquer que les chasseurs avaient pour habitude de poster des tireurs sur une hauteur avoisinante afin de couvrir ceux d'entre eux qui investissaient le village.

Paul haussa les épaules :

- *Les tireurs ne pourront rien faire à l'intérieur de la maison, et à l'extérieur, si nous provoquons une mêlée avec les chasseurs, ils ne pourront pas tirer sans prendre le risque de toucher les leurs.*

De nouveau, tout le monde se mit à parler en même temps. Élisabeth en profita pour s'approcher de Paul et lui demander à voix basse :

- *Tu seras dans les combattants qui vont se précipiter dans la maison ?*

Paul sourit :

- *Oui évidemment.*
- *Alors* , fit la jeune femme, *je veux être une des femmes. Je veux que tu me sauves.*

A sa propre surprise, Paul se mit à rire. C'était un rire nerveux en fait, mais Élisabeth l'imita de bon cœur. Paul se dit qu'elle était complètement folle. Elle ne se rendait pas compte du danger. Mais il ne voyait pas trop quel argument invoquer pour la faire changer d'avis, surtout que tous les Sixpiliens de la salle les regardaient rire, étonnés. Comment pouvait-on rire à quelques heures d'un événement aussi dramatique ? En tous cas, personne ne comprendrait qu'il dissuade la jeune femme de participer à l'action.

Jean allait demander des explications lorsque quelqu'un frappa à la porte d'entrée de la salle.

Un silence angoissé se fit soudain. Personne ne frappait pour rentrer dans cette salle. Ce ne pouvait être que quelqu'un de l'extérieur. Et si les Technos étaient déjà là…

Tous les regards étaient tournés vers la porte. Quelqu'un cria d'entrer et tout le monde put voir

entrer une femme énergique de taille moyenne aux cheveux noirs coupés courts accompagnée d'un homme dont les vêtements étaient bien trop élégants pour être Sixpiliens.

- *Bonjour* , lança Béatrice, *je cherche Paul.*

Paul s'avança.

- *C'est moi.*

Béatrice sourit, soudain gênée parce que tout le monde dans la salle se taisait et la regardait. C'était bien la première fois qu'elle sentait autant de tension dans une assemblée de Sixpiliens. Elle ne comprenait pas.

- *Bon* , dit elle en désignant Guillaume de la main, *je crois que tu as été désigné pour recevoir notre ami techno.*

Dans la salle, l'effet de surprise fut indescriptible. Certains poussèrent des cris, d'autres restèrent figés la bouche ouverte, les yeux grands ouverts. Seul Jean se tapa le front de la main en se maudissant de ne pas avoir prévenu tout le monde de la venue du reporter techno. Il se demanda s'il allait devoir intervenir pour éviter que le jeune homme se fasse lyncher, mais il fut vite rassuré.

Le ministre de l'intérieur André le Beg fulminait. Ses informateurs venaient de lui rapporter que le général Topieu avait déclenché une opération secrète. Un de ses hommes venait en effet de quitter la cité avec des équipements classifiés. En plus, le général avait envoyé un de ses techniciens récupérer une copie des enregistrements des communications entre Hervé Buissac et le correspondant Sixpilien. Cet imbécile têtu de militaire avait décidé de passer outre les instructions du gouvernement.
Il fallait cependant reconnaître que du côté de l'équipe chargée de surveiller le village sixpilien, c'était le noir absolu. La couche de nuage qui recouvrait la zone empêchait tout repérage, même avec les systèmes d'écrans superposés. Le réseau Euclide était totalement aveugle. Il venait tout juste de parler à la technicienne qui lui confirmait son impuissance. Dire qu'il suffirait d'envoyer quelques sondes sur place ! Mais cela constituerait une violation du traité inter-cités.
Le seul aspect positif était que s'il s'agissait vraiment d'un événement grave, Topieu ferait un compte-rendu. Le pire de tout cela était que le ministre pouvait difficilement demander des comptes au général car ce serait avouer qu'il disposait d'un informateur dans son entourage. Ce dernier se mettrait immédiatement à chercher activement la taupe. Il risquait de griller son espion pour une affaire probablement bénigne alors qu'il avait surtout été mis en place pour prévenir une éventuelle tentative de coup d'état des militaires.
Il ne lui restait donc plus qu'à ravaler sa colère et à compter sur la discrétion de l'opération en cours. Topieu était un imbécile prétentieux, mais ce n'était pas un amateur. Et puis, malgré ses fanfaronnades, il ne pouvait pas ignorer que sa petite armée se ferait étriper en cas de conflit avec la cité de Parisienne.

CHAPITRE 12

La porte n'était même pas fermée à clé ! Teren se dit que le Sixpilien n'était pas du genre inquiet. Il se glissa discrètement dans la maison. Ses lentilles lui permettaient de voir comme en plein jour. Il prit le temps d'observer l'intérieur. On ne pouvait guère faire plus simple : même pas un tableau au mur, pas un rideau, juste une grande table en chêne qu'il contourna et des étagères au mur avec des bocaux et des livres. Cela faisait bien longtemps que Teren n'avait pas vu un livre. Il comprenait maintenant pourquoi la porte d'entrée n'était pas verrouillée : il n'y avait rien à voler ici.
Il atteignit la chambre. La cible dormait. Teren pris le temps de surveiller son moniteur de combat afin de vérifier qu'il ne détectait aucun mouvement suspect à l'extérieur, puis il s'avança jusqu'au lit. Il sortit un tube métallique qu'il approcha du cou de l'Ancien. Il y eut un très léger claquement et l'homme se mit immédiatement à respirer plus rapidement. Il venait de recevoir une dose de DHI7. La drogue allait mettre une dizaine de minutes à faire totalement son effet. En attendant, Teren se mit à chercher une prise de courant pour recharger son projecteur de camouflage. Le ciel était bien trop couvert pour que le capteur solaire puisse suffire. Il n'avait repéré qu'en soirée sa cible et avait dû utiliser l'appareil sans arrêt pour se déplacer d'un endroit à un autre sans se faire repérer. Il trouva ce qu'il cherchait et, après avoir bricolé les fils, réussit à les adapter sur le chargeur. Le courant était de bien mauvaise qualité : la tension n'arrêtait pas d'osciller, obligeant l'onduleur intégré à donner toute sa puissance, mais ça marchait.
Il en profita aussi pour se restaurer, goûtant même par curiosité au pain sixpilien qui traînait sur la table et qu'il trouva très bon. Puis il alla s'asseoir à côté du Sixpilien dont la respiration était redevenue normale.
Dans quelques minutes, il lui injecterait une deuxième substance qui réveillerait l'homme. Le DHI7 ayant fait son effet, le Sixpilien répondrait docilement à toutes ses questions. Il était impossible de résister sauf à avoir régulièrement reçu les vaccinations anti-DH, mais ces dernières n'étaient guère accordées qu'aux agents infiltrés en territoire hostile. Autant dire qu'aucun Sixpilien n'avait la moindre chance de résister à l'interrogatoire. En bon professionnel, Teren profita de la minute qui lui restait pour contrôler son arme.
Il lui tardait quand même d'interroger le Sixpilien afin de découvrir ce qui se passait. Pour que le général ait pris le risque de l'envoyer de toute évidence sans ordres officiels, il fallait que ça en vaille la peine.
1 h 45 du matin. Si tout se déroulait comme prévu, il aurait terminé avec le Sixpilien dans un quart d'heure. Son HAPS civil l'attendait à une dizaine de kilomètres de là, sagement parqué sur une station-relais. Teren avait utilisé des ventouses pour descendre jusqu'au sol. Ce serait plus dur pour remonter mais il était entraîné. Une fois dans la chambre d'hôtel qu'il avait réservée il enlèverait son équipement pour revêtir des effets civils et attendrait le matin

pour redécoller sans éveiller de soupçons. Ensuite, il n'aurait plus qu'à aller faire directement son rapport au général. Une communication par téléphone n'était pas assez discrète.

Finalement, l'effet de surprise passé, l'atmosphère s'était détendue. On n'était pas chez les sauvages et de toute façon, jamais aucun des Sixpiliens présents n'aurait été capable de lyncher qui que ce soit. En plus, le Techno tombait visiblement des nues. Personne ne lui avait expliqué son rôle dans cette histoire et il n'était sans doute pas prévu que quiconque le lui expliquât. Apparemment, l'informateur techno qui avait pris contact avec l'ancien du village de Béatrice les manipulait tous, les mettant devant le fait accompli. Mais manipulés ou pas, Jean se dit qu'ils n'avaient guère le choix, il fallait bien qu'ils se défendent. Ce n'était pas gagné d'avance. Le plan de Paul tenait la route même si beaucoup d'incertitudes subsistaient. Une bonne partie de la nuit, ils avaient essayé d'envisager toutes les hypothèses, mais la conclusion finale fut que tout allait dépendre de la réactivité des combattants. Trouver ces derniers n'avait guère été difficile. Tous les jeunes du village ou presque étaient volontaires. On leur avait donc affecté des positions dans les maisons autour de celle qui allait servir de piège : la maison de Vincent et Marie. A 55 ans, ces derniers n'auraient jamais imaginé que leur maison allait être la scène de tels événements, mais ils avaient immédiatement accepté. L'équipe de choc qui devrait pénétrer dans la maison serait constituée de Paul et deux de ses camarades des joyeux lutins. Leur entraînement plus poussé au katé les désignait d'office.
Le plus difficile avait été de trouver la deuxième femme qui jouerait le rôle d'appât. Les Sixpiliennes n'étaient pas spécialement pudiques, mais de là à accepter de jouer les lesbiennes sous l'œil lubrique de Technos assoiffés de sang, il y avait un grand pas que personne n'avait envie de franchir. A part Élisabeth. Jean devinait que pour cette dernière, il s'agissait plus ou moins d'un jeu. Il se demanda si elle était vraiment consciente du danger qu'elle courait.
Jean avait essayé de proposer le rôle à plusieurs femmes du village qui refusèrent toutes, préférant souvent être réparties dans les combattants qui devraient neutraliser les chasseurs restés hors de la maison.
Finalement, ce fut la jeune femme accompagnant le reporter Techno, Béatrice, qui accepta le rôle.
On trouva aussi les guetteurs chargés de prévenir de l'arrivée des chasseurs et éventuellement de repérer les tireurs.
On choisit surtout ceux qui au péril de leur vie attendraient dehors que le tir se déclenche. Pour donner au village une apparence normale, il faudrait bien que des habitants vaquent à des occupations à l'extérieur. Puisqu'on allait utiliser leur maison, Vincent et Marie se proposèrent spontanément pour occuper le banc près de la fontaine, en vieux amoureux. D'autres Sixpiliens

suivirent leur exemple. Étienne nettoierait les rues des mauvaises herbes, René réparerait les vélos communs…
Mais ce fut le Techno qui surprit tout le monde en se portant volontaire à son tour. On eut beau lui expliquer qu'il courrait un risque énorme et que le stress serait sans doute terrible, il ne voulut pas en démordre. Béatrice n'en revenait pas, se disant qu'après tout, elle l'avait peut-être mal jugé depuis le début. Sans doute éprouvait-il une certaine honte à découvrir ce que certains de ses congénères étaient capables de faire et voulait-il démontrer aux Sixpiliens que tous les Technos n'étaient pas semblables. Difficile en fait de savoir ce qu'il pensait réellement.
En fait, beaucoup de villageois s'étaient portés volontaires pour traîner à l'extérieur. Plus ils seraient nombreux et moins la probabilité d'être tué serait grande. Dés que le tir débuterait, ils courraient tous se mettre à l'abri dans les habitations.
Restait le problème des enfants. Pour un Sixpilien, les enfants étaient par principe l'avenir du monde, ils étaient plus précieux que tout et l'essentiel des ressources leur était consacré. On avait donc décidé de les évacuer vers un village voisin. Ils ne devaient pas servir de cible. Cependant, tout le monde savait qu'il fallait bien qu'il y ait des enfants en train de jouer à l'extérieur. Sinon, le village n'aurait pas une apparence naturelle et les chasseurs risquaient de se méfier. Un des frères Boisreau expliqua qu'il connaissait un couple de nains habitant à une vingtaine de kilomètres. Nul doute qu'ils accepteraient de jouer le rôle de deux enfants. Ensuite, on sélectionna les plus petits gabarits du village, des femmes essentiellement. Certaines s'habillèrent en garçon.
Jean était à la fois étonné et fier de la façon dont le village s'organisait face à la menace. Il aimait ces gens simples et tellement généreux, prêts à donner leur vie pour éviter que les chasseurs puissent s'en prendre à un autre village qui lui n'aurait pas la chance d'être prévenu.
Il regarda la montre sur le mur : 4 h 45 du matin. Il ne ressentait pas la moindre fatigue mais il fallait bien dormir un peu s'il voulait conserver toute sa tête demain. Il régla son réveil sur 8 heures et s'étendit tout habillé sur le lit. La journée de demain serait sans doute la plus longue de toute leur vie.

Guillaume s'allongea dans le lit de Paul. Ce dernier, qui avait pris place sur une couverture à même le sol, se mit presque immédiatement à ronfler. Guillaume n'en revenait pas que le Sixpilien puisse s'endormir aussi facilement, surtout après une nuit pareille de folles discussions. Il devait être épuisé.
Pour sa part, il ne parvenait pas à trouver le sommeil. Ce qui le perturbait était le fait évident que sa présence à lui, au milieu d'une guerre qui n'était pas la sienne, ne pouvait pas être dû au hasard. Quelqu'un l'avait sciemment envoyé dans ce guêpier et ce quelqu'un ne pouvait qu'être l'inflexible recteur de l'école : Hervé Buissac. Il était facile de reconstituer toute l'histoire. D'une

façon ou d'une autre, Buissac avait découvert le plan des chasseurs et au lieu de prévenir les autorités, cet opportuniste avait préféré envoyer un journaliste faire le scoop du siècle.
Évidemment, il avait pris là un risque considérable mais c'était quand même la vie d'un autre qui était en jeu songea Guillaume qui reconnaissait bien là la logique politicienne des grands dirigeants technos. Mais pourquoi envoyer un simple étudiant ? Un professionnel aguerri eut été un choix beaucoup plus sûr. Buissac devait supposer qu'un étudiant gagnerait beaucoup plus facilement la confiance des Sixpiliens. Pour cela, il eût fallu quelques semaines de plus. Guillaume ne put s'empêcher de songer, non sans une certaine fierté, à la surprise de Béatrice lorsqu'il s'était porté volontaire pour attendre à l'extérieur le déclenchement du tir. Elle ne s'attendait certainement pas à un tel acte de courage de sa part et avait paru complètement décontenancée. C'était indiscutablement la première fois qu'il apercevait dans les yeux de la jeune femme un éclair de sympathie. Nul doute qu' à ses yeux, il devenait un héros.
En fait, Guillaume savait bien qu'il n'avait pas vraiment eu le choix. Il était obligé de faire quelque chose pour sauver la face s'il voulait que les Sixpiliens l'acceptent et le laissent filmer. Il ne pouvait pas postuler à un poste de combattant faute d'entraînement, il ne lui restait donc qu'à servir d'appât à l'extérieur. C'était sûrement très dangereux, mais l'idée de faire ses bagages sous le regard méprisant des Sixpiliens et rentrer à Paris se faire remonter les bretelles par Buissac lui semblait difficilement acceptable, sans parler du coup porté à son amour-propre.
Le plus grand espoir de Guillaume était qu'il s'agisse d'un canular ou que l'opération soit annulée. Ainsi, il resterait un héros sans prendre le moindre risque.
Il essaya de faire le vide dans sa tête. Ce n'était guère facile car, malgré la fatigue, il sentait déjà son ventre se nouer à l'idée d'attendre à découvert l'aiguille qui allait lui faire exploser la tête. Ce serait quand même bien bête de finir comme cela. Il avait encore tellement de choses à vivre.
Au bout d'un certain temps, il se demanda si, après tout, il n'aurait pas mieux valu perdre la face devant les Sixpiliens et tout simplement se destiner à une autre carrière que le journalisme. Que Buissac aille au diable !
D'un autre côté, un reportage pareil valait son pesant d'or. D'ailleurs, en se levant, il lui faudrait vérifier que sa lentille de contact vidéo fonctionne correctement. Il enregistrerait sur sa mémoire portable. Pas question d'envoyer un tel document sur le réseau. Il risquait de se le faire piquer. Avec les risques qu'il allait prendre, ce serait un comble !
L'idéal évidemment serait d'arriver à prendre les chasseurs sur le fait. Mais comment faire ? Une fois les tirs déclenchés il se mettrait à l'abri comme tout le monde et n'y verrait plus rien. Le reportage serait nul. Il faudrait qu'il reste à découvert, mais ce serait du suicide. Comment faire ?

Rien n'est jamais simple, songea Guillaume, même de parvenir à s'endormir la veille d'une telle journée.
Oui, il lui faudrait trouver le courage de se mettre à découvert pour filmer…
Soudain, Guillaume prit conscience d'un autre problème et pas des moindres: si les Sixpiliens ne gagnaient pas, les chasseurs extermineraient tout le village et lui avec. Il allait donc confier sa vie à des amateurs sans armes contre des professionnels entraînés, bien équipés et surtout sans aucun état d'âme ! Comment pouvait-il trouver le sommeil ?
Par la fenêtre, on devinait déjà les premières lueurs de l'aube.

Le bras d'Élisabeth lui libérant enfin la hanche, Béatrice put enfin prendre une position plus confortable dans le lit. Elles avaient toutes deux pris le temps de faire leur toilette avant de se coucher. Élisabeth était insouciante et charmante. Avant de s'endormir elle lui avait glissé qu'ils allaient bien s'amuser demain. Béatrice en était restée bouche-bée. Ou la jeune Sixpilienne était inconsciente du danger, ou elle aimait prendre des risques insensés, ou elle aimait s'exhiber. En fait il s'agissait peut-être des trois à la fois. Pourtant, elle l'avait aperçue embrassant langoureusement le dénommé Paul avant de venir la chercher. Il ne faisait aucun doute qu'elle était amoureuse et à la façon dont l'autre l'avait regardée s'éloigner, ce sentiment était partagé. Ces deux-là ne tarderaient pas à fonder une famille. En tous cas, Élisabeth était un sacré numéro. Elle n'éprouvait aucune honte à dévoiler son corps puisqu'elle dormait nue, contrairement à Béatrice qui avait tenu à enfiler une chemise de nuit légère, la même d'ailleurs qu'elle entendait bien porter le lendemain pour leur exhibition devant les chasseurs.
Elle songea à Guillaume. Il l'avait vraiment surprise. Peut-être que l'Ancien avait raison en affirmant qu'il y avait du bon en lui. Elle se demanda comment il allait s'y prendre pour faire son reportage. A n'en pas douter il devait être équipé de matériel ultra sophistiqué. En tout cas, il prendrait de sacrés risques. Finalement, sa présence au milieu d'eux avait du bon puisqu'elle démontrait que tous les Technos n'étaient pas mauvais.
Béatrice se dit que demain risquait d'être sa dernière journée ici-bas. De fait, ne pas avoir encore fondé de famille n'était pas un mal. Elle aurait l'esprit tranquille. Mourir n'était rien quand on n'a pas d'enfants. Par contre, elle ne partirait pas seule, les chasseurs ne savaient pas ce qui les attendait !
Sur ces pensées guerrières, elle s'endormit.

Les yeux rougis de fatigue, Marie Beaunier se laissa aller dans son fauteuil anti-gravité. Elle avait travaillé toute la nuit en vain. En face d'elle s'affichaient les images filtrées d'Euclide qu'elle avait superposées, mais quels que soient les traitements utilisés, elle ne parvenait pas à percer la couverture nuageuse au-dessus du village.
Hier soir, Lorentz était venu lui rendre visite pour savoir où elle en était. Il l'avait encouragée. Il reviendrait sûrement encore ce matin. Elle ne se faisait

pas trop d'illusions sur les bonnes intentions du superviseur, son seul souci était d'être tenu immédiatement informé d'un éventuel progrès. Il ne voulait pas être shunté. Tout devait passer par lui. On ne devient pas superviseur au contrôle des communications sans un minimum d'esprit carriériste. Comme elle n'appartenait pas au service des communications, Lorentz ne connaissait pas trop Marie et elle pouvait donc se révéler plus ambitieuse que ses habituels subalternes. Il ne la lâcherait pas.

Le général Topieu regarda à nouveau l'heure. Il ne comprenait pas que Teren ne soit pas encore rentré. Il jouait gros sur ce coup. Si Le Beg apprenait qu'il avait désobéi à ses ordres en envoyant quelqu'un sur place, il pouvait perdre son commandement. Peut-être même qu'il ferait de la prison ferme. D'un autre côté, il était bien trop apprécié au sein de l'armée pour qu'on puisse le déshonorer ainsi, pour si peu. Le Beg ne prendrait pas un tel risque. Ce ne serait pas la première fois qu'une cité passait sous contrôle des militaires.

On sonna à la porte de son logement de fonction. L'ordinateur demanda l'autorisation de laisser entrer. Reconnaissant, au milieu de la pièce, l'hologramme de Teren, le général s'empressa d'acquiescer.

Quelques secondes plus tard, Teren entra et se mit au garde à vous. La bonne vieille école songea le général avec satisfaction.

- *Repos lieutenant* , lança-t-il, *venez donc vous asseoir en face de moi sur le canapé pour me faire votre rapport. Tout s'est bien passé au moins ?*
- *Oui mon général*, répondit Teren en prenant place dans le canapé.
- *Alors ?*
- *Eh bien mon général, c'est une sacré affaire. J'ai repéré notre homme comme convenu et je l'ai cuisiné sous DH17. En fait, ce brave gars ne sait pas grand-chose. Un Techno est venu le voir il y quelques semaines pour lui expliquer qu'un village sixpilien proche allait être attaqué demain par un groupe de chasseurs. Ce sont apparemment des Parisiens qui prennent leur pied depuis des années à massacrer du Sixpilien. Ils arrivent dans un village et ils descendent tout le monde, femmes et enfants compris.*

Le général Topieu se laissa aller en arrière dans son fauteuil, un peu déçu. Alors ce n'était que cela. Pas de complot parisien, pas d'attaque prévue contre la cité nantaise, juste quelques cinglés qui s'amusaient à massacrer du sauvage.Il avait envoyé Teren sur place pour rien.

Simplement un détail l'intriguait :

- *Pourquoi est ce que ce Techno est allé prévenir un village voisin et pas directement celui qui allait être attaqué ?* demanda-t-il.
- *Euh* , fit le lieutenant, *je n'y ai pas pensé.*
- *Évidemment* , rétorqua Topieu d'un ton suffisant, *c'est pour cela que vous ne serez jamais général.*

Il réfléchit :

- *Je pense que le Techno a eu peur que le village cible soit sous surveillance. En passant par un autre village, il évitait de s'exposer. Par contre, on peut se demander pourquoi il n'a pas directement prévenu les autorités parisiennes ?*
- *peut-être qu'il ne veut pas apparaître ?*
- *Non lieutenant*, fit le général un peu agacé de voir son subalterne essayer de raisonner, si *vous saviez de qui il s'agit, vous comprendriez que ce Buissac n'est pas du genre à avoir peur du scandale, bien au contraire.*

Le général n'aimait guère les journalistes qu'il rangeait dans la même catégorie que les politiciens. Si le directeur de la prestigieuse école de journalisme parisienne ne dénonçait pas les chasseurs aux autorités, c'était tout simplement parce qu'il voulait les prendre sur le fait. Mais par contre, pourquoi prévenir, même indirectement, les Sixpiliens ? Quelque part, il enlèverait ainsi au reportage son côté authentique. A moins que cet imbécile ait voulu leur donner une chance. Il imaginait d'ici le genre de discours que pouvait tenir un intellectuel comme Hervé Buissac. Que les Sixpiliens étaient des êtres humains à part entière, qu'on ne pouvait pas les laisser se faire massacrer…
De fait, en prévenant le village, il gardait bonne conscience. Par contre, si tous les habitants s'enfuyaient, il se retrouverait sans reportage. Dommage pour lui.
Teren s'éclaircit la voix pour attirer l'attention de son supérieur.

- *Mon général*, dit il, *je ne vous ai pas tout dit. En fait, le Sixpilien est un peu le chef du village. Je crois qu'on appelle cela un Ancien. Il a donc prévenu l'autre village et envoyé en renfort sur place une femme et un Techno.*
- *Un Techno ?* s'étonna le général.
- *Oui, un jeune de l'école de journalisme qui fait un reportage de fin d'études dans le monde sixpilien.*

Le général sourit. Tout devenait clair. L'étudiant serait là pour filmer les événements de l'intérieur. On ne pouvait pas envoyer de vrais journalistes sans éveiller les soupçons. Là, il s'agissait d'un petit jeune probablement tout acquis à la cause sixpilienne et qui devait être passionné par l'étude de cette communauté d'aliénés. Le directeur de l'école de journalisme de Paris était décidément un fin stratège. Il avait prévenu les Sixpiliens pour qu'ils puissent se défendre et donner à son reporter une chance de réaliser un reportage digne de ce nom. Sans prendre le moindre risque, il allait récupérer le scoop de l'année. Ce n'était pas grave que son élève se fasse massacrer avec les Sixpiliens du moment que la caméra tournait. Il devait probablement récupérer les images en temps réel. La mort du reporter serait même un plus. Non seulement cela donnerait un côté encore plus dramatique au reportage, mais en plus, cela éviterait d'avoir à partager les retombées du succès. C'était astucieux.

Topieu leva les yeux vers Teren :

- *Quoi d'autre lieutenant ?*
- *Le mode opératoire des chasseurs : deux tireurs en soutien et le reste qui ratisse le village.*
- *Bon, c'est simple et sans risque, surtout quand ceux d'en face ne sont pas armés. Autre chose ?*
- *Non, rien de spécial, je vous ai ramené les enregistrements de l'interrogatoire, au cas où un détail m'aurait échappé.*
- *Bien. C'est du bon travail lieutenant, allez donc vous reposer.*

Teren parut surpris :

- *Mais mon général* », demanda-t-il, *c'est tout, je n'y retourne pas?*

Topieu ne répondit pas immédiatement. A priori, il n'y avait aucun intérêt à continuer l'action sur le terrain. Il ne risquait que des ennuis. Cependant s'il envoyait Teren filmer tout cela de loin il obtiendrait sans doute lui aussi un document qui valait son pesant d'or. En plus, le journaliste inexpérimenté envoyé par Buissac étant au milieu de l'action, il ne verrait peut-être pas grand-chose et serait sans doute rapidement tué, par contre un homme éloigné du village avec des moyens de reconnaissance puissants et une bonne expérience du terrain pourrait faire un superbe reportage.

- *Vous avez envie d'y retourner ?* demanda prudemment Topieu.

Teren haussa les épaules.

- *Pas spécialement mon général, enfin... Un peu d'action ça change de la routine.*

Topieu sourit amèrement. Voilà où ses hommes en étaient rendus : à mendier misérablement des missions sur le terrain. Tout cela parce que ces couards de politiques n'osaient rien entreprendre de peur de froisser Paris. C'était vraiment pitoyable ! Quel gâchis !

Il se tourna vers Teren avec presque de la tendresse dans les yeux et dit :

- *Il y a peut-être une possibilité.*
- *Je suis à vos ordres.*
- *Vous pourriez filmer de loin les événements mais bon... c'est prendre des risques. Les chasseurs doivent disposer de matériel de détection, ils risquent de vous repérer.*
- *Si j'emmène l'équipement nécessaire, il n'y aura pas de danger mon général.*

Topieu ne dit rien. Il réfléchissait. Un reportage comme cela pouvait même le rendre riche, mais on lui demanderait des comptes. A moins qu'il ne vende cela discrètement à un journal...

- *Bon,* fit-il, *vous allez retourner là-bas, enfin, je veux dire à proximité du village qui va être attaqué et tout filmer. Profitez en, si vous pouvez, pour faire un relevé de l'identité des chasseurs. Comme cela on aura tous les éléments. Vous ne parlez évidemment de cela à personne, c'est entre vous et moi. Pas de communication. C'est comme pour la première mission, vous me rapportez tout ici chez moi.*

- *A vos ordres mon général.*

Soudain, Topieu regarda Teren d'un air suspicieux. Il dirigeait des hommes depuis si longtemps qu'il avait développé une espèce de sixième sens qui l'alertait en cas de danger. Le lieutenant semblait trop heureux de retourner là-bas. Il lança :

- *bien-sûr lieutenant, interdiction formelle d'intervenir. Vous n'emmènerez aucune arme.*
- *Aucune arme mon général?* répéta Teren abasourdi.
- *Oui, vous avez bien compris, je n'ai pas envie qu'il vous prenne l'envie de donner un coup de main aux chasseurs.*
- *Mais mon général…*
- *Rompez lieutenant.*

Teren salua. Partir sur le terrain sans arme ne lui convenait pas du tout, mais il n'était pas dans sa nature de contredire quelqu'un d'aussi important que le général Topieu. Il sortit de la pièce. Il allait prendre tout de suite le matériel de reconnaissance nécessaire à la caserne et repartir. Pas d'arme ? Si les chasseurs le repéraient il n'aurait aucune chance. Quant à donner un coup de main aux chasseurs ! Le général le connaissait décidément bien mal. Massacrer des innocents désarmés, même Sixpiliens, n'était vraiment pas son style.

CHAPITRE 13

Guillaume s'était réveillé vers 11 heures du matin. Il était seul dans la chambre. Visiblement le Sixpilien avait préféré le laisser dormir. En sortant, il avait pu constater avec étonnement que le village présentait un aspect tout ce qu'il y avait de plus normal. Pas de cris, pas d'excitation, rien, le calme total.
La plupart des gens vaquaient à leurs occupations et il pouvait même apercevoir dans les champs avoisinants des Sixpiliens en train de travailler.
Il avait dû pleuvoir pendant la nuit car de grosses flaques d'eau barraient presque la rue devant lui. Et compte tenu du ciel bas et sombre, ce n'était sûrement pas fini.
Pour Guillaume habitué au contrôle climatique, tout cela était presque irréel. Il avait l'impression de se trouver dans un film.
Il se mit à marcher à la recherche de quelqu'un qu'il connaissait mais ne rencontra ni Béatrice ni Paul. Deux hommes s'affairaient sur la maison qui allait servir de piège. Ils avaient découpé une large ouverture dans le mur et s'employaient maintenant à la masquer, visiblement sans hâte excessive. Un peu plus loin, peu concernée par les événements qui approchaient, une femme était en train de poser des tuiles neuves sur un toit. Deux enfants jouaient sur une souche. Ils n'avaient donc pas été évacués comme prévu ? En s'approchant, Guillaume s'aperçut soudain qu'en fait d'enfants, il s'agissait de deux jeunes filles. Il sourit : c'était donc cela, les Sixpiliens donnaient au village une apparence normale pour le cas où ils seraient observés mais en réalité ils se préparaient.
Il ressentit presque du soulagement. Malgré la réunion d'hier soir, il avait craint un moment que les villageois prennent la menace à la légère ou pire encore, qu'au nom de leur philosophie idiote, ils préfèrent se laisser tous massacrer, et lui avec en conséquence.
Continuant sa promenade, Guillaume reconnut l'Ancien en train de donner des instructions à un groupe de jeunes. Il s'approcha pour entendre qu'on parlait de la question du repérage des chasseurs.
Comme personne ne savait exactement l'heure de l'attaque, il allait falloir repérer les chasseurs avant sinon les femmes auraient du mal à les attirer. Elles ne pouvaient quand même pas faire l'amour toute la soirée sans interruption.
Comme personne ne faisait attention à lui, Guillaume se mit un peu en retrait et décida de tester sa lentille vidéo en filmant le groupe. Dans sa poche, un NEURO III stockait automatiquement les images et le son. Au bout de quelques secondes, il ordonna mentalement la projection de ce qu'il venait de filmer. Le NEURO III émit un court faisceau qui se transforma en une image holographique. La qualité de la projection était telle que les Sixpiliens filmés se retournèrent tous avec un air ébahi : pendant quelques secondes, ils eurent l'impression de se regarder dans une glace.

Guillaume sourit, très fier de lui, il ajouta le son et l'illusion devint encore plus parfaite. Il ne lui restait plus qu'à tester la fonction zoom.

Du haut de la colline, la vue embrassait tout le village. On distinguait parfaitement les maisons à cinq cents mètres en contrebas et Paul se dit qu'avec les moyens à leur disposition, les tireurs pourraient facilement abattre de là quiconque se promènerait dans la rue.
Avec la forêt juste derrière eux, ils pourraient arriver discrètement. Il y avait bien d'autres collines plus loin, mais à deux kilomètres au moins. C'était trop sans aucun doute. C'était donc bel et bien là qu'ils allaient se positionner.
Il s'accroupit dans l'herbe mouillée et se mit à réfléchir. Comment neutraliser les tireurs ? On pouvait cacher des hommes dans la forêt mais ils auraient du mal a arriver jusqu'aux chasseurs sans se faire repérer. Un homme marchant dans un sous-bois s'entend trop bien. Ou alors, on pouvait creuser un trou suffisamment grand pour recevoir trois hommes et le recouvrir d'herbe pour le rendre invisible. C'était évidemment plus facile à dire qu'à faire.
Paul cherchait une autre solution lorsqu'il aperçut Élisabeth et Béatrice en train de monter le chemin qui menait à la colline. Il les regarda monter en souriant. Élisabeth semblait rayonnante, elle avait passé son bras autour de la taille de sa nouvelle amie et riait aux éclats.
Les deux femmes arrivèrent.

- *Eh bien, tu fais quoi là tout seul ?* demanda Élisabeth d'un ton moqueur.

Paul secoua la tête en souriant :

- *Je pense que les tireurs viendront se poster là. Il faut donc trouver un moyen de les surprendre.*

Élisabeth se gratta la tête, le visage soudain sérieux :

- *C'est bien compliqué ton histoire et puis, tu te creuses les méninges pour rien parce que Béatrice et moi on va tellement les exciter tes chasseurs que même les tireurs vont descendre voir ce qui se passe.*
- *Ce serait parfait*, répondit Paul en souriant, amusé par l'expression plutôt gênée de Béatrice.

Élisabeth leva les yeux au ciel, bombant le torse ce qui fit ressortir sa poitrine. Paul avala sa salive, se jurant que, lorsque tout cela serait fini, il sauterait sur cette adorable coquine pour lui faire l'amour. On n'avait pas idée d'être à ce point désirable. Il se rappela soudain qu'il avait promis de dormir avec elle sans la toucher, pour lui prouver que son attirance n'était pas seulement sexuelle. Cela allait être décidément beaucoup plus dur qu'il ne le croyait…
Il reporta son attention sur le village. Malgré l'affirmation d'Élisabeth, il doutait que les tireurs abandonnent leur position. Il faudrait donc les surprendre. Les chasseurs disposaient d'un armement très supérieur mais les Sixpiliens bénéficiaient de l'avantage de la surprise. S'ils réussissaient à en tirer profit ils pouvaient gagner.

Élisabeth poussa Béatrice en direction du bois :

- *Allons Béatrice*, dit elle, *laissons ce monsieur à ses préparatifs guerriers. Je vais te montrer nos éoliennes de l'autre côté du bois. Même en hiver elles fournissent presque toute l'énergie consommée dans le village.*

Paul regarda les deux jeunes femmes s'éloigner. Il réalisa soudain que si son plan ne fonctionnait pas comme prévu, il les perdrait probablement. Ce n'était pas un jeu. Élisabeth ne percevait sans doute pas encore cette terrible réalité. Qui, à part les joyeux lutins, était en mesure de réaliser ce qui allait se passer ? Qui concevait vraiment que les chasseurs venaient là pour les tuer ? Aucun Sixpilien normal ne pouvait se projeter dans un esprit aussi étranger au leur. Le plaisir de tuer était quelque chose de tout simplement inconcevable. Si vraiment tout cela devait arriver ce soir, ceux qui survivraient seraient immanquablement traumatisés à jamais. L'autre souci qui occupait de façon lancinante l'esprit de Paul consistait dans le fait qu'à part les quelques membres des joyeux lutins, aucun Sixpilien n'était en mesure de développer un katé vraiment dangereux. Pour beaucoup, il s'agissait d'une espèce de danse un peu virile, mais sans esprit de combat. Personne, à part les joyeux lutins, ne s'entraînait à frapper dans des cibles en cuir et à toucher des points sensibles du corps. Au contraire, les combattants avaient pour habitude d'éviter les coups qui pourraient faire mal. C'était vraiment une autre conception du katé.

Mon Dieu ! se dit Paul, il ne voyait pas comment ils allaient pouvoir s'en sortir. Il jeta un coup d'œil machinal vers le bois mais Élisabeth et Béatrice avaient disparu. Son idée d'un trou bouché par une trappe recouverte d'herbe tenait la route, mais il leur restait sans doute trop peu de temps pour la réaliser proprement, la terre étant bien trop humide. En plus, même s'il était maintenant convaincu que les tireurs viendraient sur la colline, cette dernière mesurait bien trois cents mètres de long et il ne pouvait déterminer où ils se mettraient exactement. Si le trou était trop loin l'effet de surprise ne pourrait pas jouer. Cela représenterait en effet une trop grande distance à parcourir à découvert et les Technos auraient le temps de tirer sur leurs assaillants.

Paul secoua la tête avec découragement. Il fallait trouver autre chose.

C'est alors qu'il se produisit un phénomène extraordinaire : derrière lui une voix inconnue se fit entendre :

- *Tu n'es pas au bon endroit.*

Surpris, Paul se retourna brusquement mais il n'y avait personne. Il se frotta le front. Ouf, le stress sans doute. Il se mettait à entendre des voix ! Dire que les autres comptaient sur lui pour trouver des solutions !

Il fallait qu'il détermine avec plus de précision l'endroit que choisiraient les tireurs. Il manquait un peu d'expérience dans le domaine évidemment mais bon, il suffisait de procéder par élimination. Là ou il se trouvait, il était tout près du chemin : pas bon. Il valait mieux une zone d'accès moins facile non ? Mais où ?

Soudain, la voix se fit à nouveau entendre.

- *Tu n'es pas du tout au bon endroit.*

Le ton était moqueur. Cette fois, Paul avait parfaitement bien entendu. Quelqu'un parlait tout près de lui. Et pourtant il n'y avait personne ! Son cœur battait la chamade. Il songea à un mini haut-parleur. Quelqu'un des joyeux lutins lui faisait sûrement une farce. Ce n'était pourtant pas le moment ! Se sentant un peu ridicule, il lança au hasard :

- *Et pourquoi n'est-ce-pas le bon endroit ?*

A sa grande surprise, la voix répondit :

- *Parce que les tireurs disposeront sûrement d'un matériel de qualité militaire. Ils seront à deux ou trois kilomètres du village, sur un point très haut. C'est l'usage. Ce matériel est long à installer et le tireur est particulièrement vulnérable. C'est pourquoi il se met très loin.*

Paul se mordit presque les lèvres. Celui qui venait de parler n'était certainement pas Sixpilien. Il fit un effort surhumain pour conserver son calme. Il ne voulait pas effrayer la voix qui visiblement cherchait à l'aider. Il réalisait soudain qu'il lui fallait profiter de l'occasion pour obtenir un maximum d'informations. Il affirma :

- *Mais aucune lunette de visée ne peut fonctionner sur une si grande distance. Personne ne peut tirer de si loin, le moindre mouvement fait dévier le tir de plusieurs mètres, sans parler du vent. Je ne suis pas moi-même chasseur, mais j'ai accompagné une fois un des nôtres à la chasse et il m'a expliqué.*
- *C'était effectivement le cas aussi pour nous il y a quelques centaines d'années. Aujourd'hui, le tireur met en place un caisson relié à un écran d'ordinateur. Des relais seront placés aux abords du village, ils ne sont pas plus gros qu'une de vos boîtes d'allumettes et retransmettront une parfaite image de ce dernier. Le tireur ne touche pas directement à son arme, il déplace son doigt sur un écran pour repérer les cibles. Il peut en sélectionner une et automatiquement, l'ordinateur va tirer dessus, ce qui permet à l'opérateur de passer à une autre cible. La précision du tir est diabolique. Les caissons contiennent des milliers d'aiguilles, ils pèsent parfois 80 kg. En général, ils sont déposés sur place par un HAPS. L'ordinateur de tir tient compte de la vitesse du vent et de beaucoup d'autres paramètres plus techniques dont je ne me souviens plus. Ce sont des armes terribles.*

Paul écoutait religieusement, essayant de comprendre. Il se sentait un peu gêné de parler ainsi à un interlocuteur invisible mais il s'efforça d'imaginer qu'il s'agissait d'une communication téléphonique. Une des informations qu'il venait d'apprendre l'obsédait :

- *Deux ou trois kilomètres !* répéta-t-il, *mais cela peut être n'importe où !*

- *Non, c'est le point faible de ce genre d'équipement, car pour bien viser dans les rues du village il faudra être très haut. L'ordinateur calcule une trajectoire courbe pour les aiguilles et la charge d'éjection est calculée pour, mais il faut tout de même de la hauteur et je ne vois qu'un endroit possible.*

Paul se mit à réfléchir désespérément.

- *Tu ne vois pas ?* fit la voix un peu déçue.
- *Non*, reconnut Paul. Il se sentait un peu idiot.
- *Le pont !*

Paul se frappa le front du plat de la main. Oui, bien-sûr, l'ancien pont de Saint-Nazaire dont il ne restait plus que deux grands piliers. De là-haut, on pouvait sans nul doute bénéficier d'une vue plongeante sur le village. C'était évident.

La voix reprit :

- *Par contre, il y a deux piles je crois. Difficile de déterminer laquelle fera l'affaire.*
- *Mais si !* s'exclama Paul, *l'une d'elle dispose d'une plate-forme. On peut y accéder depuis la base par un escalier intérieur. Une fois, nous avons tiré un feu d'artifice de là-bas. C'est vraiment un endroit idéal. L'autre pile est trop dangereuse, il n'y a pas de plate-forme, l'escalier est écroulé par endroit.* C'est dangereux.
- *Bon, tu as donc l'emplacement des tireurs.*
- *Vous êtes sûr ?*
- *Oh oui. J'ai l'habitude tu sais. C'est mon métier.*

Paul ne put s'empêcher de demander :

- *Mais vous êtes qui ? Et où êtes-vous ?*

Il y eut quelques secondes de silence. Visiblement, l'homme ne souhaitait pas trop aborder ce sujet. Paul regretta d'avoir posé cette question, mais la voix reprit :

- *Disons qu'en tant que soldat, je n'apprécie pas trop que des enfoirés dotés de moyens militaires viennent vous tirer comme des pigeons sans le moindre risque. C'est plutôt contraire à mon code d'honneur. Alors, je vous donne un petit coup de main pour rétablir l'équilibre.*
- *Je vous remercie.*
- *Quant à ma position, eh bien je ne suis pas très loin de toi. J'ai réussi à m'approcher pendant que tu parlais avec les deux filles. Regarde vers le sous-bois, en direction du grand chêne qui dépasse en hauteur les autres arbres.*

Paul fit ce que la voix lui demandait. Soudain, à 3 mètres de lui à peine, un phénomène curieux se produisit : c'était un peu comme si le paysage se déchirait puis se raccommodait instantanément. A un moment, il crut discerner comme une silhouette mais celle-ci éclata aussitôt en mille fragments qui s'évanouirent dans l'air. Cela n'émettait pas de lumière, pas de son, jamais Paul n'avait assisté à un tel spectacle. Tout était redevenu normal. Il cligna des yeux :

- *C'était quoi ?* demanda-t-il.

La voix émit un petit soupir :

- *Vous vivez vraiment dans un autre monde !*

Paul haussa les épaules :

- *On vit dans le même monde, mais on n'a pas les mêmes modes de vie.*
- *Ce que tu viens de voir, c'est un projecteur de camouflage en action. Lorsque je me déplace, il n'arrive pas à me masquer complètement par ce que l'unité de contrôle n'a pas le temps de recalculer les images à émettre. En fait, je suis devant toi, mais mon projecteur envoie entre nous l'image holographique que tu devrais voir si je n'étais pas là. Par contre, ça ne fonctionne que dans une seule direction. Si quelqu'un arrive de côté il peut m'apercevoir. C'est pourquoi en général lorsque l'on utilise ce type de matériel il faut se placer contre un mur ou idéalement dans une niche. On est alors quasiment invisible. Tu comprends ?*
- *Oui, c'est en fait comme un bouclier.*
- *Voilà, c'est une très bonne image. Sur les côtés et par derrière je suis visible, mais dans la direction que j'ai choisi on ne peut pas me voir si je ne bouge pas.*

Paul s'inquiéta :

- *Vous pensez que les chasseurs auront ce type d'appareil ?*
- *S'ils ont des systèmes de tir à distance, ils ont accès à du matériel militaire. Ils auront tout cela c'est certain, et bien d'autres choses encore.*
- *Mais comment faire pour les apercevoir ?*
- *Je viens de te le montrer, le système n'est pas parfait, lorsqu'ils bougeront vous les verrez et si vous passez derrière eux ou sur les côtés ils sont encore plus visibles. Regarde, je vais diriger mon projecteur à 20° de toi.*

Paul vit soudain apparaître une silhouette trouble à demi effacée sur le devant.

- *Je vais maintenant me mettre à 90°.*

Cette fois, l'homme fut parfaitement visible. Il portait une combinaison militaire comme Paul en avait parfois vu sur des soldats au marché. La silhouette s'effaça.

Paul sourit :

- *C'est quand même épatant cet appareil !*
- *Oui, c'est surtout pratique.*

Pendant une minute, les deux hommes ne dirent rien. Paul réfléchissait. Finalement il demanda :

- *Vous dites que les tireurs et leur matériel seront déposés par les airs ?*
- *Oui, il ne peut en être autrement compte tenu de l'endroit choisi et du poids des stations de tir.*
- *Alors, je les attendrai caché dans les escaliers et dés qu'ils mettront le pied sur la plate-forme je les attaquerai.*
- *Très mauvaise idée.*
- *Ah… Et pourquoi ?*
- *D'abord parce que lorsqu'ils arriveront sur la plate-forme les tireurs seront sur leurs gardes et donc très difficiles à surprendre, ensuite parce qu'il vaut mieux que tu les laisse installer leurs armes, comme cela tu pourras t'en servir pour tirer sur leurs copains. Enfin, dernière raison, c'est que s'ils ne sont pas couverts par les tireurs, les chasseurs sur place risquent de venir voir ce qui se passe au lieu d'entrer dans le village. A ce moment-là, même si par miracle tu as neutralisé les tireurs, tu auras tout le reste de la troupe sur le dos. Ils s'occuperont de toi, remplaceront les tireurs et retourneront massacrer le village*
- *Vous êtes très astucieux*, reconnut Paul.
- *Non*, fit l'homme à nouveau invisible, *c'est mon métier. Je suis un soldat. Tiens, prends ceci.*

Paul vit l'air se troubler légèrement devant lui et un petit paquet surgit de nulle par pour atterrir à ses pieds.

- *Qu'est ce que c'est ?* demanda-t-il.
- *C'est une couverture de survie. Lorsque tu attendras les tireurs dans les escaliers, il faudra te glisser dedans. La première chose qu'ils feront en arrivant, avant même de débarquer, ce sera de scanner la structure du pont. Si tu n'es pas à l'intérieur de la couverture ils te repéreront à cause de la chaleur de ton corps. Dés lors, ils balanceront une grenade à tête chercheuse qui viendra exploser contre toi. Ne sors pas la tête tant qu'ils ne sont pas sur la pile et qu'ils ont commencé à tirer. A ce moment là, ils seront pris par l'action et donc beaucoup moins sur leurs gardes. Mais même alors, rappelle-toi que dès que tu seras hors de la couverture tu seras repérable. Il faudra que tu fasses vite. Ne perds pas de temps.*
- *Mais… comment sait-on qu'ils tirent ?*
- *Tu entendras des petits crépitements. Lorsque le champs magnétique libère les aiguilles il se produit une onde de choc. Les tireurs portent des protections auditives. Fais attention, il n'y aura sûrement pas que des tireurs. Nous, les professionnels, on laisse toujours un ou deux hommes en couverture. Rappelle-toi qu'ils ne feront pas de quartier, ils sont là pour vous massacrer tous, si tu hésites, tu es mort et ton village avec toi. Sois sans pitié.*

Paul hocha machinalement la tête. Il avait du mal à réaliser que, dans quelques heures, il lui faudrait se battre pour le village, pour Élisabeth, pour lui aussi. Il demanda plein d'espoir :

- *Et vous, vous serez où* ?

La voix hésita :

- *Pas loin.*
- *Vous nous aiderez ?*

La voix fit une courte pose avant de répondre :

- *Je ne peux pas. Ce n'est pas mon combat. Je ne devrais même pas te parler.*
- *Je comprends*, fit Paul avec déception.

Ils étaient vraiment seuls. Mais le soldat venait quand même de leur donner un sacré coup de main.

- *Je vous remercie pour votre aide*, dit-il, *y a-t-il quelque chose que nous puissions faire pour vous remercier ?*

L'homme ne répondit pas tout de suite. Il demanda finalement :

- *La fille, Béatrice, qui est venue à l'instant te voir avec une autre, celle qui ne parlait pas, elle vient de l'autre village pour vous donner un coup de main n'est-ce-pas?*

Paul fut surpris :

- *Oui, c'est cela. Mais comment savez-vous ?*
- *Oh, je sais beaucoup de choses mais ce serait beaucoup trop compliqué à expliquer, et puis, tu as des choses plus urgentes à faire je pense.*

Paul acquiesça. Il cherchait fébrilement à comprendre pourquoi le Techno les aidait. Il eut soudain l'intuition que le Techno ne lui aurait peut-être pas parlé si Élisabeth n'avait pas appelé Béatrice par son prénom tout à l'heure. Cet homme là était un soldat, il devait éprouver de l'admiration pour ceux qui n'avaient pas peur de se battre. D'une façon ou d'une autre, il avait entendu parler de Béatrice et la voir avait peut-être déclenché en lui un sentiment ambigu. C'est pour cela qu'il les aidait, même s'il préférait se mentir à lui-même en prétendant qu'il le faisait par déontologie, pour rétablir l'équilibre entre les deux partis. Cela ne pouvait qu'être cela car un Techno n'avait habituellement que faire des Sixpiliens. Il ne prendrait pas leur parti contre les siens.

Il décida d'essayer de faire parler le soldat :

- *Si vous voulez parler avec Béatrice, je suis sûr qu'elle n'y verra aucun inconvénient.*
- *Non, ce n'est vraiment pas la peine. J'essaye seulement de rassembler les pièces du puzzle pour celui qui m'envoie.*

Paul fut un peu déçu. Il avait vraiment espéré que l'autre éprouve quelque sentiment pour Béatrice.

Le Techno demanda :

- *Pourquoi est-ce que les filles parlaient d'exciter les chasseurs tout à l'heure ?*

Paul sourit, le Techno essayait de tout comprendre. Il lui expliqua son plan avec enthousiasme. A la fin de son récit, il y eut un long silence. De toute évidence, l'autre réfléchissait. Finalement, il dit :

- *C'est une bonne idée, les chasseurs vont sûrement disposer de matériel d'écoute. Ils entendront vos deux femmes et ils iront voir par curiosité. Elles sont bien courageuses car lors du corps à corps, elles seront en première ligne et dans leur plus simple appareil. Ce n'est pas évident de se battre ainsi.*
- *Non…*
- *Ce plan a quand même un sérieux point faible : il repose sur le principe que vous serez en mesure de prévenir les femmes de l'arrivée des chasseurs afin qu'elles commencent leur numéro.*
- *Oui, nous avions prévu de disperser des guetteurs.*
- *Ils vont les repérer et dès lors, ils sauront que vous les attendez.*

Paul ne dit rien, ennuyé. Le Techno hésita puis dit :

- *Tu vois la grue sur le port ?*
- *Oui.*

Il n'y en avait qu'une, il était donc impossible de ne pas la voir.

- *Je serai dedans en train de filmer tout pour le compte de celui qui m'envoie. Avec mon matériel, je détecterai les chasseurs dés leur arrivée. Je vous ferai alors des signaux lumineux. Trois courts et un long pendant trente secondes. Vous n'aurez donc qu'à surveiller la grue pour savoir quand le bal va commencer.*

Paul ne put cacher sa joie :

- *Vous êtes épatant !* lança-t-il.

Au ton de la voix, il comprit néanmoins que l'autre ne partageait pas son excitation.

- *Je ne sais pas. Je vous donne un petit coup de main, c'est tout. J'ai ma mission à remplir, je ne peux pas faire plus pour vous. Si c'est comme je le pense, vous aurez beaucoup de morts. Votre plan n'est pas mauvais, mais j'espère que vous aurez la ressource nécessaire pour ne pas faire de cadeau car, passé le moment de surprise, les chasseurs se ressaisiront et avec leur armement ils vous écraseront. Une bonne part votre réussite repose sur tes épaules. Si tu parviens à neutraliser les tireurs et à te servir de leur matériel, tu peux vraiment faire basculer le rapport de force.*
- *Mais comment est ce que cela marche ?*
- *Je te l'ai dit, c'est un écran. Normalement, cela fonctionne directement avec le cerveau du tireur, mais il existe un mode dégradé lorsque pour une raison quelconque le tireur ne parvient pas à se concentrer. La plupart du temps, c'est une main qui est dessiné à l'écran. Si tu la touches, le système passe en mode*

manuel. Il apparaît des boutons à l'écran pour déplacer la vue et en touchant les cibles, tu les sélectionnes. On te demande s'il faut tirer et tu confirmes. Ce n'est pas bien compliqué. Dés que tu as confirmé, tu cherches une autre cible. L'ordinateur tirera sur celui que tu as désigné jusqu'à ce qu'il l'atteigne. Fais attention car en mode manuel l'ordinateur tirera sans s'occuper des préjudices collatéraux. Cela veut dire que si un des tiens se trouve dans la trajectoire des aiguilles, il est mort. Si l'ordinateur perd de vue la cible un certain temps, il arrête de la viser. Il te faudra la sélectionner de nouveau. Tu vois, ce n'est pas bien compliqué.

Paul s'affola un peu :

- *Bon, si déjà je neutralise les tireurs ce sera bien non ?*
- *Oui, ce sera déjà ça,* fit le Techno avec un peu de lassitude dans la voix, *mais tu aideras beaucoup les tiens si tu parviens à tirer. En plus, l'HAPS qui aura déposé les tireurs peut revenir.*
- *Bon… J'essayerai.*
- *Ah, je voulais te dire aussi que les chasseurs seront déposés quelque part dans le port.*
- *Comment pouvez-vous en être sûr ?*
- *Parce que les tireurs doivent pouvoir les apercevoir. Comme ils utiliseront des projecteurs de camouflage pour avancer vers le village sans se faire repérer, il faut donc que les tireurs les voient de dos. En temps normal on utilise des dispositifs électroniques. Là ils ne peuvent pas car ce n'est pas discret, ils se feraient repérer par les satellites de veille. Tu te rends compte : de l'électronique en pays sixpilien ! Pareil, ils ne communiqueront pas entre eux. Silence radio complet. Tu vois, ils ont quand même quelques points faibles qu'il suffit d'exploiter.*
- *Je vois surtout que vous nous aidez bien,* fit Paul avec reconnaissance.

Soudain, le Techno parla d'une voix pressée :

- *Bon, je te laisse. Bonne chance.*

Paul vit le paysage se troubler devant lui. Il comprit que le Techno s'était mit en marche rapidement vers le bois. Il devait marcher à reculons. La zone trouble disparut finalement derrière les premiers arbres. En jetant un coup d'œil à sa droite, Paul comprit la raison de cette fuite : Élisabeth et Béatrice revenaient. Il se dit soudain qu'il allait falloir maintenant expliquer à tout le monde ce qu'il venait d'apprendre. Ce ne serait pas une mince affaire !

Lorentz n'en revenait pas. Marie Beaunier venait tout simplement de lui proposer de venir avec elle survoler le village en HAPS. Il leva les yeux au ciel :

- *Est-ce que vous vous rendez-compte qu'en terme de discrétion, ce n'est franchement pas la panacée* ?

La jeune femme ne se découragea pas :

- *Si justement. J'ai étudié les cartes de navigation des HAPS, c'est très faisable. Plusieurs stations relais peuvent être mises à contribution sans éveiller le moindre soupçon. On ira de l'une à l'autre des stations et à chaque fois on passera au dessus du village. Pour un éventuel contrôleur aérien, il s'agira d'une liaison normale. Tant que l'on n'exagère pas.*

Lorentz fronça les sourcils :

- *Oui, vu comme cela ce n'est pas idiot. Il suffira d'utiliser plusieurs HAPS de modèles différents.*
- *Exactement, on embarquera du matériel de repérage et quand on passera au-dessus on essayera d'obtenir un maximum d'informations.*

Lorentz hocha la tête. C'était tellement simple que personne n'y avait songé. Cette petite technicienne avait de l'imagination. Il fallait s'en méfier. Pour diminuer un peu son mérite il dit d'un ton déçu :

- *bien-sûr, cela ne vaut pas une observation satellite continue mais bon, c'est mieux que rien. Maintenant, on verra bien ce que l'on va détecter.*

Bien qu'épuisée par une nuit sans sommeil, la jeune femme s'écria :

- *Je prépare tous mes appareils, on peut partir dans une heure !*
- *Oh là, jeune fille, du calme !* répondit Lorentz sur un ton paternaliste, *tout d'abord, ce n'est pas moi qui irait avec vous mais un de mes hommes de confiance. Ensuite, il faut que je fasse envoyer des HAPS sur les diverses stations relais que vous allez m'indiquer. Et prenez-donc le temps de dormir une heure ou deux, vous verrez que vous vous sentirez en bien meilleure forme après.*
- *Oui bien-sûr*, acquiesça Marie Beaunier. Malgré la fatigue, elle savait qu'elle aurait du mal à dormir mais bon, c'était le superviseur qui décidait.

Lorentz sourit. Il enverrait avec elle le technicien William. Ces deux-à étaient aussi ambitieux l'un que l'autre, ils se neutraliseraient.

En arrivant, essoufflé, au pied de la station-relais, Teren se demandait encore quelle mouche l'avait piquée. L'Ancien, sous l'emprise du DH17, lui avait tellement parlé de cette femme volontaire, courageuse et un peu solitaire, qui était capable de renverser la situation sur le terrain, qu'il s'était imaginé inconsciemment quelqu'un d'extraordinaire. Sans connaître la jeune femme, sans jamais l'avoir vue, il avait plus ou moins cristallisé involontairement ses pensées autour de son prénom : Béatrice. Son retour dans la cité, son entretien avec le général, avaient ensuite effacé de son esprit la Sixpilienne. Il ne pensait absolument pas à elle lorsque, tout à l'heure, il s'était approché de Paul. Il n'avait pas non plus l'intention de parler à ce dernier. Simplement son attitude l'intriguait. Il était curieux de voir

comment le village allait affronter les chasseurs. C'est alors que les deux femmes étaient apparues. Celle qui menait la marche lui semblait une petite poupée hystérique sans intérêt, mais derrière, l'autre femme lui avait tout de suite plu. Un air un peu garçon, visiblement peu soucieuse de son apparence. Silencieuse, elle se déplaçait avec souplesse et l'œil expert de Teren avait immédiatement deviné en elle un fort potentiel au combat. Elle n'avait rien dit, à peine souri… Cette femme était différente de toutes celles qu'il avait pu connaître. Les femmes technos étaient en général tellement superficielles ! Tellement soucieuses de leur apparence. A ce moment-là , il ne savait pas encore qu'il s'agissait de la fameuse Béatrice. Lorsque la pipelette avait prononcé son prénom, il s'était produit comme un déclic dans son esprit. Ainsi, il avait devant lui le fameux petit bout de femme en lequel l'Ancien croyait si fortement. Il était bien incapable d'expliquer ce qui lui était alors passé par la tête. En tous cas, d'un coup, le combat des Sixpiliens contre les chasseurs était devenu son combat. Il lui avait en effet semblé impensable de laisser ces lâches massacrer une telle femme !
Ceci étant dit, maintenant, avec le recul, il se rendait évidemment compte qu'il venait de faire une sacrée boulette. Dévoiler sa présence, influer sur le destin du village n'était pas bien. Il venait de jouer à Dieu, de perturber l'ordre des choses. Si le général venait à l'apprendre, il le tuerait de ses propres mains. Il chassa cette pensée négative de sa tête. Il avait fait une erreur, mais il était encore temps d'en limiter les conséquences. D'abord, sa mission : filmer les événements. Un guerrier ne s'arrête jamais pour se poser des questions, il fonce. Il lui fallait donc récupérer une nouvelle couverture de survie pour son propre usage. Il en profiterait pour prendre une lampe signal et une arme au cas où il aurait à se défendre. Il s'était engagé vis-à-vis du Sixpilien, il ne pouvait pas revenir sur sa parole. Et puis, se dit Teren, quand on a commencé à désobéir, autant aller jusqu'au bout.

Levant les bras au ciel, Élisabeth s'écria :

- *Quoi ! Tu lui as tout raconté ! Mais tu es vraiment le dernier des innocents !*

Surpris d'une telle réaction, Paul en resta bouche bée. La jeune femme continua :

- *Bon Dieu, il ne t'est pas venu à l'esprit qu'il est peut-être des leurs ?*

Paul sentit son cœur se serrer. Non, effectivement, cela ne lui était pas venu à l'esprit. Il savait pourtant les Technos particulièrement retors, mais cela ne l'avait pas effleuré un seul instant. L'homme paraissait tellement sincère. Il réfléchit avant de répondre :

- *Écoute Élisabeth, de toute façon, on n'a pas le choix. Sans ce Techno, notre plan ne peut pas réussir. On ne détectera jamais à temps les chasseurs. Ils seront sur nous avant même que l'on s'en aperçoive.*

- *Mais on peut faire l'amour avec Béatrice des heures durant ! On s'en moque de les détecter à temps !*

Paul jeta un coup d'œil à Béatrice dont les joues soudain colorées traduisaient une gène certaine. La jeune femme lui sourit brièvement et prit la parole pour venir à son secours :

- *Paul à raison,* dit elle, *toi tu peux peut-être faire des câlins indéfiniment mais moi j'aurai du mal. Pas des heures en tous cas. Si on sait quand les chasseurs arrivent, tout le monde sera prêt. C'est vraiment formidable d'être prévenus juste à temps. On peut se détendre tant que le signal n'est pas donné. On sera en pleine forme pour agir.*

Paul renchérit :

- *Si on ne neutralise pas les tireurs, on est mort. Le Techno m'a tout expliqué. Sans lui, je ne savais pas où les trouver alors autant partir du principe qu'il est de bonne foi.*

Élisabeth éclata de rire :

- *Non mais écoutez-moi ces deux-là ! De vrais enfants !*

Béatrice et Paul échangèrent un sourire complice. Quelques gouttes de pluie se mirent à tomber. Élisabeth les regarda, vaincue :

- *Bon, si je comprends bien, on n'a pas le choix : ce Techno n'est pas un mauvais homme.*

Paul hocha la tête.

- *C'est comme cela que je le sens.*
- *Eh bien*, conclut Elizabeth, *allons-y. Allons prévenir tout le monde. Quand on est parti, Jean répartissait les guetteurs dans le village. Ce sera cela de moins à faire.*

Ils redescendirent vers le village. Élisabeth en profita pour pincer gentiment les fesses de Paul qui s'offusqua ; dire que quelques minutes plus tôt elle le traitait d'enfant !

CHAPITRE 14

Marie Beaunier visionnait depuis plus d'une heure les derniers enregistrements pris dans l'après-midi lors du survol du village. Ils étaient désespérément normaux. Comme ceux de la matinée. On voyait les Sixpiliens dans leurs tâches quotidiennes mais il ne se passait rien. Au début, elle pensait s'être trompée de village, mais c'était bien le bon. Le superviseur Lorentz leur avait fait emmener un scanner multicritères pour vérifier s'il ne se trouvait pas des concentrations anormales d'énergie ou de matériaux, mais non, rien du tout. Pas de vaisseau caché, pas de pile d'énergie, pas d'émission d'ondes courtes, rien. C'était pourtant bien aujourd'hui qu'il devait se passer des événements aux conséquences si terribles.
Marie Beaunier n'y comprenait rien. A côté d'elle, William ruminait d'un air sombre. Tous deux jouaient beaucoup sur cette affaire. S'il s'agissait d'un canular ils passeraient pour des idiots même s'ils n'y étaient pour rien. Quelque chose leur échappait, mais quoi ?
Ils ne pouvaient pas survoler le village en permanence sans se faire repérer. Le dernier HAPS de reconnaissance décollerait de la station-relais HW031 dans une heure environ. Cette fois, à son bord se trouveraient des militaires avec des sondes plus sophistiquées encore. Par exemple, des appareils capables de cartographier les humains d'une zone : si une concentration anormale d'individus était en cours, ils la signaleraient. Ils relèveraient aussi l'éventuelle présence de Technos dans le village et les identifieraient. Pour cela bien-sûr, il leur faudrait émettre un peu mais maintenant qu'aucune présence militaire n'avait été décelée, ils pouvaient se permettre cette petite entorse aux lois inter-cités. De plus, l'émission serait géographiquement ponctuelle et de courte durée. Un satellite de surveillance la confondrait avec le démarrage d'un moteur électrique puissant.
Sans être particulièrement pessimiste de nature, Marie Beaunier craignait pourtant que cette dernière tentative ne donne rien. Il leur manquait un élément déterminant. Elle le sentait intuitivement. Elle récupéra ses notes et entreprit de reprendre tous les éléments du problème.

20 h 45. Paul venait de se faufiler à nouveau dans la couverture de survie. En fait de couverture, il s'agissait plutôt d'un sac muni d' une capuche. Avant de rabattre cette dernière, il s'imprégna à nouveau des lieux. La pièce où il se trouvait avait probablement servi de dépôt de matériel. Des étuis vides, des câbles électriques, des bouts de verre jonchaient le sol. Les murs de béton brut étaient couverts de graffitis. Il avait disposé sa couverture dans le coin opposé à l'escalier, sous un enchevêtrement de tubes et de toiles goudronnées. A priori, il était difficile à repérer, même pour quelqu'un se trouvant dans la pièce. De plus Paul espérait que les excréments de rat un peu partout dissuaderaient les Technos de trop s'approcher de sa cachette. Il faisait déjà sombre dans le local à cause des nuages noirs et lorsque la nuit

tomberait, ce serait l'obscurité complète. Il lui faudrait pourtant foncer vers l'escalier qui menait à la plate-forme extérieure. Il prévoyait de longer le mur qu'il avait dégagé de toutes les ferrailles qui l'encombraient.
Au-dessus, la plate-forme extérieure était dans un état encore plus délabré. Le parapet n'existait plus et des dizaines de mouettes y nichaient, couvrant le sol de leurs excréments, le rendant extrêmement glissant. A mesure que le temps passait, Paul appréhendait de plus en plus le moment où il devrait faire irruption là-haut.
Il se sentait seul et angoissé. Les autres au village avaient la chance d'être ensemble. Il lui avait fallu quitter Élisabeth alors que cette dernière allait risquer sa vie. Et il n'était même pas certain que les tireurs viendraient se poster là. Si le soldat techno se trompait, ou s'il était de mauvaise foi, ce serait une véritable catastrophe ! Le village se ferait peut-être entièrement massacrer, tandis que lui resterait coincé ici. Il aurait dû rester là-bas, envoyer quelqu'un d'autre. C'était Jean qui lui avait dit d'y aller à cause des systèmes de tir. Il prétendait qu'il y avait sûrement des détails de sa discussion avec le Techno qui lui reviendraient au moment d'utiliser l'arme. C'était logique, cependant Paul avait l'impression d'avoir abandonné tout le monde. D'être le seul planqué du village.
Il était sur place depuis presque deux heures maintenant. C'est Louis qui l'avait emmené avec l'annexe de la drague. Ils avaient emporté des outils car, pour débloquer la porte en fer rongée par la rouille qui barrait l'entrée de l'escalier de service, le pied à biche s'était avéré nécessaire. Au-delà, l'escalier était en assez bon état. Il fallait une bonne dizaine de minutes pour arriver jusqu'en haut où la vue était imprenable. On apercevait leur village, mais aussi, de l'autre côté de l'estuaire, celui de Saint-Brévin. En face, la Loire qui remontait en sinuant vers Nantes et de l'autre côté, la mer s'étendant à l'infini. Paul songeait qu'il lui faudrait emmener Élisabeth ici un jour, elle serait émerveillée.
Élisabeth... Elle lui manquait soudain terriblement. La façon dont elle l'avait regardé partir lui faisait encore mal. Il est des regards qui parlent tellement mieux que les mots !
Lorsqu'elle s'était portée volontaire pour servir d'appât, c'était parce qu'elle savait que Paul ferait partie de l'équipe qui allait lui porter secours. Apprendre qu'il serait loin avait dû lui causer un choc terrible !
Il l'avait abandonnée... Ce n'était pas du tout ce qu'il avait prévu dans son plan initial. Il avait désespérément besoin d'elle. Il voulait la protéger. Malgré son appréhension, Paul pria pour que les chasseurs arrivent. Il voulait retrouver le village et surtout Élisabeth.
En plus, l'air était humide et chaud et, dans la couverture de survie, il suait à grosses gouttes. bien-sûr, il n'avait pas pensé à emmener une bouteille d'eau. L'attente était insupportable.

Pour la dixième fois au moins, Béatrice se leva pour effectuer des étirements.

- *Ben ça alors* ! s'exclama Élisabeth, *tu t'échauffes encore pour me faire l'amour ? Qu'est ce que ça va être bon !*

Béatrice haussa les épaules.

- *Non, au risque de te décevoir, je ne crois pas que ce soit pour cela. J'en ai marre d'attendre. Je vais les massacrer ces pourris !*
- *Ah, cela, ce n'est pas un discours de Sixpilien.*
- *Non, tu as raison, c'est un discours de Sixpilien énervé, excédé, non, pire, à bout de nerf !*

Les deux femmes se mirent à rire, puis Élisabeth se replongea dans la lecture se son roman. Béatrice la regarda avec curiosité et envie. Elle n'avait jamais rencontré une Sixpilienne aussi insouciante, aussi gaie. bien-sûr, depuis que Paul était parti pour le pont, elle avait noté une certaine différence : une partie de sa joie de vivre s'était transformée en résignation. Mais elle restait vraiment une personne à part. Elle lui donnait l'impression de ne pas vraiment réaliser ce qui allait se passer. Comme s'il s'agissait d'un jeu.
Béatrice, quant à elle, avait commencé à repérer tout ce qui, dans la pièce, pourrait lui servir d'arme. Sa préférence allait vers la tringle à rideau en chêne qui passait au-dessus de l'armoire. Si elle pouvait l'atteindre, elle maintiendrait les chasseurs à distance le temps que les renforts arrivent. Elle était consciente que tout se jouerait en quelques secondes. Il allait falloir réagir vite. Elle se rendait compte aussi qu'il lui faudrait protéger Élisabeth. Cette dernière n'était sûrement pas une bonne combattante. Elle le reconnaissait d'ailleurs volontiers.
Tout cela faisait déjà beaucoup de choses à penser. Et puis, pour couronner le tout, il y avait cette histoire rocambolesque de soldat techno qui en pinçait peut-être pour elle. Enfin… c'était ce que Paul avait cru comprendre. Mon Dieu, s'il savait ce qu'elle pensait des Technos ! Alors un soldat Technos n'en parlons pas, c'était assurément le comble.
C'était fou, décidément, elle attirait les Technos comme la confiture attire les abeilles !

Assis sur le banc faisant face au port, Vincent et Marie se tenaient tendrement la main. Avant de venir, ils avaient fait l'amour. A leur âge, cela n'arrivait pas souvent, mais tous deux savaient pertinemment que c'était probablement la dernière fois qu'ils en avaient l'occasion.
Marie souriait sereinement, elle se sentait bien. Vincent arborait un visage plus grave. De temps en temps, même s'il ne pouvait l'apercevoir dans l'obscurité, il jetait un coup d'œil en direction du pont. C'était de là que viendrait sûrement la mort. Il n'avait pas peur pour lui, mais pour Marie. Cette dernière avait revêtue sa robe à gros carreaux, celle-là même qu'elle portait à l'époque où ils s'étaient connus. En la voyant ainsi vêtue, Vincent en

avait presque pleuré. Cette robe évoquait tant de souvenirs ! Marie ne voulait plus la mettre, prétendant qu'à son âge on ne s'habillait plus aussi court, mais pour l'occasion, elle avait jugé bon de revenir sur sa décision.
Dans le panier à leurs pieds attendait le dîner. Évidemment, aucun des deux n'avait faim, mais sans doute ouvriraient-ils la bouteille de vin si les chasseurs tardaient à se montrer.
Marie s'appuya un peu plus contre Vincent. Elle n'avait pas peur de mourir. Pas là, contre son homme. Avec l'âge, le travail aux champs la fatiguait de plus en plus et, même si physiquement elle pouvait encore tenir de longues années, elle éprouvait une certaine lassitude chronique. Les bons moments étaient lorsqu'elle se reposait ainsi contre celui qu'elle aimait. Elle avait vécu heureuse, élevé deux enfants qui étaient maintenant partis dans un village du côté de la cité de Nantes. Que de bons moments elle avait connus !
Vincent se mordit la lèvre. Il se demanda un instant s'il n'allait pas obliger Marie à retourner seule dans la maison, mais y renonça. Après tout, tout se passerait peut-être très bien. Et puis, comme disait Jean, la possibilité qu'il s'agisse d'un canular n'était pas à exclure. Demain matin, ils prendraient peut-être leur petit déjeuner ensemble comme d'habitude.

A l'autre bout du port, Teren écoutait son moniteur de combat. Il pouvait détecter l'approche d'un HAPS à plus de 20 kilomètres. La cabine de la grue n'était pas bien grande, mais en déplaçant le siège du pilote au maximum vers l'avant, il s'était dégagé un espace suffisant pour pouvoir attendre en position allongée.
Comme tous les soldats, Teren avait un implant au niveau de l'oreille qui lui permettait de communiquer en permanence avec son moniteur de combat. Il pouvait ainsi activer l'amplificateur de son et écouter dans une direction donnée ce que deux personnes se disaient à voix basse. Ou alors, il pouvait matérialiser un viseur devant ses yeux pour l'assister au tir, grossir la vue, passer en vision nocturne, filmer… Lors des combats entre unités régulières, ces systèmes d'assistance étaient systématiquement brouillés, mais ce soir, il doutait que les chasseurs mettent en œuvre un appareil de brouillage. Il serait immanquablement repéré par les satellites de surveillance.
Le viseur ne lui servirait pas à grand-chose puisqu'il n'était pas équipé de son fusil à aiguilles, mais tout le reste lui serait utile. Il vérifia une dernière fois que sa caméra, de la taille d'un dé à coudre, était bien fixée à la verrière de la cabine. Elle lui renvoyait une image en vision nocturne du village.

Assis sur l'évier de la cuisine, Jean regardait les cinq membres des joyeux lutins jouer au tarot. Les pauvres faisaient tout ce qu'ils pouvaient pour se concentrer sur le jeu, mais le cœur n'y était vraiment pas. De temps en temps, l'un d'eux se levait pour jeter un coup d'œil par la fenêtre, mais il n'y avait rien à voir à part la maison qui leur faisait face et dans laquelle Élisabeth et Béatrice attendaient aussi le moment d'entrer en action.

Jean songea à tous les autres Sixpiliens, répartis dans les maisons environnantes, qui attendaient aussi, angoissés, l'arrivée des chasseurs.
Le plan de Paul paraissait bon, mais il reposait sur beaucoup d'hypothèses. La plus hasardeuse étant sans nul doute la bonne foi du soldat techno qui devait les prévenir de l'arrivée des chasseurs. Personne ne l'avait vu monter dans la grue mais, compte tenu de son système de camouflage sophistiqué, ce n'était pas étonnant, songea l'Ancien.
Quatre guetteurs surveillaient le port sans discontinuer, attendant le signal lumineux : trois courts et un long.
Par précaution, Jean avait aussi disposé deux autres guetteurs pour surveiller les environs depuis les maisons les plus excentrées du village mais, entre l'obscurité et leur bouclier de camouflage, il était évident qu'il serait très difficile de repérer les chasseurs à temps.
Il fallait vraiment que le soldat soit de bonne foi. Et là évidemment, rien n'est moins sûr songea Jean. Pour une majorité de Techno, c'est un peu comme au temps des Indiens : « un bon Sixpilien est un Sixpilien mort »...
L'hypothèse rocambolesque avancée par Paul, selon laquelle l'homme était tombé amoureux de Béatrice, lui semblait complètement invraisemblable. Les soldats technos n'avaient en effet pas pour habitude de faire du sentiment. Violer une femme Sixpilienne oui, mais risquer leur carrière pour la sauver... Non, c'était très improbable. Il y avait sans aucun doute une autre raison. Un instant, Jean se demanda s'ils n'étaient pas tous manipulés par quelqu'un qui voulait seulement s'amuser à leur dépens.
Il s'efforça de chasser au plus vite cette idée de son esprit. Ce n'était pas bon pour le moral.
A la table de jeu, un des jeunes venait de se faire prendre le « petit ». Habituellement, ce genre d'événement déclenchait toutes sortes de commentaires. Cette fois il n'y eut que quelques sourires sans joie.
Mon Dieu, comme la tension montait ! Combien de temps encore avant que les chasseurs n'arrivent songea Jean en serrant les dents.

Ils étaient trois attablés dehors à faire semblant de manger. L'avancée du toit les protégerait en cas de pluie mais pas des aiguilles explosives. Guillaume s'était empressé de prendre le siège le plus éloigné de l'extérieur. Comme cela, non seulement les autres seraient touchés avant lui, mais cela lui permettait aussi de conserver entre lui et les tireurs le pilier qui soutenait l'extrémité de l'avancée du toit.
A côté d'eux, non loin d'une balançoire, deux femmes de petite taille, habillées comme des enfants discutaient tranquillement. On n'avait pas réussi à ramener les jumeaux de l'autre village car ils étaient en déplacement dans leur famille, à plus de 200 kilomètres.
Guillaume était frappé par le calme des Sixpiliens. Ils seraient peut-être tous morts dans une heure mais ne semblaient pas plus stressés que d'ordinaire. Sans doute l'ignorance de ce que les armes technos pouvaient faire. Ils ne

réalisaient pas vraiment ce qui allait s'abattre sur eux. Quant à lui, il bouillait intérieurement. A tout instant, il lui fallait refréner une furieuse envie de prendre ses jambes à son cou et de s'enfuir de ce maudit village. Il ne savait pas encore comment il réagirait lorsque les aiguilles commenceraient à pleuvoir. D'un côté, il voulait filmer le reportage de sa vie, de l'autre, il voulait sauver sa peau. C'était l'ambition contre l'instinct de survie.
Il songea à Béatrice qui allait faire la lesbienne pour les beaux yeux des chasseurs. Ce serait plutôt amusant de la filmer, mais la maison dans laquelle elle se trouvait serait au cœur de la tourmente. Mettre son nez là-bas équivalait à un véritable suicide.
L'un des Sixpiliens lui demanda l'heure. Guillaume s'empressa de la lui donner. Tout le monde trouvait le temps long.

Le superviseur Lorentz sursauta lorsque la porte de son bureau s'effaça. Il ne s'attendait guère à une visite à cette heure-là. C'est une Marie Beaunier hystérique qui entra :

- *J'ai compris !* s'écria-t-elle, *on ne détecte rien parce que ce n'est pas dans ce village que cela doit se passer. C'est pour cela que même les militaires n'ont rien trouvé.*
- *Comment cela pas dans ce village ?*
- *Oui, j'ai tout réécouté ! Votre directeur d'école est plus malin qu'on ne le pensait. Il s'est servi de son correspondant pour brouiller les pistes, en fait, c'est ce correspondant qui sait où vont se dérouler les événements. Vous n'avez qu'à réécouter aussi : jamais il ne donne d'indications sur le lieu. De toute évidence, il avait déjà donné ces informations de vive voix lorsqu'il a rencontré le Sixpilien. En fait, il savait pertinemment que ses communications téléphoniques risquaient d'être interceptées.*

Lorentz réfléchit. Oui, tout cela se tenait. Il répliqua sur un ton énervé :

- *Bon d'accord, c'est ailleurs… mais où ?*
- *Ça je ne le sais pas, mais les moyens de transport sixpiliens sont extrêmement limités, cela ne peut pas être loin. Il faut renvoyer des HAPS pour sonder les alentours.*
- *Mais à cette heure-ci le trafic est trop réduit, on va se faire repérer.*
- *Faites ce que vous voulez mais moi j'y vais* ! lança la jeune technicienne sur un ton de défi.

Lorentz n'était pas habitué à ce qu'un subalterne utilise un tel ton avec lui. Il faillit hurler mais réussit à la dernière seconde à conserver tout son calme.

- *Bon*, dit-il, *je viens avec vous. Contactez aussi Williams, on ne sera pas trop de trois pour scruter le sol.*

Marie Beaunier hocha la tête.

- *Vous avez raison*, dit-elle.

L'Ancien s'allongea sur son lit. Depuis la veille, il souffrait d'un terrible mal à la tête et vomissait toute la nourriture qu'il avalait. Il avait pensé à une gastro-entérite mais le médecin du village qui l'avait examiné disait qu'il s'agissait d'autre chose. Il ne comprenait pas trop en fait. Une intoxication alimentaire peut-être ?
En fait, il se moquait bien de son état de santé et ses pensées allaient plutôt vers ce village où il avait envoyé la petite Béatrice.
Ici, personne n'était au courant des événements qui allaient se produire cette nuit. Il portait seul ce lourd fardeau. Il aurait pu téléphoner à Jean pour savoir quelle était la situation, mais il doutait que son homologue ait envie de parler. Il devait se préparer à affronter les chasseurs, à moins que ce ne soit déjà en cours.
L'Ancien se dit soudain qu'il aurait dû accompagner Béatrice et le Techno. Malgré son âge, il aurait pu donner un coup de main. Il se sentit soudain bien malheureux : comment avait-il pu laisser partir Béatrice seule !

Au même instant, le Maire donna le coup d'envoi du dîner dansant en l'honneur des femmes de la cité. Cette festivité traditionnelle réunissait tout le gratin de la cité. Même le général Topieu, en tant que représentant des forces armées, se trouvait là. Quelques minutes plus tôt, il avait serré la main d'André le Beg. Le ministre l'avait regardé d'un air souriant et détendu, mais Topieu savait très bien à quoi s'en tenir : derrière cette façade, ce n'était que mépris et méfiance. Le général n'en avait cure, il adorait mettre les politiques dans l'embarras. Si Teren travaillait bien cette nuit, non seulement il s'enrichirait mais, en plus, il ferait un pied de nez à ces couards.
Cet après-midi, lorsqu'il avait reçu l'ordre du gouvernement de mettre à disposition du groupe chargé d'observer le village une équipe avec du matériel de détection, il s'était bien amusé. Ce genre de situation montrait à la perfection la supériorité de l'esprit militaire offensif par rapport aux hésitations peureuses des politiques et à leur habitude maladive de monter progressivement en régime là où une frappe courte et violente résolvait le problème sans conséquences.
Quand on n'envoie personne sur le terrain, malgré les appareils de détection les plus sophistiqués, on prend toujours une longueur de retard, et c'était exactement ce qui se passait : ces imbéciles surveillaient le mauvais village.
Le général jubilait littéralement. Il repéra un petit groupe de jeunes femmes qui papotaient entre elles, visiblement esseulées. A la façon dont elles étaient habillées, il comprit qu'elles n'étaient pas venues seulement pour bavarder. Il se sentait d'humeur badine et époussetant machinalement son uniforme, il se dirigea vers elles avec un mental de conquérant.

CHAPITRE 15

21 h 46. L'HAPS passa à haute altitude au-dessus du village, semblant se diriger vers Nantes, puis obliqua vers la mer. Teren, qui le suivait depuis un moment sur son moniteur, coupa les fonctions de détection les plus repérables et s'empressa de se glisser dans sa couverture de survie. Juste à temps car l'ordinateur lui signala soudain une courte impulsion magnétique : l'ennemi venait d'effectuer un sondage.
Teren résista à l'envie de mettre aussi son brouilleur en route afin qu'ils ne puissent pas l'identifier par son module d'identité, mais il s'arrêta juste à temps. Ils n'utiliseraient pas un tel appareil qui était vraiment réservé à l'armée et à la police et dont la mise en route déclenchait immédiatement une alarme sur tous les satellites d'observation de la zone. Et puis, son brouilleur aussi serait repéré.
Il changea de fonction pour balayer le sol et repéra cinq balises de tir. C'étaient bien eux ! Les chasseurs avaient dû les lâcher en passant au dessus du village. L'une d'entre elles était plantée à l'endroit même où il avait parlé avec le Sixpilien ce matin. Ils utilisaient des modèles récents, capables de se poser au centimètre près à l'endroit programmé. Une autre balise était perchée sur un toit. Probablement le plus haut du village. Toutes ces balises donneraient aux tireurs une vue parfaite du village lorsqu'ils brancheraient leur écran de tir.
Teren reporta son attention sur l' HAPS qui avait continué. Il tourna autour de la pile du pont où devait se trouver le Sixpilien qu'il avait renseigné ce matin. Nouvelle impulsion magnétique. Pourvu que le gars soit dans sa couverture de survie ! Après quelques secondes d'hésitation, Teren jugea que c'était le bon moment pour lancer discrètement le signal.

Paul sommeillait. Il n'entendit pas le bruit feutré de l' HAPS qui s'approchait, mais la cacophonie des mouettes qui s'envolaient en poussant des cris indignés le sortit de sa torpeur. Il faisait tellement chaud dans la couverture de survie ! Il écouta, le cœur battant à tout rompre. Ils arrivaient !

On venait de frapper à la fenêtre ! Les guetteurs avaient aperçu le signal, ils prévenaient tout le monde comme convenu.
Béatrice et Élisabeth se regardèrent sans rien dire, comme tétanisées. Ce fut Élisabeth qui réagit la première :

- *Tu sais que tu es bien jolie ?* dit elle en souriant.

Béatrice eut soudain terriblement envie de s'enfuir de la pièce.

Guillaume actionna sa caméra. Les deux Sixpiliens à côté de lui se mirent à parler comme si de rien n'était, tandis que les deux jeunes femmes jouaient leur rôle d'enfant en courant autour de la balançoire. C'était fou ! Comment ces gens pouvaient-ils jouer la comédie avec autant de sang-froid alors que d'un moment à l'autre des tireurs allaient les prendre pour cible. Guillaume voulut prendre le verre devant lui, mais il s'aperçut qu'il ne pouvait pas, sa main tremblait trop.

- *Reprenez le jeu !* souffla Jean aux combattants qui s'étaient arrêtés, l'oreille attentive à d'éventuels bruits en provenance de l'extérieur.

Il fallait impérativement que le village ait un air normal.
Les Sixpiliens reprirent leur partie sans le moindre entrain. Jean, qui les connaissait tous, aurait tout de suite détecté que quelque chose ne tournait pas rond, mais pour un observateur extérieur cela suffisait à donner le change. Lui par contre alla s'allonger contre le mur, là où un petit trou avait été percé pour lui permettre de surveiller la maison d'en face. C'était son rôle de donner le signal de la charge. Dans chaque maison où se trouvaient des combattants, quelqu'un veillait de la même manière. Lorsque le groupe de Jean bondirait hors de la maison, tout le monde en ferait de même. Après, ce serait « à la grâce de Dieu ». Jean, qui n'était pourtant pas superstitieux, croisa les doigts.

21 h 52. Paul entendit des voix. Il ne comprenait pas ce qui se disait car les chasseurs chuchotaient, mais il put déterminer qu'il y avait au moins trois personnes sur la plate-forme dont peut-être une femme. Il tendit l'oreille. Des bruits de pas ! Quelqu'un venait dans les escaliers ! S'il descendait dans la pièce, il risquait de l'apercevoir. Empêtré dans la couverture de survie, il lui serait impossible de se défendre… Il retint sa respiration au maximum, suant à grosses gouttes. Ne pas bouger… S'il était découvert, ce serait la fin du village. Le soldat techno ne s'était pas trompé, ils étaient là comme prévu, il ne fallait pas tout gâcher bêtement, tout le monde comptait sur lui.
Élisabeth…

L'HAPS qui avait déposé les tireurs s'éloignait. Teren supposa qu'il allait rejoindre une station-relais. Il n'était pas resté plus de trois minutes au-dessus de la pile du pont. Comme s'il s'agissait seulement de prendre des photos. En tous cas, c'est ce que penserait un éventuel contrôleur du trafic aérien. Ils avaient affaire à des professionnels expérimentés. Teren songea aux malheureux Sixpiliens en face. Sans son intervention, cela aurait été un massacre à coup sûr, et même maintenant, rien n'était gagné. C'est alors qu'un deuxième écho apparut sur son moniteur. Un autre HAPS arrivait. Probablement l'équipe qui allait investir le village. Tout était parfaitement coordonné. Ces chasseurs n'en étaient pas à leur coup d'essai.

Le temps était comme suspendu. Paul n'osait même pas cligner des paupières. Il écoutait. Les pas semblaient s'être éloignés. Aucun bruit ne filtrait.

Tétanisé comme il l'était, Paul se demanda en pleine panique s'il réussirait à s'extirper de la couverture de survie. Il se sentait désespérément seul…
Et puis, il y eu un crépitement suivi d'exclamations excitées. Paul mit quelques instants à réaliser que les chasseurs avaient dû ouvrir le feu. Des Sixpiliens étaient en train de mourir ! Il devait intervenir, même si tout le poussait à rester caché dans sa couverture de survie. Il eut soudain peur de mal faire, d'échouer… Une telle responsabilité… Tout le monde comptait sur lui... Elizabeth…

Marie n'eut pas le temps de souffrir. Deux aiguilles lui touchèrent le thorax. Elles y pénétrèrent en tournant sur elles-mêmes, découpant chacune un cylindre de chair meurtrie avant de ressortir en lui arrachant la moitié du dos. La vieille dame s'affala sur les genoux de Vincent. Le deuxième tir fit exploser le dossier du banc. Vincent se leva, laissant le corps de Marie glisser au sol. Il eut juste le temps de maudire les chasseurs avant que le troisième tir ne l'atteigne. Une des aiguilles sectionna net sa colonne vertébrale en explosant. Il tomba de tout son long contre le sol.

- *Un partout !* cria une voix d'homme.

Paul, qui comprit immédiatement de quoi il s'agissait, ressentit soudain en lui une haine indescriptible. Ces gens-là étaient des animaux ! Ils comptaient les points ! Un mort, un point !

- *C'était bizarre le comportement du vieux non ?* fit une voix féminine. *On aurait dit qu'il réalisait ce qui se passait et même qu'il savait où nous étions.*
- *On s'en fout, on prend notre pied ! Donne le signal aux autres, on va tout raser !* répondit un homme d'une voix excitée.

Nouveau crépitement…
Plein de rage, Paul arracha la capuche de sa couverture de survie. L'air lui fit du bien, lui donnant soudain l'énergie nécessaire. Il ne se posait plus la moindre question, ne ressentait plus la moindre appréhension, comme lors d'un combat de katé. Il était maintenant dedans. Désormais, seul son corps et ses réflexes allaient jouer. Il fallait qu'il massacre ces malades avant qu'ils ne tuent encore quelqu'un au village.

Guillaume commençait à se demander s'il allait vraiment se passer quelque chose lorsque la tête du Sixpilien à sa gauche explosa. Il fut aspergé de sang, de bouts d'os et de matière cérébrale. Hébété, il resta tétanisé. Il n'y avait pas eu le moindre bruit. Les deux femmes en train de jouer à la balançoire ne s'étaient rendues compte de rien
Il voulut les prévenir, mais aucun son ne sortit de sa bouche. Le deuxième Sixpilien à table le prit de vitesse. Les deux femmes réagirent immédiatement, se précipitant vers la maison. L'une d'elles fut touchée au bas du dos alors qu'elle atteignait la terrasse.

Cette fois, Guillaume réussit à bouger. Il renversa la table et courut lui aussi vers l'entrée de la maison.

- *Merde !* cria la femme, *il se passe quelque chose !*
- *Quoi !* hurla l'homme d'une voix énervée, *mais tais-toi donc, tu m'empêches de me concentrer, je viens de rater une cible !*

La voix de la femme semblait soudain paniquée :

- *Je te dis qu'il se passe quelque chose* , insista-t-elle, *les cibles ne réagissent pas comme d'habitude, on dirait qu'elles savent !*
- *Qu'elles savent quoi ?*
- *Qu'elles savent où on est et qu'on est en train de les tirer. Elles réagissent trop vite pour se cacher, elles ne paniquent pas !*

Il y eut un court silence. L'homme devait réfléchir.

- *Bah, de toute façon ça ne change rien, tais-toi et tire. Si t'as pas la niaque, passe ton poste à Lilian.*

Quelques secondes s'écoulèrent.

- *Merde,* s'écria l'homme, *je ne vois plus de cibles !*
- *Tu vois, c'est ce que je me tue à te dire, il se passe quelque chose. D'habitude on cartonne beaucoup plus ; le gibier ne se met pas à l'abri si vite. Il ne comprend pas ce qui lui arrive. Il ne sait pas d'où ça vient. Il est tétanisé.*
- *Tu as peut-être raison…*
- *Lilian,* s'enquit la femme, *tu as fais le signal ?*
- *Oui* , répondit une nouvelle voix, *ils étaient en approche de toute façon.*
- *Appelle-les, dis-leur de se méfier.*
- *Ne déconne pas, la radio ce n'est pas discret, on risque de se faire repérer par la cité la plus proche.*
- *Putain ! On fait quoi alors ? C'est la première fois qu'il nous arrive un truc pareil !*

21 h 59. Teren pivota sa caméra pour suivre l' HAPS qui s'approchait du port. C'était un modèle lourd qui pouvait transporter au moins vingt personnes. L'engin piqua du nez, disparaissant derrière les quais, puis remonta juste derrière les hangars, déposant probablement les chasseurs. De son poste d'observation, Teren ne pouvait pas voir, mais son moniteur de combat lui signala des sources de chaleur diffuses et des systèmes de contre-mesures. Les chasseurs portaient sûrement des tenues de combat isolantes qui minimisaient leurs émissions de chaleur et ils disposaient comme prévu de projecteurs de camouflage. Trente secondes plus tard, l' HAPS repartit à pleine vitesse en direction du nord. Teren mit son moniteur sur émission minimale, rabattit la capuche de sa couverture et ne bougea plus. Ce n'était assurément pas le moment de se faire repérer. Les chasseurs

allaient passer sous la grue, à quelques mètres. Il pria pour qu'il ne vienne pas à l'un d'entre eux l'idée d'y monter.

Sur le coup, en s'extirpant de la couverture de survie, Paul était tellement ankylosé qu'il se demanda, malgré sa motivation, s'il était en état de se battre, mais en progressant à tâtons en direction de l'escalier, il retrouva ses sensations et son énergie habituelle. Il monta rapidement.
Dès qu'il fut en haut des escaliers, il aperçut les silhouettes des chasseurs sur la plate-forme. Ne pas réfléchir... Il bondit, ignorant la femme hystérique qui criait:

- *Attention, il y a du mouvement derrière nous ! Putain Lilian, arrête de regarder mon écran, tu dois nous couvrir !*

Paul déboucha sur la plate-forme au moment ou le chasseur censé couvrir les tireurs se retournait, pointant son fusil à aiguilles dans sa direction. D'un coup du dos de la main, le Sixpilien dévia l'arme, puis lança son pied dans un yoko guéri puissant qui atteignit son adversaire en plein thorax. L'homme partit en arrière, le souffle coupé malgré sa combinaison, tenant à peine debout. Il heurta la femme derrière lui qui gesticula, essayant de le repousser, elle tenait quelque chose à la main, une arme sans doute. Instinctivement, Paul se lança en avant, frappant une nouvelle fois l'homme qui leva les mains trop tard pour éviter le coup de pied. Il fut à nouveau projeté en arrière, décollant du sol, entraînant avec lui la femme qui poussa un hurlement. Tous deux disparurent, happés par la nuit. Guillaume ne comprit pas, puis son attention se concentra sur le troisième chasseur qui bondissait sur lui armé d'un couteau. Il dévia la lame et donna un coup de poing dans la pomme d'Adam qui stoppa net son agresseur. Ce dernier se recroquevilla, tenant son couteau en avant. Il voulait attaquer Paul mais ne trouvait pas d'air. La pomme d'Adam enfoncée, le larynx brisé, il était à demi asphyxié. Paul n'eut pas la moindre pitié, il s'approcha et lança un coup de pied tournant dans la tête de son adversaire. Le chasseur fit comme un roue dans l'air sous l'impact, puis s'affala de tout son long. Encore conscient, il se redressa et essaya de s'éloigner de Paul mais se prit les pieds dans un des caissons de tir et tomba en arrière, disparaissant à son tour dans le vide, entraînant avec lui le caisson. Paul venait de comprendre : les trois chasseurs étaient en fait tombés de la plate-forme. Une chute terrible de près de 200 mètres. Un moment, Paul resta là à ne plus bouger. Tout s'était passé si vite ! Il ne réalisait pas encore qu'il avait gagné.
Il lui fallut une bonne minute pour revenir à la réalité. Sa première pensée fut pour Élisabeth. Il se souvint ensuite du conseil du soldat : se servir de la station de tir contre les chasseurs.

Béatrice avait croisée les jambes pour limiter les dégâts. Élisabeth était d'une sensualité folle. Elle avait réussi en quelques secondes à la mettre dans un état d'excitation gênant. Béatrice n'aurait jamais pensé éprouver du

plaisir avec une femme, mais l'autre savait y faire et elle n'éprouvait aucun complexe. D'ailleurs, voyant que le chemin du sexe de sa compagne était barré, Élisabeth ne se démonta pas. Elle suça son doigt et l'enfonça dans l'anus de Béatrice qui poussa un cri rauque. Mon Dieu, elle était en train de se faire violer ! Elle hésita entre plaisir et humiliation, voulut saisir la main qui abusait ainsi d'elle, puis changea d'avis : il fallait attirer les chasseurs... Elle se mit donc à pousser des cris, simulant un plaisir intense avec d'autant moins de difficultés qu'Élisabeth s'était de nouveau attaqué à son clitoris qu'elle titillait maintenant entre ses deux lèvres. Une vraie furie !
En dépit de toute logique Béatrice éprouva soudain un orgasme puissant. Elle s'arc-bouta et poussa un long cri d'une voix tremblante. Lorsqu'elle retomba, elle était en sueur. Élisabeth se mit à caresser doucement ses seins. Béatrice n'avait jamais ressenti de telles sensations. Sans doute que cette nouvelle expérience sexuelle, ce sentiment de danger imminent et la nécessité de se sacrifier pour attirer les chasseurs constituaient un mélange aphrodisiaque redoutable. Elle tourna sur elle-même et sa langue trouva naturellement le sexe d'Élisabeth. Cette dernière se redressa, poussant des gémissements, se caressant seule les seins.
Bon Dieu, se dit Béatrice dans un éclair de lucidité, si les chasseurs ne viennent pas, c'est que ce ne sont pas des hommes. Elle ne remarqua pas la porte qui venait de s'ouvrir doucement.

Guillaume redressa la tête, essayant de voir en direction de la maison piège. Près de la fenêtre il pouvait apercevoir deux vagues silhouettes. Les deux chasseurs qui regardaient à l'intérieur étaient de côté par rapport à lui et leurs projecteurs de camouflage ne les masquaient que partiellement. Il regretta de ne pas avoir d'autres caméras que celle de sa lentille car pour filmer il était obligé de se découvrir. Cela n'avait pas vraiment d'importance car, visiblement, les chasseurs n'avaient que faire de lui. Le piège fonctionnait. D'ailleurs, d'autres singularités, des troubles du paysage autour de l'entrée de la maison le prouvaient. Il actionna le zoom. Il pouvait presque apercevoir l'intérieur de la maison par la fenêtre. En tout cas, il ne manquerait rien de l'assaut des Sixpiliens si ces derniers en avaient le courage.

Du haut de la grue, Teren rongeait son frein. Il se sentait impuissant. Toute sa vie il s'était entraîné à se battre et, en fin de compte, il n'avait jamais participé à un véritable conflit. Quelques bagarres, quelques incursions en territoire sixpilien comme la veille et c'était tout. Il enrageait. Les Sixpiliens, ces pacifistes incurables, étaient en train de monter en ligne et lui devait se contenter de regarder.
A l'aide de ses filtres, il pouvait parfaitement distinguer les chasseurs agglutinés autour de la maison piège. Treize hommes au total. Une partie d'entre-eux venait de rentrer dans la maison. Les autres attendaient côté fenêtre. Mais l'un d'entre-eux s'était tapi dans un recoin entre deux maisons

avoisinantes. peut-être que celui-là sentait intuitivement que quelque chose ne tournait pas rond. Il prenait ses précautions. Avec son projecteur, il était maintenant parfaitement invisible.
Plus aucun tir en provenance du pont. Il n'y avait plus aucune cible... Teren espérait que le jeune Sixpilien avait réussi à neutraliser ses adversaires. Sinon, lorsque ses copains monteraient à l'assaut cela risquait d'être un vrai massacre.
Mais ce qui dérangeait le plus Teren, c'était ce chasseur tapi entre les deux maisons. Les Sixpiliens ne pouvaient pas l'avoir vu. Il allait les massacrer et Béatrice avec.

Jean surveillait toujours la maison. A cause de la pénombre et des projecteurs de camouflage, mais surtout parce qu'il se trouvait côté opposé à la porte, il ne pouvait apercevoir les chasseurs ; il fallait qu'une des femmes crie très fort. Il ne pouvait quand même pas déclencher l'assaut sans savoir si les chasseurs étaient à l'intérieur. Il écoutait, le cœur battant, dans un état d'hypertension indescriptible. Dans la pièce, personne ne parlait plus, les cartes reposaient sur la table, la tension était extrême.

Sur l'écran Paul pouvait apercevoir le village comme en plein jour. Il étudia fébrilement les commandes qui s'affichaient autour de l'image et trouva enfin la petite main, dont lui avait parlé le soldat techno, qui lui permettait de passer en mode manuel. Dès qu'il la toucha, la configuration affichée se modifia. Quatre flèches et un bouton rouge sur lequel était inscrit le mot tir apparurent. Lorsqu'il appuya sur une des flèches, la vue se déplaça. Paul n'avait jamais utilisé ce genre d'appareil, il éprouvait beaucoup de difficultés à stabiliser l'image. A un moment, la vue quitta même le village. Il appuya sur la flèche opposée et réussit à revenir. Il fallait qu'il réussisse à maîtriser rapidement les commandes sinon il ne pourrait pas aider les autres.

Couchée sur le ventre, Béatrice regardait en direction de l'entrée tandis qu'Élisabeth allait et venait au-dessus d'elle, se frottant contre ses fesses avec des petits soupirs de plaisir.
Béatrice était absolument certaine que quelque chose avait bougé dans la pièce. Elle essayait de continuer à donner le change mais le cœur n'y était vraiment plus. Et puis, elle sentait une odeur. Comme un parfum léger. Quelqu'un se trouvait là et devait utiliser un de ces appareils dont Paul leur avait parlé pour se rendre invisible.
Élisabeth pivota et s'allongea de tout son long sur elle en sens inverse. Elle écarta les jambes et continua à se frotter sur son dos. Ce fut sans doute ce qui déclencha tout. La vue de la croupe offerte de la jeune Sixpilienne dut exciter follement les chasseurs. L'un après l'autre, ils coupèrent leurs projecteurs de camouflage et apparurent à la vue de Béatrice. Cette dernière n'eut pas besoin de simuler la surprise, elle poussa même un cri d'effroi. Il y

avait là six hommes nus, certains gras et bedonnant, plus ou moins âgés. Leurs vêtements reposaient en tas à leurs pieds. Deux d'entre-eux se masturbaient en riant, les autres se contentaient de regarder avec des sourires entendus, leur sexe en érection. Seul le plus vieux semblait moins excité. C'est pourtant lui qui se dirigea le premier vers le lit en lançant :

- *Alors les filles, on est en manque de vrais hommes chez les Sixpiliens ?*

Béatrice eut un sursaut de dégoût qui désarçonna Élisabeth. Elle se retrouva debout dans le lit. Au moment où le vieux allait la toucher, elle le cueillit d'un coup de talon en pleine face qui lui cassa le nez et le projeta par terre. L'homme se mit à hurler, furieux. Il y eut comme un moment de flottement parmi les chasseurs sidérés de ne pas terroriser comme d'habitude leurs victimes. Élisabeth, qui venait seulement de les apercevoir, poussa à son tour un cri de surprise.

- *Tu vas payer ça !* lança un des chasseurs.
- *Viens donc !* répliqua Béatrice.

Elle était soudain prête à affronter tous les Technos du monde. Sautant au pied du lit, elle agrippa la tringle et fonça vers celui qui l'avait menacé en poussant un cri de rage.

Jean avait entendu un cri, puis deux... on se battait en face !
Il se retourna vers les jeunes qui étaient déjà debout et lança :

- *Allez-y !*

Les Sixpiliens ne se le firent pas dire deux fois et se précipitèrent sans la moindre hésitation vers la porte. Comme Jean aurait aimé être plus jeune ! Il les regarda sortir et se précipita comme il put à leur suite.

Guillaume vit les jeunes Sixpiliens courir et traverser le mur de la maison piège. L'ancien suivait. De toutes les maisons avoisinantes, des hommes et des femmes sortirent à leur tour, se précipitant vers les chasseurs dont il devinait les silhouettes. Il songea que, attaqués de tous côtés, leurs projecteurs de camouflage devenaient inutiles puisqu'ils ne les protégeaient que dans une seule direction.

Teren sauta au pied de l'échelle et, son pistolet à aiguille à la main, il se mit à courir en direction du village. Il avait laissé sa caméra dans la grue, orientée vers la maison piège. Il avait aussi laissé son moniteur de combat, il voulait arriver à temps.

Dans la maison, les chasseurs furent totalement surpris. La réaction de Béatrice les avait déjà déstabilisés, mais l'irruption des jeunes Sixpiliens les pétrifia littéralement. Nus comme des vers, vulnérables, ils mirent plusieurs secondes à réaliser la situation. Les assaillants n'en demandaient pas tant. Ils frappèrent de toutes leurs forces aux point vitaux. Béatrice, qui avait pris à parti le plus grand des chasseurs, lui asséna un violent coup dans les parties génitales avec la tringle. L'homme se plia en deux en reculant, puis se mit à vomir. Un des jeunes qui entraient le frappa violemment dans les cervicales. Malgré son état d'excitation, Béatrice en resta bouche bée : ces Sixpiliens là pratiquaient un Katé extrêmement violent. Quatre des chasseurs gisaient sur le sol, un cinquième essayait maladroitement de se protéger contre les coups, le sixième réussit à sortir par la porte, empoignant son fusil à aiguilles au passage.

Dehors, c'était aussi un terrible corps à corps. Trois chasseurs gisaient au sol, inanimés, deux autres, désarmés, reculaient sous la protection du seul qui avait réussi à garder son fusil à aiguilles : un grand basané avec des tatouages sur les avant-bras. Il pointait son arme vers les Sixpiliens désormais impuissants. Son visage exprimait un mélange de haine et de peur. Il hésitait à tirer, sans doute par peur que tous les Sixpiliens ne se jettent sur lui.
Le dernier des chasseurs qui était entré dans la maison sortit soudain, nu comme un ver, son fusil à la main. Les trois Sixpiliens les plus proches se ruèrent instinctivement sur lui. Il n'eut pas le temps de se servir de son arme, mais le grand basané ouvrit le feu. Deux des Sixpiliens et le chasseur s'effondrèrent, le corps labouré par les aiguilles à haute vélocité. Constatant qu'il avait aussi abattu son camarade, le grand basané fut pris de panique et recula un peu plus. Un des deux chasseurs désarmés derrière lui fouilla dans sa poche, il en ressortit une petite boule qu'il lança en direction de la maison piège.

Béatrice saisit Élisabeth par la main, l'entraînant dehors par le trou dans le mur. Cette dernière était encore sous le choc mais elle la suivit avec agilité. Trois des jeunes Sixpiliens sortirent à leur tour, mais les deux autres se trouvaient encore à l'intérieur lorsque la grenade-soleil explosa, faisant instantanément monter la température à l'intérieur à plus de 1 000 degrés. Des fenêtres et de l'entrée jaillirent des flammes d'une blancheur insoutenable et l'espace d'un instant, on y vit comme en plein jour autour de la maison.

Paul aperçut l'éclat de lumière sur l'écran de tir. Il réussit à centrer la vue puis appuya au hasard sur une icône en forme de loupe qui augmenta le grossissement. Il pouvait maintenant apercevoir la rue autour de la maison. Il lui fallut quelques secondes encore pour identifier les chasseurs. Il vit l'un d'entre eux tirer en direction des Sixpiliens..

Jean observait les trois hommes qui reculaient. Le grand basané tira à nouveau, dans sa direction et quelqu'un à côté de lui s'écroula. Les deux autres chasseurs tenaient à la main le même objet qui avait transformé la

maison en un éclat de lumière. Il se dit que tout était foutu, qu'ils allaient se faire massacrer. Autour de lui, plus personne n'essayait d'attaquer. Les trois joyeux lutins rescapés regardaient aussi, essoufflés, en direction des chasseurs, sans savoir quoi faire. Le grand basané tira encore vers l'autre côté de la maison et un corps s'effondra.
Mon Dieu, se dit Jean, tout marchait si bien, ils avaient presque réussi. Il voulut crier à tous ceux qui l'entouraient de se ressaisir, de se lancer à l'assaut lorsque le grand basané tourna brusquement sur lui-même avant de s'écrouler. Les deux autres chasseurs se regardèrent, paniqués. L'un d'eux se retourna, agitant la main en direction de la mer, mais fut fauché à son tour. Jean comprit soudain : là-bas, sur le pilier du pont, Paul avait réussi à se débarrasser des tireurs et venait de retourner l'arme de leurs agresseurs contre eux. Le dernier chasseur lança sa grenade en direction de la foule avant d'être lui aussi abattu. La déflagration fut silencieuse, mais elle illumina à nouveau l'ensemble du village. Deux Sixpiliens qui n'avaient pas réussi à s'écarter furent transformés en torche. Ils moururent rapidement sous les yeux horrifiés de Jean.
Puis ce fut le silence.

Béatrice regarda autour d'elle. L'odeur des deux Sixpiliens carbonisés était terrible. Elle se mit à vomir. D'autres l'imitèrent.
Tout le village était en train de se regrouper à côté de la maison de Vincent et Marie. Tout le monde était tellement silencieux. La voix de Jean sembla transpercer ce silence :

- *C'est fini.*

Béatrice le regarda, hochant la tête même si elle avait du mal à y croire. C'est alors qu'elle aperçut un grand gaillard en combinaison de combat techno qui courait vers eux. Personne ne réagit. D'abord parce qu'ils étaient tous trop épuisés, ensuite parce que l'attitude du nouvel arrivant était pour le moins étonnante. Il zigzagua en effet entre les Sixpiliens présents et, arrivé entre deux des maisons, il ouvrit le feu avec le pistolet qu'il tenait à la main. Instinctivement, Béatrice s'avança jusqu'au soldat et aperçut le corps d'un chasseur gisant au sol, juste devant l'abri à bois d'une des maisons. Le soldat rangea son arme puis, se retournant, il aperçut Béatrice, nue.

- *Il fallait le faire*, dit-il avec un sourire un peu désabusé, *il vous aurait eu les uns après les autres. Votre copain sur le pont n'aurait pas pu vous aider car son projecteur de camouflage était orienté vers lui. En plus, les HAPS vont sûrement revenir récupérer les chasseurs, il les aurait prévenus et les pilotes lui auraient donné un coup de main.*
- *Merci*, dit simplement Béatrice.

Il se mit soudain à pleuvoir. De grosses gouttes qui transformèrent rapidement les rues en petits ruisseaux.
Jean s'était approché.

- *Vous êtes le soldat qui nous a aidés, n'est-ce pas?* Demanda-t-il.
- *Oui,* fit Teren.

Il ressentait à la fois un grand bonheur et de l'appréhension. Le bonheur d'avoir réussi quelque chose de bien en évitant que Béatrice soit tuée, mais la peur aussi devant les conséquences de son acte. Si le général apprenait ce qu'il venait de faire, il finirait sa vie en camp de travail. Il enleva son haut de combinaison et le tendit à Béatrice.

- *Vous allez prendre froid.*

C'est seulement alors que Béatrice se rendit compte qu'elle était nue et trempée. Elle mit instinctivement ses deux mains sur son sexe et, se retournant, courut vers la maison la plus proche.
Jean sourit sans joie.

- *Nos femmes sont pudiques n'est-ce-pas ?*
- *Elles sont surtout courageuses*, répondit Teren. *Celle-là est une guerrière.*

Jean comprit que pour un soldat techno, c'était là un compliment. Il préféra changer de sujet :

- *Qu'est-ce qui va se passer maintenant ?* demanda-t-il avec une angoisse palpable.

Teren réfléchit. Il n'avait pas encore vraiment pensé à cet aspect du problème. Il mit quelques secondes avant de répondre :

- *Vous devez effacer au plus vite toute trace du passage des chasseurs. Quant à moi, maintenant que je suis impliqué, il faut que vous m'ameniez au plus vite au pont, comme cela, je vais pouvoir m'occuper des HAPS quand ils vont revenir pour récupérer les chasseurs.*

Jean acquiesça en silence, trop épuisé pour demander des explications. De toute façon, il avait là un soldat rompu à l'art de la guerre, il était inutile de discuter ses décisions.

22 h 34. Assis en tailleur, Paul regardait sur l'écran ruisselant d'eau le soldat Techno discuter avec Jean. Il venait en effet de comprendre qui était ce grand gaillard. Lorsqu'il l'avait aperçu courant au milieu des Sixpiliens quelques secondes plus tôt, il avait essayé fébrilement de l'ajuster, mais il se déplaçait trop vite. Puis, voyant qu'il ne s'en prenait pas aux villageois, il s'était contenté d'observer. Maintenant, il se félicitait de ne pas avoir tiré.
Il déplaça en vain la vue pour essayer de retrouver Élisabeth. Il avait bien aperçu Béatrice toute nue devant le soldat techno, mais pas trace d'Élisabeth. Était-elle restée dans la maison lors de l'explosion ? Paul était terriblement angoissé.

Depuis qu'ils avaient aperçu la lueur à l'horizon, Marie Beaunier ne tenait plus en place dans l'étroite cabine du HAPS. Lorentz qui pilotait se dirigea

dans la direction indiquée. Finalement, la jeune femme avait peut-être eu raison.
A côté de lui, Williams scrutait l'horizon, agacé par l'excitation de la technicienne derrière lui. Il enrageait : cette conne ne se rendait pas compte. Dieu sait ce qu'ils allaient trouver là-bas ! Cet éclat de lumière n'était pas normal. Sans être un spécialiste, il se dit qu'ils allaient peut-être se retrouver au beau milieu d'un conflit armé.

- *Il ne faudrait pas prévenir le contrôle aérien ?* demanda-t-il.

Lorentz secoua la tête.

- *Non, pas encore, attendons de savoir de quoi il s'agit, je n'ai pas envie de voir des vaisseaux militaires rappliquer au risque de déclencher un grave incident diplomatique avec les autres cités si ce qu'on a aperçu n'est qu'un feu d'artifice.*

Mais tout en répondant, il sentit lui aussi l'anxiété monter en lui.
Derrière, Marie Beaunier lança :

- *On ne risque rien, il suffit de rester très haut et d'observer avec nos appareils.*
- *Ben voyons*, répliqua Williams qui ne se sentait vraiment pas à sa place ici, *il faudrait peut-être vous tenir au courant de l'évolution des techniques : si ce sont des militaires là-bas, ils peuvent nous descendre même si nous étions en orbite autour de la lune !*
- *Ce ne sont pas des militaires*, dit Marie Beaunier d'une voix tranquille.
- *Espérons-le*, conclut Lorentz.

CHAPITRE 16

Sous la direction de Teren, Jean avait trouvé la force de remuer tout le monde.
Pas le temps de se laisser aller, il fallait agir vite. Dix-neuf corps furent transportés dans une maison inoccupée. On ferma tous les volets puis le soldat techno lança une grenade-soleil à l'intérieur avant de refermer la porte. Le résultat fut le même que dans la maison piège où il ne restait rien des corps des cinq chasseurs et des deux Sixpiliens. L'intérieur était totalement vitrifié. La pierre, le verre et le fer avaient coulé comme dans un grand four. Ces grenades-soleil étaient terrifiantes ! Au total, dans le village, le combat avait fait vingt-cinq victimes. Treize chasseurs et douze Sixpiliens. Jean envoya un groupe enterrer le reste de l'arsenal des chasseurs dans la forêt tandis que Louis emmenait le soldat techno au port. Ce dernier récupéra au passage son matériel dans la grue. Ils montèrent dans l'annexe de la drague et se dirigèrent à pleine vitesse vers le pont.

Guillaume filmait encore lorsque Jean lui demanda de rentrer dans la maison. Il jubilait. Son reportage serait exceptionnel ! Il avait tout, sauf l'arrivée du soldat techno parce que les Sixpiliens regroupés autour de la maison piège lui avaient caché la vue. Il n'était sorti de son abri que lorsque l'Ancien avait annoncé que tout était fini mais avait bénéficié pendant tout le reste de l'affrontement d'un angle de vue parfait sur les alentours de la maison piège. Il regrettait seulement de ne pas avoir pu filmer ce qui s'était passé à l'intérieur de la maison. S'il avait disposé d'une petite caméra relais il n'aurait pas hésité à l'y cacher même si cela n'aurait pas du tout été du goût de Béatrice. Mais… de toute façon, il n'avait pas pensé à en amener une.
Il était encore sous le coup des événements. Il n'aurait jamais pu imaginer ce qui l'attendait. Au départ, il s'agissait seulement de rendre une visite de politesse à son prochain hôte, et les événements s'étaient enchaînés sans qu'il puisse rien contrôler. Mais il avait tout filmé ! Il se rappela un vieux journaliste qui était venu leur faire une conférence à l'école. Un type très bien qui avait roulé sa bosse un peu partout. Il leur avait dit plusieurs fois au cours de son exposé: « le vrai journaliste est toujours prêt à filmer. Même lorsqu'il fait l'amour, son équipement est toujours à portée de la main ». Tout le monde avait cru à une blague, mais maintenant, Guillaume comprenait à quel point le conseil était avisé.
Il avait de la matière, comme on disait dans le jargon des journalistes. En plus, il venait d'ajouter des gros plans des corps, une vue panoramique de l'intérieur de la maison piège vitrifiée et de nombreuses séquences sur les Sixpiliens qui s'activaient pour faire disparaître toute trace du conflit. C'est donc d'excellente humeur qu'il suivit Jean à l'intérieur.

Barrée par Louis, l'annexe bondissait dans la nuit sur les vagues. Parfois elle traversait une petite déferlante et l'eau venait frapper les deux hommes. A ce rythme, Teren fut vite trempé. Mais cela était le moindre de ses soucis, surtout après ce qu'il venait de découvrir en scannant les huit corps des chasseurs étendus à l'extérieur : deux d'entre eux étaient des militaires puisqu'ils portaient, greffé au niveau du Rocher, le module spécial qui permet à un soldat de communiquer avec son moniteur de combat. Leur nom était inconnu de la base de donnée. Par contre, l'homme que Teren avait tué portait un nom bien connu : Madmeyer. Les trois étoiles qui suivaient son nom le classaient dans la catégorie des personnalités à ramener d'urgence au PC le plus proche en cas de capture lors d'un conflit. Il existait en effet une forte probabilité qu'il appartienne à la famille proche du Maire de Paris. Probablement son fils, vu son âge. Un vrai cauchemar ! Si l'identité se confirmait, les conséquences seraient terribles. En effet, aux yeux des Technos, et encore plus des Parisiens, si le massacre d'un village Sixpilien relevait de l'erreur de jeunesse, le meurtre du fils du Maire de Paris était un acte barbare sans précédent. Un crime qu'on ne pouvait pas accepter. La cité parisienne engagerait tous les moyens à sa disposition pour punir les coupables. Teren en avait froid dans le dos. Évidemment, cela sous-entendait un changement complet de stratégie. Il fallait purement et simplement vider le village de ses occupants, qu'ils partent se cacher de longs mois le plus loin possible. Quant à lui, inutile d'envisager l'idée de rentrer à Nantes. Les policiers parisiens remonteraient rapidement jusqu'au village et ils n'hésiteraient sans doute pas à employer les grands moyens pour apprendre la vérité : déploiement d'une force militaire importante dans le secteur, interrogation de chaque villageois… Lorsqu'ils apprendraient le rôle tenu par un certain soldat techno, ils creuseraient jusqu'à trouver le fin mot de l'histoire. Ils le trouveraient. Sans parler du général Topieu qui, dés qu'il serait informé des événements, déciderait immanquablement de charger son imbécile de lieutenant au grand cœur afin d'éviter d'être mis en cause par les politiques nantais.
Quelle poisse ! Tout cela parce qu'il avait trouvé une femme attirante ! Une Sixpilienne en plus ! Quel con ! Au début, il voulait juste donner un petit coup de main sous forme de conseils, mais il s'était petit à petit impliqué jusqu'à atteindre ce point de non retour.
Il avait agi comme un adolescent attardé. Et le pire, c'était que cette damnée Sixpilienne continuait à occuper son esprit. Il l'avait dans la peau comme on dit ! A croire qu'elle lui avait jeté un sort.

Tranquillement assis à son bureau, Lorentz visionna à nouveau les films qu'ils avaient pris à la verticale du village. On y voyait des gens transportant ce qui semblait être des corps. Difficile d'en déduire ce qui s'était passé. Un conflit chez les Sixpiliens ? Le superviseur en doutait. Il avait toujours entendu dire que ces gens ne connaissaient pas la guerre. En tous cas,

Marie Beaunier avait eu une bonne intuition en considérant qu'il fallait surveiller un autre village que celui du correspondant de Hervé Buissac.
Que faire maintenant. En informer le ministre de l'intérieur bien-sûr, mais après ? Fallait-il retourner sur place pour un complément d'information ? Bof, après tout, ce serait au ministre d'en décider. Eux avaient fait leur travail.
C'est alors qu'un message s'afficha sur le mur écran en face de lui. Il s'agissait d'une note informative en provenance du service de surveillance de la frontière extérieure. Plusieurs techniciens en faction dans les colonnes de défense signalaient avoir détecté des impulsions magnétiques courtes de type CX au-dessus d'un point à l'ouest de Nantes. Lorentz n'avait pas besoin de vérifier les coordonnées, il ne pouvait s'agir que du village. Des impulsions de ce type impliquaient une technologie hors de portée des Sixpiliens. Que s'était-il donc passé là-bas ?
Quelqu'un demanda l'accès à son bureau. Marie Beaunier. Décidément, la jeune femme était infatigable. Lorentz lui déverrouilla l'accès. La technicienne apparut dans un complet vert fluo qui ne laissait rien ignorer de ses formes épanouies. Lorentz sentit un frisson de plaisir lui parcourir le bas-ventre. Il se dit que cette petite-là était visiblement prête à tout pour faire avancer sa carrière. Il y avait sûrement un terrain d'entente possible.

Paul était assis en tailleur sur la plate-forme. Tout à l'heure, lorsqu'il avait aperçu sur l'écran le soldat techno en train de discuter avec Jean, il avait réalisé que la partie était gagnée. Évidemment, il avait ressenti un grand soulagement, par contre, le fait de ne pas savoir si Élisabeth était vivante l'avait empêché de laisser éclater sa joie. Bien-sûr, il avait essayé d'apercevoir la jeune femme avec le viseur, mais sans succès. En plus, il n'aimait pas trop manipuler l'arme techno car il n'était que trop conscient de ne pas la maîtriser correctement et l'idée qu'il puisse déclencher accidentellement un tir le terrorisait.
Alors, il avait décidé d'attendre tranquillement le retour de Louis en s'efforçant de penser à autre chose. C'était évidemment plus facile à dire qu'à faire. En plus, depuis quelques minutes, curieusement, il se remémorait les derniers événements par courts flashs : la chute de la femme dans le vide, la chaleur dans la couverture de survie, les chasseurs qu'il avait abattus avec cette épouvantable arme techno…
Et puis, surtout, il venait soudain de réaliser qu'il avait tué six personnes ! Bien-sûr, ses victimes étaient des Technos sanguinaires et sans pitié, mais il s'agissait quand même d'êtres humains. Des individus qui avaient été des enfants et qui après tout auraient peut-être renoncé à leur projet si on leur avait expliqué à quel point c'était mal. Paul se sentit complètement abattu à l'idée qu'ils auraient peut-être pu s'y prendre autrement, éviter la confrontation. Il aurait dû réfléchir avant car maintenant il allait devoir vivre avec cette terrible conscience d'avoir pris des vies humaines.

Un bruit dans la salle en-dessous de lui le sortit brusquement de ses idées noires. Il se leva, sur ses gardes, et eut un léger tressaillement quand Teren prit pied sur la plate-forme. Les deux hommes se dévisagèrent.

- *Tu vois qui je suis ?* demanda prudemment le Techno.
- *Oui*, fit Paul qui malgré l'obscurité avait reconnu les habits du soldat et surtout sa voix lorsqu'il avait parlé.
- *Tu as fait du bon travail. Ils étaient combien ?*
- *Trois*, répondit machinalement Paul, songeant amèrement qu'évidemment, pour un soldat techno, tuer c'était « faire du bon travail ».
- *Bon, ils sont tous morts ?*
- *Oui.*

Paul n'était pas aller vérifier en bas, mais personne ne pouvait survivre à une telle chute.

- *Très bien*, continua le Techno, *voyons ce poste de tir, tu n'as rien cassé ?*
- *Je ne crois pas ,* répondit Paul.

Teren s'approcha de l'écran. Après quelques manipulations, il se connecta directement à la machine. Paul suivait les affichages sur l'écran.

- *Vous faites quoi ?* demanda-t-il.
- *Je me prépare à recevoir les HAPS qui vont venir récupérer leurs petits copains.*
- *Mais… vous comptez faire quoi ?*

Il y avait de l'inquiétude dans la voix de Paul. Teren se retourna, l'étudiant à la lueur de l'écran de tir.

- *Tu veux que les pilotes des HAPS se rendent compte que vous avez tué leurs petits copains et qu'ils reviennent avec des renforts ?*
- *Non…*, se défendit Paul, *je n'avais pas pensé à cela.*

Le Techno éclata de rire devant tant d'innocence.

- *Allez* , fit-il, *laisse-moi faire. Je finis le travail et tu pourras aller rejoindre les tiens.*

Paul demanda :

- *Est-ce que vous savez si nous avons perdu beaucoup de monde ?*
- *Oui, vous avez des morts.*
- *Combien ?*
- *Je ne sais pas, une douzaine peut-être. Mais ce n'est rien, vous auriez pu tous mourir. Tout le village.*
- *Et Élisabeth… elle est…*
- *C'est qui ça, Élisabeth ?*
- *Une des femmes qui… Enfin, dans la maison piège…*

- *Ah oui ! Il me semble bien l'avoir aperçue à poil, pleurant dans les bras de Béatrice. Elles se sont bien démerdées ces deux-là. Il faut voir comme les chasseurs se sont fait baiser en beauté !*

Paul se mit à sourire malgré lui. Élisabeth s'y entendait pour faire tourner les hommes en bourrique. Elle était probablement choquée, un peu comme lui, mais en vie. C'était le principal.

Il alla s'asseoir un peu en retrait sur la plate-forme, observant du coin de l'œil le Techno. Ce dernier attendait, semblant écouter attentivement les bruits qui leur parvenaient : le ressac sur la base du pont, les mouettes qui s'approchaient par moment, furieuses d'avoir été chassées de leurs nids, le vent qui donnait l'impression de forcir. A un moment, quelques gouttes tombèrent sans sembler déranger le Techno le moins du monde. Paul se dit que ce genre d'homme devait aimer le contact avec la nature. Il se demanda si cela pourrait coller entre Béatrice et lui. Certes l'homme avait prétendu ne pas s'intéresser plus que ça à la jeune femme, mais il en parlait beaucoup pour quelqu'un qui n'était pas intéressé. Évidemment, à supposer que son intuition soit la bonne, ce serait à la jeune femme de décider. Il se surprit à penser que la chose était possible.

Paul éprouvait un sentiment ambigu, un mélange de reconnaissance et de crainte pour cet homme. Il était conscient que sans son intervention ils seraient tous mort à cette heure, mais en même temps il ne pouvait s'empêcher de penser que l'autre était un Techno. De fait, il le sentait complexe, difficile à cerner. Impossible de savoir ce qu'il pensait réellement et quelles étaient ses motivations. Peut-être avait-il juste envie de s'amuser un peu à leurs dépens?

Ce serait tellement décevant.

Paul sentit soudain un grand découragement le gagner. Lui ne demandait qu'une chose : retrouver Élisabeth et sa vie habituelle. Que pouvait-il espérer de meilleur ? Qu'est-ce que la vie pouvait lui apporter de plus ?

Jean éprouvait maintenant beaucoup de difficulté à réaliser que tout ce qui venait de se passer était bien réel. Guillaume lui avait projeté plusieurs fois le film des événements mais il ne parvenait quand même pas à se convaincre qu'il venait de vivre ces événements-là. Tout s'était déroulé si vite ! Quelques minutes à peine. Pourtant, dans ce court laps de temps, beaucoup d'hommes et des femmes étaient morts, sans un bruit, sans crier. Il en avait vu de ses yeux s'effondrer comme des marionnettes soudain privées de leurs fils pour reposer inertes sur le sol. Lydie, Bernard, Odile, Jean Pierre, René… des gens si gais, si heureux de vivre, ne désirant rien d'autre qu'une vie paisible, heureux de faire le bonheur des autres, de communier dans une même valse avec la nature et ce qu'elle leur apportait.

Quelques minutes pour vivre ou mourir… L'horreur !

Le monde techno était gangrené, il n'engendrait qu'égoïsme et inhumanité à l'instar de ces animaux qui étaient venus briser l'harmonie du village songea-

t-il. Car un tel événement laisserait des traces indélébiles dans l'esprit de tous.
Mais comment pouvait-on prendre plaisir à tuer ? Quelle maladie provoquait de tels errements ? La technologie des cités apportait à ces gens tout ce qu'ils désiraient, mais ils n'en avaient jamais assez, ils en voulaient toujours plus. Toujours plus que le voisin, toujours plus que la veille. Cela n'en finissait jamais. Incapables de se contenter de ce que la vie leur apportait, ils étaient toujours et toujours en quête d'autre chose... jamais satisfaits. Et pourtant, ces imbéciles avaient le modèle sixpilien sous les yeux. Une vie faite d'humilité, de communication avec l'autre, de sincérité... Mais non, ils étaient aveugles, bourrés de méchanceté et d'agressivité, ne pensant qu'à eux. Égoïsme, orgueil, vanité, voilà ce qui caractérisait ces gens-là ! Il grimaça, s'appuyant un peu plus contre la table de bois brut.
Même ce Guillaume ne lui plaisait pas. Il donnait l'impression de prendre fait et cause pour le monde sixpilien, mais on sentait bien que derrière ces bons sentiments, l'intérêt personnel prévalait. Il fallait le voir se vanter d'avoir réalisé un superbe reportage qui étonnerait le monde entier, sans même un mot pour les pauvres Sixpiliens qui venaient de mourir. Ces vies qui s'arrêtaient il s'en moquait. Il avait son scoop, c'est tout ce qui comptait. Être important, exister aux yeux du plus grand nombre était de toute évidence une de ses préoccupations majeures. Peu importait que les autres souffrent. Les Technos qui verraient ce film seraient avant tout des voyeurs, ils ne ressentiraient aucune empathie pour les victimes, rien. C'était exactement ce genre de travers que dénonçaient les cours de philosophie sixpilienne. C'était ce que lui-même s'efforçait d'enseigner aux enfants sixpiliens, sauf que, comme jusque-là il n'avait jamais vraiment côtoyé des Technos, il n'avait jamais pu ressentir ce genre de concept aussi bien qu'aujourd'hui.
Oui, malgré sa réticence, Jean était bien obligé de reconnaître que le contact avec les Technos lui apportait quelque chose : il le renforçait dans ses convictions.
Il songea soudain qu'il n'avait même pas pris la peine de téléphoner à Bernard, l'Ancien du village de Béatrice. Ce dernier devait tourner en rond en se demandant ce qu'il en était.
Il prit son vieux téléphone et composa le numéro.

Épuisée par la fatigue physique, le manque de sommeil et l'angoisse parce que Paul n'était pas encore revenu, Élisabeth venait de s'endormir. Béatrice dégagea son bras, laissant la tête de la jeune femme reposer sur le coussin. Elle se leva et alla jusqu'à la fenêtre. Son poignet lui faisait mal. Elle se l'était tordu en frappant un des chasseurs au thorax. Elle se sentait elle aussi à bout de forces, mais tellement soulagée parce qu' ils avaient gagné ! La plupart des fenêtres montraient de la lumière. Les gens ne dormaient pas, essayant probablement d'accepter cette terrible nuit. Ce serait bien difficile. Béatrice était fière de leur comportement, de leur vaillance. Ce sentiment de

groupe, de fierté, pouvait conduire aux pires conséquences, elle le savait, on le lui avait enseigné, mais elle ne pouvait rien y faire. C'était en elle. C'était plus fort qu'elle.
Elle se sentait merveilleusement fière d'appartenir au monde sixpilien. Ils les avaient vaincus ces chasseurs qui se prenaient pour des dieux ! Ils les avaient écrasés à mains nues ! Que les cités sachent désormais que les Sixpiliens pouvaient se défendre et qu'elles les laissent en paix une bonne fois pour toutes.
Car c'est tout ce que les Sixpiliens demandaient : vivre paisiblement.

3 h 15. Teren soupira. Ils arrivaient enfin ! Les deux HAPS volaient ensemble, ils venaient par la mer. Il les suivit sur son moniteur jusqu'à ce qu'il puisse les visionner sur l'écran de tir. Un peu plus loin, le Sixpilien dormait paisiblement. Inutile de le réveiller.
Il attendit que les appareils approchent du port. Les pilotes devaient se demander où étaient leurs collègues : pas de signaux lumineux, le village intact... Lui aurait réagi depuis longtemps, mais ces gars-là étaient des amateurs finalement. Ils n'avaient même pas convenu d'un code quelconque pour signaler que tout s'était bien passé. L'habitude de ne pas rencontrer la moindre résistance probablement.
Son premier tir fit exploser le cockpit du plus petit des HAPS. L'appareil plongea immédiatement dans l'eau. Le pilote avait sans doute été tué sur le coup. Le deuxième HAPS fit un grand virage en prenant de l'altitude. Il tentait de prendre la fuite. Teren aurait bien fait durer le plaisir, par pure méchanceté, histoire de faire croire à ce salop qu'il avait une chance, mais il risquait d'utiliser sa radio. Il déclencha un tir en mode continu. Des dizaines d'aiguilles explosives fendirent l'air, frappant le HAPS, le réduisant en débris incandescents. Les aiguilles continuèrent même à frapper les morceaux qui tombaient vers la mer jusqu'à ce qu'il n'y ait plus rien.
Alors seulement Teren se leva.
Il fallait maintenant réveiller le Sixpilien pour qu'il l'aide à transporter le caisson de tir et son système de contrôle jusqu'en bas où l'embarcation les attendait.

Lorentz fut réveillé par son buzzer d'urgence. Impossible de lutter, il fallait ouvrir les yeux pour que la vibration s'arrête. Oubliant Marie Beaunier qui dormait à côté de lui, il demanda la lumière. Un écran holographique apparut simultanément au milieu de la chambre, activé par le buzzer. Clignant des yeux, le superviseur se mit à lire : deux HAPS venaient brusquement de disparaître des écrans de contrôle du trafic aérien. Évidemment, ce ne pouvait être que dans la zone du village. Tous les responsables des services de surveillance de la cité devaient rejoindre d'urgence leur poste de veille. L'alerte était de niveau 3. Cela faisait bien une dizaine d'année qu'un tel événement ne s'était pas produit.

Marie Beaunier ouvrit les yeux à son tour :

- *C'est le matin ?* demanda-t-elle d'une voix ensommeillée.
- *Non* , répondit Lorentz*, nos amis du village y sont allés un peu fort cette fois, deux HAPS ont disparu des écrans de contrôle.*
- *Disparus ?*
- *Tu parles, ils se sont fait descendre oui. Il faut que je retourne au centre.*
- *Je peux venir avec toi ?*

Lorentz fronça les sourcils, puis, finalement, il se détendit et sourit. Après tout, la jeune femme était sur l'affaire depuis le début, il semblait parfaitement justifié qu'elle l'accompagne. Et puis, c'était assurément une bonne affaire au lit, autant la ménager.

4 h 12. Deux fois déjà ils avaient failli se renverser. Trois hommes, plus le caisson, dans une si petite barque ! Louis faisait de son mieux pour éviter les embardées mais de nuit, avec un temps aussi couvert, il devait estimer à l'aveuglette le moment où les vagues arrivaient. Il maintenait les gaz à un niveau moyen, partagé entre l'idée d'arriver au plus vite et la peur de décoller d'une crête et de chavirer.
Paul avait été surpris de le retrouver en bas du pont. S'il avait su qu'il les attendait, il serait descendu avec lui au lieu de rester sur la plate-forme avec le Techno.
Louis n'avait rien dit en l'apercevant, mais il n'avait pas pu s'empêcher de lui donner deux petites claques amicales dans le dos au moment où il montait dans la barque. Paul lui avait demandé s'il y avait eu beaucoup de victimes au village, mais Louis ne savait pas trop. Une douzaine au moins sans doute. Il lui confirma qu' Élisabeth allait bien.

Deux HAPS des sapeurs pompiers, accompagnés d'un HAPS de la police, décolèrent en direction du village. Dans l' HAPS de la police avait pris place Hans Jerkein, l'homme qui dirigeait la sécurité rapprochée et les « affaires spéciales » du Maire. Le genre d'homme qu'il n'était jamais bon de rencontrer sur sa route.

4 h 34. Ils étaient enfin au port. La marée était basse : près de dix mètres les séparaient du haut du quai. Il fallut utiliser la grue pour remonter le caisson de tir. Heureusement, Paul connaissait bien les installations du port et, en quelques minutes, le caisson fut sur le quai. Ils le transportèrent ensuite dans l'atelier. Au milieu de l'incroyable capharnaüm qui y régnait, le caisson serait invisible. Pour plus de sûreté, Paul le recouvrit d'une toile et d'un vieux pneu.

Alors qu'ils se dirigeaient vers le village, des HAPS firent leur apparition. Ils se maintenaient à basse altitude, balayant l'eau avec leurs projecteurs. Paul se mit à marcher plus vite.

- *Doucement !* lui souffla le soldat techno, *inutile de leur donner l'impression que l'on a quelque chose à se reprocher.*

Paul ralentit.

- *Bon, moi,* fit le Techno à voix basse, *il faut que je vous quitte au plus vite. Je n'ai rien à faire dans votre village.*
- *Attendez un peu, il fait encore nuit. Vous partirez à l'aube,* fit hypocritement Paul. En réalité, il n'était pas mécontent du tout que l'autre veuille s'en aller.
- *Non*, répondit le Techno, *il faut que l'on parte tous maintenant.*
- *Comment cela partir tous ?* s'étonna Paul qui n'avait pas l'intention de quitter son village.

Le Techno regarda en arrière en direction des appareils qui continuaient à effectuer des cercles au-dessus de l'eau. On ne voyait que leurs feux de position et le pinceau des projecteurs avec lequel ils fouillaient la surface, probablement en quête d'un éventuel survivant.

- *Écoute, c'est dangereux de parler : à tout moment le HAPS de la police peut diriger vers nous son ampli et nous écouter. Il faut partir car maintenant que la cité sait qu'il s'est passé quelque chose, ils vont sans doute envoyer des policiers vous interroger. Les drogues qu'ils utilisent sont puissantes, vous allez tout raconter.*

Paul s'offusqua :

- *Mais nous n'avons rien à cacher !*
- *Ben voyons ,* fit Teren. *Pour le moment, ce ne sont sûrement que des équipes de secours de Nantes, dépêchées sur les lieux parce que les HAPS de vos agresseurs ont disparu des écrans du contrôle aérien. Ils vont trouver leurs épaves et en récupérant les boîtes noires, découvrir que vos agresseurs venaient de Paris. Ils seront obligés, d'un point de vue diplomatique, d'en aviser cette cité. Après, je ne sais pas ce que les responsables parisiens feront de cette information mais il se peut qu'ils la divulguent. Dès lors, si vous restez là, vous risquez de subir la colère du reste de cette organisation de chasseurs, voire des parents et des amis de ceux que vous avez tués. Ils lèveront une milice privée si nécessaire pour vous exterminer. En plus, vous condamnerez aussi à mort celui qui a eu la bonté, ou la faiblesse, de vous prévenir.*
- *Mais…*
- *Il n'y a pas de mais* , s'énerva Teren, *quittez le village au plus vite avant que la police ne l'encercle. Profitez du temps, encore couvert. Va voir ton chef et explique lui. Moi, je me tire, s'ils scannent, ils vont repérer mon implant et m'identifier.*

Paul se dirigea vers la maison de Jean tandis que le Techno disparaissait dans la nuit.
Au large, deux plongeurs des sapeurs pompiers de la cité de Nantes venaient de se laisser glisser dans l'eau.

Tout en marchant rapidement Teren se demanda s'il n'aurait pas dû expliquer aux Sixpiliens que l'un des chasseurs était très probablement le fils du Maire de Paris. Cela les aurait sûrement incités à quitter plus rapidement le village. Il faillit faire demi-tour mais se ravisa. Inutile de partager une information aussi explosive.

CHAPITRE 17

La porte verrouillée, assis à son bureau, caressant d'une main la chevelure de Marie Beaunier qui s'affairait entre ses jambes, Lorentz surveillait d'un œil distrait l'évolution de la situation.
Les équipes de secours avaient localisé un seul HAPS pour le moment. Il reposait au fond de l'eau.
Bien-sûr, comme il s'en était douté immédiatement, l'accident s'était bien produit à proximité du village sixpilien. Décidément, il s'en passait des choses là-bas ! Et il ne faisait maintenant aucun doute que des Technos étaient impliqués, les Sixpiliens ne disposant pas d' HAPS. Pourtant, les premiers rapports des observateurs sur place faisait état d'un village en apparence calme, sans trace évidente de combats ou d'autres événements notoires.

Le général Topieu observa les trois vaisseaux de combat prêts à décoller. A l'intérieur, s'entassaient une centaine d'hommes des forces spéciales équipés de modules anti-gravité. Ils attendaient, plaisantant entre eux, prêts à l'action.
Si le Maire en donnait l'ordre, ils pourraient investir le village dans les cinq minutes. Il ne fallait en effet pas plus de temps pour couvrir la distance les séparant de l'objectif. Mais Topieu ne se faisait guère d'illusions : jamais le Maire ne donnerait un tel ordre. Une telle intervention constituerait une violation flagrante des lois inter-cité.
Enfin, les hommes se tenaient prêts pour le cas où. Cela faisait monter l'adrénaline.
Le général soupira. Il était impatient de visionner le film des événements que le lieutenant Teren avait dû réaliser, mais ce dernier n'était pas encore rentré. Si la police interrogeait les habitants du village, elle en apprendrait sûrement autant que lui, mais elle n'aurait pas le film. Il faut toujours conserver une longueur d'avance sur son adversaire, se dit le général en souriant.

Jean, à demi réveillé, n'en croyait pas ses oreilles.

- *Comment cela partir tous ?*fit-il.
- *C'est ce qu'il a dit ,* fit Paul, *sinon, on risque de subir les représailles des amis et de la famille des chasseurs.*
- *Mais ça n'en finira donc jamais !* s'offusqua Jean, *et toi tu en penses quoi ?*
- *Je ne sais pas.*

Paul ne voulait pas prendre position. Il se sentait de plus en plus dépassé par les événements et n'avait qu'une envie : rejoindre Élisabeth et dormir contre elle.
Jean bâilla. Lui aussi se sentait épuisé, il s'était même couché tout habillé. Il se prit la tête dans les mains puis se frotta les yeux.

- *On n'aura de toute façon pas le temps de s'enfuir bien loin* , dit-il avec résignation.
- *Non.*
- *Mais si ce que dit ton ami techno est vrai, on va se faire massacrer car cette fois, on ne les surprendra pas.*

Paul eut soudain une idée :

- *Je me demande…* commença-t-il.
- *Quoi ?* fit Jean plein d'espoir.
- *Eh bien, vu que tous les chasseurs sont morts, personne ne peut savoir ce qui s'est passé. Il peut s'agir d'un accident. Les deux HAPS ont pu entrer en collision non ?*
- *Oui… peut-être.*
- *Et puis, après tout, peu importe, chacun peut choisir : rester ou partir, non ?*

Jean eut un geste évasif de la main :

- *Tu as raison, on va prévenir tout le monde. Moi, je reste c'est sûr.*

Paul hésita :

- *Moi, je vais demander à Élisabeth ce qu'elle veut faire et je ferai comme elle.*
- *Toi, tu es amoureux,* fit Jean en souriant.

Paul sourit, puis après réflexion il dit :

- *On devrait partir tous.*
- *Tu sais*, reprit Jean, *si on part tous, les Technos n'auront plus de cible, ils risquent de reporter leur haine sur l'ensemble du monde sixpilien. Que dirais-tu si tu apprends que plusieurs villages alentour ont été détruits ?*
- *Je n'ai pas pensé à cela,* reconnut Paul.
- *Il faut que quelques-uns d'entre nous restent, même si cela implique de courir des risques. Ce n'est pas bien grave. Finalement, l'important c'est que nous ayons éliminé le fléau que constituaient ces chasseurs.*
- *Et celui qui nous a prévenus ?*
- *Ah, l'informateur. Quelque chose me dit qu'il saura trouver une solution. Je ne pense pas qu'il ait agit par bonté d'âme. Ce ne serait pas très normal de la part d'un Techno. Il avait sûrement une idée derrière la tête et il a du protéger ses arrières.*

Paul s'assit sur le bord du lit, soudain extrêmement fatigué. Il allait falloir parler à tout le monde. Et le faire maintenant, avant que les Technos qui sondaient l'estuaire ne décident d'interdire tout mouvement vers l'extérieur du village. Il commencerait par aller voir Élisabeth évidemment.
Jean lui posa une main sur l'épaule :

- *Cela n'a pas été trop dur au pont ?*

Paul baissa la tête :

- *Tout s'est passé si vite…*

- *Oui, comme ici, on n'a pas vraiment eu le temps de réfléchir.*

Paul regarda Jean dans les yeux :

- *On a perdu beaucoup de monde, hein ?*
- *Oui* , répondit l'ancien d'une voix triste. *Vincent et Marie ont probablement été les premiers à être tués. Ils étaient sur les quais. Au total, nous avons perdu douze des nôtres. Tes copains des joyeux lutins : Jean, Pierre et René, mais aussi Sébastien, Lydie, Bernard, Odile… Elle jouait le rôle d'un enfant qui s'amusait dehors à la balançoire et ils l'ont abattue.*
- *Ils auraient tué tout le monde !* fit Paul d'un ton horrifié.
- *Sans aucun doute.*
- *Ce sont des animaux. Je les ai entendu quand ils ont commencé à tirer, ils s'amusaient. Remarque, c'était peut-être mieux ainsi car sinon, je ne sais pas si j'aurais trouvé le courage de les attaquer. Il fallait beaucoup de colère pour faire ce que j'ai fait.*
- *Tu as fait ce qu'il fallait et je crois qu'on a eu beaucoup de chance. Ton piège a fonctionné.*
- *C'est bien, car je n'étais vraiment pas sûr. Finalement, les Technos sont simples à comprendre. Ils ne pensent qu'à eux, au sexe et à la violence.*
- *Oui*, fit Jean d'un ton pensif, *il y a aussi leur rapport à l'argent qu'il te faudrait analyser pour prétendre les connaître vraiment.*
- *L'argent ?*
- *Oui, cet argent que tu reçois quand tu vends du sable au marché, c'est le même ; mais eux en reçoivent à titre individuel. Salaire, héritage, gain au jeu, vol parfois… peu importe d'où provient cet argent, ils en ont tous. Plus un Techno a d'argent et plus il est considéré et jalousé par les autres. Avec cet argent il achète des biens et des services, il paye des impôts à la communauté, il investit…*
- *Et alors ?* demanda Paul.

L'ancien sourit :

- *Laisse tomber*, dit-il, *je t'en dirai plus une autre fois, quand nous aurons le temps. Mais vois-tu, je pense que les chasseurs ne faisaient pas cela seulement pour le plaisir de tuer : ils pillaient aussi sûrement les villages, ramassant cet argent qui ne nous sert qu'à commercer avec les cités.*

Paul balaya tout cela d'un revers de la main. Il était trop épuisé pour avoir envie de comprendre ce qui motivait les Technos :

- *L'important est que nous ayons sauvé le village non ?* fit il.
- *Oui, tu as raison.*
- *Bon, il faut qu'on aille prévenir tout le monde. J'ai peur que les Technos bloquent très vite le village.*
- *Ils ne savent peut-être pas encore,* dit Jean plein d'espoir.

Paul réalisa soudain que l'Ancien n'était pas au courant des derniers événements :

- *Ils sont là déjà !*
- *Quoi !* fit Jean, définitivement réveillé cette fois.
- *Oui, ils sont en train de sonder l'estuaire. Je pense qu'ils recherchent les morceaux des deux HAPS que le soldat techno a abattus.*
- *Mais quels HAPS ?*
- *Ben ceux qui venaient récupérer les chasseurs.*
- *Mais pourquoi les avoir abattus ?*
- *Pour qu'ils ne reviennent pas tout de suite avec des renforts. Pour gagner du temps je pense.*
- *Mais les Technos qui sondent l'estuaire, c'est qui alors?*
- *Je ne sais pas. Des militaires peut-être.*

Jean se leva, soudain tout affolé :

- *Allez, pressons-nous, il faut que tout le monde soit prévenu. Je pense maintenant que ceux qui ont des enfants doivent aller les rejoindre là où ils ont été envoyés. On sera toujours bien assez à rester.*

CHAPITRE 18

Guillaume fut réveillé par une discussion animée dans la maison où on l'avait logé pour la nuit. Il regarda sa montre : il n'avait pas dormi plus de deux heures ! Il rabattit le drap sur sa tête pour essayer de se rendormir mais quelqu'un vint le secouer doucement.

- *Il faut se lever,* fit une voix de femme, *les Technos sont là et ils risquent d'encercler le village. Beaucoup d'entre nous vont partir. Tu dois décider ce que tu fais.*
- *D'accord*, fit Guillaume de mauvaise humeur, *je me lève, je me lève...*

Cette imbécile devait le prendre pour un Sixpilien. Il se sentait épuisé mais il réussit à sortir du lit. Il se moquait bien que le village soit investi ! A la limite, ça compléterait très bien son superbe reportage...

Soudain, il lui vint à l'esprit que le dit reportage risquait d'être purement et simplement confisqué par les militaires ou la police comme pièce à conviction dans l'enquête.

A cette idée, Guillaume sentit la panique le gagner. Il était maintenant parfaitement réveillé.

Ça n'était pas pensable : il n'avait pas risqué sa vie simplement pour que la police puisse comprendre ce qui s'était passé !

Plusieurs solutions s'offraient à lui. La première : envoyer directement son reportage à un journal. Il ne lui fallait que quelques secondes pour se connecter à un des réseaux de transmission de données et le tour serait joué. Mais, il était plus judicieux de négocier, avant de les envoyer, le prix de ces images. Il pouvait aussi faire parvenir son reportage à un ami, mais il risquait de se faire cocufier par ce dernier. Se l'envoyer à lui-même serait trop dangereux car c'était le premier endroit que les spécialistes de la police contrôleraient en cas de suspicion. Et puis, à vrai dire, le fait même d'envoyer le reportage sur le réseau présentait déjà un risque considérable : se le faire intercepter avant qu'il ait pu s'en servir. Une autre solution était de cacher le module d'enregistrement quelque part dans le village et de le récupérer plus tard, mais s'il était soumis à un interrogatoire, il risquait d'en dévoiler la cachette. Il pouvait aussi confier le module à un Sixpilien qui quittait le village en se contentant de bien mémoriser son visage. Cela, aucun interrogatoire même sous drogue ne le lui arracherait. Mais il lui faudrait retrouver le Sixpilien et cela prendrait peut-être beaucoup de temps.

Guillaume décida qu'il devait tout d'abord retrouver Béatrice. Si elle quittait le village, il la suivrait avec son reportage dans la poche. Il était en effet sensé rester avec elle pour continuer son séjour chez les Sixpiliens. Si par contre elle décidait de rester, il lui faudrait choisir une des solutions auxquelles il venait de réfléchir...

Et puis non, se ravisa-t-il soudain : après tout, il n'avait pas besoin de la Sixpilienne pour continuer son reportage. Sa copine Sylvie était beaucoup plus sympathique. Il l'avait un peu déçue en la droguant avant de lui faire l'amour mais il y avait sûrement moyen de réparer l'erreur.
Ragaillardi à cette idée, Guillaume se leva. Ainsi, que Béatrice parte ou pas, lui quitterait le village.

Il faisait parfaitement jour maintenant.
Assise sur une des bites d'amarrage, Béatrice contemplait, fascinée malgré son mépris pour les Technos, les HAPS en vol stationnaire au-dessus de l'eau. Pour une Sixpilienne, le spectacle de ces engins suspendus dans l'air tenait en effet du miracle.
Les Technos avaient remonté toutes sortes d'objets à l'aide de petites plate-formes anti-gravité et de robots de manutention. Béatrice ne connaissait pas ces engins, mais elle comprenait ce qui se passait.
Des HAPS étaient repartis vers la cité, d'autres les avaient remplacés. Ce va et vient était plutôt alarmant. Visiblement, compte tenu des moyens déployés, les Technos prenaient cette affaire très au sérieux.
L'HAPS le plus inquiétant était celui de couleur noire : il ne participait pas aux travaux de recherche, se tenant un peu à l'écart des autres. Sur son fuselage étaient peintes les lettres GIPS. Vu le nombre d'antennes et de tubes dont il était hérissé, il appartenait sûrement à l'armée ou à la police. Mais après tout, il était peut-être seulement là en protection.
Béatrice jeta un coup d'œil par-dessus son épaule en direction du village. Beaucoup de gens étaient partis tôt ce matin. Ceux qui avaient envoyé leurs enfants dans un autre village avant le combat de cette nuit les rejoignaient, mais d'autres partaient parce qu'ils ne voulaient tout simplement plus se battre. Les Sixpiliens ne sont pas faits pour la guerre, pas plus qu'ils ne sont faits pour la violence en général, songea-t-elle.
Béatrice était restée parce qu'elle pensait comme Jean que les Technos risquaient de s'en prendre à tous les villages des alentours s'ils ne trouvaient plus personne sur place. Si d'aucuns devaient se sacrifier, elle voulait en faire partie.
Elle ne savait pas combien de villageois resteraient, mais cela n'avait pas grande importance.
Paul et Élisabeth étaient en train de prendre leur décision. Elle souhaitait sincèrement que ces deux-là partent parce qu'elle les aimait bien et elle ne voulait pas qu'il leur arrive quelque chose. Mais d'un autre côté, un peu égoïstement, elle ne pouvait s'empêcher d'espérer qu'ils resteraient avec elle. Paul lui semblait le modèle parfait du Sixpilien. Il était gentil, courageux, humble. Quand à Élisabeth, derrière ses airs de petite fille inconsciente et délurée, se cachait en fait une personnalité sensible et généreuse.
Rester ou partir ? Béatrice ne pouvait, ni prendre cette décision à leur place, ni même les influencer. Mais, au fur et à mesure qu'elle y réfléchissait, la

jeune femme se rendait compte que si Paul et Élisabeth partaient, ce serait un choc pour elle. Elle se demanda même si elle trouverait le courage de continuer….

Dans le monde sixpilien, il y avait très peu de suicides chez les jeunes. Pour les personnes plus âgées, c'était différent : leur lente renonciation à la vie pouvait être assimilée à un suicide du point de vue d'un Techno même si, pour les Sixpiliens, il s'agissait d'un don de soi… Elle hésita et se mit brusquement à douter : don de soi ou suicide obligé?

Béatrice sourit amèrement : cet imbécile de journaliste techno avait réussi à la contaminer avec ses réflexions individualistes. Il avait insufflé en elle le doute. Mais comment était-ce possible ?

Dans les cités, la culture du moi, de la liberté individuelle, du droit de l'individu en général écartait toute notion de sacrifice volontaire au nom du groupe. Cela devait même être totalement inconcevable songea-t-elle. Un Techno surveillait probablement comme dans l'ancien temps ce que possédaient ses voisins et criait à l'injustice s'il n'en avait pas autant. Lorsqu'il voyait un petit enfant, un vieux Techno devait penser : c'est grâce à moi que cet enfant est né, qu'il dispose de soins, de nourriture. Il me doit quelque chose. Il me doit de m'entretenir jusqu'à la fin de mes jours et de les prolonger le plus longtemps possible.

Béatrice secoua la tête avec exaspération. Un vieux Sixpilien, quant à lui, n'exige rien se dit-elle. S'il a moins que les autres, il est heureux parce qu'ainsi il n'a pas mauvaise conscience. S'il regarde un enfant, il se dira : il faut que cet enfant vive tout ce que j'ai vécu : les moments de grand bonheur comme les soucis. Il faut que cet enfant puisse fonder une famille, disposer d'un toit. Il faut que je rende ce qu'on m'a donné lorsque j'étais jeune, à sa place. J'ai été tellement heureux. Alors, dès que je serai trop fatigué pour tenir ma place dans la communauté, je me laisserai aller. Que nos ressources aillent vers ce petit être qui n'a pas encore eu la chance de vivre ce que j'ai vécu.

Béatrice repoussait toutes les explications du journaliste, y compris son argument sur l'abondance possible de biens qui n'obligerait personne à se sacrifier. Elle était tellement fatiguée ! Tellement désabusée ! Et puis, sans trop savoir pourquoi, elle se sentait différente, impure. Elle avait vraiment envie de se laisser aller.

Son regard se focalisa sur l'eau au-delà du quai. Il serait tellement facile de se jeter là… Sentir la mer l'engloutir… Se laisser glisser vers le fond… Oublier qu'elle était différente des autres, qu'elle n'était pas une bonne Sixpilienne…

Dans l'état d'épuisement où elle se trouvait cela ne durerait que quelques secondes.

Se laisser partir…

Pour sûr, elle devait être différente.

Sans doute était-ce la raison pour laquelle le soldat techno avait le béguin pour elle. Il lui trouvait un petit côté extravagant. Peut-être même la prenait-il pour une femme mystérieuse ?
Oui… Ou tout simplement avait-il envie d'elle comme le journaliste avait eu envie de Sylvie, simplement pour s'amuser.
Les Technos ne pensent qu'à eux. Leur propre plaisir égoïste passe largement devant le respect de l'autre. C'est ainsi. On ne peut rien y faire. Ils ne sont jamais désintéressés.
On leur demande seulement de nous laisser en paix, se dit Béatrice avec désespoir. Qu'ils restent dans leur cité, entourés de leur technologie, esclaves de leurs caprices et qu'ils n'en sortent jamais !
Elle tourna la tête vers le village et faillit pousser un juron en apercevant le journaliste techno marcher dans sa direction.
Mon Dieu, cet abruti était décidément le dernier individu qu'elle avait envie de voir dans l'état d'esprit où elle se trouvait. Elle allait faire une indigestion de Techno ! Et si, dès qu'il arrivait à portée, elle l'assommait et le balançait à l'eau ?

Teren salua le général Topieu.

- *Voilà mon général, je vous ramène le film.*

Le général fronça les sourcils :

- *Et les enregistrements des modules d'identités ?*
- *Ah… J'ai complètement oublié,* mentit Teren, *dois-je y retourner ?*

Le général secoua la tête, exaspéré :

- *Non, bien-sûr que non imbécile ! Mais je ne vous félicite pas. Vous n'avez pas rempli correctement votre mission.*

Teren baissa les yeux, puis il lui expliqua brièvement les événements. Il évita de signaler sa participation aux combats et la mort du fils du Maire de Paris. Il avait effacé le film juste après que les trois derniers Technos visibles soient abattus par Paul avec la station de tir. De fait, on ne voyait pas la mort du fils du Maire. Ce dernier avait pu être tué par n'importe qui cette nuit là. Quant au corps, il avait brûlé avec les autres. Le danger ne venait pas du film en lui-même, mais plutôt des policiers chargés de l'enquête. Ils interrogeraient sûrement les villageois survivants et découvriraient l'existence d'un soldat techno qui les avait aidés. C'est alors que son sort ce jouerait. Soit il s'agissait d'un policier zélé qui mettrait tout en œuvre pour le retrouver, soit il considérerait que cette recherche n'avait aucun intérêt compte tenu du fait que tous les événements de cette nuit était parfaitement établis. Côté nantais, nul doute que l'enquête serait expédiée rapidement. Côté parisien, ce serait une autre histoire.
Il reporta son attention sur le général : il s'attendait à ce que ce dernier entre dans une de ses colères légendaires, mais ce ne fut pas le cas. Au contraire, il demeura pensif quelques minutes. Finalement, se tournant vers lui, il dit :

- *Il est impossible de prédire ce qui va se passer. Les policiers qui sont sur place devraient découvrir tout cela et faire leur rapport à notre Maire. Ensuite, Dieu sait ce que ce bâtard de politicien fera ! Il informera son homologue parisien c'est certain. Ce dernier peut très bien décider d'étouffer l'affaire. Dans moins d'un an de nouvelles élections auront en effet lieu à Paris et il n'a pas besoin de ce genre de publicité. Tuer du Sixpilien n'est un crime que dans les milieux intellectuels, mais il faut vraiment être nul pour se faire battre par eux. C'est le lapin qui tue le chasseur ! C'est tellement ridicule que le Maire ne peut pas étaler une telle histoire aux yeux de tous sans jeter le discrédit sur sa cité. Il ne foutra pas sa carrière politique en l'air pour une histoire pareille.*

Teren n'avait pas spécialement envie de poursuivre cette discussion avec le général, mais il ne put s'empêcher de répondre :

- *Le problème mon général c'est que les Sixpiliens ont été prévenus par quelqu'un de Paris. Cela, j'ai peur que ce ne soit pas acceptable pour le Maire.*

Topieu haussa les épaules :

- *Et alors ? Le Maire de Paris a des hommes efficaces et discrets qui s'occuperont de ce traître sans faire de vague. Même nous on sait qui sait, alors il ne devrait pas avoir de mal à découvrir lui aussi de qui il s'agit. A la limite, on le lui dira.*
- *Et les Sixpiliens du village ?*
- *Bof, si j'étais lui, je les ferai disparaître aussi. Comme cela, plus de trace.*
- *Et le film ?*
- *Ah oui le film…* fit le général en simulant un peu de déception dans la voix, *j'ai bien peur qu'il ne vaille pas grand-chose. Ce serait un trop gros scandale d'en dévoiler l'existence. Je vais le conserver en attendant de voir la suite des événements. Surtout, n'en parlez à personne, je compte sur votre discrétion.*
- *bien-sûr mon général. Dites, vous n'avez pas peur que Paris utilise cette histoire comme* casus belli *pour nous déclarer la guerre ?*

Topieu se mit à rire :

- *Pensez-vous*, fit-il, *avec les tapettes qui nous dirigent vous ne risquez pas une guerre. Ils s'empresseront de baisser la culotte et d'offrir des compensations. En plus, ceux de Paris sont sûrement pareils. Ils s'entendront entre eux. La belle époque où chaque cité défendait son honneur est révolue.*

Les deux hommes se regardèrent quelques secondes. Teren hésita, le général s'en aperçut et fronça les sourcils :

- *Vous avez quelque chose d'autre à me dire ?* dit il d'une voix suspicieuse.
- *Oui mon général.*

- *Bon eh bien allez-y ! On n'a pas toute la journée !*
- *Je… souhaiterais démissionner de l'armée.*
- *Quoi ?*
- *Je ne veux plus faire partie de l'armée.*
- *Mais pourquoi ? Je vous trouve un peu d'action et c'est comme cela que vous me remerciez ?*
- *Je vous prie de m'excuser mon général, mais je me sens inutile. Ou alors, permettez-moi de prendre une année sabbatique.*

Topieu fixa Teren dans les yeux :

- *Vous me prenez pour un con lieutenant ! Il y a quelque chose que vous me cachez.*

Teren ne dit rien. L'autre prit cela pour un acquiescement :

- *Je pourrais vous faire interroger sur le champ*, menaça-t-il.

Teren savait que le général n'en ferait rien. Il n'avait pas envie que quelqu'un d'autre soit au courant de la mission qu'il lui avait confiée.

- *Mon général*, répondit-t-il d'une voix un peu plaintive, *je vous assure que vous vous trompez, j'en ai marre, c'est tout.*

Le Général se gratta derrière la tête.

- *Bon, OK*, fit-il, *allez rédiger votre démission en bonne et due forme au service administratif de la caserne, et ne me faites pas chier avec votre année sabbatique, je ne veux plus vous revoir. J'ai besoin d'hommes motivés dans mon armée, pas de pleurnicheuses qui se déballent au premier coup dur !*

Teren encaissa. Quelques jours auparavant, il se serait tiré une aiguille dans la tête plutôt que de mettre en colère le général. Mais il ne voyait pas comment s'en sortir autrement. Il fallait qu'il disparaisse de la circulation. Si le général apprenait ce qu'il avait fait, il l'abattrait sur place purement et simplement.
Mais surtout, il avait son idée en tête. Une idée un peu folle, mais il voulait essayer.

Lorentz était debout dans son bureau, un peu exaspéré parce que plus aucune information ne leur parvenait.
Il fit pour la énième fois le point de ce qu'ils avaient appris : le premier des deux HAPS abattus avait été volé sur une station-relais à une centaine de kilomètres de Nantes. A l'intérieur, on avait retrouvé le pilote : un fonctionnaire de la cité parisienne. Un type apparemment sans histoire. Le deuxième HAPS ayant été littéralement désintégré, il s'était révélé impossible de l'identifier. Pourtant, les pompiers avaient passé la matinée à essayer de rassembler les morceaux. Pas de trace du pilote, les restes ayant dû être emportés par le courant. Les services du contrôle aérien avaient envoyé une équipe sur la station-relais où s'était déroulé le vol du premier HAPS, mais ils n'avaient rien pu trouver. De nombreux appareils en provenance de Paris s'étaient posés sur la station ce jour-là, mais tous étaient repartis. Quand aux

enregistrements sur la plate-forme, ils avaient été récupérés pour analyse. Les voleurs avaient drogué le propriétaire de l'HAPS dans sa chambre d'hôtel, puis avaient utilisé un duplicateur d'empreinte vocale pour tromper l'ordinateur de bord du HAPS. Une caméra avait filmé quatre hommes montant dans l' HAPS volé, mais on les voyait de dos.
Quant au détecteur d'identité de la station, quelqu'un lui avait purement et simplement grillé la mémoire à l'aide d'un résonateur de particules.
Comme l'ordinateur qui le pilotait ne récupérait les informations pour les envoyer au central qu'une fois par semaine, on n'avait donc rien à espérer de ce côté-là.
Pour sa part, Lorentz avait transmis le résultat de l'analyse des communications radio entre les deux HAPS. Rien de vraiment intéressant. On avait identifié de nombreuses voix, dont celle d'un ancien militaire parisien, mais cela ne permettait guère d'en savoir plus sur ce qui s'était passé.
Coupant Lorentz dans ses pensées, Marie Beaunier demanda :

- *Tu crois qu'ils vont maintenir encore longtemps l'alerte ?*

Lorentz regarda la jeune femme bailler.

- *Tu es fatiguée ?* demanda-t-il.
- *Un peu oui, mais ce n'est pas cela. C'est pénible de rester là, ils ne trouvent rien et on s'ennuie. Qu'est-ce qu'ils attendent pour investir le village et interroger les gens ?*
- *Ils attendent sans doute le feu vert du Maire, mais celui-ci n'est pas près de le donner parce qu'il sait maintenant que l'affaire concerne des Parisiens et surtout que l'on a employé des armes de guerre. Les Sixpiliens n'ont pas d'armes, c'est donc une sacrée embrouille.*
- *Mais enfin, tu oublies l'enregistrement des appels téléphoniques.*
- *Oui,* fit Lorentz d'une voix lasse, *mais même avec ça, on n'y comprend pas grand chose.*

Marie Beaunier s'assit sur le bureau, croisant volontairement très haut les jambes.

- *Il faudrait vraiment interroger les gens du village.*
- *Oui, c'est vrai,* reconnut Lorentz, *mais a-t-on vraiment besoin de savoir ?*
- *Moi j'aimerais bien,* trancha la jeune femme.

Lorentz ne la contredit pas, songeant que cela ne se fait pas quand la dame a d'aussi jolies jambes.

Chapitre 19

La quinzaine de Sixpiliens qui avait choisi de rester au village se trouvait réunie dans la salle des fêtes pour le repas de midi. Jean avait envie de les embrasser tous un par un tellement il se sentait fier de leur courage, de leur humilité, de leur gentillesse… Ceci étant dit, aucun d'entre eux n'en menait large. Tous avaient un peu peur de ce qui allait leur arriver.
En face du port, les opérations continuaient. Pour le moment, les Technos ne bougeaient pas, ce qui était pour le moins étonnant. L'histoire avait en effet démontré que les cités n'avaient pas pour habitude de prendre des gants avec les Sixpiliens. De toute évidence, quelque chose freinait leur brutalité coutumière.
Ah si seulement ils pouvaient partir, les laisser tranquille ! songea Jean soudain plein d'espoir.
Un peu en retrait, dans un coin de la salle, le journaliste Techno les observait. Tout le monde s'en méfiait car chacun savait désormais qu'il pouvait à tout moment être en train de filmer. Il était prévu qu'il parte le soir même. Il aurait pu s'en aller ce matin avec les autres, vers un autre village, mais il n'aimait guère la marche à pied. Puisqu'il n'y avait pas de train le dimanche matin, il prendrait donc celui du soir, vers 19 h 30 pour retourner au village de Bernard. Là-bas, il occuperait dans un premier temps la maison de Béatrice qui restait. Jean ne cherchait pas trop à deviner ce qui se passait dans la tête de ce Techno. Trop compliqué. D'ailleurs, en dépit de sa volonté de tolérance, il était forcé de reconnaître qu'il lui tardait, à lui aussi, que le journaliste quitte le village afin, en quelque sorte, de se retrouver en famille.
Il reporta son attention sur les villageois. Malgré la fatigue et l'anxiété, les Sixpiliens présents ne pouvaient s'empêcher d' évoquer régulièrement le souvenir de ceux qui étaient morts.
Jean songea qu'il était encore trop tôt pour se faire vraiment une idée du traumatisme des survivants, mais nul doute que cette nuit de violence laisserait des traces indélébiles.
Il était totalement impossible à un Sixpilien de comprendre l'attitude des chasseurs. Cela dépassait en effet largement son entendement. Il rejetait donc naturellement ces événements, ce qui créerait, à un moment ou un autre, un conflit intérieur. Face à cela, le recours à la religion eût été la solution. On aurait pu évoquer des démons venus tout droit de l'enfer, des possédés… des choses simples qui auraient permis de tout expliquer à des gens simples.
Mais les Sixpiliens étaient bien trop humbles pour croire réellement en une religion quelconque. Dieu peut-être, mais pas la religion. Comme il se disait souvent sur le ton de la plaisanterie: même si Dieu existe, aucun Sixpilien n'osera le déranger avec une prière.
Jean sourit, puis abandonna cette réflexion pour reprendre en main tout son petit monde.

Tous ensemble, ils firent l'état des lieux du village. Vu le nombre restreint de travailleurs demeurés sur place, il fut décidé de diminuer fortement les surfaces cultivées à entretenir.
Jean avait prévu d'organiser les équipes pour le lendemain seulement, mais, malgré la fatigue, tout le monde voulut se mettre au travail l'après-midi même. Pour les animaux, c'était effectivement indispensable, mais pour les champs, cela aurait pu attendre.
Jean comprit que chacun voulait retrouver au plus vite un rythme normal pour oublier, pour espérer aussi que rien ne viendrait plus perturber cette vie d'ordinaire si paisible. Jean n'y croyait pas trop et en fait, personne ne devait non plus y croire vraiment mais cela faisait beaucoup de bien d'espérer.
Paul et Élisabeth se tenaient l'un contre l'autre sur un des bancs. La jeune femme semblait encore un peu choquée, mais son sourire montrait qu'elle était décidée à tourner la page. Paul n'avait d'yeux que pour elle. Quand on est deux, songea Jean, et qu'on s'aime à ce point là, on passe à travers toutes les épreuves.
Ils mangèrent tous ensemble, parlant de tout sauf de Technos. Bertrand, le seul membre des joyeux lutins hormis Paul à être resté, un garçon d'ordinaire réservé, raconta même des histoires salaces qui firent rire tout le monde.
Ah, se dit à nouveau Jean, si seulement on nous laissait tranquille ! On ne demande que cela.
Vers 14 h 30, ils se séparèrent. Chacun savait ce qu'il avait à faire. La vie reprenait.

CHAPITRE 20

Guillaume filmait le ballet incessant des HAPS au-dessus de l'eau. Les Sixpiliens étaient partis travailler, le laissant seul.
Il avait discrètement enregistré l'essentiel de leur discussion et une partie du repas. Il ne savait pas encore s'il pourrait l'exploiter mais cela lui permettrait peut-être de mieux comprendre ce monde archaïque qui ne souhaitait pas évoluer.
Il arrêta sa caméra. Il avait suffisamment filmé. La vue des HAPS qui allaient et venaient au-dessus de la Loire n'aurait d'autre intérêt que de donner une touche supplémentaire d'authenticité à son reportage.
Il allait repartir vers le village lorsqu'une voix derrière lui le fit sursauter:

- *Que faites vous dans ce village ?*

Guillaume se retourna pour se trouver face à un inconnu vêtu d'une combinaison noire. Son visage étroit, taillé à la serpe était déjà peu engageant, mais le pire étaient ses yeux, froids et noirs. Il se dégageait de cet homme une impression menaçante, comme si à tout moment il pouvait déclencher quelque force maléfique. Ses cheveux étaient coupés en brosse, comme ceux des militaires. Un peu en retrait, un policier équipé d'un fusil à aiguilles surveillait les alentours.
L'homme en noir mit la main dans sa poche et Guillaume ressentit soudain une violente douleur à la tête. Il perdit l'équilibre et tomba à genou.
La souffrance s'arrêta aussi vite qu'elle était venue. Guillaume comprit que l'autre venait d'interférer sur son implant d'identité. Personne n'avait le droit d'agir ainsi ! C'était contraire aux droits les plus élémentaires de l'individu !
Malgré sa peur, il ouvrit la bouche pour protester, mais l'autre fut plus rapide :

- *Vous êtes trop lent pour répondre à mes questions. Ici, vous vous trouvez en zone de guerre, vous n'avez plus aucun droit. Je peux vous faire abattre sur le champ. Vous comprenez ce que je veux vous dire ?*

Guillaume hocha la tête. Il avait compris.

- *Donc je répète une dernière fois la question : que faites vous ici ? Et essayez de ne pas me faire perdre du temps sinon vous allez avoir très mal à la tête.*

Guillaume rassembla toutes ses forces pour répondre :

- *Je… je fais mon stage de fin d'études,* balbutia-t-il*, j'étudie les… Si… Sixpiliens.*

L'homme éclata de rire.

- *Quel sujet passionnant ! C'est Hervé Buissac qui vous a envoyé ici ?*

Guillaume se releva avec hésitation, surpris d'entendre prononcer le nom du recteur.

- *Oui*, fit-il, *enfin… c'est l'école*.

L'homme en noir sembla se détendre un peu :

- *Expliquez-moi ce qui s'est passé ici.*

Cette fois, on y était, se dit Guillaume. Il opta spontanément pour la transparence parce qu'il n'était pas sûr de pouvoir tromper celui qui lui faisait face, mais aussi et surtout parce qu'il était terrifié. Il raconta tout ce qu'il savait, omettant seulement de parler du film qu'il avait dissimulé sous une grosse pierre à l'entrée du village. Il prétendit s'être caché dans une des maisons jusqu'à la fin des combats. L'autre écouta tranquillement jusqu'au bout, sans faire de commentaire. Puis il tendit la main vers Guillaume :

- *Remettez moi votre caméra.*

Guillaume ne se fit pas prier.

- *Je ne suis pas en connexion interactive avec le réseau*, dit-il avec appréhension en tendant son module. Sa main tremblait.

L'homme sourit :

- *Si vous aviez été en interactif, vous seriez déjà mort. Vous croyez que j'ai envie d'apparaître sur le réseau ? J'aurais interrogé quelqu'un d'autre.*

C'était dit avec un tel naturel ! Guillaume frissonna, pétrifié par son impuissance et par la peur. L'homme qui lui faisait face était au-delà des lois.
Un HAPS surgit de derrière les hangars du port. Il se posa à quelques mètres.

- *Bonne fin de stage,* lança l'homme d'un ton ironique.

Puis il monta dans l'appareil, suivit du policier qui l'accompagnait. L' HAPS décolla, survola quelques minutes le village et les alentours, puis il fila en direction de Nantes.
Guillaume eut soudain envie de crier tellement il se sentait soulagé. Il n'avait jamais eu aussi peur de sa vie. L'impression de n'être rien, que sa vie ne tenait plus que par le bon vouloir d'un individu aux réactions imprévisibles. C'était la première fois qu'il expérimentait réellement ce genre de sensation. C'était bien plus fort que dans un film. Il se mit à courir du mieux qu'il put en direction du village.

Hans Jerkein regarda les ruines du pont de Saint-Nazaire s'éloigner à l'horizon. Il tenait dans sa main le module caméra que lui avait remis l'étudiant journaliste. L'affaire était maintenant suffisamment claire. Des Parisiens avaient voulu s'amuser aux dépens d'un village sixpilien mais ils étaient tombés sur un os. Apparemment Hervé Buissac, ayant appris ce qui se préparait, avait prévenu les Sixpiliens, envoyant même un soldat sur place pour les aider. Probablement un mercenaire. Certains Technos, à l'instar d'Hervé Buissac prenaient facilement la défense du monde sixpilien comme d'autres par le passé avaient cru bon de prendre la défense du monde animal.
Des âmes sensibles. Il faut de tout pour faire un monde, songea-t-il avec dédain..

Observant de plus près le module caméra du stagiaire, Hans Jerkein poussa soudain un juron : il s'agissait d'un modèle beaucoup plus sophistiqué qu'il ne l'avait cru au départ. Ce genre de modèle dont on peut détacher physiquement une partie de la mémoire. Un matériel de professionnel qui devait coûter une fortune. Cela voulait dire que l'autre avait sans doute un film des événements en sa possession.
Il hésita. Il pouvait retourner là-bas, mais le journaliste nierait. Il faudrait le droguer. Tout à l'heure, il l'avait bluffé en lui faisant croire qu'il pouvait l'exécuter sur place car, en réalité, pour rien au monde il ne toucherait à un citoyen parisien sans un accord préalable du Maire de Nantes. Accord qu'il n'obtiendrait sûrement pas.
Il décida de rentrer faire son rapport. Inutile de prendre des initiatives malheureuses. S'il était encore à ce poste, c'est justement parce qu'il savait quand il pouvait agir à sa guise et quand il devait en référer préalablement au Maire. Là, il s'agissait d'une affaire extrêmement sensible.
Sans parler du fait que Paris étant maintenant informée de la disparition des deux HAPS, il risquait à tout moment de se retrouver nez à nez avec une police parisienne nerveuse et sûre de sa puissance.

- *Ils sont tous partis*, dit Jean en montrant du doigt l'estuaire maintenant vide de tout HAPS.
- *Tant mieux* , répondit Paul, *ils vont peut-être nous foutre la paix ?*

C'était plus une prière qu'une question. Les deux Sixpiliens se regardèrent puis se remirent au travail. Certaines cuves de récupération d'eau de pluie débordaient et ils les transvasaient dans le réservoir souterrain de sécurité. La nappe phréatique était bien basse et les puits risquaient de tomber à sec avant septembre. Si tout le monde finissait par revenir, ils auraient besoin de beaucoup d'eau.

Les fraisiers n'allaient pas tarder à donner. Élisabeth répartissait entre eux des écorces de pin. Ces dernières permettaient de maintenir l'humidité du sol, de limiter la repousse de certaines herbes et d'abriter toute une faune d'insectes nécessaires au bon équilibre de la plantation. En se décomposant, elles participeraient à l'enrichissement naturel du sol.
Un peu plus loin, en bordure du champ de fèves, Béatrice taillait les haies de rosiers. Ces derniers devaient être entretenus puisqu'ils abritaient les précieuses coccinelles indispensables à la lutte contre les pucerons. La jeune femme en profitait pour arracher quelques mauvaises herbes.
Les deux Sixpiliennes travaillaient dur, conscientes que, trop peu de monde étant resté au village, il allait falloir mettre les bouchées doubles. Elles ne se plaignaient pas ; après de tels événements, travailler dur était un véritable plaisir. Dans ces moments-là, le contact physique avec la terre constituait une sorte de remède miracle qui leur permettait de tout oublier.

De fait, aucune des deux Sixpiliennes ne virent l'homme avec un sac à dos s'approcher. Ce n'est que lorsqu'il s'arrêta quasiment en face d'elle que Béatrice reconnut le soldat techno.
Elle ne sursauta pas, malgré la surprise, mais le regarda sans trop savoir quoi dire.
En fait, lui aussi l'observait, semblant chercher ses mots. Dans ces moments-là, il est des regards qui en disent beaucoup plus long que les mots.
Béatrice vit bien que le soldat était vraiment mal à l'aise ; ce qui devait sûrement être extrêmement rare chez les Technos. Puis, elle réalisa soudain qu'elle voyait enfin de près celui qui les avait aidés et dont on disait en plaisantant qu'il la trouvait à son goût. Quelques jours auparavant, elle l'aurait envoyé promener, mais après tout ce qui s'était passé, elle se sentit obligée de lui sourire poliment, sans enthousiasme excessif.
Encouragé par ce signe amical, le Techno se décida à parler :

- *Voilà*, fit-il, *j'ai quitté l'armée, j'ai quitté la cité. Je n'ai plus rien. Est-ce que tu veux de moi ?*

Béatrice le regarda, éberluée. Elle s'attendait à tout sauf à une déclaration aussi directe. Complètement dépassée par la question, elle chercha un moyen de repousser le soldat sans trop le vexer :

- *Mais…* fit-elle, *tu sais bien que notre mode de vie est très différent du tien. Tu ne t'habitueras jamais. Aucun Techno n'a jamais fait cela. Enfin, que je sache…*

Teren haussa les épaules.

- *Vous êtes si différents ?*

Béatrice regarda l'homme qui lui faisait face comme on regarderait un être venu d'une autre planète. Son instinct lui soufflait qu'il était terriblement sincère, ce qui l'ennuyait beaucoup. Elle ne savait vraiment pas quoi dire pour ne pas le blesser.
Elle acquiesça d'un signe de tête :

- *Nous sommes infiniment différents. Ce qui vous rend heureux ne nous procure pas le moindre plaisir et ce qui nous rend heureux vous ennuie. Nous sommes à l'opposé.*
- *Ouf…* fit Teren, *tu ne veux donc pas me donner une chance ?*

Béatrice sourit. Elle s'attendait à ce qu'il lui demande plus d'explications, qu'à l'instar du journaliste, il remette en question ce qu'elle venait de lui dire. Mais cet homme-là était différent. Sans doute parce qu'il était un soldat, habitué à obéir sans trop poser de questions.
Il attendait sa réponse en la regardant droit dans les yeux. Elle hésita encore un peu puis secoua négativement la tête :

- *Ce… non, ce n'est pas possible.*

Teren respira profondément. Ce n'était pas le premier coup dur qu'il essuyait dans sa vie. Il se demanda furtivement ce qu'il allait devenir mais, pour le moment, son principal souci était de s'éloigner d'ici. Rompre le contact comme on disait dans l'armée.

- *Bien* , fit-il, *je me suis trompé, ce n'est pas grave… au revoir alors…*
- *Oui…au revoir,* répondit Béatrice en baissant la tête pour ne pas voir la déception dans le yeux de l'homme.
- *Bonne chance,* fit ce dernier*, fais attention à toi et surtout, quitte le village au plus vite.*

Béatrice sursauta :

- *Quitter le village alors qu'il y a tant à faire ?*

Teren hocha la tête :

- *Oui, parce que les cités feront disparaître tôt ou tard toute trace de ce qui s'est déroulé ici. Cela se passera la nuit, quand vous êtes tous dans vos maisons. Si vous voulez survivre, quittez le village ou creusez des caves profondes et dormez-y. Soyez prudents.*

Sans attendre de réponse, il tourna le dos à la jeune femme et repartit dans la direction d'où il était venu. Béatrice resta sous le choc de ces dernières paroles. Elle tourna la tête et vit qu'Élisabeth regardait dans sa direction. Sans doute se demandait-elle ce qui se passait.

Le soldat techno était déjà à une bonne centaine de mètres lorsqu'elle cria :

- *Eh, attends un peu !*

Teren s'arrêta et se retourna. Son cœur soudain plein d'espoir battait à tous rompre. Allait-elle lui donner une chance ? Béatrice le rejoignit :

- *Pourquoi voudront-ils effacer toutes traces du village ?*

Ah, c'était donc cela se dit Teren déçu, elle voulait seulement quelques éclaircissements. Il se sentit soudain bien malheureux et aurait voulu être très loin, mais il répondit quand même :

- *Parce que les familles et les proches de ceux que vous avez tués voudront se venger. Parce que les cités ne peuvent laisser un misérable village sixpilien les défier impunément. Parce que des journalistes pourraient se servir d'une telle affaire pour déstabiliser certaines personnes haut placées. Parce qu'il y aura des règlements de compte et effacer le village permettra d'éviter que l'on puisse mener des enquêtes… Il y a tant de raisons. Ne cherche pas à comprendre, ce sont des histoires de Technos, mais tiens compte de mon avertissement. Préviens tout le monde. Après tout ce que vous avez fait, ce serait tellement idiot que vous soyez tués.*

Sans plus attendre, Teren se tourna pour se remettre en marche. Béatrice le regarda s'éloigner d'un pas résolu. A sa grande surprise, quelque chose en elle lui disait de ne pas laisser partir le Techno. Elle se dit qu'elle n'allait décidément pas bien, mais d'un seul coup, les raisons de ce choix lui apparurent et elle le rappela à nouveau :

- *Hé, attends*, cria-t-elle.

Le soldat se retourna.

- *J'ai réfléchi,* dit Béatrice, *c'est gentil de nous prévenir. Tu n'étais pas obligé de le faire. Tu aurais pu nous laisser dans l'ignorance pour te venger. Tu l'avais déjà dit à Paul mais nous n'en tenions pas vraiment compte. Tu n'es pas méchant en fait, je veux bien que tu restes avec nous, que tu sois au village, mais pas chez moi. C'est ok ?*

Teren sourit, soudain tellement soulagé. Il avait un endroit où aller !

- *Cela me va très bien,* dit-il.
- *Tu n'y arriveras pas,* prévint Béatrice, *mais au moins tu n'auras pas de regret, tu auras essayé.*
- *C'est aussi comme ça que j' le voyais.*
- *Bon, on va te prêter une maison. Presque tout le village est parti alors, ce ne sera pas dur d'en trouver une. Viens, je vais te présenter à Élisabeth. Je ne sais pas si elle t'appréciera… Tu sais, chez nous, on a beaucoup de répugnance à côtoyer les Technos.*
- *Oui, je me doute, il semblerait même que c'est réciproque. Beaucoup des miens n'ont que mépris pour les Sixpiliens.*
- *Et toi ?* demanda insidieusement Béatrice, *qu'est-ce que tu en penses ?*

Teren sourit.

- *Moi je suis un soldat*, fit-il, *je ne suis pas trop habitué à penser. Mes chefs pensent pour moi.*
- *Alors*, demanda Béatrice avec un ton déçu, *quand tu nous a donné un coup de main, tu obéissais à ton chef ?*
- *Ah non*, se défendit Teren, *ça a été comme une impulsion… Je n'ai pas très bien compris.*
- *Je le savais.*
- *Comment pouvais-tu savoir ?*demanda Teren avec scepticisme.

Béatrice sourit d'un air entendu :

- *Ce n'est que pure logique : aucun responsable techno ne lèverait le petit doigt pour nous aider. Il ne pouvait s'agir que de l'initiative d'un homme seul. Tu t'es donc mis à penser ?*

Teren haussa les épaules :

- *Non, justement, je n'ai pas pensé, j'ai… suivi mon instinct.*

Béatrice rougit un peu. Elle savait qu'elle était sans doute la cause de cet élan de sentimentalisme et se sentait soudain un peu responsable :

- *Tu vois*, fit-elle d'une voix douce, *chez nous, suivre son cœur est une qualité.*
- *Ah, c'est bien*, fit Teren d'un ton à nouveau empreint d'une touche de scepticisme.
- *Mais si mais si*, insista la jeune femme. *Tu vois, nous sommes différents.*

- *Non, je ne vois pas, il me semble que nous sommes tous des êtres humains. Nous sommes faits pareil. Je dois donc pouvoir vivre heureux dans votre monde et inversement.*

Béatrice éclata de rire devant une telle innocence. Un rire sincère qui la soulagea de toute tension. Elle prit spontanément la main de Teren et lui dit moqueusement :

- *C'est sûr, tu n'es pas compliqué. Tu me rappelles Élisabeth, tiens. Pose ton sac et viens donc nous aider. A la fin de la journée, on ira voir Jean. A mon avis, il sera content de t'avoir avec nous. On a bien besoin d'un coup de main, même techno.*

Sur ce, Béatrice se tourna et fit un grand signe à Élisabeth qui n'attendait que cela pour accourir à grandes enjambées.

CHAPITRE 21

Tout le monde était épuisé. A cause des événements de la nuit bien-sûr, mais auxquels venait s'ajouter une journée de travail dans une chaleur moite, liée au temps orageux.

Jean avait décidé qu'on ferait un repas commun tous les soirs jusqu'à nouvel ordre. Il était en effet important que tous les villageois se serrent les coudes au maximum et soient au courant de tout ce qui pouvait se passer de nouveau.

L'arrivée de Teren était évidemment à l'ordre du jour. Chacun était reconnaissant vis-à-vis du Techno, mais un peu sur la défensive. En plus, il n'était pas vraiment du genre à aimer communiquer : il se contentait de suivre Béatrice, écoutant religieusement toutes ses remarques, souriant à peine.

Par contre, à en croire Élisabeth, l'homme était une excellente recrue. Il avait en effet passé la journée à travailler avec elles, suivant leurs directives, apprenant vite, avec bonne humeur et efficacité, foudroyant le mythe pourtant bien ancré dans leur esprit du Techno paresseux et incapable du moindre effort.

Mais plus encore que le Techno lui-même, c'était l'information qu'il apportait qui avait fait sensation. La destruction apparemment programmée du village inquiétait en effet tout le monde et tout particulièrement Jean, puisque c'était lui qui, depuis quelques heures prenait toutes les décisions. C'était lui qui avait convaincu une partie des villageois de rester. Il se sentait donc responsable de leur avenir.

Bien-sûr, il croyait fermement qu'en s'enfuyant, ils risquaient de reporter la colère des Technos sur d'autres villages sixpiliens, mais il percevait néanmoins les limites de son raisonnement : peut-être en effet que leurs ennemis se contenteraient de détruire le village sans même se préoccuper de savoir si des gens étaient restés ou non.

Dans ce cas, le sacrifice des villageois serait complètement inutile et ce serait sa faute. Le fait qu'il partage leur sort n'y changerait rien.

Comment savoir ? Il devait porter là une bien lourde responsabilité. Le soldat techno prétendait qu'en dormant dans les caves, ils auraient une chance de survivre à l'attaque.

Il n'y avait qu'une seule cave au village : la réserve. Là où on conservait le vin, le cidre et toutes les conserves issues du travail commun. Ils pouvaient sans problème dormir tous là-bas, même si ce n'était pas vraiment confortable : pas de toilettes, un sol en terre battue, un éclairage avec un unique commutateur... Enfin, à la guerre comme à la guerre, personne ne rechignerait à ce petit sacrifice.

Ce n'était pas vraiment cela qui ennuyait le plus Jean. Ce qui le dérangeait en fait, c'était l'absence d'issue positive à cours terme: ou le Techno avait raison et, même s'ils survivaient, tout leur travail actuel disparaîtrait avec le village, ou il se trompait et dans ce cas ils mourraient tous.

Tout le monde était conscient du problème, mais personne n'avait fait de commentaire. Sans doute parce que chacun se sentait trop épuisé pour polémiquer, mais aussi certainement parce que la philosophie du Sixpilien le prédispose à accepter son destin sans trop se lamenter.
Ce soir, après le repas, ils dormiraient tous chez eux. C'était songea Jean, une façon de montrer au soldat techno que les Sixpiliens ne sont pas du genre à paniquer au moindre danger.
Et si les Technos frappaient cette nuit, tant pis.
Demain par contre, chacun déménagerait une partie de ses affaires dans la grande cave commune.

Paul s'efforçait de garder les yeux ouverts tandis que Jean lui servait une bonne soupe de légumes et d'œuf frais. Il sentait la jambe d'Élisabeth collée contre la sienne. La jeune femme était certainement tout aussi épuisée que lui, mais elle ne le laissait pas paraître. Il se demanda si elle voudrait faire l'amour ce soir, malgré sa demande de juste la regarder. Ce serait peut-être leur dernière occasion puisque demain, ils dormiraient tous dans la cave. A moins, songea-t-il soudain, qu'ils ne disparaissent avec le village cette nuit... Ce serait donc vraiment leur dernière occasion... Il sourit : oui, aucun doute là-dessus, Élisabeth aurait envie de faire l'amour ce soir, sans doute plus que jamais.

- *C'est bon ?* demanda Béatrice.

Teren la regarda, prenant soudain conscience que tout le monde à la table attendait sa réponse.

- *C'est délicieux !* fit-il de bon cœur.

Élisabeth, qui était en face, lança :

- *Vous mangez pareil que nous dans vos cités ?*
- *Non, on mange des produits plus... raffinés, mais moi je préfère cette soupe et ce pain que vous m'offrez.*

Jean qui sentait une grande sincérité chez le Techno sourit :

- *On ne te l'a pas offerte, tu as beaucoup travaillé aujourd'hui, tu le mérites, tu l'as largement gagnée.*

Teren ne répondit pas, se contentant de hocher la tête. Il se sentait littéralement épuisé et avait mal partout mais se garda bien de le signaler. Dans les cités, personne, pas même un soldat, n'était habitué à de tels efforts. Il avait l'impression que tous les muscles de son corps lui faisaient mal. Sans parler du dos.
Béatrice le dévisagea discrètement. Instinctivement, elle sentait que cet homme-là était bon. On lui aurait parlé d'un soldat techno quelques jours auparavant, elle se serait imaginée un robot sans aucune humanité, persuadé d'appartenir à une race supérieure, exhibant ses armes sophistiquées et aimant détruire. Au lieu de cela, elle découvrait un homme réservé, poli, travailleur et, par-dessus tout, un homme qui avait du cœur.

Rien à voir avec l'abruti de journaliste qu'elle avait dû recevoir. Ce couard qui n'avait même pas eu le courage de rester au village pour donner un coup de main. Il existait donc des Technos différents, plus humains, plus modestes. L'ancien avait raison lorsqu'il lui affirmait que l'on ne peut pas juger un peuple tout entier. Même le monde des Technos. Il y a toujours des exceptions. Ou alors, peut-être qu'elle se sentait redevable vis-à-vis de cet homme parce qu'il les avait aidés. Il était en effet incontestable que sans lui ils se seraient fait décimer. Les tireurs sur le pont auraient pu tirer sans discontinuer, donnant la possibilité aux chasseurs ayant échappé au piège de se ressaisir et de les massacrer.
Béatrice grimaça. Ces pensées venaient de la ramener aux événements de la nuit. Elle ferma les yeux, essayant vainement de chasser de son esprit la vision des chasseurs nus dans la maison piège. Ce tableau-là malheureusement, nul doute qu'elle ne l'oublierait jamais. Quel dégoût ! Ce genre d'hommes était véritablement la lie de l'humanité. Des porcs incapables du moindre sentiment. De la race de ceux qui avaient toujours opprimé autrui. Des individus qui n'auraient jamais dû voir le jour.
En tous cas, maintenant, Béatrice et les autres savaient qu'ils pouvaient se défendre, que malgré toute leur technologie, les Technos n'étaient pas invulnérables. Du moins lorsqu'ils pouvaient les prendre au corps à corps... et par surprise... Ce qui faisait beaucoup de conditions évidemment...
Nul doute cependant que cette histoire ferait le tour du monde sixpilien. Elle redonnerait de l'espoir à ceux qui croyaient qu'ils n'avaient d'autre choix que de baisser la tête et d'endurer l'injustice.
Béatrice se demanda soudain pourquoi elle était tellement pleine de colère. Bernard lui avait fait remarquer plusieurs fois son attitude belliqueuse envers le monde en général et tout particulièrement les Technos, lui expliquant que ce n'était pas là un phénomène normal pour une Sixpilienne. Mais malgré tous ses efforts, malgré sa conscience du phénomène, elle n'arrivait pas à se contrôler. peut-être que ce sentiment était lié à son incapacité à empêcher le mal de faire son œuvre sur terre. Une fois, alors qu'elle venait de fêter sa quatorzième année, elle avait lu un livre à la bibliothèque sur la souffrance humaine tout au long des siècles. Cet ouvrage avait provoqué un épouvantable choc émotionnel chez la petite fille qu'elle était. Il avait probablement beaucoup contribué à façonner son caractère, créant en elle un traumatisme impossible à effacer.
Trois images étaient restées gravées dans son esprit : d'abord, ces femmes nues, leur enfant dans les bras, faisant la queue sous l'œil goguenard des gardiens pour entrer dans la chambre à gaz d'un camp nazi. Cela se passait dans les années 1943. Comment de telles choses pouvaient-elles se produire ? Comment pouvait-on infliger de telles atrocités à autrui et se moquer. Cela semblait complètement inconcevable.
Ensuite, venait cette terrible image : le visage paniqué d'un petit enfant tenu par les pieds par un grand noir qui le faisait tourner dans l'air avant de lui

éclater le crâne contre un tronc d'arbre au pieds duquel deux petits corps gisaient déjà. Cela se passait lors d'un génocide au Rwanda. Il y avait dans les yeux de cet enfant un mélange d'incompréhension et de terreur… Quelle horreur ! La légende sous la photo expliquait qu'en saisissant l'enfant, l'assassin rigolait en disant : « allez viens, on va jouer à l'avion ». Comment un esprit peut-être à ce point malade qu'il prend plaisir à de tels actes ? C'était vraiment au-delà des limites de la compréhension pour la jeune Sixpilienne.
Et puis, pour finir, la célèbre photo de ce jeune couple se tenant par la main et regardant avec un mélange de peur, de tristesse et d'incrédulité vers l'endroit où, une fraction de secondes plus tard, le missile Titan V allait exploser, les réduisant en cendres ainsi que les deux millions d'habitants de leur cité. Cette photo avait fait le tour de la planète, d'abord en raison de l'incroyable prouesse que constituait le fait de sauver ainsi, via le réseau de transmission des données, la photo d'un monde à l'instant même où il va disparaître, mais aussi et surtout à cause de l'expression des visages du couple qui reflétait une telle innocence, un tel désir de vivre… juste vivre.
Béatrice gardait ces trois images imprimées dans son esprit, et de fait, quoi qu'il arrive, même lorsqu'elle était heureuse, elle se souvenait toujours des horreurs dont les hommes sont capables. Ce traumatisme avait sans aucun doute effacé une partie de son éducation sixpilienne, faisant d'elle une femme très différente de Sylvie ou d'Élisabeth par exemple.
Consciente de l'impact de l'ouvrage sur son esprit, elle avait voulu le relire quelques années après, mais il avait disparu de la bibliothèque. Des adultes de l'époque avaient dû se rendre compte de son contenu extrêmement corrosif. C'était sans doute mieux ainsi. Inutile que d'autres enfants tombent sur de telles horreurs. Mieux valait qu'ils conservent une certaine innocence et surtout l'espoir…
La voix de Teren la sortit brusquement de ses réflexions.

- *Pourquoi avez-vous des toilettes aussi… spéciales ?*

Béatrice sourit. Évidemment, pour un Techno, les toilettes sixpiliennes avaient de quoi perturber. Elle se mit à sourire en songeant à la tête du journaliste lorsqu'il les avait utilisées pour la première fois. Mais là, l'intonation de la question évoquait plutôt la curiosité. Il ne s'agissait pas d'un jugement.
C'est Jean qui répondit :

- *Il nous faut de l'engrais pour nos cultures. Nous avons donc deux grandes fosses à compost à l'écart du village dans lesquelles nous jetons tous nos détritus organiques. Les restes des végétaux que nous consommons, comme les pelures de patates, mais aussi nos excréments et ceux des animaux. Le papier avec lequel tu t'essuies est un composé végétal, il se décompose en moins de deux semaines. Même les restes de ce repas iront là-bas. Chaque année, une des fosses est vidée pour enrichir la terre. Cela marche très bien. Chaque jour quand il fait chaud ou tous les deux jours sinon, chaque famille va vider son seau à excréments dans la fosse. C'est une habitude, on n'y fait plus attention.*

Teren hocha la tête sans commenter.

Béatrice lui sourit :

- *Ça ne sent pas très bon, c'est ça, hein ?*
- *Non* , répondit le soldat, *mais bon, c'est comme tout, il suffit de s'habituer.*

Jean sourit :

- *Tu as raison Teren. Chez nous, les odeurs sont des notions très relatives. Par exemple, dans les cités, un excrément est sans doute quelque chose dont on a envie de se débarrasser au plus vite à cause de l'odeur et pour des raisons d'hygiène, mais pour nous, il est synonyme de fertilité, il évoque de bon gros poireaux, des tomates charnues… De fait, l'odeur ne nous incommode pas tant, elle est assimilée à tous les bienfaits du compost.*
- *Oui, il me semble comprendre.*
- *Tu vois*, continua Jean, *c'est un peu comme ceux qui trouvent que le corps humain est très mal fait parce que, pour citer un de nos ancêtres : « le havre du plaisir est trop près du trou des chiottes ». En fait, ce brave homme n'avait pas perçu que cette proximité permet de donner à ces orifices souillés par les excréments une valeur égale à celle du reste du corps. Elle associe la notion de déchet, de chose repoussante, honteuse, à cacher, à l'attirance sexuelle puissante et aveuglante. L'entité ou le jeu de hasard qui a crée l'homme a décidément bien fait les choses, tu ne trouves pas ?Il a vraiment su faire en sorte que rien dans notre corps ne soit repoussant.*
- *Oui,* fit simplement Teren que ce genre de notion dépassait un peu. Il n'aimait

pas trop Jean, le considérant un peu comme le gourou d'une secte. Peut-être que la philosophie sixpilienne tenait la route, mais il se méfiait comme de la peste de ceux qui avaient pour mission de l'imposer aux autres. Il devinait l'homme manipulateur, habitué à réciter des leçons apprises par cœur. Un peu comme un prêtre.

Il préférait tellement plus l'innocence et la transparence de Béatrice. Son côté rustique aussi. Et puis son courage… En fait, il se demanda soudain s'il y avait quelque chose qu'il n'aimait pas chez la jeune femme.

Marie Beaunier se laissa aller sur le grand lit à suspension magnétique, s'amusant à prendre des positions défiant les lois de la pesanteur. Elle avait obtenu une semaine de congé et entendait bien en profiter. La résidence de Lorentz n'avait rien à voir avec son modeste trois pièces. Là, elle disposait de

ce qui se faisait de mieux en matière de confort. Le lit n'en était qu'un exemple.
Elle resterait sûrement avec le superviseur quelques mois. Elle n'éprouvait aucun sentiment pour lui. Il n'était même pas un bon amant malgré la qualité des produits qu'il utilisait, mais il était riche et surtout influent. Il ne lui avait d'ailleurs pas caché son intention de l'aider dans sa carrière. Pour elle, il s'agissait donc d'une formidable opportunité à ne pas manquer, un véritable tremplin. Gravir des échelons rapidement lui permettrait de doubler voire de tripler ses revenus. En échange, elle donnait un peu de son corps et surtout, elle lui laissait tous les lauriers en ce qui concernait l'affaire du village.
De toute façon, cette affaire était maintenant du ressort des grands. Tout avait été parfaitement clarifié et Paris informée par l'ambassade de Nantes. On attendait maintenant les éventuelles réactions en provenance de la plus puissante cité de l'ancienne France.
Pour le moment, le grand public n'était au courant de rien, mais avec le retour des équipes de recherche, des fuites se produiraient tôt ou tard et il y avait donc fort à parier que l'affaire éclaterait au grand jour.

Le général Topieu regardait, fasciné, le minuscule cube noir dans le creux de sa main. Nul doute qu'il valait des millions de crédits universels. Quel journaliste ne donnerait pas son âme pour l'acquérir ? Avec ça, il pourrait s'acheter absolument tout ce qui lui faisait envie jusqu'à la fin de ses jours.
Et pourtant, il hésitait à l'utiliser. D'abord parce qu'il ne savait pas trop comment contacter discrètement les grands journaux, mais aussi parce que, pour le moment, l'affaire n'avait pas encore fait la une de l'actualité. Tous les documents s'y référant étaient d'ailleurs classifiés secret d'état. Divulguer maintenant le film constituerait un crime impardonnable, surtout pour un militaire de son rang. On condamnait encore à la prison à perpétuité pour moins que cela.
Par contre, si l'affaire éclatait au grand jour, ce serait différent. Même s'il se faisait prendre, ce ne serait qu'une divulgation d'informations sans gravité. Il pouvait très bien affirmer que le film venait de lui être remis.
Le seul risque venait de l'ex-lieutenant Teren qui, aux dernières nouvelles, jouait les paysans au milieu des Sixpiliens. Il pouvait le trahir. Le général s'en voulait car il aurait dû prendre des mesures immédiatement pour neutraliser cet homme. Maintenant, il n'était pas facile d'agir discrètement avec tous les systèmes de surveillance de Nantes et probablement de Paris braqués sur le village sixpilien.
Il fallait attendre de voir ce qui allait se passer.
Quelque semaines seulement à patienter avant d'être riche. Dans ces moments-là, le temps semble s'écouler avec une infinie lenteur, se dit le général en se servant un nouveau verre de Bourbon. Il décida qu'il irait tout à

l'heure passer ses nerfs sur les aspirants officiers, leur imposant un exercice de nuit.

A chaque soubresaut du train, la poitrine énorme de la Sixpilienne qui faisait face à Guillaume se soulevait pour retomber mollement.
Dans les cités, avec les techniques modernes de chirurgie esthétique, on pouvait réaliser à peu près tous les fantasmes, mais peu de femmes auraient osé arborer une telle poitrine. Cela aurait été considéré comme un véritable appel au viol.
Évidemment, chez les Sixpiliens, on n'avait d'autre choix que de subir les caprices de la nature. De fait, cela atténuait un peu le côté excitant mais bon, Guillaume aurait bien aimé coucher avec la femme.
Cela lui aurait fait le plus grand bien car il avait du mal à penser à autre chose qu'aux événements de la nuit précédente. Se souvenant du sifflement des aiguilles et du bruit écœurant de leur impact dans les corps humains, il eut presque envie de vomir.
Il se répéta encore une fois qu'il s'en était décidément bien sorti. Pas la moindre égratignure. Il en aurait presque hurlé tellement il se sentait soulagé. Cet abruti d'Hervé Buissac l'avait envoyé au massacre mais il s'en était sorti. Il ne comprenait pas trop pourquoi le directeur de l'école avait agi de la sorte, mais cela importait peu. Il mit la main dans sa poche, s'assurant pour la énième fois que le film des événements s'y trouvait. Avec ce film, il tenait le reportage de sa vie. Il deviendrait célèbre, recevrait sans aucun doute le prix Pulitzer et tous les grands journaux lui feraient la cour.
Il ne savait pas encore s'il devait terminer son reportage sur le monde sixpilien ou filer tout droit vers la cité pour proposer son film. Il y verrait plus clair demain, après une bonne nuit de sommeil.
L'Ancien l'attendait pour lui affecter un nouvel hôte en attendant le retour de Béatrice, ce qui était pour le mieux car cette dernière était une vraie folle : rester dans ce village condamné n'avait déjà aucun sens de la part d'un de ses habitants, mais de la part de quelqu'un d'extérieur c'était du masochisme. Guillaume n'était guère psychanalyste, mais il sentait que la jeune femme ne tournait pas vraiment rond. Elle était à la recherche de quelque chose d'impossible. Un besoin incontrôlable de se sacrifier, peut-être pour se prouver son attachement à une cause sixpilienne qu'elle savait plus ou moins inconsciemment absurde et démodée. Elle doutait sûrement et, en refusant de le reconnaître, elle éprouvait un conflit intérieur tel que la mort constituait la seule issue acceptable pour son esprit torturé. Il n'aurait pas été étonné d'apprendre qu'elle éprouvait des tendances suicidaires. Enfin là, songea-t-il, avec un peu de chance, elle partirait en martyre de la cause sixpilienne. Son idéal à n'en pas douter. Bof, à chacun ses choix.
Il continuerait donc son reportage sans la jeune femme, ce qui n'était pas une mauvaise chose tant elle semblait peu représentative de la vraie mentalité sixpilienne.

Il ricana, elle devait le prendre pour un lâche cette imbécile !
Bah, aucune espèce d'importance. Son seul regret en partant était de ne pas avoir eu l'opportunité d'interviewer l'énigmatique Teren. Il mourait d'envie de lui demander ce qu'il avait l'intention de faire et pourquoi il avait aidé les Sixpiliens.
Il existait bien quelques Technos soutenant la cause sixpilienne, demandant pour ces soi-disant êtres humains un statut équivalent à celui des Technos et en particulier le droit d'accès à la médecine moderne, mais aucun ne s'était jamais déplacé pour vivre dans le monde sixpilien. Aucun ne s'était engagé au-delà des mots. Aucun n'avait renoncé au confort de la vie dans les cités. De doux et sensibles rêveurs, comme les surnommaient leurs adversaires.
Mais Teren, lui, n'avait rien d'un rêveur. Il était un soldat habitué à obéir aux ordres et à ne pas éprouver plus de sentiments que nécessaire. Alors pourquoi avait-il basculé ainsi ?
Sûrement pas par amour pour Béatrice comme le prétendait Élisabeth. Béatrice était moche, difficile à séduire, impossible à comprendre, elle sentait la sueur, s'habillait sans aucune recherche et, il ne fallait pas l'oublier, c'était une Sixpilienne.
On peut avoir envie de baiser une Sixpilienne, mais on n'en tombe pas amoureux. On n'abandonne pas la civilisation pour une Sixpilienne. Enfin, de mémoire de Techno ça n'était jamais arrivé.
Guillaume se mit soudain à douter : se pourrait-il qu'il soit témoin d'un tel événement ? Si c'était le cas, il fallait impérativement qu'il filme ça, qu'il s'en serve pour compléter son reportage. Bon Dieu, il ferait alors une histoire extraordinaire !
Jamais il ne s'était senti autant imprégné de son futur métier de journaliste. Ok, Béatrice était une folle et Teren ne valait guère mieux, mais il trouverait l'ouverture d'esprit nécessaire pour accepter de tels comportements et aller au bout de son reportage sur le monde sixpilien. Il était fait pour cela, pour devenir un grand journaliste, le plus grand !
Il se dit qu'après tout, Béatrice avait quand même un énorme intérêt : elle parlait. Elle disait ce qu'elle pensait sans aucune retenue comme un tout petit enfant. Du pain béni pour un journaliste.

CHAPITRE 22

Une bonne semaine s'était maintenant écoulée depuis les événements. Le soleil se couchait, coloriant en rouge tout l'horizon, redessinant le bord des nuages d'une touche dorée, les gonflant de lumière, leur donnant du relief.

Parfois, la nature offre de ces spectacles grandioses qu'aucun artifice n'a jamais pu reproduire, songea

Béatrice. Elle savourait le spectacle, comblée.

- *On ne devrait pas rentrer à la réserve commune ?* demanda Teren.

La jeune femme se tourna :

- *Pourquoi ?*
- *Tu le sais bien, parce qu'il est tard, parce que Jean l'a dit, parce que nous risquons de nous faire tuer bêtement en restant dehors…*
- *Tu as peur ?* se moqua Béatrice.

Teren ne répondit pas, il se contenta de hausser les épaules.

- *Si on passe la nuit hors de la réserve, je veux bien faire l'amour avec toi,* lança la jeune femme avec malice.

Le Techno se tourna vers elle, à la fois totalement surpris et intéressé :

- *Alors, restons dehors !* fit il d'un ton qui se voulait neutre mais qui ne parvenait pas à cacher son émotion.

Après une légère hésitation, ils s'embrassèrent. C'était la première fois et Béatrice savoura cet instant. Elle ne pensa plus qu'au corps de cet homme qui se pressait contre le sien, s'abandonnant dans ses bras. Cela faisait tellement longtemps qu'elle n'avait pas été amoureuse. Peut-être même qu'elle ne l'avait jamais été avant ce jour… Enfin… c'était son impression du moment.

Elle se sentait tellement bien !

Finalement, elle se dégagea doucement :

- *Alors ?* fit-elle.
- *Alors quoi ?* demanda Teren sans trop comprendre.
- *Ben… c'est comment d'embrasser une Sixpilienne ?*
- *Ah… Je dirais que c'est comme d'embrasser une Techno sauf que toi je t'aime beaucoup alors évidemment c'est bien mieux que d'embrasser n'importe quelle autre femme.*

Béatrice rougit. Cet homme-là était vraiment charmant, presque plus sixpilien qu'elle.

- *Tu es décidément le plus gentil des hommes.*
- *Je ne crois pas, non, mais enfin… si tu le dis.*

La jeune femme le prit par la main.

- *Viens*, fit-elle, *on va aller à la bibliothèque, je veux te montrer nos livres. C'est là que l'on fera l'amour, si tu es d'accord.*

Le Techno sourit en secouant la tête. Il était inutile de répondre, elle savait très bien qu'il n'attendait que cela.

Ils marchèrent sans croiser personne jusqu'à un bâtiment de grosses pierres avec de grandes fenêtres munies de stores. L'intérieur était très sobre, comme toutes les constructions sixpiliennes. Une grande pièce aux murs d'aspect terre de sienne dont la première moitié était remplie de rayonnages et l'autre de tables avec des chaises. Dans un coin, Teren aperçut un sofa au tissu bien élimé.
Les livres étaient disposés par thèmes. Il pouvait lire : « monde animal », « techniques », « agriculture », « religions », « conflits »...
Teren renonça vite à les passer tous en revue. Il se demandait un peu ce qu'ils étaient venus faire ici mais à vrai dire, il s'en moquait. Il avait très envie de faire l'amour avec Béatrice et le reste importait peu. Ces derniers jours avaient peut-être été les plus beaux de sa vie. bien-sûr, il lui avait fallu s'adapter au mode de vie sixpilien, mais il se sentait tellement décontracté. Et surtout, il se sentait utile. C'était bon de servir à quelque chose, de ne plus attendre comme un imbécile qu'une guerre se déclenche. Une journée de travail dans les champs en plein soleil équivalait à l'entraînement commando le plus difficile qu'il ait jamais fait au niveau de l'épuisement physique. Le premier jour, il avait cru qu'il n'y arriverait pas. Mais il savait par expérience qu'il suffit de laisser les muscles du corps s'habituer. Il avait donc travaillé comme si de rien n'était, souffrant en silence et se disant que si Béatrice y arrivait, il devait en faire au moins autant. Les journée suivantes avait encore été difficiles, mais rien à voir avec la première. Maintenant, il se sentait beaucoup mieux physiquement et cela lui permettait de laisser son esprit errer.
Comme Béatrice n'était jamais loin, il jetait souvent un coup d'œil dans sa direction et à son grand bonheur il la surprenait souvent à faire de même. De fait, il avait vite compris qu'elle lui portait de l'intérêt. D'ailleurs, tous les prétextes étaient bon pour venir le voir : est-ce qu'il avait bien saisi ? Est-ce qu'il se rappelait ? Est ce qu'il avait soif...
Teren se prêtait évidemment bien volontiers à ce petit jeu. Il se sentait apprécié et c'était bon.
Lorsque la journée est aussi fatigante, les soirées semblent merveilleuses. Teren adorait cette fin de journée, quand il pouvait se reposer en compagnie de Béatrice. Cette dernière n'étant pas beaucoup plus bavarde que lui, ils s'asseyaient quelque part comme ce soir et admiraient la mer ou le coucher de soleil ou n'importe quel autre paysage. Quand l'heure du repas arrivait, ils se dirigeaient vers la réserve commune où tout le monde se retrouvait pour le repas.
Les conditions de vie étaient rudes en comparaison de l'univers feutré et assisté de la cité, mais Teren aimait cela. Il sentait son corps respirer, il le sentait en phase avec la nature.

- *Regarde*, fit Béatrice, le sortant de ses pensées.

Elle lui tendait un petit livre. Il le prit.

- *C'est l'histoire d'une famille qui, au début du XXIe siècle, décide de vivre simplement. Au départ, c'est seulement l'homme qui le souhaite. Sa femme est furieuse et ses enfants le prennent pour un vieux sénile, mais petit à petit, la famille va entrer sans même s'en apercevoir dans l'univers sixpilien. Alors, leur monde change, ils acquièrent une grande sérénité et ne font plus trop attention à ce qui se raconte autour d'eux.*
- *Tu veux dire qu'ils apprennent à vivre en marge de la société ?*
- *Non, non, ils continuent à travailler, à payer des impôts, mais ils sont différents. Par exemple ils ne consomment pratiquement plus, ils retrouvent les vertus de la terre qu'ils cultivent ensemble. Ils n'ont plus de télé, plus de radio, plus d'ordinateur. Ils se déplacent en vélo. Ils n'ont d'autre ambition que de vivre simplement.*
- *Tu sais qu'il y a eu beaucoup de mouvements de pensées de ce type dont certains ont abouti à de véritables génocides. Je pense aux Khmers rouges du Cambodge par exemple.*
- *Ah je sais, mais c'est différent car cette famille n'essaye pas d'imposer son mode de vie aux autres. Elle n'en parle même pas. Tu vois, selon nous, c'est lorsque l'on veut imposer sa façon de penser ou son mode de vie que la violence apparaît. Lorsque l'on commence à croire qu'on détient la vérité et qu'il faut l'enseigner et l'imposer à autrui alors rien ne va plus. On doit se contenter de vivre ses convictions sans gêner les autres.*
- *Oui,* fit Teren songeur, *c'est bien comme tu dis.*
- *Même lorsque l'on cherche un peu trop à convaincre, ce n'est pas bien. Il faut juste expliquer, si quelqu'un le demande, ce qui nous pousse à faire une chose, à vivre d'une certaine façon et c'est tout. On ne détient pas la vérité, on a simplement fait ses propres choix.*
- *Et toi,* fit Teren en riant, *je ne pense pas que tu sois du genre qui attend qu'on te le demande pour donner des explications.*
- *Non, c'est vrai, tu as raison*, fit la jeune femme, un peu triste de constater que même Teren s'en rendait compte, *et c'est bien pourquoi j'ai peur de ne pas être une bonne Sixpilienne. J'ai trop tendance à vouloir défendre le monde sixpilien alors que celui-ci n'a vraiment pas besoin d'être défendu. Il survivrait même au milieu d'une cîté.*

Teren se pencha pour embrasser la jeune femme sur le front.

- *Je le lirai ton bouquin, même si je dois y passer beaucoup de temps. Tu sais, nous, dans les cités, on ne lit pas beaucoup, enfin… pour ne pas dire jamais.*

Béatrice ouvrit de grand yeux :

- *Tu veux dire que tu ne sais pas lire ?*
- *Un peu seulement. Je manque d'entraînement.*
- *Mon Dieu ! mais alors, vous n'avez pas de livres ?*

- *Non, à part dans les musées. On n'écrit jamais, non plus, tout se fait sous forme orale.*
- *Ah…* fit Béatrice toute déçue, *mais vous avez bien des affiches… il vous faut bien remplir des formulaires ?*
- *Oui, on n'est quand même pas complètement illettrés, on sait lire la plupart des mots utilisés dans la vie courante, mais pour le reste, tout se fait par la voie orale. Tu sais, la voix d'un homme l'identifie parfaitement, tout aussi bien sinon mieux que son écriture, alors, si comme tu dis, on a un formulaire à remplir, on le fait si on veut avec la voix silencieuse.*
- *C'est quoi la voix silencieuse ?*
- *C'est lorsque tu parles sans émettre aucun son. Tu prononces les mots en silence. L'ordinateur qui te fait face est capable de lire ce que tu dis. Je ne sais pas trop comment cela marche mais déjà, dans le passé, les mal-entendants parvenaient à lire sur les lèvres de leurs interlocuteurs.*

Béatrice secoua la tête, étonnée:

- *Vous en faites des choses !*
- *Oui. Et tu n'as là qu'un aperçu des techniques développées dans les cités. Aujourd'hui, on peut même conduire des machines directement avec son esprit, sans utiliser ses mains.*

Béatrice poussa un petit cri d'admiration puis, d'un air malicieux, elle dit :

- *Mais vous ne savez pas lire.*

Teren éclata de rire :

- *Non, ça on ne sait pas trop faire.*
- *Alors, je te le lirai d'accord ?*
- *Oui,* fit Teren, *ce sera bien mieux ainsi.*

Béatrice lui prit la main, l'entraînant vers le vieux sofa en cuir qu'il avait aperçu tout à l'heure. Ouah là là, se dit-il avec un peu d'appréhension, nous y voilà, c'est le moment de vérité. Il va falloir que je me montre à la hauteur, que je ne la déçoive pas… Il n'eut pas trop le temps de réfléchir car Béatrice prit la direction des affaires. Elle l'embrassa longuement, se frottant contre son bas-ventre. Il sentit le désir monter en lui. Il avait tellement envie de donner du plaisir à cette femme. Il savait intuitivement qu'elle en avait terriblement besoin.
Béatrice était un roc, mais un roc au cœur tendre.

Jean ne put s'empêcher de regarder encore une fois les deux sièges vides.

- *Il ne faut pas t'inquiéter,* lui lança Bertrand, *ils vont bien.*
- *Comment le sais-tu ?*
- *Je les ai aperçus en train d'entrer dans la bibliothèque. Vu comme ils se tenaient l'un contre l'autre, je ne pense pas qu'ils y allaient pour lire quoi que ce soit.*

Tout le monde sourit. Élisabeth intervint :

- *C'est parfait comme cela, j'espère que Teren est un gars bien. Béatrice a besoin d'un homme qui l'aime sincèrement.*
- *Oui ,* fit Jean, *elle est courageuse mais un peu… spéciale.*
- *Tu veux dire qu'elle ne se laisse pas faire et qu'elle dit ce qu'elle pense ?* répliqua Elizabeth avec un ton de défi.
- *Non, je veux dire que pour une Sixpilienne, elle a parfois du mal à accepter la différence.*
- *C'est une rebelle,* lança Élisabeth. A ses yeux il s'agissait de tout sauf d'un défaut.
- *Ouah !* fit Jean, *et je vois que c'est contagieux.*

Tout le monde se mit à rire et à commenter.

- *Tu sais Élisabeth*, intervint Paul, *nous les Sixpiliens, on les aime bien les rebelles. Ils ne sont d'ailleurs jamais bien méchants ici, juste un peu différents.*

Élisabeth se tourna vers lui, fronçant les sourcils, puis, contre toute attente, elle l'embrassa sans se soucier des quolibets de tous ceux qui se trouvaient là.
Jean sourit, heureux. Comme il aimait les gens du village ! Il les considérait vraiment comme ses enfants. En tous cas, une chose semblait évidente, ils étaient vraiment des enfants.

La nuit était tombée. Assis sur les marches de la bibliothèque, Béatrice et Teren profitaient de la fraîcheur relative.
Béatrice était heureuse. Elle aimait cet homme attentionné. Elle se sentait comblée. Là, dans son ventre, elle avait sa semence. Elle se laissa aller contre lui. Il l'accueillit, s'efforçant de rendre sa position confortable. Béatrice sourit. Aucun Sixpilien n'était aussi Sixpilien que ce Techno ! Quand on imagine à quel point elle haïssait les Technos dans leur ensemble jusque-là ! Encore une fois, Bernard avait bien raison lorsqu'il lui disait qu'il ne fallait jamais généraliser. Qu'il y a des gens bien partout, même chez les Technos. Et puis, cette façon qu'il avait de ne rien dire… Ce silence tellement réconfortant, tellement paisible. Ce silence qui lui laissait le temps de penser, de savourer l'instant.
Elle aimait cet homme qui n'éprouvait pas le besoin de parler. Il était sans aucun doute la meilleure chose qui lui soit jamais arrivée.
Quant à sa façon de faire l'amour, c'était tellement bon. Doux et délicat au début, passionné ensuite. Il sentait quand elle aimait et il insistait jusqu'à ce qu'elle éprouve du plaisir. Elle n'avait eu qu'à s'abandonner dans ses bras. Elle était heureuse.

Teren sentit qu'il avait de nouveau envie de faire l'amour avec Béatrice, mais il se garda bien de le lui dire. Il ne voulait pas la brusquer. Il savait la jeune femme à la fois solide et fragile. Elle était capable de survivre dans

n'importe quelles conditions, comme un vraie guerrière, mais il sentait bien que son cœur pouvait facilement être meurtri.
Teren se demanda pourquoi les gens des cités méprisaient autant les Sixpiliens. Il devait y avoir là-dessous un endoctrinement savamment entretenu dans le but de maintenir cette partie de la population terrestre au service des cités. Les Sixpiliens faisaient le sale boulot que personne n'avait envie de faire depuis des siècles et il n'y avait aucune raison que cela change.
Mais fallait-il que cela change ? Ce travail des champs était-il vraiment un sale boulot ? Les Sixpiliens semblaient heureux, comblés par leur mode de vie et après tout, lui-même se sentait tellement mieux ici que dans la cité.
Il est vrai qu'il était amoureux. Dans cet état-là, on ne peut pas vraiment porter un jugement objectif…
Il se dit qu'il aurait voulu que cet instant dure éternellement. Il se sentait si bien. A la réflexion, il se sentait surtout utile, accepté, reconnu par les gens du village. C'était important d'avoir sa place. Et par-dessus tout, il y avait Béatrice. Il adorait ce petit bout de femme, cette petite sauvageonne que rien ne semblait effrayer.
Sans doute était-ce cela l'amour fou dont parlaient les vieilles histoires, celles dont tout le monde se moquait, lui le premier, avant de connaître Béatrice.
Il regarda les étoiles. Un soir comme celui-ci ne devait pas s'oublier, jamais. A lui de s'en imprégner, d'en faire un tableau plein de couleurs. Ce genre de tableau auquel on se raccroche par la suite si la vie se fait plus dure.
Teren se sentit soudain pris d'une irrésistible envie de donner, de faire plaisir. Il demanda :

- *On se marie chez les Sixpiliens ?*

Béatrice répondit d'un ton amusé :

- *Se marier ? Mon Dieu, mais c'est vieux comme le monde ça ! Pourquoi faire ?*

Teren hésita :

- *Euh… je ne sais pas moi. Quand on s'aime on se marie, non ?*
- *Pas ici.*

Teren se sentit soudain un peu idiot, mais il continua quand même :

- *Chez nous, on se marie. C'est une preuve d'amour je pense, et puis c'est un peu comme un contrat, ça permet de mettre les biens en commun ou inversement.*
- *Je ne sais plus ce que c'est qu'un contrat…*

Là, Teren se dit qu'il venait décidément de s'aventurer sur un terrain marécageux. Il s'efforça quand même d'expliquer :

- *Un contrat c'est un accord écrit entre deux individus. On se promet fidélité, assistance etc… pour toute la vie.*
- *Mais pourquoi faut-il l'écrire ?*
- *Parce que comme cela c'est indiscutable.*
- *Parce que c'est écrit ?*

- *Oui, en cas de non respect, l'avocat agit toujours en fonction du contrat écrit.*
- *Qu'est ce qu'un avocat ?*

Teren soupira :

- *Ouf, je ne sais pas s'il ne vaut pas mieux oublier tout ce que je viens de te dire.*

Béatrice sourit, elle savait plus ou moins ce qu'était un avocat, mais elle voulait que Teren lui explique. Elle voulait qu'il découvre ensuite que les Sixpiliens étaient différents. Elle mentit :

- *Non, non, vas-y, explique moi.*

Teren réfléchit : les Sixpiliens n'ont pas de télé, pas de cinéma, juste quelques livres démodés. Ils n'ont donc pas de véritable culture. Il faut tout leur expliquer, comme à un tout petit enfant. Il se lança à contre-cœur:

- *Bon, l'avocat c'est quelqu'un qui connaît bien les lois et qui va t'aider à défendre ta position devant le juge si un désaccord survient avec ton conjoint.*
- *Pourquoi passer par cet avocat ? Pourquoi ne pas expliquer toi-même au juge ?*
- *Il faut cet avocat car les lois sont tellement innombrables et complexes que seul un professionnel peut s'y retrouver. Connaître les lois est un métier.*
- *Ah. Donc,* résuma Béatrice avec un rien d'amusement dans la voix : *un mariage ce sont des règles écrites que l'on s'impose et si elles ne sont pas respectées on va, avec l'aide de l'avocat, devant le juge qui décide qui a tort et qui a raison. C'est cela ?*
- *Oui,* fit Teren avec soulagement, *tu as tout compris.*
- *Dis-donc, ce n'est pas très romantique tout cela. Enfin, nous les Sixpiliens on ne sait pas ce qu'est un contrat mais en cas de litige on va voir l'Ancien du village qui joue alors le rôle d'un juge. On n'a pas d'autres lois que les six piliers qui tiennent en quelques lignes et donc pas besoin d'avocat. On peut aussi demander à une autre personne de parler à l'Ancien pour nous si on ne s'en sent pas capable, mais ça n'arrive presque jamais.*
- *Bon, d'accord, mais le mariage, vous n'avez rien d'équivalent?*
- *Non.*
- *Ben, je ne sais pas moi, chez nous c'est important par rapport, par exemple, au partage des biens en cas de séparation mais aussi parce que c'est une façon de dire à tout le monde qu'on est officiellement ensemble.*

Béatrice éclata de rire :

- *Pour les biens, on ne possède rien alors je ne vois pas l'utilité d'un contrat. L'Ancien essayait l'autre jour de m'expliquer l'importance de l'argent chez les Technos mais j'ai du mal à comprendre. Je suppose que l'argent, les biens… tout cela est lié. Mais nous, on ne connaît pas ça. Et puis franchement, je n'ai besoin de rien. Je mange tous les jours à ma faim, je t'ai, toi, et ça me suffit. Pour ce qui est de dire au monde qu'on est ensemble, le monde a des yeux et des oreilles, il n'a pas besoin d'un écrit pour constater qu'on est ensemble. Tu sais, le village est petit. C'est un choix sixpilien que de vivre dans des communautés de petite taille, justement pour que l'on n'ai besoin ni de contrat, ni de lois, ni de gouvernement, ni de police…*

Béatrice s'était retenue juste à temps pour ajouter : ni de soldats.

- *Oui, tu as raison, mais bon, je ne sais pas moi, c'est aussi une façon de se jurer fidélité.*
- *C'est quoi la fidélité ?* demanda Béatrice avec un grand sourire.
- *Ben c'est par exemple de ne pas aller faire l'amour avec quelqu'un d'autre. De n'aimer que toi.*
- *N'aimer que moi ? Quel drôle de concept ! Tu es en train de me décrire une vraie prison là. Moi, je t'aime vraiment et donc tout ce que je veux, c'est que tu sois heureux. Je veux ton bonheur. Je suis évidemment très contente que tu m'aimes aussi , mais il n'est pas question de t'y obliger à vie. Quand on aime vraiment, il me semble qu'on veut donner mais pas nécessairement recevoir. C'est le don de soi sans rien demander en échange qui est une preuve d'amour. Dès lors que tu exiges quelque chose en échange, ce n'est plus vraiment de l'amour, c'est une relation d'affaires, c'est un échange. L'amour lui est désintéressé. On aime un enfant, on aime un homme, non pas parce qu'il nous aime, mais parce qu'on a choisi de l'aimer.*

Teren ne répondit pas. Il se sentait totalement dépassé et incapable de poursuivre cette discussion. Il comprenait que Béatrice se moquait des biens matériels et des notions de fidélité mais au-delà de cela, il réalisait d'un seul coup à quel point il ne connaissait rien de la culture sixpilienne.

Dans les cités, on considérait les Sixpiliens comme des primitifs et personne ne s'intéressait à eux. D'ailleurs, lui-même n'avait jamais éprouvé de curiosité envers leur monde. Mais maintenant, il découvrait cette civilisation de l'intérieur et, de fait, il se rendait compte que rien n'était aussi simple que ce qu'on lui avait raconté. Les Sixpiliens n'étaient pas des sauvages, ils semblaient même développer un mode de vie et une philosophie très particuliers. Rien de ce qui prévalait dans les cités ne pouvait s'appliquer ici. Par exemple, le fait qu'il n'y avait que très peu de biens à acheter chez les Sixpiliens changeait complètement toutes les données du problème. Le plus riche des hommes n'amasserait en effet pas plus de biens ici que n'importe quel Sixpilien puisqu'il n'y avait rien à acheter. La philosophie de vie était aussi très différente de ce qu'il connaissait. Une bonne partie de la culture sixpilienne semblait en effet basée sur le don de soi, ce qui contrastait assurément avec l'esprit de compétition qui régnait au sein des cités. De

cette compétition dont on prétendait que naissent tous les progrès technologiques et même humains.
La concurrence avait toujours été considérée comme un facteur de progrès. Elle oblige les habitants des cités à se remettre constamment en question, à se surpasser.
Cependant, ici, en terre sixpilienne, tout était tellement différent !
Teren n'était pas un philosophe, il détestait réfléchir. Il refusait de porter un jugement, ce n'est pas pour rien qu'il avait embrassé une carrière militaire. Mais son intuition ne le trahissait jamais et elle lui disait en ce moment que cette communauté était décidément beaucoup plus complexe à appréhender qu'il n'y paraissait.
Béatrice lui pinça doucement la joue, le sortant de sa réflexion:

- *Alors mon grand bêta,* fit-elle d'un ton moqueur, *tu as compris ce que je voulais dire? Je t'aime, mais tu n'es pas ma propriété, tu es libre.*

Teren protesta :

- *Ce n'est pas du tout ce que je voulais dire…*
- *Non, je sais,* dit Béatrice avec un visage soudain sérieux mais qui restait néanmoins empreint d'une grande tendresse, *laisse tomber ce genre de raisonnement. Ici, les couples se forment parfois pour la vie, mais une très grande tolérance règne. Nous n'avons pas de lois, pas de mariage. Nous apprenons à être libre dès notre plus jeune âge. Nous apprenons à nous servir de cette liberté pour donner de l'amour à l'autre, pas pour l'enfermer dans une prison, pas pour lui demander quoi que ce soit en échange. Nous n'imposons rien à l'autre. Si tu restes longtemps parmi nous, tu comprendras. La fidélité ? Qui en a jamais vraiment été capable ? Cela a-t-il existé, même quand le mariage était un usage universel ? Parfois, les pulsions sexuelles sont tellement fortes qu'on en oublie les sentiments. C'est comme cela. Nous, les Sixpiliens, nous sommes tolérants. Nous n'avons pas d'orgueil, pas d'esprit de propriété non plus. Ce n'est pas parce que tu vas faire l'amour avec une autre femme que tu ne m'aimes plus. Ce sera simplement que tu en as eu trop envie. Cela ne changera en rien les sentiments que nous éprouvons l'un pour l'autre. Cela ne nous empêchera pas de nous aimer. Et puis, tu sais, de mon côté, je peux aussi être tentée, avoir envie d'un autre homme. Toi, un Techno, tu auras sans doute du mal à l'accepter n'est-ce-pas ?*

Teren sourit :

- *Je ne sais pas, sans doute que j'aurai de la peine, mais bon, tout cela est un peu compliqué pour moi. Tu sais que je suis quelqu'un de simple et franchement, tout cela me dépasse.*

Béatrice sourit à son tour :

- *Non, tout cela est en toi. L'amour vrai tu sais le reconnaître. Tu sais qu'il ne demande rien en échange. Tu le sais au fond de toi car c'est tellement logique. Tu es troublé parce que toutes les histoires de prince charmant et de princesse qui se jurent amour et fidélité ont empoisonné dès ton plus jeune âge ton sens logique. Il est tellement de contrevérités qui vous sont assénées tout au long de votre enfance… Mais toi, tu as conservé une lucidité étonnante qui fait qu'aujourd'hui tu es ici avec nous. Je suis probablement en face d'un Techno mutant. Le seul Techno au monde capable de vivre dans notre monde.*

Teren haussa les épaules :

- *Ouf, tu me surestimes là. Mais bon, je t'aime, et je crois que je vais rester longtemps à tes côtés. Enfin, si ça ne t'ennuie pas.*
- *C'est formidable !* s'écria Béatrice, *je ne demande que cela et je t'aime comme tu es. Tu n'as pas besoin de te justifier ou d'essayer de prouver quoi que ce soit, je n'exige rien, je t'aime c'est tout. Tu comprends maintenant ?*

Ils s'embrassèrent.

Béatrice se dégagea et le regarda dans les yeux :

- *On a vécu dans des mondes très différents mais tu vois, on s'aime. Le reste importe peu il me semble. Ici, tu ne rencontreras pas de gens jaloux ou exclusifs. Pour nous c'est une déviance, une maladie. Nous sommes simples en comparaison des habitants des cités, tu sais ? On se contente des bons moments. On ne cherche pas à les enfermer dans l'espoir qu'ainsi ils dureront. Une flamme que tu enfermes s'éteint faute d'oxygène.*
- *Vous avez sans doute raison. En tous cas, je suis bien, là avec toi, et je me moque du reste du monde et de l'avenir. Je suppose que c'est aussi ça l'amour ?*

Béatrice éclata de rire :

- *Oui, sans doute, mais je pense que tu as là une vue à cours terme de la chose. Pour moi, l'amour, contrairement à ce que croient souvent les plus jeunes, ce ne sont pas les premiers jours ou les premiers mois mais les années suivantes. C'est dans la durée que se mesure l'amour. Le temps façonne l'amour comme un sculpteur travaille la matière. L'amour platonique n'est que l'ébauche maladroite de cette œuvre d'art. Ensuite, chaque fois que tu penses à l'autre tu l'embellis un peu cette œuvre. Chaque fois que tu pardonnes, chaque fois que tu fais une concession, tu l'embellis encore. Mais tu sais, le simple fait de partager un moment ensemble va aussi l'embellir. Petit à petit, l'œuvre prend forme, elle n'est jamais terminée mais chaque jour qui passe la rend plus merveilleuse.*

Béatrice marqua une pause :

- *Enfin, c'est ma façon de voir les choses… Il y a mille façons de voir l'amour. Chacun a la sienne, n'est-ce-pas ?*

Teren hocha la tête en souriant tendrement. Il ne savait pas trop quoi dire. Il n'était pas capable d'exprimer ses sentiments aussi bien que la jeune femme. Il aurait voulu, pour lui faire plaisir, mais il ne savait même pas par quoi commencer. A vrai dire, il se rendait même compte que sa tête était vide. Ses yeux fixaient les étoiles et il essayait désespérément de trouver ses mots. Béatrice sentit son embarras et elle vint à son secours :

- *Mon Dieu !*, fit-elle, *qui aurait pu imaginer que je tomberai amoureuse d'un de ces barbares sanguinaires que sont les soldats technos !*

Teren sourit, soudain soulagé que l'on passe à la plaisanterie:

- *Et moi donc ! Tomber amoureux d'une primitive…*

Cette fois, tous deux se mirent à rire en même temps.
Ils étaient tellement heureux. Que pouvait-il exister de mieux que ces instants de bonheur partagé ? Teren se demanda quel bien au monde pouvait être plus précieux qu'un tel moment. Tous les biens matériels, toutes les philosophies ne sont rien lorsque deux êtres humains s'aiment. L'univers n'existe plus, seule compte la présence de l'autre à ses côtés.
Machinalement, il se mit à caresser la poitrine de la jeune femme qui bomba le torse pour mieux s'offrir.

Le général Topieu écouta la directive confidentielle qui émanait du bureau du Maire. Paris venait de demander une « Autorisation de proximité » à la cité de Nantes. En clair, les Parisiens projetaient une action militaire ponctuelle sur le village et, comme ce dernier se trouvait à moins de 200 kilomètres de Nantes, ils employaient les formes. Le Maire de Nantes avait lâchement accepté et le village sixpilien vivait probablement ses dernières heures.
L'action était prévue pour la nuit prochaine, 1 h 30 du matin. On rappelait d'urgence toutes les équipes dans les services de surveillance et d'écoute.
Le général se demanda soudain s'il ne devait pas envoyer un autre de ses hommes filmer, mais il se ravisa. Il ne savait pas quel type d'action Paris projetait, mais si des hommes étaient envoyés, ce seraient de vrais professionnels qui ne se laisseraient pas surprendre. Ils emploieraient toutes les techniques modernes de combat et repéreraient immanquablement un espion.
Il songea au lieutenant Teren. Cet imbécile avait signé son arrêt de mort en quittant l'armée. Il allait sans doute disparaître avec le village.
Seulement voilà, songea brusquement Topieu avec inquiétude : si les Parisiens décidaient de raser le village avec tous ses habitants en lançant un missile, ce serait parfait, mais s'ils préféraient envoyer une équipe au préalable pour soumettre tous les villageois, et Teren, à un interrogatoire alors tout se compliquerait. Ils remonteraient jusqu'à lui et risqueraient

d'informer le Maire de Nantes de ses agissements. Autant dire qu'il pouvait faire une croix sur le film et même sur sa carrière.
Teren avait été honnête en accomplissant sa mission jusqu'au bout, mais il n'en constituait pas moins, désormais, un témoin fort gênant. Quel dommage qu'il ne l'ait pas sous la main !
Que faire ? Si seulement il pouvait prendre de vitesse les Parisiens en liquidant Teren avant leur intervention.
Trop risqué sur place, le village était trop surveillé. Aucune action discrète ne pouvait être envisagée. Le ciel était maintenant clair et de toute façon, des sondes avaient sûrement été envoyées autour du village pour pallier au risque d'un nouveau front nuageux.
Il songea soudain que la solution consistait à faire revenir Teren dans la cité pour le liquider discrètement. Mais comment joindre le lieutenant ?
Il eut soudain une idée.

CHAPITRE 23

La chaleur écrasait littéralement la plaine. On atteignait 39°C à l'ombre.

- *Non,* fit Béatrice sur un ton de reproche, *cette plante là il ne fallait pas l'arracher !*
- *Ouf !* répondit Teren, *ce n'est pas facile. Je me trompe toujours avec l'autre qui lui ressemble.*
- *Celle-là ?* demanda la jeune femme en désignant une herbe près du plan de myrtille.
- *Oui, c'est ça.*
- *Regarde*, fit Béatrice, en arrachant la nouvelle herbe, *les feuilles n'ont pas tout à fait la même forme, et puis les tiges sont plus fermes. Cette herbe-là est très vorace, elle mange tout ce qu'il y a de bon dans le sol. En plus, elle grandit très vite, étouffant ce qui est autour d'elle. L'autre que tu as arrachée par erreur ne prend pratiquement rien et elle reste de taille modeste. Par contre, elle permet au sol de ne pas sécher sous le soleil et de devenir une croûte que l'eau a du mal à traverser. Les limaces en sont friandes et comme cela elles laissent nos cultures en paix. Tu vois, elle a beaucoup de qualités.*
- *Oui*, fit Teren, *je vois bien la différence maintenant. Enfin… je crois. Ce n'est pas facile parce que vous ne donnez pas de nom à toutes ces herbes.*

Béatrice rit :

- *A quoi cela servirait-il de s'embarrasser d'un nom pour toute chose ? Il vaut mieux savoir reconnaître une herbe plutôt que de s'obliger à apprendre un nom.*

Teren réfléchit :

- *Cela sert à en parler sans nécessairement l'avoir devant les yeux non ?*
- *Et pourquoi en parler sans l'avoir devant les yeux ?*
- *Je ne sais pas moi, à l'école par exemple, pour l'apprendre aux enfants.*
- *Oh, mais on leur montre pour de vrai, ce genre de cours se passe dans les champs, pas devant un livre. C'est plus simple, c'est plus efficace, c'est plus intéressant. On a banni depuis longtemps cette forme d'intellectualisme qui consistait à donner un nom à tout, à écrire dans des livres sur des choses qui sont tellement plus simples à apprendre dans le monde réel.*
- *Bon… mais ça peut servir pour expliquer à quelqu'un qui est loin que telle herbe a envahi tel champs.*
- *Il vaut mieux qu'il se déplace pour voir. Rien ne remplace le terrain. Et puis, si cette herbe revient trop souvent dans les discussions alors on lui donne un nom.*

Teren n'était pas trop convaincu, mais il préféra laissa tomber. Il se pencha, arrachant cette fois la bonne plante.

- *Je vois que tu apprends vite*, fit la jeune femme, *tu es doué.*

Le Techno sourit sans répondre.

- *Je crois que je t'aime trop tu sais*, continua la jeune femme d'une voix soudain sérieuse, *j'espère que tu ne me feras jamais de la peine. J'aurais vraiment du mal à m'en remettre*.

Teren se leva, il prit Béatrice par la taille et l'embrassa.
Elle se blottit contre lui. Jamais sans doute elle n'avait été aussi comblée. Elle ne pouvait s'empêcher de penser que c'était bien trop beau pour être vrai, elle avait du mal à y croire.

Le fil de traylon se tendit brusquement, la canne se lova, amortissant la secousse. Au son de la clochette, Louis se précipita mais il était déjà trop tard, la canne se redressa et le fil cassé fouetta l'air. Encore un trop gros poisson qui était parti avec l'appât et probablement l'hameçon.

- *Eh bien*, dit Paul sur le ton de la plaisanterie, *tu crois que l'on va ramener quelque chose ?*

Louis n'avait pas trop envie de rire. Il se contenta de secouer la tête et entreprit de ramener la ligne pour la réparer.
Cette partie de l'estuaire était poissonneuse à l'extrême, mais Paul et lui n'y connaissaient rien en matière de pêche. Ce n'était pas leur travail habituel. Mais les pêcheurs avaient quitté le village, de même que les chasseurs d'ailleurs, alors, il fallait bien les remplacer.
Le plus simple aurait sans doute été d'aller s'approvisionner dans un des villages voisins, mais Jean ne voulait pas mouiller les autres villages. Il tenait à ce qu'ils restent isolés du reste du monde sixpilien.
La drague oscillait doucement au gré des vagues. Paul prit les jumelles pour observer la terre au loin. Le village semblait paisible et il apercevait des silhouettes s'affairant dans les champs. Ce matin, deux nouveaux habitants étaient rentrés. Ils étaient désormais vingt-quatre au village. Cela faisait beaucoup de bouches à nourrir, se dit Paul en regardant les seaux vides sur le pont. Il fallait qu'ils se débrouillent pour pêcher quelque chose. Il se demanda soudain s'ils ne se trompaient pas d'appât. Visiblement, seuls les gros poissons mordaient. Il en fit part à Louis qui hocha la tête. C'était sûrement cela.
Tous deux se mirent en quête d'insectes.

Jean ramenait une pleine brouette de tomates. Il s'arrêta pour s'essuyer le visage. Il n'avait plus trop l'habitude de travailler aux champs, ses fonctions d'Ancien l'ayant peu à peu éloigné de ce genre d'activité. C'était vraiment dur de s'y remettre, mais compte tenu du manque de main d'œuvre, il n'avait guère le choix.

Il se remit en route et arriva à l'entrée du préau où Élisabeth et Quentin s'affairaient pour constituer une espèce de gaspacho qui se conserverait facilement jusqu'à l'été prochain.

- *Voilà un nouvel arrivage !* fit-il joyeusement.

Quentin sourit :

- *A ce rythme, on aura bientôt de quoi nourrir le village d'à côté aussi !*

Élisabeth ne dit rien, ne relevant même pas la tête, se contentant de remplir le mixer avec les tomates de la livraison précédente. Jean la regarda en hochant la tête :

- *Tu boudes toujours parce que je ne t'ai pas laissé partir à la pêche avec Paul et Louis ?*

La jeune femme ne répondit rien, se contentant de hausser les épaules.

- *Tu verras,* continua Jean, *tu auras tout le temps plus tard, tu sais bien que nous sommes trop peu nombreux pour le moment.*

Élisabeth marmonna un « je sais » à peu près incompréhensible. Elle ne pouvait pas s'empêcher de faire la tête même si elle savait pertinemment que Jean avait raison. Ce dernier sourit. Il vida le contenu de sa brouette sur la bâche tendue à même le sol et repartit vers les champs.

Guillaume filmait un cours de théorie sixpilienne appliquée.
Tout d'abord, deux petites filles auxquelles on avait artificiellement ôté la vue pour un mois environ racontaient leur quotidien. L'une des deux, qui en était au début de l'expérience, pleurait beaucoup parce qu'elle ne pouvait plus voir son petit frère. La seconde qui n'y voyait plus depuis deux semaines semblait plus sereine. Elle expliquait sa découverte du monde des sons, du toucher et des odeurs. Un autre univers selon elle. Elle avait un peu peur de ne plus jamais retrouver la vue mais on sentait qu'elle n'était pas mécontente de cette expérience. Le professeur la laissa parler puis il la rassura. Beaucoup de bruits couraient à propos d'enfants qui n'auraient jamais retrouvé la vue, mais cela faisait partie du jeu. Elle devait croire que, peut-être elle ne retrouverait pas la vue à la fin de l'expérience, comme cela elle s'investissait pleinement.
Pour Guillaume, tout cela était de la manipulation pure et simple. Sous couvert de faire comprendre aux enfants un handicap, ou de leur faire découvrir le monde de l'aveugle, on les traumatisait. Jamais de tels agissements n'auraient été permis dans le monde techno où la liberté de l'individu était fondamentale. En plus, la drogue qui permettait d'ôter la vue entraînait sûrement des effets secondaires. On droguait les enfants ! Tu parles d'une méthode d'éducation ! Songea-t-il. C'est vraiment là qu'on prenait conscience que le monde sixpilien n'est pas autre chose qu'une immense secte.
Trois autres enfants faisaient l'objet d'une expérience encore plus révoltante : ils avaient absorbé des produits qui les rendaient aussi faibles que des

vieillards, toujours dans le but de leur permettre de comprendre ce que ressentaient ces derniers, d'être, soi-disant, capables de se mettre à leur place. Alors, ils avaient l'équivalent de rhumatismes, s'essoufflaient au moindre effort, éprouvaient de l'incontinence urinaire, n'y voyaient plus aussi bien…
Une vraie torture, s'offusquait silencieusement Guillaume. Il continuait à penser qu'il y avait d'autres moyens de faire en sorte qu'un individu respecte autrui. Tout cela était purement et simplement odieux, très proche de l'endoctrinement que certaines sectes du passé faisaient subir à leurs adeptes.
Guillaume refrénait constamment son envie d'intervenir, de dire ce qu'il pensait. Mais il savait qu'il ne fallait pas, s'il voulait qu'on lui garde la porte ouverte.
D'autres enfants se succédèrent pour prendre la parole. L'un d'eux subissait un traitement spécial qui consistait à l'exclure purement et simplement de toutes les activités communes, de le rejeter sous prétexte qu'il n'appartenait pas au groupe, qu'il n'était pas comme les autres, lui et sa famille. Il s'agissait d'une des étapes destinées à lui faire découvrir le racisme et l'intolérance. Pour un autre, on se moquait systématiquement de son physique, de son manque d'intelligence.
Dans ces scénarios, chacun jouait un rôle dicté par les enseignants. Parfois, les enfants ne comprenaient pas trop ce qu'on leur demandait de faire, mais ils acceptaient le principe selon lequel leurs actes, quels qu'ils soient, permettaient à leur camarade d'acquérir un niveau de conscience plus élevé, de s'enrichir d'une expérience.
Guillaume filmait, révolté mais silencieux.
C'était depuis sa rencontre avec Béatrice qu'il avait compris la nécessité de ne plus intervenir, de ne faire aucun commentaire et, surtout, aucune critique. Il voulait de l'information, de la matière pour son reportage et il devait donc laisser de côté ses opinions. Faire croire qu'il trouvait tout cela passionnant et juste.
Même s'il trouvait que le monde sixpilien n'était pas autre chose qu'une immense secte, il devait donner l'impression que tout était pour le mieux, qu'il s'agissait de la vraie forme de civilisation. Même s'il se rendait compte que la seule perspective pour un enfant sixpilien était en fait : « cultive ton champ et tais-toi », il devait rester silencieux, ne pas juger ouvertement, ne pas laisser paraître sa révolte intérieure.
C'était à ce prix qu'il réussirait son reportage. Il était en train de devenir un journaliste expérimenté. Il ne s'agissait pas seulement de feindre l'indifférence, ce qui aurait été plus aisé, non, il fallait faire en sorte que l'on croit qu'il approuvait. Il fallait s'intégrer. Alors, les langues se déliaient et on lui laissait tout voir.
Il était finalement bien content de ne plus avoir Béatrice dans les jambes. La jeune femme était beaucoup trop intelligente et anti-Techno, elle ne lui aurait

jamais laissé les mains libres comme maintenant. Elle l'aurait percé à jour, révélant ses vrais sentiments, lui fermant toutes les portes.
Parfois, Guillaume se plaisait à imaginer qu'il serait un jour amené à jouer un rôle de première importance ; c'était là sa destinée. Les gens autour de lui n'étaient que des pions qui lui permettaient de progresser, de se hisser progressivement au-dessus du lot. La Sixpilienne avait joué son rôle, lui permettant de comprendre comment s'y prendre pour réaliser son reportage. Maintenant, il était normal qu'elle disparaisse de la scène, lui laissant le champ libre.
Il songea à son film sur l'attaque du village. Pour le moment, les seules informations qui avaient filtré évoquaient l'accident de deux HAPS parisiens retrouvés en mille morceaux au fond de l'estuaire de la Loire. Lorsque lui, Guillaume Sergent, présenterait les faits réels, ce serait un sacré choc médiatique. Il avait décidé d'attendre la fin de son stage au cœur du monde sixpilien pour dévoiler le film. Il l'intégrerait dans l'ensemble du reportage comme s'il s'agissait d'un événement parmi tant d'autres. Il commençait à bien discerner le squelette de son reportage : d'abord, présenter la version officielle d'un accident des deux HAPS puis titrer : « ce qui s'est vraiment passé » et laisser les images parler d'elles-mêmes.
Tout le reste du reportage serait aussi construit ainsi, en se basant sur la découverte du monde sixpilien et la rupture avec la pensée officielle.
Ce reportage ferait de lui le journaliste le plus célèbre de tous les temps, et ce serait vraiment mérité car il en bavait.

CHAPITRE 24

Tout le monde était réuni comme d'habitude pour le repas du soir mais cette fois, exceptionnellement, dans la salle des fêtes. Jean semblait plus radieux que jamais. Ils n'étaient pas nombreux, mais tellement motivés. Cette année, la récolte promettait d'être particulièrement abondante, il fallait vraiment en profiter, comme cela ils pourraient constituer des réserves pour le retour de tout le monde au village. Cet hiver sans doute.
Que demander de plus ?
Jean regarda les murs de la salle des fêtes. La couleur était plutôt passée et, par endroits, des taches de moisissure apparaissaient. Les bois des fenêtres laissaient aussi à désirer. La peinture était toute écaillée et l'une d'entre elles ne s'ouvrait même plus. Sans parler de l'électricité. Une boite de connexion avait brûlé à moitié et les fils apparaissaient, tout noirs. L'interrupteur des néons de la réserve ne fonctionnait plus et, le soir, il fallait utiliser des bougies. Des câbles pendaient le long du mur parce que personne ne s'était encore occupé de les fixer. Le petit ventilo au coin d'une des fenêtres ne tournait plus.
Tout cela ne faisait évidemment pas très sérieux, mais la priorité, c'était la récolte. Comme toujours d'ailleurs.
Jean se souvenait trop bien de cette année où il avait fait un temps d'automne du 1er mai au 31 septembre. Malgré leurs efforts, toutes les plantes qui n'étaient pas à l'abri en serres dépérissaient ou ne donnaient que peu de rendement. Cette année-là, ils n'avaient pas récolté le quart de la production habituelle. Autant dire que l'hiver suivant, même en épuisant toute la réserve stratégique prévue en cas de mauvaise récolte, ils avaient terriblement souffert de la faim.
On faisait de la soupe avec tout ce que l'on trouvait, notamment les racines, les orties. On inventait de nouveaux pains à base de tout ce qui pouvait remplacer le blé. Les jeunes enfants, pourtant toujours les premiers servis, pleuraient parce qu'ils avaient tout le temps faim.
Jean songea qu'il s'agissait à la fois d'un mauvais souvenir, parce qu'ils avaient beaucoup souffert, et d'un bon souvenir, parce que les valeurs sixpiliennes avaient permis de surmonter l'épreuve.
C'est en effet, comme toujours, dans le souci que l'on reconnaît les amitiés sincères. Chez les Sixpiliens, on ne trouvait, de par leur philosophie de vie, que des individus soucieux de l'autre alors évidemment, en se soutenant, en aidant les plus faibles, ils avaient réussi à faire face.
Cependant, une certaine catégorie de la population avait payé un bien lourd tribu, à savoir les personnes âgées. Beaucoup de Sixpiliens de plus de 50 ans s'étaient en effet sacrifiés, ne mangeant pas 10% de leur ration habituelle. Dans ces conditions, leurs corps affaiblis étant incapables d'affronter la maladie ou le froid, la mort avait fait des ravages.

Voir des êtres chers partir ainsi en se sacrifiant, malgré les protestations de leurs proches, avait bouleversé la population sixpilienne, créant un traumatisme bien plus terrible que ceux provoqués par la brutalité des Technos à une certaine époque.
Jean était de cette génération d'adolescents qui virent tous ces êtres remarquables disparaître. Assez grand à l'époque pour avoir de la peine mais trop jeune pour comprendre. Car on ne disait rien aux enfants. On ne pouvait pas.
Ce n'est qu'après, longtemps après, qu'il avait appris pourquoi tous ces gens étaient morts, qu'il avait compris leur sacrifice. Il avait éprouvé un sentiment très complexe. Un mélange de colère, de honte et d'admiration. La colère bien-sûr, parce qu'on ne lui avait rien dit. La honte, parce que pendant qu'il réclamait à manger en pleurant, son grand père se laissait mourir de faim. L'admiration, parce qu'il fallait tellement de courage et d'amour pour se sacrifier ainsi.
Jean avait pleuré de longues heures par la suite. Cela ne servait à rien, mais il ne pouvait s'en empêcher et aujourd'hui encore ses yeux s'humidifiaient lorsqu'il se souvenait.
En tous cas, depuis cette terrible épreuve, la réserve stratégique prévue en cas de mauvaise récolte avait triplé et tous ceux qui avaient vécu ces événements considéraient un bon repas comme une bénédiction.
Enfin, se dit Jean, tout cela n'était maintenant plus qu'un souvenir de vieux. Il fallait espérer que jamais plus un climat aussi capricieux ne viendrait les tourmenter.
Ce soir, tout le monde était de bonne humeur. Le dicton : « le corps s'habitue à l'effort et lorsque l'on mange bien, il ne s'épuise pas » semblait s'appliquer parfaitement. Le corps humain a besoin de faire des efforts autant qu'il a besoin de se nourrir. C'est une équation rodée par des milliers de générations à travers les siècles songea l'Ancien. Les Sixpiliens n'ont rien inventé de ce côté-là, ils ont juste rajouté une nouvelle manière de voir l'autre, mais cela, c'était une autre histoire.
Jean goûta la purée de pommes de terre. Elle était délicieuse. Il voulut demander à Teren ce qu'il en pensait quand son téléphone sonna. Il le saisit et écouta. Progressivement, son visage devint sérieux.
A table, tout le monde s'était arrêté de parler et tous les regards convergeaient vers Jean. Parfois, sans qu'on puisse en déterminer la raison exacte, les membres d'une communauté ressentaient simultanément de mêmes émotions. Là, l'inquiétude en l'occurrence.
Au bout de quelques secondes, Jean coupa la communication et se tourna vers Teren :

- *Est-ce que tu connais un général ?*

Teren acquiesça. Il ne pouvait s'agir que de Topieu.

- *Quelqu'un a téléphoné à Bernard, l'Ancien du village de Béatrice, pour lui dire qu'il faut que tu le rejoignes d'urgence cette nuit à la taverne d'Ali Baba afin qu'il te donne des informations à propos de l'avenir du village.*

- *Cette nuit ?* fit Teren avec surprise.

Il réfléchit. Le général Topieu n'était pas du genre à faire du sentiment et il n'avait que faire de lui et du village. Pourquoi donc voulait-il le voir ? Pour lui confier une nouvelle mission ? Mais il avait démissionné.

Il leva la tête, se rendant soudain compte que tous les regards étaient maintenant tournés vers lui.

- *Je vais y aller*, fit-il sans conviction, *c'est peut-être important pour le village.*
- *Je viens avec toi,* lança Béatrice.

Teren sourit :

- *Tu ne peux pas, les tours de défense ne te laisseront pas passer... A moins que…*
- *A moins que quoi ?* fit Béatrice.
- *Il y a un moyen peut-être...*
- *Lequel ?*
- *Il faudrait acheter un module d'identité à Tarnac au marché noir. Avec lui, tu tromperas les système de surveillance, mais bon, je ne vois pas pourquoi tu veux venir. Tu peux m'attendre à la limite du périmètre de défense, je reviendrai vite.*

Béatrice se ferma. Elle voulait venir parce que son intuition lui disait que si elle laissait Teren partir seul, elle ne le reverrait jamais plus. Elle ne voulait pas le perdre.

Jean intervint :

- *Il a raison Béatrice, accompagne le jusqu'aux limites de la ville et attends là-bas son retour. La cité n'est pas un endroit pour toi, tu seras une charge pour Teren.*

Béatrice sembla hésiter quelques secondes mais finalement son visage retrouva sa fermeté et elle lança avec conviction:

- *Je vais avec lui dans la cité, il aura besoin de moi. Je le sais.*

Teren la regarda. Il la connaissait maintenant suffisamment pour savoir qu'il était inutile d'essayer de la faire changer d'avis. La jeune femme voulait l'accompagner et elle n'en démordrait pas.

- *Je n'ai pas beaucoup d'argent avec moi,* fit Teren, *et il me faudra en trouver pour acheter un module d'identité, on va perdre beaucoup de temps.*

Paul intervint :

- *Je peux te donner de l'argent, moi.*
- *Tu as de l'argent ?* s'étonna Teren.
- *Oui, celui que l'on économise pour acheter du matériel aux cités. La drague a besoin d'un sacré coup de neuf.*
- *Mais on a besoin de cet argent !* protesta Jean.
- *Il t'en faut beaucoup ?* demanda Paul.

Teren réfléchit :

- *Je n'en ai pas la moindre idée, je n'ai jamais acheté ce genre de matériel. Je sais que cela se fait et où me le procurer, c'est tout.*
- *Mais qui utilise ce genre de procédé ?* demanda Jean. *Des Sixpiliens ?*
- *Non, les bannis.*
- *Les bannis ?*
- *Oui, en périphérie de la cité existe une ville nommée Tarnac où vivent tous ceux qui ont été rejetés pour mille raisons. Parce qu'il n'y a plus de place en prison, ou parce qu'ils sont considérés comme politiquement dangereux, ou parce qu'ils ne veulent pas respecter nos lois ou parce qu'ils ont choisi de s'exiler au nom de la liberté…*
- *Je ne savais pas*, reconnut Jean.
- *Oh, je ne pense pas qu'un Sixpilien verrait une grosse différence entre la cité et Tarnac, la ville des bannis. Il y a toute une économie qui s'est développée dans cette ville. Ils ont une police, des hôpitaux… Ils élisent leurs dirigeants. Évidemment, leur niveau technologique est très inférieur à celui de la cité mais ils payent beaucoup moins d'impôt parce qu'ils n'ont pas d'armée et une structure administrative bien plus légère. C'est d'ailleurs un des motifs pour lesquels des habitants des cités les rejoignent.*
- *Mais pourquoi ont-ils besoin de modules d'identité ?*
- *Parce que lorsqu'ils sont bannis, on leur enlève le module d'identité greffé à la base du cou. De fait, s'ils ont besoin de venir dans la cité, par exemple pour se procurer des médicaments ou certains produits, ou même seulement pour visiter un parent ou pour mille autres raisons, il leur faut utiliser un module d'identité de remplacement. Quelques laboratoires en fabriquent dans la plus parfaite illégalité et ils les vendent à Tarnac sur le marché noir en utilisant des petits dealer. La cité envoie parfois des agents pour essayer de remonter jusqu'aux labos, mais c'est très cloisonné. Les petits dealers se font prendre mais ils ne savent rien de l'échelon supérieur.*
- *Mais pourquoi la cité tolère-t-elle cette ville de bannis ?*
- *Je ne sais pas, toutes les cités en ont une, c'est une sorte de soupape. Et puis, beaucoup d'artistes vivent à Tarnac. Il y a un marché officiel avec Nantes et tout comme entre les Sixpiliens et la cité.*
- *Mais, il n'y a pas d'échanges entre les gens de Tarnac et nous ?* demanda Paul.
- *bien-sûr que si, les gens de Tarnac viennent sur le marché entre la cité et les Sixpiliens mais pour vous ce sont des Technos comme les autres. Vous ne faites pas la différence.*

Jean intervint :

- *Bon, ce sont des affaires de Technos, non ? L'important c'est que tu trouveras là-bas un module pour Béatrice.*
- *Oui, une fois en ville, j'espère en trouver un.*

Paul hocha la tête.

- *Bon, je vais te donner tout ce que l'on a. Après tout, il s'agit peut-être de l'avenir du village, les dragues peuvent attendre.*

Jean intervint d'une voix ferme :

- *Non, tu ne peux pas confier tout notre argent à Teren.*

S'adressant au Techno il continua :

- *Nous t'aimons tous ici Teren, mais on ne te connaît pas encore bien. Pour nous, l'argent est sans importance mais pour vous les Technos, c'est autre chose. Si tu n'y vois pas d'inconvénients, Paul t'accompagnera.*

Teren baissa les yeux, un peu gêné. Il fit néanmoins signe de la tête qu'il était d'accord.
Béatrice lui prit la main et elle la serra très fort.
Ce fut au tour d'Élisabeth de parler :

- *Si Paul y va, j'y vais aussi!*

Jean s'énerva :

- *Attendez un peu, si on continue comme cela, c'est tout le village qui va partir !*

Une discussion animée s'ensuivit au cours de laquelle Élisabeth refusa d'entendre raison. Jean en perdit son latin.
Finalement, on décida que les trois Sixpiliens accompagneraient Teren jusqu'aux limites de la cité. Là, le Techno et Paul essayeraient de trouver un module pour Béatrice. S'ils réussissaient, Béatrice entrerait dans la cité, sinon, elle attendrait avec Paul et Élisabeth le retour de Teren.
Tous finirent rapidement leur repas. S'ils voulaient arriver dans la cité cette nuit, il allait leur falloir se presser.
Cet événement imprévu avait vraiment gâché la soirée. Jean en était tout retourné. Et surtout, il remettait d'actualité le spectre d'une destruction brutale du village.

Ils partirent vers 21 h 30, Teren en tête, Paul fermant la marche.

Le général Topieu se versa une bonne dose de bourbon, son péché mignon. Il se sentait un peu nerveux et l'alcool allait lui permettre de se détendre.
Il venait d'arriver de Tarnac où il avait discrètement rencontré Alpha333, un ancien des forces spéciales qui s'était mis à son compte. Il l'utilisait pour les missions noires. Celles dont personne ne voulait rien savoir. L'homme lui avait demandé 20 000 crédits pour supprimer Teren. Une petite fortune, mais

le général connaissait le prix pour un contrat dans la cité ; il avait remis la moitié de la somme, le solde viendrait une fois la mission terminée.
Alpha333 était un homme efficace. Il était sûrement déjà en route pour la taverne d'Ali Baba. De cette façon, il pourrait repérer les lieux bien avant l'arrivée de sa cible. Un contrat dans la cité n'était jamais facile. La police disposait de caméras et d'enregistreurs d'identité un peu partout. Dès qu'un événement grave se produisait, les forces de sécurité intervenaient très vite, bouclant le périmètre, interpellant tous les suspects.
Alpha333 disposait sûrement d'un brouilleur. Si nécessaire, il l'activerait, ce qui perturberait les caméras et les détecteurs d'identité dans un rayon de cinq cents mètres. Mais il lui faudrait alors faire vite car les forces de sécurité neutraliseraient en quelques minutes le brouilleur.
Le mieux était d'agir discrètement. Dans une taverne, personne ne faisait attention à un homme endormi. Et il y avait fort peu de différence entre un homme endormi et un homme mort. La spécialité d'Alpha333, c'était l'injection d'une micro dose de Bétastéline à l'aide d'un petit tube à air comprimé dissimulé dans son poignet. Il fallait approcher la cible à moins d'un mètre et viser une zone du corps découverte. Cela demandait parfois beaucoup de sang-froid, mais c'était un procédé d'une efficacité redoutable. La dose était tellement microscopique que la cible ne sentait même pas la piqûre. Dans les dix minutes qui suivaient l'injection, la victime se sentait somnolente. En fait, à ce stade, la Bétastéline est en train de provoquer la mutation des anticorps qui s'attaquent à elle. Elle perturbe leur mémoire génétique et les transforme en de parfaits petits guerriers incontrôlables qui vont s'attaquer à tout ce qui passe à leur portée et tout particulièrement au corps qu'ils étaient chargés de défendre. Parallèlement, la Bétastéline se décompose par réaction avec certains composants du sang, créant des molécules qui se fixent sur le réseau nerveux, neutralisant les signaux de douleur, provoquant cette impression de somnolence chez la victime. Une demi-heure après l'injection, le sommeil est profond. En fait, il s'agit d'un coma. La cible est déjà irrémédiablement condamnée. L'arrêt du cœur survient dans les deux ou trois heures qui suivent.
La Bétastéline était un tueur parfait, silencieux, efficace. Les commandos l'utilisaient pour neutraliser les sentinelles mais les services secrets en faisaient aussi largement usage lorsqu'il s'agit d'intervenir discrètement.
En effet, presque systématiquement, les médecins légistes concluaient à une crise cardiaque. Si l'un d'entre eux était assez doué pour réaliser qu'il a devant lui l'œuvre de la Bétastéline, il se taisait par peur d'avoir de gros ennuis. Seules les cités disposaient en effet des moyens nécessaires pour produire de la Bétastéline. Le crime étant ainsi en quelque sorte signé, aucun médecin n'avait envie de se mettre à dos les services secrets de la cité.
Par un moyen que le général ignorait, sans doute par ses amis restés au service de la cité, Alpha333 parvenait à se fournir en Bétastéline.

Mais tout cela n'avait pas vraiment d'importance, il fallait seulement que le lieutenant Teren disparaisse.
Il avait apporté au tueur le code d'identité de Teren ainsi qu'une vidéo où l'on voyait le lieutenant à l'entraînement.
Si Teren venait au rendez-vous, il était mort.
La voix de l'ordinateur s'éleva dans l'appartement pour rappeler au général qu'il devait rejoindre le quartier général de l'hôtel de ville.

23 h 00. Béatrice regardait les lumières de la station-relais s'éloigner rapidement.
Quelques minutes plus tôt, Teren les avait guidés jusqu'au pied de la station puis il avait été récupérer dans un fourré un espèce de plateau ovale d'un mètre de long environ. Cela ressemblait à une grande assiette, mais il s'agissait en fait d'un ascenseur. Une personne s'accroupissait dessus et le plateau ovale s'élevait verticalement dans les airs. Seul un léger bourdonnement trahissait le champ magnétique qui fournissait l'énergie.
Teren les avait ainsi fait monter les uns après les autres jusqu'à la plate-forme.
Le plus dur était d'enjamber le parapet avec le vide autour de soi. Béatrice avait eu très peur mais, pour rien au monde, elle n'aurait renoncé. Elle avait vraiment l'impression de lutter pour le monde sixpilien, pour tout ce à quoi elle croyait, mais aussi et surtout pour Teren.
Paul, qui était passé le premier, l'avait accueillie en lui tendant le bras.
Ensuite, cela avait été le tour d'Élisabeth. Béatrice avait souri en voyant la tête de la jeune femme au moment où cette dernière avait réalisé qu'il lui fallait se redresser pour enjamber le parapet. Sans rien dire, après quelques secondes d'hésitation et quelques grimaces qui en disaient long sur son état de tension, elle s'était courageusement élancée dans les bras de Paul.
Ensuite, Teren les ayant rejoints, ils avaient embarqué dans le HAPS du Techno.
C'était bien-sûr la première fois que Béatrice volait. Le siège dans lequel elle était assise n'avait rien à voir avec les banquettes rafistolées du réfectoire. La pression se répartissait uniformément sur tout le corps et on avait plus l'impression de flotter que d'être assis. C'était un peu comme d'être suspendu dans l'air sans rien toucher. La jeune femme dut reconnaître que la sensation était très agréable.
A part cela, l'intérieur du HAPS n'avait rien d'extraordinaire. A la limite, le tableau de bord du tracteur du village était plus impressionnant. Tout devait être automatique.
Béatrice reporta son attention sur l'extérieur. Les lumières de la station-relais avaient disparu. D'autres points lumineux étaient visibles à l'horizon. En fait, l'engin se déplaçait très vite.

- *Tu n'as pas peur*, lui demanda Teren en se tournant vers elle.

- *Non*, fit-elle en souriant, *il y a sûrement plus de risques à voyager dans un train sixpilien que dans un HAPS techno, non ?*
- *Je ne sais pas*, fit Teren, *je n'ai jamais pris un de vos trains.*

Béatrice posa tendrement la main sur la cuisse du techno. Elle adorait sa délicatesse. Le journaliste Techno se serait empressé de critiquer les moyens de transport sixpiliens. Teren, lui, semblait n'avoir aucun orgueil.
Derrière, Élisabeth et Paul ne disaient rien, impressionnés sans doute eux aussi par ce vol en HAPS.
Ils mirent à peine dix minutes pour apercevoir les lumières de la cité nantaise. Paul n'en revenait pas. Dire que le trajet en train prenait une bonne demi-journée ! Il y avait là un autre concept, une autre philosophie. Les Technos raccourcissaient les distances, ils menaient en quelque sorte une course contre le temps. Comme cela, ils pouvaient se concentrer sur les choses qu'ils jugeaient importantes. Les Sixpiliens n'avaient pas d'autres choix que d'accepter ces temps morts. Ils les utilisaient. Par exemple, un voyage en train était l'occasion de rencontrer des inconnus, d'échanger des idées, de découvrir des paysages, de faire le point sur sa vie...
Deux mondes incroyablement différents et qui, pourtant, se côtoyaient en permanence.

Teren enclencha la procédure d'atterrissage automatique. Il se sentait préoccupé. Il ne comprenait pas pourquoi le général Topieu lui avait fait parvenir cette demande de rendez-vous. Il ne se faisait aucune illusion, le général lui donnerait peut-être des informations au sujet de l'avenir du village comme prétendu, mais il ne s'agissait là que d'une carotte pour le faire venir. La vraie raison était ailleurs. Très probablement, le général allait lui demander un dernier service. Et il n'aurait sans doute pas d'autre choix que d'obtempérer, même s'il ne faisait plus partie des forces armées nantaises. On ne peut rien refuser à un homme aussi puissant que le général.
L'HAPS s'immobilisa. Tous descendirent. Teren observa avec amusement comme les Sixpiliens paraissaient soulagés de retrouver la terre ferme. Mais leur soulagement fut de courte durée. En guise de terre ferme, ils se retrouvèrent en effet sur le béton de la piste nord de Tarnac. Un des endroits les plus mal fréquentés de la ville, mais certainement le plus discret de tous. La majeure partie des marchandises volées ou de contrebande transitaient par là. Certes, on n'était pas sûr de retrouver son HAPS si on le laissait sans surveillance, mais personne ne contrôlait les identités ou les licences de vol. Des appareils allaient et venaient dans la plus parfaite anarchie. Sans les systèmes anti-collision embarqués, il y aurait au moins une dizaine d'accidents par jour.
Un peu plus loin, un homme, debout près d'un HAPS cargo, les observait. Sans doute un garde laissé par l'équipage pour la nuit.
Teren se tourna vers les Sixpiliens.

- *Bon, Paul et moi on va essayer de trouver un module d'identité pour Béatrice. Je ne sais pas trop combien de temps cela va nous prendre. Vous les femmes, il faut que vous restiez là. Ne vous éloignez surtout pas de l'HAPS.*

Paul regarda autour de lui. Il n'aimait pas du tout l'allure du garde qui ne cessait de les observer. Deux hommes étaient apparus un peu plus loin sur leur droite, semblant se disputer. Visiblement la zone n'était pas recommandable. Il n'avait pas trop envie de laisser Élisabeth seule ici.
Il s'adressa à Teren :

- *Tu es sûr que les femmes peuvent rester là ?*
- *Oh,* fit Teren en souriant, *il me semble qu'elles savent se défendre, et puis, on n'a guère le choix. L'endroit est trop mal famé. Il faut que quelqu'un reste sinon on ne retrouvera pas notre HAPS. Elles peuvent s'enfermer dedans si elles veulent.*
- *Bof,* répondit Paul, *cela ne me plaît pas trop. Je préfère rester avec Élisabeth. Béatrice va aller avec toi.*

Joignant le geste à la parole, Paul tendit à Béatrice le petit sac dans lequel se trouvait l'argent du village. Béatrice prit l'argent avec énervement parce qu'elle ne supportait pas que l'on ne fasse pas confiance à Teren. Elle se tourna vers lui.

- *Tiens, prends l'argent, je ne vais pas venir avec toi, je ne te serai d'aucune utilité. Je préfère attendre ici que tu reviennes avec ton truc d'identité.*

Teren regarda Béatrice avec surprise, mais il ne dit rien. Il ne comprenait plus. Béatrice voulait venir avec lui dans la cité pour l'aider mais elle ne voulait pas l'accompagner pour trouver un module d'identité ? Les femmes, qu'elles soient Technos ou Sixpiliennes étaient décidément bien difficiles à comprendre. Un peu gêné, il se tourna vers Paul.

- *C'est bon,* fit ce dernier, *on t'attendra donc tous les trois ici. Tu n'as vraiment aucune idée du temps que ça va te prendre ?*
- *Non.*

Paul haussa les épaules.

- *Bon, tant pis. Bonne chance.*

Teren s'éloigna.
Paul se tourna vers Béatrice.

- *Ça va toi ?*
- *Mais oui,* répondit la jeune femme sur un ton nettement agacé, *pourquoi est-ce-que cela n'irait pas ?*

Paul n'insista pas mais il ne put s'empêcher de songer que si Teren filait avec l'argent, il leur faudrait rendre des comptes à Jean. Bah, cela reporterait les travaux sur la drague voilà tout.
Teren avait parcouru deux cents mètres environ lorsqu'il fit brusquement demi-tour. Les trois Sixpiliens le regardèrent avec surprise revenir vers eux d'un pas rapide.

Il s'arrêta en face de Béatrice.

- *Bon,* dit-il d'une voix ferme, *il n'est pas question que j'y aille sans toi. C'est gentil de me montrer que tu as confiance en moi, mais je ne veux pas qu'on se sépare.*

Béatrice appuya son front contre la poitrine de Teren. Ce dernier avait réagi exactement comme elle n'aurait jamais osé l'espérer. Cet homme n'était pas humain, c'était l'incarnation même de tous ses rêves les plus fous. Elle resta contre lui plusieurs secondes. Teren ne savait pas quoi dire et Paul et Élisabeth regardaient discrètement ailleurs.
Finalement, Béatrice lui souffla à l'oreille :

- *Je viens avec toi pour qu'il ne t'arrive rien.*

Teren sourit.

- *Allons-y alors, il faut se dépêcher, la nuit est déjà bien entamée et on a du boulot.*

Ils s'éloignèrent d'un pas rapide.
Lorsqu'ils furent à une centaine de mètres, Paul se tourna vers Élisabeth et demanda :

- *Tu as compris quelque chose toi ?*

La jeune femme le fixa dans les yeux puis se mit à rire :

- *Oh, laisse tomber, ce sont des trucs de femmes, tu ne peux pas comprendre.*

Puis, comme Paul semblait un peu vexé de sa réponse, elle l'embrassa.

Dans la salle de contrôle de BAR I, une certaine excitation régnait. Paris allait frapper cette nuit le village sixpilien et, évidemment, tous les services de surveillance et d'analyse de la cité nantaise étaient sur le pied de guerre. L'occasion était trop belle de vérifier si les systèmes de détection étaient à la hauteur.
Devant une console sensitive dernier cri, Marie Beaunier jubilait. Elle venait tout juste d'être affectée au service central de la cité. Une promotion éclair de dernière minute, le technicien âgé qui occupait précédemment ce poste ayant été victime d'un accident cérébral.
Côté postulants, et Dieu sait que la liste était longue, cela devait grincer des dents. Certains criaient sûrement au piston. Et ils n'avaient pas tort, songea la technicienne avec amusement. Tant pis pour eux.
Quant à la paye, sans compter les multiples primes, elle avoisinait les 2 500 crédits. La jeune femme allait pratiquement tripler ses revenus.
C'était le nirvana. Elle avait réussi ce qu'elle voulait en un temps record et au-delà de toutes ses espérances. Du coup, coucher avec Lorentz lui devenait presque agréable. C'est simple, juste avant de venir ici, le superviseur l'avait prise rapidement dans le couloir de l'appartement et elle avait failli avoir un orgasme.

Elle s'étira. Autour d'elle, des techniciens allaient et venaient. Pour le moment, elle était là en tant qu'observatrice, personne n'avait le temps ce soir de lui expliquer en quoi consisterait exactement son travail.
Le service de BAR I constituait l'échelon le plus élevé de l'organisation de surveillance et d'analyse de la cité. D'ailleurs, dès que le niveau d'alerte dépassait le stade 3, le Maire en personne venait prendre place, accompagné de son état-major, dans cette salle située au 22e sous-sol de l'hôtel de ville.
Il n'était d'ailleurs pas exclu qu'il vienne ce soir, même si l'affaire du village sixpilien ne présentait pas pour lui un intérêt majeur.
Pour le moment, seul le général Topieu était là en tant que responsable des forces armées. Il semblait s'ennuyer profondément, occupant une bonne partie de son temps à draguer grossièrement les techniciennes qui passaient à sa portée.
Marie Beaunier détestait le général qu'elle trouvait prétentieux, misogyne et probablement très bête. L'homme n'avait aucun style, une brute sans intérêt.
Avec sa console sensitive, la jeune femme recevait des images directement dans son cerveau. Comme elle avait un niveau II de MIC (Manipulateur interface cérébrale), elle pouvait commander directement le défilement des différents écrans sans se servir de ses mains. Avec sa nouvelle affectation, on lui proposerait sûrement la spécialisation de niveau I. Il lui faudrait alors subir un long entraînement qu'elle n'était pas absolument certaine de réussir, mais si elle s'en sortait, elle ne ferait plus qu'un avec sa console. Le rêve insensé de tout informaticien des temps jadis, dialoguer directement avec l'ordinateur par la pensée.
Cette perspective rendit Marie Beaunier euphorique. Elle ferait bientôt partie de l'élite.

Ce qui effrayait le plus Béatrice depuis son arrivée à Tarnac, c'était l'absence totale de végétation. Partout du béton ou des revêtements spéciaux, pas d'arbres, pas d'herbe…
La rue dans laquelle ils venaient de s'engager n'échappait pas à cette règle et, en plus, elle était très mal éclairée.
La jeune femme leva les yeux vers le ciel comme pour s'assurer qu'elle se trouvait toujours sur terre. Là-haut, les étoiles brillaient, indifférentes aux petits soucis des humains.

- *Voilà,* dit Teren en désignant du doigt une porte en fer en retrait sous un porche, *c'est le Full Pleasure. Normalement on devrait trouver des modules d'identité ici.*

Béatrice se garda bien de demander à Teren d'où il tenait cette information. Elle espérait seulement du fond du cœur que ce soit vrai. Elle regarda la grande affiche qui ornait l'entrée du Full Pleasure. En fait, ce n'était pas une affiche mais une projection car au bout de quelques secondes, l'image

s'anima. On y voyait des femmes nues remuer les fesses, des verres remplis de boissons multicolores descendant vers des mains tendues…
Ils pénétrèrent sous le porche et attendirent devant la porte. Quelqu'un devait surveiller l'entrée depuis l'intérieur car on entendit un bruit métallique et la porte s'effaça.
Ils engagèrent dans un long couloir aux murs lisses comme du verre. Cela sentait bizarre. De l'encens probablement, se dit la Sixpilienne.
Au bout du couloir, une autre porte s'effaça et ils découvrirent une immense salle, peut-être plus grande que le village, où, dans un brouhaha indescriptible, des milliers de Technos attablés buvaient et fumaient. On apercevait plusieurs niveaux. Dans celui sur lequel ils s'engagèrent, une chanteuse à demi-nue mimait un rapport sexuel. Instinctivement, Béatrice se rapprocha de Teren. Elle n'avait jamais imaginé qu'un tel établissement puisse exister. Elle se sentait soudain tellement vulnérable. Elle évita un homme qui titubait.
Ils s'assirent à l'une des rares tables vides. Teren se pencha, glissant à l'oreille de la jeune femme :

- *Quand la serveuse va venir commande un « gentil ».*

Béatrice acquiesça. Elle était tendue et n'avait plus qu'une envie : sortir au plus vite de ce lieu infernal. En plus, l'air était irrespirable. La fumée des cigares, mais aussi un mélange de toutes sortes de parfums que la jeune femme ne connaissait pas.
Elle se sentait perdue dans cet univers artificiel. Les gens autour d'elle étaient moches, ils portaient des habits curieux. Elle avait l'impression de se trouver dans l'antichambre de l'enfer. La musique rythmée était tellement forte qu'il fallait crier pour se parler. À la table voisine, un homme visiblement saoul poussait des hurlements. Le couple assis en face de lui riait aux éclats, se moquant.
Béatrice se serra sur la banquette contre Teren. Elle regrettait d'être venue.
Soudain, elle sursauta : un homme venait de grimper sur leur table et il restait là, accroupi, à la regarder. Béatrice s'était reculée instinctivement. L'homme ne bougeait pas, se contentent d'un léger balancement. Ses yeux semblaient regarder au-delà de la Sixpilienne.
Une jeune femme dans une tenue rose moulante s'approcha de leur table. Une serveuse de toute évidence. Elle prit le bras de l'homme et le fit descendre de la table:

- *Allez Bobo, il faut arrêter d'embêter les clients, tu fais peur à la dame.*

Béatrice fut surprise car elle avait parfaitement entendu ce que disait la femme. En fait, le niveau sonore ambiant venait brusquement de baisser. Apparemment, la serveuse pouvait isoler, sur le plan sonore, la table du reste de la salle.
Bobo ne répondit rien, mais il s'éloigna en faisant des petits bonds, comme une grenouille.

La serveuse dévisagea Béatrice :

- *Allons*, fit-elle, *il ne faut pas s'en faire, il n'est pas dangereux. Il a pris un peu trop de Kiff alors il se prend pour un singe. C'est un habitué, on le connaît bien. Il fait partie du folklore local.*

Béatrice se demanda comment on pouvait s'habituer à un tel lieu et surtout ce qu'on pouvait bien y trouver d'intéressant ?
La serveuse lui lança :

- *Qu'est-ce-que ce sera pour la petite dame?*
- *Un gentil, s'il vous plaît*, répondit la Sixpilienne avec application.
- *C'est bon, et pour le monsieur ?*
- *Pareil.*
- *Bon, je vous amène cela dans deux petites minutes. Vous ne voulez pas autre chose ? On a toutes sortes de pilules pour le plaisir.*

Voyant que sa proposition ne soulevait guère d'enthousiasme, la serveuse fit mine de partir mais Teren se leva, lui barrant le passage. Béatrice n'entendit pas ce qu'il lui disait car le niveau sonore était redevenu élevé, mais elle vit que quelques crédits changeaient de main.
Lorsqu'il se rassit, elle lui demanda, criant presque pour se faire entendre :

- *Tout va bien ?*
- *Oui, cela devrait aller.*

Ils attendirent sans se parler. Ni l'un ni l'autre n'avait envie de crier.
Comme promis, quelques minutes plus tard, la serveuse reparut avec les boissons commandées. Elle fit un clin d'œil à Teren et ce dernier lui donna encore quelques crédits. Elle repartit sans se retourner.
Teren se pencha pour parler à l'oreille de Béatrice:

- *On est bien là où il faut. Quelqu'un va venir pour nous faire une offre. Il faut leur laisser le temps de vérifier qu'on est « clean ».*
- *D'accord,* répondit la Sixpilienne sans trop comprendre.

Elle se rendait compte qu'elle n'était pas vraiment à sa place aux côtés de Teren. Tout ce qui l'entourait lui était beaucoup trop inconnu pour qu'elle puisse vraiment être d'une quelconque utilité. Elle étaiit même probablement un boulet pour Teren. Elle pensa à Paul et Élisabeth qui devaient s'inquiéter à l'aérodrome.

- *Tu ne bois pas ?* lui demanda Teren

Béatrice jeta un coup d'œil horrifié au verre devant elle.
Teren éclata de rire :

- *Ce n'est pas mauvais,* fit-il, *c'est un peu chimique mais bon, il y a de tout là dedans : des vitamines, de l'alcool, des euphorisants, des stimulants sexuels, des accoutumant pour que tu aies envie de boire un autre verre et plein d'arômes sophistiqués. C'est ce qui se fait de mieux comme boisson douce. C'est pour cela qu'on appelle cela un « gentil ».*

- *Je n'ai pas envie de monter sur les tables comme Bobo,* répondit Béatrice.

Teren sourit. Béatrice nota qu'il ne touchait pas non plus à son verre. Elle lui demanda, toujours en criant:

- *Tu as donné des crédits à la serveuse pour payer les boissons ?*
- *Non, pour qu'elle me trouve un fournisseur de modules d'identités. Les boissons, elles, sont automatiquement débitées sur mon compte par l'ordinateur qui gère cette salle. Il a lu mon implant quand je suis entré dans la salle. Seuls ceux qui n'ont pas d'implant sont obligés de donner des crédits pour les consommations.*

Teren lui prit la main.

- *On risque d'en avoir pour un petit bout de temps.*

Effectivement, ce n'est que trois quarts d'heure plus tard qu'un homme vint s'asseoir en face d'eux.

Béatrice le dévisagea avec réticence : il était gros, avec des bajoues et un faux menton. Ses yeux luisaient comme ceux d'un homme saoul, un anneau lui perçait la narine gauche et il avait un tatouage représentant une araignée sur le front. Son crâne était tondu au milieu, laissant de chaque côté deux touffes de cheveux longs qui lui tombaient sur les épaules.

Autant de mauvais goût paraissait à peine possible !

L'homme se cura les dents avec un petit ustensile qu'il tenait entre ses doigts boudinés couverts de bagues.

Béatrice ouvrit de grands yeux ; dans le monde sixpilien, personne ne portait de bagues. Ce n'était pas interdit, mais personne n'en voyait l'intérêt.

L'homme s'adressa finalement à Teren, découvrant une rangée de dents peintes en bleu.

- *Il parait que tu veux un module ?*

Teren acquiesça silencieusement.

L'homme renifla ostensiblement.

- *C'est pour la Sixpilienne là ?*
- *Oui*, fit Teren surpris, *comment avez-vous deviné ?*
- *A l'odeur…*

Béatrice rougit, se demandant si elle n'allait pas écraser son poing sur le nez de l'homme, mais le dégoût à l'idée d'un contact physique avec ce monstre l'emporta. Elle se contenta de le fusiller du regard.

Teren respira profondément, visiblement agacé :

- *Bon, on se fout de vos considérations sur les Sixpiliens. Oui, c'est pour elle. Avez-vous des modules et à quel prix ?*
- *Ça dépend.*
- *De quoi ?*
- *Il faut que les données physiologiques correspondent. Elle peut se mettre debout que je mate la marchandise ?.*

Teren se tourna vers la jeune femme. Béatrice se leva sans même qu'il lui demande.

- *Ok*, fit l'homme, *un mètre soixante dix et un beau petit cul, je devrais avoir cela. Quelle couleur les yeux ?*
- *Marrons !* cria Béatrice.
- *Bon bon*, fit l'homme, *inutile de s'énerver. Il va falloir mesurer quelques données pour paramétrer correctement le module. La voix tout d'abord.*

Teren intervint :

- *Vous ne m'avez toujours pas donné le prix.*
- *Ah,* fit l'homme, *ça dépend. Vous voulez un module pour combien de temps ?*
- *Quelle importance ?*
- *Si c'est pour moins de 48h, c'est moins cher et j'en ai un dans ma poche. On utilise l'identité de quelqu'un qui est en déplacement au dehors. Les barrières de contrôle de la cité ne font que des vérifications sommaires. Il est facile de les tromper, mais toutes les données sont envoyées au centre Charles de Gaulle pour y être analysées plus en détail. Là, ils font de nombreux recoupements. Si le module est simple, il est repéré. Le résultat tombe invariablement au bout d'un peu plus de 48 heures. Donc, si vous avez besoin de plus de 48 heures c'est beaucoup plus cher et en plus il faudra que la petite dame me suive pour qu'on en sache plus sur sa personne. On la mettra à poil pour lui coller des sondes jusque dans le cul.*

Le gros Techno éclata d'un rire vulgaire qui fit trembler toute la graisse de son corps. Béatrice le regarda se trémousser avec dans les yeux un mélange de mépris et de dégoût.

- *Allons*, fit-elle s'adressant à Teren, *le cloporte t'a posé une question, dis-lui que ce seront juste quelques heures.*

Teren n'eut pas le temps de répondre, le gros homme, entre deux hoquets, lança :

- *Ouah là là, elle a du caractère la petite dame, ça va faire monter les prix tout ça ! A moins que…*
- *A moins que quoi ?* demanda Teren intéressé.
- *Ben tu vois mon pote, je ne me suis jamais fait une Sixpilienne. C'est certainement une expérience qui vaut le coup non ? Alors si tu me la prêtes une heure ou deux, ce seront 500 crédits pour le module, sinon 1000 crédits.*
- *Ce seront donc 1000 crédits*, le coupa Teren avant que Béatrice ait réalisé ce que l'autre demandait.

Il posa d'ailleurs prudemment la main sur son épaule pour l'empêcher de réagir, mais Béatrice n'avait en fait pas vraiment écouté la suite de la discussion. L'autre la dégoûtait tellement qu'elle avait décidé de l'ignorer. Elle ne le vit pas sortir un petit appareil, de la taille d'une calculatrice pour programmer le module. En fait, elle s'intéressait surtout aux gens qui les entouraient. Elle se demanda encore une fois comment on pouvait apprécier ce genre d'endroit.

Les gens autour d'eux semblaient pourtant s'amuser. Son attention fut attirée par une femme qui se déhanchait sur un disque suspendu dans l'air à environ deux mètres du sol. Elle était complètement nue à part un point lumineux qui lui masquait le sexe et prenait parfois des poses très suggestives. A un moment, un personnage humanoïde matérialisé seulement par ses contours lumineux descendit vers elle en planant lentement. Il s'agissait d'une projection holographique mais pour la Sixpilienne cela ressemblait vraiment à un être de lumière. La femme accueillit l'apparition en se trémoussant encore plus, tendant les bras vers lui, semblant l'implorer. L'être descendit finalement jusqu'à elle et ils mimèrent un rapport sexuel avec un réalisme saisissant. Abstraction faite de la vulgarité, le spectacle était assez fascinant et Béatrice n'entendit même pas le vendeur de module prendre congé. Elle était fascinée par le spectacle.

Lorsque Teren lui prit le bras, elle sursauta, un peu confuse.

- *Ça te plaît ?* demanda-t-il avec amusement.
- *Oh, c'est bizarre, c'est tout*, se défendit-elle.
- *C'est une projection holographique sensorielle. Je ne sais pas trop expliquer comment ça marche mais la femme sent réellement l'image se poser sur elle.*
- *Ah bon ?*
- *Oui, c'est électrique je crois. Ce sont des particules chargées qui font réaction avec un produit dont elle s'est enduite.*

Teren se leva :

- *Bon, mais ce n'est pas tout, j'ai le module, il faut se dépêcher si on veut arriver à la taverne d'Ali Baba avant qu'elle ne ferme.*
- *Il marche au moins ce module ?* s'enquit Béatrice avec inquiétude.
- *Je pense, oui. Sinon, je reviendrais ici et le cloporte, comme tu dis, devra me rendre des comptes.*
- *Et moi, il m'arrivera quoi ?*
- *Ben tu seras en prison ou, si tu continues à être aussi impertinente avec tes interlocuteurs, carbonisée par un lanceur plasma.*
- *Bon, alors, je vais essayer de tenir ma langue.*
- *Ce serait bien*, dit Teren en souriant gentiment.

Ils s'embrassèrent rapidement du bout des lèvres.

CHAPITRE 25

L'ogive mit moins de 3 minutes à atteindre le village depuis la station spatiale.
Dans la salle BAR I, un silence impressionnant régnait, chacun s'affairant dans sa spécialité.
Le départ de l'engin avait été immédiatement détecté, mais ensuite, il avait fallu surveiller tout au long de la descente que le point visé était bien le village sixpilien. Une attaque surprise de Nantes était fort improbable mais sur le plan stratégique toutes les hypothèses se devaient d'être envisagées.
D'ailleurs, l'objectif était tellement proche de la cité que l'ensemble des voyants s'étaient allumés au rouge. Partout, les systèmes de détection avaient lancé des procédures d'alarmes et déclenché la mise en batterie des contre-mesures.
Tout le système de défense de la cité avait été prêt à répliquer en cas de légère dérive de l'engin.
Juste après l'impact, on avait envoyé des sondes dont les rapports arrivaient déjà, saturant les grands tableaux virtuels d'informations.
Il s'agissait d'une bombe propre : pas d'émission de particules, pas de rayonnement, pas de molécules chimiques complexes… Par contre une température extrêmement élevée.
Il fallut quelques minutes encore pour affirmer avec certitude qu'il s'agissait d'un nouveau modèle de bombe thermique.
Mince ! se dit Marie Beaunier, les Parisiens avaient encore progressé dans ce domaine. C'était effrayant. Nantes ne disposait pas des mêmes moyens. Heureusement que l'humanité avait dépassé le stade des conflits inter-cité. Maintenant, il y avait de la place et des ressources pour tout le monde et aucun souci à se faire pour l'avenir
En tant qu'observatrice, Marie Beaunier était probablement la seule à pouvoir profiter du spectacle. Elle naviguait d'une fenêtre à l'autre, essayant de comprendre les résultats d'analyse qui tombaient dans chaque spécialité, se demandant, non sans une certaine excitation, quel serait son rôle à elle dans cette organisation rodée.

2 h15. Teren commençait à ressentir une réelle fatigue. A côté de lui, Béatrice semblait tout aussi épuisée même si elle ne disait rien. Mon petit bout de femme courageux, songea-t-il avec tendresse.
Tout à l'heure, ils avaient rejoint Paul et Élisabeth puis, tandis que Béatrice racontait leurs exploits avec l'excitation d'un enfant de 12 ans, l' HAPS les avaient emmenés jusqu'à une station-relais à la limite du périmètre de sécurité de la cité. Là, ils avaient dû se séparer à nouveau, Élisabeth et Paul ne disposant pas de module d'identité.

Élisabeth était visiblement déçue de ne pas pouvoir les accompagner, mais pour sa part, Teren se sentait soulagé de n'avoir qu'une seule Sixpilienne avec lui.
La bonne nouvelle était que le module d'identité semblait parfaitement fonctionner.
Ils avaient dû passer au moins trois barrières de contrôle sans aucune réaction de la part des robots de service.
Le vendeur au noir, malgré son aspect repoussant et son racisme primaire envers les Sixpiliens, fournissait donc du matériel de qualité.
Teren songea que dans moins de dix minutes maintenant ils arriveraient chez lui, étape importante et délicate de leur périple puisque Béatrice verrait alors plus que jamais son aspect techno. Il ne pouvait s'empêcher de ressentir une certaine appréhension à cette idée.

La Sixpilienne se tenait le plus près possible de Teren sur le tapis roulant qui les emmenait à 90 km/h vers le centre de la cité nantaise. Il lui avait expliqué comment le tapis fonctionnait mais elle n'avait pas vraiment compris. Apparemment, elle avait sous ses pieds des micro-billes chargées qui tournaient sur elles-mêmes, suspendues dans un champ magnétique. En tournant, elles entraînaient les voyageurs. L'absence de courant d'air était dû au fait que des turbines mettaient en mouvement l'air ambiant pour que sa vitesse soit égale à celle du tapis. Le tunnel voûté dans lequel ils se trouvaient défilait donc à grande vitesse sans que l'on ressente le moindre courant d'air. Tous les cent mètres, des projections holographiques vantaient les mérites de tel ou tel produit. Cela allait de la pilule miracle qui permettait d'augmenter de 10% son QI jusqu'au voyage d'agrément dans une des colonies de Jupiter.
Béatrice écarquillait les yeux devant un tel étalage de technologie et de luxe. Elle se sentait complètement dépassée. A la fois émerveillée malgré elle de voir de telles prouesses techniques et horrifiée devant le gaspillage de ressources que cela représentait. Elle ne savait vraiment plus trop quoi penser. Trop d'informations nouvelles parvenaient à son cerveau et elle manquait de temps pour analyser. Jamais elle n'avait ressenti une telle sensation de doute. Jusqu'à présent, forte de ses convictions, elle n'avait même pas essayé de s'intéresser au mode de vie techno. Mais les événements dans le village, l'arrivée de Teren et ce voyage au cœur du monde Techno avaient bouleversé ses repères usuels. Elle n'était plus trop sûre d'elle, trop perturbée pour porter réellement un jugement. Jamais elle n'avait imaginé un tel degré de développement chez les Technos. Elle avait rejeté jusque-là leur monde car à ses yeux, il privilégiait l'égoïsme, la vanité et la cupidité, mais devant une telle réussite matérielle, elle ne savait assurément plus trop quoi penser.
Elle oscillait d'une conviction à l'autre.

Elle se demanda, l'espace d'un instant, si le monde techno ne méritait pas d'être mieux connu. Il fallait reconnaître qu'il avait engendré Teren. Ce simple fait suffisait à créer en elle un à priori favorable.
Mais l'instant d'après, elle se dit avec colère qu'il était bien injuste que les Sixpiliens triment dans les champs avec si peu de confort lorsqu'ils rentraient le soir chez eux, à pied ou en vélo, tandis que les Techno bénéficiaient d'un tel luxe.
Mais ce sentiment ne dura pas longtemps, car elle considéra soudain qu'il était aberrant de jalouser un tel monde, que sa réaction était complètement idiote, que les Sixpiliens, par leur courage et leur simplicité, menaient une vie infiniment plus riche que celle d'un Techno assoiffé de biens matériels, de confort, et de toujours plus de services. Le Techno était l'enfant gâté de la planète, le Sixpilien le pilier sans lequel tout ceci n'existerait pas.
On pouvait se demander si, compte tenu de leur technologie, les Technos avaient vraiment besoin des Sixpiliens pour exploiter les richesses de la terre. Ils pouvaient aisément mettre en place des fermes automatisées ou produire de la nourriture artificielle comme Guillaume le lui avait expliqué à propos de la viande.
Béatrice se mit à nouveau à douter, comme jamais.
Elle jeta un coup d'œil à Teren. Ce dernier ne faisait guère attention à ce qui l'entourait, il semblait perdu dans ses pensées.
Béatrice se sentit soudain terriblement seule. Mais elle n'en parla pas à son compagnon. Elle ne voulait pas être un poids. Elle était là pour l'aider.

Ils sortirent du tapis en prenant une voie de décélération puis, sans plus aucune aide, ils marchèrent à travers un grand hall pour l'heure désert jusqu'à un grand disque qui se révéla être un ascenseur. Béatrice avait la curieuse impression de ne plus avancer. Son cerveau gardait en effet en mémoire le défilement rapide du paysage lorsqu'elle était sur le tapis.
En s'approchant du bord du disque, la jeune femme se rendit compte qu'un champ de forces invisible l'empêchait de tomber.
L'ascenseur ne se déplaçait pas seulement verticalement, ils firent au moins 200 mètres pour atteindre un nouvel embranchement de tapis roulants.
Le déplacement était sans le moindre à-coup, comme dans un rêve. Béatrice songea avec une pointe de dépit aux trains sixpiliens. Elle se sentait… rustique.
Elle suivit Teren et ils empruntèrent le nouveau tapis.
Cette fois, ils se déplacèrent plus lentement mais à l'air libre. Autour, s'étendait la ville. Des bâtiments immenses de toutes formes, des plate-formes remplies de HAPS, un incroyable enchevêtrement de tapis roulants et surt[illegible]s millions de lumières qui scintillaient dans la nuit. Le spectacle, [illegible]uvre sixpilienne qui n'était jamais sortie de sa campagne était [illegible] à la limite de l'acceptable.

Au village, pour économiser l'énergie, ils ne gardaient que quelques projecteurs à l'extérieur la nuit. Là, cette débauche de lumière sautait aux yeux comme un feu d'artifice permanent.
A cette heure de la nuit, ils ne croisèrent que peu de gens. Une patrouille de deux policiers qui les regardèrent d'un air soupçonneux, probablement à cause de leurs habits, quelques personnes pressées qui devaient sortir du travail et un ivrogne qui titubait, le regard perdu.
Le tapis montait et descendait pour éviter des constructions. Tout cela semblait suspendu dans l'air comme par miracle. Béatrice s'aperçut que beaucoup d'immeubles avaient des terrasses immenses couvertes de végétation. Il en était de même pour les balcons, comme si les Technos conservaient une certaine nostalgie de la nature tout en voulant la contrôler.
Ils sortirent du tapis et descendirent par un ascenseur vers une grande bâtisse de forme ovale.

- *J'habite là*, dit Teren sans autre commentaire.

L'ascenseur les déposa dans un grand hall circulaire. Au milieu, s'élevait une immense colonne de plateaux en verre d'où coulait un liquide parfumé.
Ils prirent un dernier ascenseur qui les déposa dans un couloir aux murs revêtus d'une espèce de moquette soyeuse. De nombreuses portes se dessinaient dans cette moquette. L'une d'entre elles s'ouvrit automatiquement à leur approche et ils pénétrèrent dans l'appartement de Teren.
La première chose qui vint à l'esprit de Béatrice fut que c'était vraiment très grand. La pièce dans laquelle ils se trouvaient s'étendait bien sur cent mètres carrés. Ensuite, tout le reste était étrange à ses yeux. Pas vraiment de meubles, mais des colonnes transparentes dans lesquelles reposaient des objets d'art.
Un coin de la pièce comportait des sièges aux formes compliquées avec des petits cubes. Sans doute un endroit pour recevoir.
Béatrice aurait bien aimé en savoir plus mais Teren lui prit gentiment le bras.

- *Écoute*, dit-il, *on va devoir se laver rapidement et changer d'habits si on veut passer inaperçus. Tout à l'heure on a eu beaucoup de chance que les policiers ne nous arrêtent pas. Ils ont dû nous prendre pour des excentriques.*

La jeune femme fronça les sourcils. Elle se remémora l'horrible vendeur tout à l'heure qui prétendait qu'elle sentait mauvais. Elle essaya de cacher sa gêne mais ne put s'empêcher de rougir.

- *Ah…* fit-elle d'une voix un peu troublée, *c'est donc vrai que je ne sens pas bon ?*

Teren fit un geste de la main comme pour repousser une conclusion aussi hâtive :

- *Non, tu ne sens pas mauvais, tu sens, simplement. Dans notre monde, on intervient génétiquement sur les embryons pour éviter la sueur, on utilise des toilettes qui désintègrent les excréments à peine sortis, les gens se parfument délicatement…*

- *Ah…*
- *Oui, c'est un monde très différent du tien. Les usages ne sont pas les mêmes. Ici, la moindre odeur et tout le monde te regarde de travers. Cela peut paraître complètement fou, artificiel, mais c'est comme ça.*
- *Mais mon… odeur ne te dérange pas toi ?*

Teren sourit,

- *Non, à l'inverse, elle me plaît beaucoup.*
- *Pourquoi ?*
- *Je ne sais pas, ce doit être en moi. Cela ne s'explique pas. Je t'aime comme tu es et entre nous, ton odeur, comme tu dis, m'excite. Elle me donne envie de te faire l'amour. J'aime surtout quand tu sens la sueur.*

Béatrice rit comme une enfant, soulagée. Elle savait que Teren était sincère. Elle bénit tous les dieux d'avoir rencontré cet homme. Dans le monde sixpilien, on était assez peu regardant côté odeur mais aucun Sixpilien ne lui avait jamais dit qu'il éprouvait du désir lorsqu'elle sentait la sueur.

Les vingt minutes qui suivirent furent consacrées à se laver et à s'habiller. La jeune Sixpilienne découvrit avec stupéfaction que chez les Technos, on se lavait sans eau. Un générateur d'ondes Seros équipait en effet la salle de bain. Il s'agissait d'un système de rayonnement qui s'arrêtait en rencontrant l'épiderme, mais détruisait tout le reste. D'ailleurs, la jeune femme s'étant présentée dans la pièce avec ses habits, elle s'était, à sa grande stupéfaction, presque instantanément retrouvée nue comme un ver. Ses habits avaient en effet été désintégrés par les ondes Seros qui ne faisaient pas la distinction entre les saletés et les habits qu'on pouvait porter.

Teren expliqua que certaines femmes perdaient ainsi, par inadvertance, des bijoux précieux.

Un robot mural s'occupa de ses cheveux, les peignant avec douceur.

Ensuite, il fallut s'habiller. Ils choisirent rapidement une tenue que Teren demanda à l'ordinateur de la maison de commander. Trois minutes plus tard, la tenue tombait sur une table ovale qui flottait dans un des angles de la pièce d'entrée. L'immeuble dans lequel le Techno vivait était doté de plusieurs magasins automatiques de ce type. Le service était instantané. Il expliqua aussi qu'il ne faisait jamais la cuisine, se contentant de commander le menu désiré parmi une liste quasi infinie de possibilités.

Béatrice enregistrait toutes ses informations en se demandant si elle ne rêvait pas. Elle se laissait guider, éberluée.

Elle enfila sa tenue. Le tissu était d'une telle légèreté ! L'ordinateur renvoya son image sous forme holographique et la jeune femme se trouva belle. Abasourdie par toutes ces nouveautés autant que par la fatigue, elle n'osait plus juger le monde techno, se contentant d'encaisser sans réagir.

Teren la regarda d'un air satisfait.

- *Voilà, une vraie petite Techno !*

Béatrice rougit. Si quelqu'un lui avait dit qu'un jour elle ressemblerait à une Techno, elle l'aurait probablement traité de tous les noms.

- *Allons-y maintenant,* dit Teren, *la taverne ferme sûrement vers 4 h du matin.*

Assis dans l'HAPS, Paul et Élisabeth dormaient l'un contre l'autre à poings fermés.
Inquiet pour le sort de Béatrice qu'il savait peu préparée pour affronter le monde techno, Paul avait essayé de lutter contre le sommeil mais, la fatigue aidant, il s'était endormi.
De toute façon, il ne pouvait rien faire… juste attendre passivement le retour de ses amis.

3 h 10. Béatrice entra dans la taverne d'Ali Baba.
Elle choisit une table dans un coin qui lui permettait de voir toute la salle et s'assit. Le siège en matériau intelligent épousa tout de suite la forme de son corps pour lui donner le maximum de confort.
Au milieu de la table, un petit personnage holographique s'anima, lui demanda ce qu'elle désirait commander. Surprise, Béatrice sursauta légèrement, mais elle s'empressa de retrouver ses moyens ; elle était une Techno maintenant.

- *Un gentil*, fit-elle d'une voix détachée.

Elle ne connaissait que cette boisson là…
Un verre rempli apparut sur la table quelques secondes plus tard. Même système que chez Teren songea-t-elle. Ici, pas de serveuse.
Elle trempa délicatement ses lèvres dans le breuvage et but une petite gorgée.
C'était délicieux, mais aussi rempli de toutes sortes de drogues auxquelles elle n'était pas habituée. Elle se sentit soudain très euphorique.
Teren l'avait prévenue, elle ne devait pas trop boire. Elle ne toucherait donc plus à son verre. Elle releva la tête pour étudier la salle. Il n'y avait guère qu'une dizaine de clients. A côté de la baie vitrée, un groupe fort bruyant de cinq jeunes, trois hommes et deux filles, jouaient visiblement à un jeu. Ils ne faisaient pas attention à elle. A l'opposé, un couple s'embrassait, la main de l'homme disparaissant dans le décolleté de la femme. Au milieu, pas loin du comptoir en bois sculpté, un homme était affalé sur la table, probablement saoul. Deux tables à sa droite, un jeune homme l'air efféminé regardait dans sa direction. Il semblait même ne pas vouloir la quitter des yeux. Enfin, le dernier client, un homme d'âge moyen dans une tenue sombre se tenait comme elle dans un des coins de la salle.
Aucun des individus présents ne correspondait à la description du général que lui avait faite Teren.

Béatrice mit la main devant sa bouche en feignant de bailler, ce qui lui permit d'annoncer discrètement que le général n'était pas là.
En réponse, elle entendit, grâce au petit module glissé dans le creux de son oreille, Teren qui lui disait qu'il ne comprenait pas, qu'il allait réfléchir et qu'il fallait qu'elle reste là en attendant.

Attablé dans la taverne la plus proche, Teren se demandait ce qui se passait.
Soit le général n'avait pas pu venir à cause d'un empêchement de dernière minute, soit il s'était lassé de les attendre.
Il se dit que la seule solution consistait à aller lui rendre visite directement chez lui. Il voulut appeler Béatrice quand, sur la grande estrade qui abritait le projecteur holographique, il aperçut un journaliste de la TVN expliquer que Paris venait de lancer une bombe thermique sur un village sixpilien proche de Nantes.
Cette action militaire avait bénéficié de l'accord préalable des autorités nantaises.
Le journaliste insistait sur le fait qu'il n'y avait aucune raison de s'inquiéter, qu'il ne s'agissait pas d'une action dirigée contre Nantes.
Il expliqua aussi qu'on ne savait pas pour le moment si une action sur le terrain avait précédé le bombardement. Cette opération faisait sans doute suite à la disparition récente dans l'estuaire de la Loire de deux HAPS parisiens.
Pour le moment, on manquait d'informations complémentaires, mais les meilleurs journalistes faisaient déjà le siège de la mairie pour en savoir plus.
Teren se leva : c'était donc cela ! En fait, le général avait voulu le sauver. Il était au courant de l'action projetée par les Parisiens et, ne pouvant dévoiler cette information confidentielle, il s'était arrangé pour éloigner son ancien lieutenant de la zone dangereuse.
Il n'aurait jamais imaginé le général Topieu aussi sentimental. Au contraire, il pensait qu'il lui en voulait à mort de sa démission des forces armées.
Teren grimaça en réalisant soudain que si la taverne d'Ali Baba était elle aussi équipée d'un projecteur, Béatrice avait dû entendre la même information. Elle était sûrement dans tous ses états.
Il fallait la rejoindre rapidement.
Il allait se lever lorsqu'il entendit dans le module de liaison qui le reliait à la jeune femme une curieuse conversation.

Béatrice avait sursauté en entendant quelqu'un lui adresser la parole.

- *Bonsoir mademoiselle, me permettez-vous de m'asseoir en face de vous ?*

Elle leva la tête et reconnut l'homme en tenue sombre qui se tenait quelques instants auparavant dans un des coins de la pièce.

- *Non*, répondit-elle en mettant dans sa voix autant d'autorité que possible.

L'homme fit comme s'il n'avait pas entendu. Il appuya sur le bouton tactile qui libérait le siège à champs de force et s'assit.
Béatrice ne dit rien, se contentant de le dévisager d'un air mauvais.
Leurs yeux se croisèrent.
Tout de suite, la jeune femme comprit que l'homme n'avait rien d'un dragueur. Il ne la regardait pas comme une femme à laquelle on voudrait faire l'amour, mais plutôt comme un fauve regarde sa proie.
Il avait les cheveux coupés à la brosse et sa tenue était parfaitement ordinaire. Rien à voir avec celle de l'énergumène qui leur avait procuré le module d'identité.
Il n'avait pas consommé d'alcool, il n'était pas là pour cela.
Ses épaules massives, les muscles saillants de ses bras trahissaient un entraînement physique régulier. Comme Teren, il s'agissait sans aucun doute d'un militaire.
Elle le regarda droit dans les yeux.

- *Je constate que j'ai affaire à une femme de caractère*, fit l'homme d'un ton amusé.

Béatrice ne répondit rien.
L'autre continua.

- *Malgré vos habits, vous n'êtes pas d'ici n'est-ce pas ?*

Béatrice ne desserra pas les lèvres, continuant de fixer l'homme dans les yeux.

- *Vous ne répondez pas. Ce n'est pas grave. Je vois que vous êtes en colère. N'ayez aucune inquiétude, je ne veux pas vous ennuyer. Vous attendez quelqu'un n'est-ce pas ?*

Dans sa tête, Béatrice se dit que si cet homme pensait qu'elle allait lui répondre, il se trompait. Elle continuait à le défier du regard.

- *Vous savez madame, je suis équipé d'un appareil qui me permet d'écouter une conversation à plusieurs mètres, je vous ai donc entendu tout à l'heure annoncer à votre interlocuteur que le général n'était pas là.*

L'homme se tut un instant, comme pour savourer l'effet de surprise.
Béatrice perdit un peu de son assurance. Elle se sentait comme une enfant surprise en train de faire une bêtise.

- *Vous ne répondez toujours pas, c'est très bien. Cela m'arrange bien. En fait, ce n'est pas tellement vous que je cherche à joindre mais celui à qui vous parliez. Il se trouve, voyez-vous, que le général est aussi une de mes relations et je souhaiterais avoir une conversation avec votre ami.*

Cette fois, Béatrice se décida à répondre :

- *Il n'est pas ici.*

- *Je le vois bien, mais s'il vous aime un peu, il va rappliquer rapidement.*
- *Pourquoi ?*
- *Parce que s'il a un brin de jugement, il doit se rendre compte que vous courez un grave danger.*
- *Vous ne me faites vraiment pas peur*, lança Béatrice d'un ton de défi.
- *Vous avez tort, votre vie ne tient qu'à un fil. Une Sixpilienne ne peut pas savoir à quel point nous avons développé l'art de tuer rapidement et silencieusement.*

Béatrice regarda par-dessus l'épaule de l'homme en direction de l'entrée de la taverne.

- *Ah, vous savez qu'il va venir n'est-ce pas ? Vous allez donc gentiment vous lever et nous allons échanger nos places. Vous comprenez bien que je préfère vous avoir entre lui et moi. Comme cela, nous pourrons continuer notre petite conversation en toute tranquillité.*

La jeune femme ne bougea pas.

- *Levez-vous maintenant,* fit l'homme d'une voix froide, *je ne vais pas le répéter. Ce serait tellement dommage de devoir vous tuer.*

Béatrice hésita puis, finalement, elle se leva. L'homme fit de même. Il recula pour la laisser s'asseoir à sa place. La Sixpilienne lui tourna le dos, mais au lieu de s'asseoir, elle lança rapidement son pied en arrière, atteignant l'homme aux parties. Elle avait agit sans réfléchir, par instinct, parce qu'elle sentait que Teren était en danger et que son entraînement régulier au katé lui avait fait sentir l'ouverture.

L'homme s'effondra, terrassé par la douleur juste au moment ou Teren entrait dans la taverne.

Béatrice le vit se précipiter vers eux. Elle ne vit pas la main de l'homme se lever vers elle. Par contre, Teren, lui, l'aperçut. Il se jeta en avant, déviant de justesse d'une manchette le tir de l'homme, puis, maintenant son bras d'une poigne ferme, il lui envoya un coup de pied dans les côtes. La micro dose de Bétastéline avait raté Béatrice de quelques centimètres, allant se perdre quelque part dans le plafond.

Dans la taverne, à part l'homme saoul affalé sur sa table, tout le monde s'était tourné vers eux.

Teren savait bien que le système de surveillance avait déjà dû alarmer les services de sécurité. Il fallait s'enfuir au plus vite. Il releva la manche de la combinaison de l'homme au sol et aperçut le petit lanceur à air comprimé. Ce salop était donc un tueur à gages ! Et il était là pour le liquider !

La colère, mélangée à l'angoisse d'avoir laissé ce monstre approcher Béatrice, le poussa à redonner un coup de pied à l'homme. Il n'était pas prêt de se relever. De cette façon, il serait encore là lorsque les services de

sécurité arriveraient et il devrait expliquer pourquoi il portait sur lui une arme de ce type.
Béatrice regardait tout cela, un peu en retrait.

- *Il a faillit te tuer*, lui dit Teren, *il était là pour moi.*

Dépassée par les événements, la jeune femme haussa les épaules.
Malgré la tension, Teren sourit. Ce petit bout de femme à l'apparence si fragile venait de leur sauver la vie. Il la prit par la main et l'entraîna derrière lui.

- *Il faut qu'on se dépêche*, dit il, *il y a des caméras et des senseurs partout, on risque de se faire prendre.*

Ils sortirent en courant.

Teren savait que la première chose à faire était de quitter au plus vite la zone d'action de l'équipe de sécurité de ce quartier. La police techno n'était pas à prendre à la légère, mais tout le monde savait que son point faible était la coordination. En changeant de quartier, ils perturberaient les recherches. Ils coururent sans prendre le temps de se parler dans les rues silencieuses. Béatrice suivait, trop heureuse de se concentrer sur l'effort. De cette façon, elle n'avait pas à réfléchir à une situation qui lui échappait complètement. Une seule chose comptait à ses yeux : elle était venue parce qu'elle savait que Teren aurait besoin d'elle et ses prédictions s'étaient parfaitement réalisées. Elle avait joué son rôle, son homme était vivant, le reste importait peu.

Lorsque l' HAPS se mit en route, Paul et Élisabeth se réveillèrent en sursaut.

- *Mais…* s'écria la jeune femme, *on est en train de partir ! Il faut sortir d'ici !*

Paul essaya de faire pression sur la portière mais il était trop tard. En mode automatique, pour des raisons de sécurité, l' HAPS verrouillait tous ses panneaux d'accès.
Impuissant, ils virent le sol s'éloigner. L'engin prit ensuite la direction de la cité.

- *Qu'est-ce-qui se passe ?* demanda Élisabeth, affolée, *tu as appuyé sur quelque chose ?*
- *Non, je ne crois pas. Je ne comprend pas,* répondit Paul, *ce doit être une erreur…*

Il ne voulait pas faire peur à Elizabeth, mais lui savait qu'ils étaient en train d'atteindre la zone de sécurité entourant la cité et qu'ils risquaient d'être désintégrés par les systèmes de défense.
Il se contenta de prendre la jeune femme dans ses bras. S'ils devaient mourir, autant que ce soit en se tenant l'un contre l'autre. Il sentit Élisabeth tendue, son cœur battait à un rythme effréné, elle mourait de peur. En cet

instant, Paul se dit qu'il aurait tellement aimé vivre une vie paisible au village avec elle ! Rien de plus… Juste cela… Pourquoi demander plus ?
Un grésillement se fit entendre et des voyants se mirent à clignoter. Les deux Sixpiliens ne pouvaient pas savoir que les tours étaient déjà en train de scanner leur appareil, déterminant dans un premier temps qu'il n'était pas armé, qu'il volait en mode automatique, et que des gens sans module d'identité se trouvaient à l'intérieur.
Un tel cas de figure n'était pas préprogrammé. Il ne nécessitait pas une réaction d'urgence car il restait une bonne minute de vol encore à l'appareil avant qu'il n'atteigne les limites de la ville. Le robot chargé des armes à courte portée déclencha un compte à rebours de tir, mais il en référa à l'humain responsable du secteur.
Ce dernier considéra qu'il était dommage de détruire immédiatement l' HAPS. D'après les scanners, il ne représentait pas le moindre danger pour la ville et il serait sans doute intéressant de résoudre l'énigme qu'il constituait.
Il annula donc la procédure de tir pour la remplacer par une simple procédure de suivi et d'arraisonnement.

Une voix s'éleva à l'intérieur du cockpit :

- *Vous traversez l'espace aérien nantais sans la moindre autorisation, remettez votre appareil en mode manuel et atterrissez ou nous allons tirer.*

Paul s'écria :

- *Mais on ne sait pas piloter !*

La voix marqua une pause.
Le responsable du secteur avait bien entendu le cri désespéré de Paul, mais il attendait le résultat de l'analyse vocale. Quelques secondes plus tard, le taux de sincérité de la réponse lui parvint : 99 %. Autant dire que l'individu qui avait répondu ne mentait pas. Presque simultanément, le point de destination du HAPS s'afficha. Il s'agissait d'une zone au cœur de la ville. Il fallait prévenir les forces de sécurité du quartier afin qu'elles se rendent sur place pour interpeller les individus qui se trouvaient dans le HAPS.
Le responsable s'activa. Dans moins de 2 minutes, l'engin arriverait à destination.
Dans ce genre de situation il fallait réagir vite.
Deux chasseurs de l'armée en patrouille au-dessus de la ville, qui avaient pris en chasse l' HAPS dès le début de l'alerte, annoncèrent qu'ils passaient en mode visuel.
Le responsable du secteur se dit que désormais, l' HPAS n'avait plus aucune chance de leur échapper.
Simultanément, guidées par l'ordinateur central de la défense aérienne, les caméras à terre qui couvraient la ville envoyèrent au PC des vues de l'appareil en vol.

Du haut de l'élévateur, Teren pouvait apercevoir, deux cents mètres en contrebas, les forces de sécurité qui couraient vers eux. Il y avait au moins une dizaine d'hommes.
Il attendit que les premiers policiers se soient engagés sur l'élévateur, puis il actionna l'arrêt d'urgence, bloquant ensuite le bouton à l'aide d'un petit morceau de plastique qui traînait par terre.
Surpris , les policiers se regroupèrent, hésitant. L'un d'eux tendit le bras dans leur direction, puis ils se dirigèrent vers l'élévateur de secours.
Teren avait gagné de précieuses secondes. Un sifflement se fit entendre : l' HAPS arrivait.
L'engin s'immobilisa en vol stationnaire à un mètre du sol environ.

- *Viens* ! lança Teren à Béatrice.

Ils enjambèrent le parapet pour atteindre la porte du HAPS que Teren déverrouilla manuellement et ils se glissèrent dans l'appareil.
Béatrice croisa les regards inquiets de Paul et Élisabeth. Visiblement, ces deux-là venaient de passer des instants éprouvants. Béatrice se dit que de son côté, ça n'avait vraiment pas été non plus des vacances. Elle aurait bien aimé leur en parler mais ce n'était sans doute pas le moment idéal.
D'ailleurs, Teren, qui venait de s'installer aux commandes s'écria :

- *Ne vous inquiétez pas, on va s'en sortir !*

Aucun des Sixpiliens ne répondit.
Paul regardait les bâtiments défiler, tenant la main d'Élisabeth qui fermait les yeux.
Une voix s'éleva dans le cockpit :

- *Ici chasseur H431 des forces armées nantaises, atterrissez ou nous allons être obligés de vous abattre.*

Teren coupa le son.

- *Voilà, comme cela ils ne nous entendent plus et nous ne les entendons plus non plus.*
- *Mais… Tu n'as pas peur qu'ils mettent leur menace à exécution ?* s'inquiéta Paul.
- *C'est un risque à courir, mais je ne pense pas qu'ils le fassent pour le moment parce qu'en s'écrasant, notre HAPS ferait des victimes. Ils vont attendre que l'on sorte du centre ville.*
- *Bon…* se contenta de dire Paul. Comme si cette réponse pouvait le soulager.
- *Ne t'inquiète pas,* ajouta Teren, *dès que l'on sera hors de la ville, je vais raser le sol en zigzaguant. C'est un peu dangereux, mais s'ils tirent, leurs missiles auront 50 % de chance de nous manquer.*
- *Mais*, lança Élisabeth qui venait d'ouvrir les yeux, *il reste 50% de chance d'être mort !*
- *Oui, c'est un risque à courir. De toute façon, je ne pense pas qu'ils tireront. Ils veulent sûrement savoir qui nous sommes et ce que nous faisions en ville. Un HAPS chargé d'hommes des forces*

spéciales est sûrement déjà en route pour nous intercepter lorsque nous atterrirons. Les chasseurs vont nous surveiller en attendant.

- *Mais, on va se faire prendre ?* demanda Béatrice soudain inquiète.
- *Non, vous verrez. Quand on va atterrir, ne posez pas de question et faites exactement comme moi. Dans trois minutes, on arrivera. On ne peut pas aller plus vite dans le périmètre de la cité, les moteurs sont programmés pour respecter la limitation.*

Béatrice regardait à l'extérieur. Les bâtiments disparurent derrière eux et elle aperçut les tours de défense de la ville.
Teren avait commencé à zigzaguer en rasant le sol. Le siège compensait en partie les mouvements mais la jeune femme éprouva rapidement une sérieuse envie de vomir. Le mal de l'air sans doute. En tous cas, la colère l'envahit soudain. En fait, c'était le monde techno dans toute sa totalité qu'elle aurait voulu vomir. Ce monde-là n'était qu'incompréhension et violence. Elle était là, menacée de mort avec son enfant et l'homme de sa vie, secouée dans tous les sens, alors qu'ils pourraient tranquillement s'occuper de cultiver la terre et de faire du katé !

Tout se passa très vite. Teren conduisit l' HAPS au dessus de Tarnac et ils se posèrent dans la rue, quelques dizaines de mètres après l'entrée du Full Pleasure. Un ivrogne s'enfuit en courant comme s'il venait de voir le diable. Il faut dire qu'en se posant dans une rue aussi étroite, l' HAPS avait heurté un balcon en verre qui venait de s'écraser au sol dans un fracas épouvantable.
Teren savait que les HAPS de la police ne prendraient pas le risque de se poser à côté d'eux mais il priait pour que l' HAPS des forces spéciales ne soit pas encore là, car eux étaient équipés de plate-formes pour descendre rapidement une équipe d'intervention au sol.

- *On y va !* s'écria-t-il, *suivez-moi, ayez l'air souriant et tranquille sinon on ne nous laissera pas rentrer.*

Il déverrouilla la porte et sauta à terre, vérifiant rapidement que les autres suivaient. C'est à ce moment là qu'Elizabeth remarqua la tenue et la coiffure techno de Béatrice. Elle la complimenta spontanément, lui demandant comment elle avait fait. Béatrice resta bouche bée devant l'incroyable inconscience de son amie. Comment pouvait-on faire attention à ce genre de détail dans la situation où ils se trouvaient ! Elle lui sourit, renonçant à essayer de la raisonner, lui promettant de raconter tout cela plus tard.
Le petit groupe se présenta devant l'entrée du Full Pleasure avec, au-dessus d'eux, le sifflement des HAPS qui les avaient pris en chasse. Les pilotes devaient enrager, cherchant un endroit où se poser pour ne pas perdre de vue les fuyards.
S'assurant que ses compagnons avaient l'air normal, Teren se présenta devant l'entrée du Full Pleasure.

Une voix se fit entendre :

- *Qu'est-ce qui se passe dehors, j'ai entendu un bruit assourdissant ?*

C'était l'homme chargé de filtrer les entrées. Il fallait le rassurer.

- *Un HAPS vient d'atterrir dans la rue. On a vu le pilote s'enfuir en courant. Il était visiblement saoul*
- *Merde !* fit la voix, *ça va attirer les flics de la cité. On n'a pas besoin de ça !*

Teren demanda de sa voix la plus chaleureuse :

- *Bon, on n'est pas saoul, on peut renter boire un verre ?*
- *Mais on ferme dans moins de dix minutes…*
- *Ben justement, on a juste le temps de boire un « gentil » et on ressort avec tout le monde.*
- *Pouf…* fit l'homme d'une voix lasse. OK, *le client est roi, je vous ouvre.*

Une fois à l'intérieur, Teren ne perdit pas de temps. Il aborda une des serveuses qui attendait tranquillement la fin de son service.

- *On se met là*, dit il en désignant une table libre, *vous pouvez nous amener quatre gentils s'il vous plaît, c'est moi qui paye.*

La serveuse enregistra la commande.
Teren prit Béatrice par la main et l'entraîna. Cette dernière le suivit sans trop se poser de questions. Elle avait largement dépassé son quota d'émotions aujourd'hui.
Après avoir zigzagué entre les tables où les clients finissaient leur verre, certains se levant déjà pour se diriger vers la sortie, ils pénétrèrent dans les toilettes. Teren poussa doucement Béatrice dans une des cellules. La porte se referma automatiquement derrière eux. Un bruit de vomissement leur parvint. Dans une autre des cellules, quelqu'un devait cuver son vin.
Teren tendit une petite lame fine à Béatrice qui eut un geste de recul, mais il se pencha et chuchota à son oreille :

- *Prends-ça, il faut impérativement que tu retires tout de suite mon module d'identité sinon on ne pourra pas leur échapper !*

La jeune femme fut prise de panique.

- *Mais je ne sais pas comment faire, et puis comment reviendras-tu dans la cité ?*

Elle avait dû parler trop fort car une voix d'homme saoul s'éleva :

- *Hé les amoureux, vous pouvez pas aller faire ça ailleurs… bande de dégueulasses…*

Saisissant doucement la main de la jeune femme, Teren lui fit répéta à l'oreille qu'ils n'avaient pas le temps de discuter. Il s'assit à l'envers sur la cuvette et guida ses doigts jusqu'à l'emplacement du module derrière sa tête.

- *Là, tu le sens ?*
- *Oui,* répondit Béatrice.

A côté, le soûlard s'égosillait :

- *bien-sûr qu'elle le sent la pucelle… vas-y mon gars, file lui du plaisir…*

Teren baissa encore la voix.

- *Bon, taille la chair doucement. Le module est gris et assez plat, il est accroché à la boîte crânienne. Tu vas passer la lame entre l'os et lui et forcer. Ne t'inquiète pas, je n'aurai pas mal, mais fais vite ! On a tellement peu de temps.*

Béatrice serra les dents. Elle sentait le module sous la peau mais n'y voyait rien. Elle fit pivoter la tête de Teren pour bénéficier de l'éclairage de la cellule. Elle approcha la lame mais dut renoncer tant sa main tremblait.

- *Dépêche-toi !* la supplia Teren.

Cette fois, la jeune femme n'hésita qu'une seconde. Elle découpa la peau et aperçut le module. Un peu de sang coulait. Elle passa la lame entre l'os et le module et fit levier. Il se décolla mais resta accroché dans la chair. Béatrice jura, elle découpa maladroitement autour du module qui finit par se détacher et tomber.

Sentant qu'elle ne le touchait plus, Teren se retourna. A ses trais tendus, Béatrice compris qu'il avait du avoir mal.

- *Où est-il ?*
- *Là, par terre.*

Teren le ramassa et le garda dans sa main.

- *Bon*, fit-il, *tu es une vraie chirurgienne. Allez, il faut aller rejoindre les autres !*

Ils sortirent de la cellule pour se trouver nez à nez avec le soulard. Avisant le sang qui coulait le long du coup de Teren, l'homme s'exclama :

- *La vache ! Elle t'a mordu !*

Teren se pencha vers l'homme, lui soufflant à l'oreille

- *Oui, parce qu'elle a aimé.*

Béatrice qui était restée un peu en retrait vit la main de Teren glisser le module d'identité dans le col de l'autre.

Ils sortirent, laissant l'homme tourner en rond dans les toilettes. Il répétait en riant :

- *elle a aimé, elle a aimé…*

En arrivant à la table, Teren intercepta la serveuse qui venait de servir les gentils. Il lui demanda un pansement cicatriseur sous prétexte qu'il venait de se cogner. La serveuse haussa les épaules, pas dupe, mais acquiesça. Elle se doutait bien qu'il mentait mais ce n'étaient pas ses affaires.

Beaucoup de clients se levaient pour se diriger vers la sortie. La musique s'était arrêtée et les habitués savaient ce que cela signifiait.

Béatrice prit un mouchoir dans sa poche, elle le trempa dans son gentil et nettoya rapidement la plaie de Teren. Elle vit qu'Elizabeth avait bu la moitié de son verre. Paul lui n'y avait pas encore touché.

- *C'est bon ?* demanda-t-elle.
- *Tu veux la vérité ?* lui demanda Elizabeth.

Malgré la fatigue, Béatrice secoua la tête en souriant.
Elizabeth du prendre cela pour un acquiescement puisqu'elle s'écria :

- *C'est méga bon, et je me sens super bien !*

Paul sourit à son tour. Béatrice prit sa voix de maîtresse d'école :

- *Tu ne devrais pas boire ce truc, je ne sais pas ce qu'ils mettent dedans…*

Ils s'interrompirent car la serveuse venait d'apporter un sachet qu'elle posa sur la table d'un geste las. Teren lui glissa un bon pourboire qui lui redonna le sourire et un peu d'entrain, puis il lui proposa de le doubler si elle lui appliquait le pansement en restant discrète. La femme répondit qu'il n'avait pas à s'inquiéter, elle n'était pas du genre à balancer qui que ce soit et en ce qui concernait le pansement, elle le lui mettrait les yeux fermés.
Teren hocha la tête. Trente secondes plus tard, il était soigné. Le pansement était imbibé de toutes sortes de produits chimiques à l'efficacité certaine puisque le sang s'était pratiquement immédiatement arrêté de couler.
La serveuse s'éloigna sans même se retourner pour aider ses collègues à réveiller les clients endormis.

Cette fois, la salle se vidait. Teren s'adressa au petit groupe :

- *Bon, je prends Elizabeth avec moi, et toi, Béatrice, tu iras avec Paul parce que il n'y a que nous deux qui connaissions le chemin de l'aéroport…*

Il hésita :

- *Tu retrouveras l'aéroport ?*
- *Oui, je pense*, répondit Béatrice en se demandant si elle ne s'avançait

pas un peu trop. Elle voulut demander pourquoi ils ne restaient pas tous ensemble mais Teren devança sa question :

- *Les policiers dehors vont me chercher en priorité parce qu'ils repèrent facilement mon module d'identité. Mais ce dernier est alimenté par la chaleur du corps. Je l'ai glissé dans la combinaison du soûlard dans les toilettes mais ce n'est évidemment pas aussi efficace que quand c'est greffé sous la peau. Je ne sais pas combien de temps il va encore émettre, mais dès qu'ils auront repéré le subterfuge, ils chercheront un groupe de quatre personnes sans module d'identité. En nous séparant on aura donc plus de chance. Il faut que tu ailles avec Paul car lui ne connaît pas le chemin. Toi tu l'as fait une fois avec moi. Quand tu arriveras à l'aéroport, tu verras une bâtisse carrée avec une grande antenne. Avec Paul approchez-vous en, je vous y rejoindrai. Partez tous les deux maintenant, on vous suit dans 30 secondes.*

Béatrice demanda :

- *Et mon module à moi, je le garde ?*

- *La vache !* s'écria Teren, terrifié à l'idée de ce qui aurait pu arriver, *je suis trop con ! Non, bien-sûr que non, il est repéré lui aussi. Bon Dieu, j'ai failli te perdre… Donne-le moi, je vais le laisser sous la table. Celui-là n'a pas besoin de chaleur corporelle, il est équipé d'une pile.*

La jeune femme lui donna le module puis s'éloigna après un sourire timide. Avec un serrement au cœur, Teren la suivit du regard tandis qu'avec Paul elle se fondait dans la file de gens se dirigeant vers la sortie. Il se retourna vers Elizabeth qui avait profité de son inattention pour finir son verre. Infernale petite Élisabeth songea-t-il. Il la prit par le bras et l'aida à se lever. Elle le regarda droit dans les yeux :

- *Tu sais que tu n'es pas si vilain que ça pour un méchant Techno ?*

Teren respira profondément. Les drogues agissaient déjà. Avec un organisme aussi peu accoutumé c'était normal. La ballade n'allait pas être une partie de plaisir. Une fraction de seconde, il songea même à abandonner la jeune femme sur place. Une fraction de seconde seulement, car on n'abandonne pas un blessé sur le terrain. Cela ne se faisait pas. Et puis, ce serait trahir la confiance des Sixpiliens et surtout celle de Béatrice. Un crime impardonnable ! Il entraîna la jeune femme qui protesta parce qu'il ne la laissait pas emmener le verre de Paul pour la route. Heureusement, elle était trop faible pour résister. Par contre, côté insulte, elle en connaissait un rayon !

Ils se retrouvèrent très vite entourés par des clients qui, comme eux, se dirigeaient vers la sortie. La foule est notre meilleure protection, songea Teren. Il entendait des gens protester car ça n'avançait pas. Lui savait bien pourquoi : les policiers devaient filtrer les sorties. Heureusement, la majorité des clients du Full Pleasure ne portaient pas de modules d'identité et il ne devait pas y avoir plus de vingt policiers dehors. Avec les clients à moitié ivres, il leur était sûrement difficile de maîtriser la situation.

Ils n'atteignirent le sas de sortie qu'après plusieurs minutes de queue. Comme l'avait prévu Teren, des petits groupes de jeunes excités par les boissons se heurtaient plus ou moins violemment aux policiers, les insultant copieusement. Ces derniers évitaient de sortir leurs armes pour que la situation ne dégénère pas. Ils savaient très bien qu'à Tarnac, des armes circulaient. Il suffisait d'un malheureux tir de leur part pour qu'une bataille rangée s'ensuive. Ils marchaient sur des œufs.

Trois policiers remontaient la file à contre-courant pour pénétrer dans le Full Pleasure. L'un d'entre eux bouscula accidentellement Teren en arrivant à sa hauteur. Ce dernier fit semblant de tomber sous le choc. Les gens autour crièrent à la violence policière. Le policier aida Teren à se relever en s'excusant. Il ne fit pas attention à Elizabeth qui riait en se moquant de son casque. Par contre, lorsque la jeune femme lui mit accidentellement le doigt dans l'œil, il poussa un cri de douleur et recula, heurtant d'autres clients. Il s'ensuivit une bousculade généralisée dans le sas. Les policiers se serrèrent

tous les trois contre le mur et attendirent que les choses se calment.
Lorsqu'ils purent repartir en direction de l'intérieur du Full Pleasure, Teren et Elizabeth sortaient du sas, faisant face au cordon policier principal. Les gens se dispersaient dans la rue. Un officier s'approcha d'eux, peut-être intrigué par le pansement que Teren portait au cou, mais Elizabeth monopolisa son attention en rigolant comme une folle. Il dut se dire que personne ne pouvait simuler aussi parfaitement une cuite et reporta son attention sur d'autres clients tandis que Teren entraînait, non sans mal, la jeune femme au-delà de la zone de danger.
Il évitait de regarder en direction des policiers qui portaient une visière sachant qu'ils pouvaient transmettre à leur QG des images en temps réel des clients sortant afin qu'un ordinateur les compare aux enregistrements qui avaient dû être faits dans la caverne d' Ali-baba et lors de leur fuite dans les rues de la cité. Heureusement, pour le moment, les policiers se concentraient sur le signal des modules d'identité. Ils ne devaient pas se servir de cette fonction de reconnaissance par l'image à laquelle ils étaient fort peu habitués. Par contre, dés qu'ils trouveraient les modules, ils allaient réagir c'était certain.
Ils marchèrent sans s'arrêter, calquant leurs pas sur ceux de leurs voisins. Beaucoup de monde se dirigeait vers l'aéroport.
Lorsqu'ils arrivèrent aux abords du centre de guidage avec sa grande antenne, Teren repéra avec soulagement Béatrice et Paul qui attendaient en discutant. Il les rejoignit, échangeant un regard avec la jeune femme.

- *Venez,* dit il, *on va encore devoir dépenser quelques sous pour atteindre la gare du marché.*

Il s'approcha d'un gros HAPS de transport qui se préparait visiblement à décoller et demanda au pilote s'il acceptait de les amener au marché pour 100 crédits. L'homme protesta pour le principe mais Teren vit dans ses yeux qu'il était d'accord. Ils s'installèrent tous les quatre dans l'HAPS tandis que le pilote terminait de vérifier l'amarrage de sa cargaison. Une femme dormait à poings fermés sur l'un des sièges. Sa veste entrouverte laissant pointer le bout d'un sein, sa jupe froissée et les bouteilles qui traînaient sur le sol donnaient à penser que la nuit avait été animée.
Le pilote suivit son regard et haussa les épaules. Il s'installa dans le cockpit et lança d'un air soupçonneux:

- *Bon, tu me files mon blé ?*

Teren lui tendit les 100 crédits. L'HAPS décolla en même temps que plusieurs dizaines d'autres. Il les emmena en moins de trois minutes au marché. Ils descendirent de l'appareil et eurent à peine le temps de s'éloigner. L' HAPS était reparti, les laissant seuls dans la nuit au milieu d'une place à peine éclairée. Paul indiqua une direction :

- C'est là-bas que nous vendons notre sable, au bout de la rue.

Teren sourit, c'était mieux que d'attendre à la gare.

- *Allons-y*, dit il, *à quelle heure est le premier train ?*

- *6 h 00 je pense*, fit Paul.
- *Il est 4 h 30, on a une bonne heure pour se reposer.*

Paul sourit :

- *On est sauvé ?*
- *Je ne sais pas,* fit Teren en secouant la tête*, nous ne représentons pas un véritable danger pour la cité et nous avons été poursuivis avec peu de moyens. Ils n'ont pas jugé bon de réveiller des techniciens pour nous retrouver. Mais dans quelques heures, tout le monde sera au travail et la traque commencera vraiment. Ils vont nous retrouver si on reste là.*
- *Pourquoi ne pas être partis plus loin avec le HAPS, il aurait même pu nous déposer au village non ?* demanda Béatrice.
- *Un HAPS atterrissant en territoire Sixpilien et surtout à proximité du village les aurait immédiatement alertés. Pour le reste, je me suis dit qu'ils allaient d'abord surveiller les vols lointains… Mais bon, tu as raison, je me suis peut-être planté.*

La jeune femme eut un geste las pour montrer que ça n'avait pas d'importance. Ils se dirigèrent vers la bicoque où Paul vendait son sable. Les rues du marché étaient désertes. Teren n'aimait pas cela car ils étaient de fait facilement repérables, mais personne ne semblait surveiller la zone. Probablement parce que, à cette heure de la nuit, on n'y trouvait guère que des Sixpiliens endormis. Ils atteignirent la petite maison. Là Béatrice se précipita sur des vêtements qui traînaient. Elle trouva un pantalon et une chemisette, ce qui lui permit d'abandonner sa tunique techno qu'Elizabeth s'empressa de récupérer et de mettre dans une sacoche. Teren trouva lui aussi de quoi se changer. La maison recélait d'autres trésors, notamment quelques vivres mais ils n'y touchèrent pas, trop fatigués. Ils se précipitèrent vers les matelas à même le sol pour s'allonger. Chacun prit une place sans un mot. Teren était tellement fatigué que, malgré la tension, il s'endormit presque immédiatement contre Béatrice.

CHAPITRE 26

Le général Topieu fulminait. Non seulement cet imbécile d'Alpha333 avait raté son coup, mais en plus, il s'était fait prendre vivant !
Alpha333 allait parler, obligatoirement. Ce n'était qu'une question d'heures.
En voulant écarter le danger potentiel que constituait Teren, le général s'était mis dans le pétrin jusqu'au cou et, cette fois, il ne voyait guère comment s'en sortir.
S'enfuir ? C'était impensable.
Il songea un court instant au suicide, mais rejeta immédiatement cette solution pour le moins déplaisante. Il avait envie de vivre.
Il réfléchit : l'idéal serait de déclencher une guerre avec une autre cité. Dans un tel contexte, on n'inquiète pas le chef des armées.
Il songeait au moyen de faire dégénérer la situation avec Paris lorsque trois hommes cagoulés entrèrent brusquement dans son bureau, braquant leurs armes sur lui.
Le plus grand lui lança :

- *Vous êtes en état d'arrestation mon général. Nous avons ordre de tirer en cas de résistance.*

Le général Topieu fronça les sourcils, furieux. Ils avaient vraiment fait vite !
Il reconnut les uniformes de la police spéciale du Maire de la cité. Ces salops disposaient de moyens considérables. Ils avaient dû neutraliser le système d'alarme de son appartement avant de pénétrer dans son bureau. Il se laissa menotter. C'était humiliant, mais à quoi bon jouer les héros ?

Teren se cala contre la fenêtre du compartiment. C'était la première fois qu'il prenait un train sixpilien et il n'en revenait pas de l'inconfort. Le bruit épouvantable rendait difficile toute discussion et les à-coups incessants lui donnaient parfois l'impression de décoller de la banquette. Cette dernière était à peine rembourrée. Il commençait à avoir mal aux fesses mais il n'osait pas bouger car Béatrice dormait contre lui. Eh oui, aussi incroyable que cela puisse paraître les trois Sixpiliens dormaient à poings fermés. L'habitude sans doute.
Ils étaient seuls dans le compartiment. C'était le premier train. Sur le quai, à 6 h 00 ce matin, ils étaient seulement une dizaine de voyageurs à monter.
Teren était content de mettre de la distance entre eux et la cité, même s'il savait cette précaution complètement illusoire. Un vaisseau des forces armées pouvait en effet atteindre n'importe quel point de la terre en moins d'une demi-heure. Mais leur cas n'intéressait sûrement pas les militaires, ni même les policiers nantais, puisque à vrai dire, ils n'avaient pas commis d'infraction grave à part le fait d'avoir refusé de se laisser attraper. Il regarda par la fenêtre. Le train prenait de la vitesse, ce qui provoquait des secousses encore plus fortes, à tel point qu'il se demanda soudain si un déraillement

était au programme. Le conducteur dut penser la même chose puisqu'il freina brusquement. Béatrice glissa, à deux doigts de tomber sur le plancher.
Teren tira doucement sur la jeune femme pour la remettre sur la banquette. Il la regarda en souriant : vaillante petite Sixpilienne qui valait bien n'importe quel homme qu'il ait jamais eu sous son commandement. Il ne lui avait rien dit à propos de la bombe thermique sur le village. D'abord parce qu'il ne pouvait pas savoir si les autres avaient survécu dans leur cave et il était donc inutile de l'effrayer, mais surtout parce qu'il n'en avait pas le courage.
Maintenant qu'il connaissait le monde sixpilien, il se rendait compte de l'absurdité de ce bombardement. Qu'il s'agisse d'une vengeance ou d'un souci d'effacer toute trace de ce qui s'était déroulé ces derniers jours, cela ne conduisait à rien d'autre qu'à faire de nouvelles victimes. Or ces gens étaient tellement uniques, tellement gentils et simples. Il aurait voulu pouvoir expliquer à tous ses compatriotes la beauté et la sérénité de cette civilisation sixpilienne sans télévision, sans argent, où chacun se souciait de l'autre. Il aurait voulu leur demander de juste les laisser vivre en paix.
Un nouvelle secousse fit résonner tout le wagon, comme pour lui rappeler que tout n'était pas parfait chez les Sixpiliens.

Dans l'obscurité complète, Jean essaya de remuer ses jambes, mais elles étaient coincées. Il respirait difficilement. Ce n'était pas seulement le poids qui lui écrasait la poitrine, mais aussi la chaleur étouffante et la poussière dans l'air. Il perdit à nouveau connaissance.
Lorsqu'il se réveilla, rien n'avait changé. Il se demanda un instant s'il était encore vivant. La douleur qui l'irradiait depuis le bas du dos l'en convainquit.
Il essaya d'appeler mais aucun son ne sortit de sa bouche. De toute façon, à quoi bon ? Rien ne bougeait autour de lui.
Il s'était passé quelque chose, mais quoi ?
Il se souvenait bien de s'être couché dans la cave commune, d'avoir éteint, mais après, plus rien…
Il aurait donné n'importe quoi pour un verre d'eau.
Une grande lassitude l'envahit. Il ferma les yeux.
Il réalisa que la mort allait venir. Il était inutile de lutter. Il regrettait seulement de ne pas savoir ce qui s'était passé. Il aurait voulu savoir où étaient les autres.

Bernard raccrocha le téléphone. Toujours impossible de joindre le village de Jean. Guillaume était venu lui expliquer que quelque chose de terrible s'était passé là-bas. Une bombe… Il avait vu cela aux informations la veille au soir.
Dans le village, l'émotion était évidemment à son comble et Bernard avait réuni sans difficulté une vingtaine de volontaires pour aller là-bas, sauver ce qui pouvait l'être.

Le petit groupe attendaient à la gare le premier train. Personne ne parlait, même pas Sylvie qui avait tenu à venir parce qu'elle se faisait un sang d'encre pour Béatrice.
Bernard avait essayé en vain de joindre son correspondant techno. Il ne se faisait pas trop d'illusions de ce côté-là et à vrai dire, il n'avait jamais vraiment compté sur lui. Les Technos étaient en général ambitieux, orgueilleux et cupides. Parfois méchants. Ils ne pensaient qu'à leurs intérêts. Le sort de quelques Sixpiliens est vraiment le dernier de leurs soucis.
Il sourit : tiens, voilà qu'il se mettait à parler comme Béatrice. L'émotion sans doute… La peur de ce qu'ils allaient trouver là-bas.

Guillaume observait de loin le petit groupe qui attendait à l'arrêt du train. Il hésitait. Les rejoindre lui permettrait de compléter son reportage, mais cela signifiait aussi aller se jeter à nouveau dans la gueule du loup. C'était un peu comme à la loterie, il pouvait gagner beaucoup ou tout perdre sur cette mise. Son naturel prudent lui criait de rester au village, mais son instinct de journaliste lui susurrait à l'oreille qu'en n'allant pas là-bas, il risquait de perdre la main sur l'actualité, ce qui impliquait que tout le travail déjà réalisé deviendrait obsolète.
Ah, maudits Sixpiliens ! En fait, il savait bien qu'il n'avait pas d'autre choix que d'accompagner ces imbéciles qui ne se rendaient pas compte qu'ils n'étaient que des pions dans un jeu qui les avait toujours dépassés.

En montant dans l' HAPS spécialement affrété par le mouvement, Hervé Buissac se dit qu'il allait enfin entrer dans le jeu. Deux reporters aguerris l'accompagnaient. Le pilote du HAPS l'interpella :

- *Monsieur Buissac, vous nous avez dégotté là un sacré engin !* dit-il avec un large sourire.
- *Je suis content qu'il vous plaise. Soyez prêts à mettre toute la vapeur quand nous recevrons le feu vert.*
- *Ce sera avec plaisir. Cet engin doit filer au moins Match 5 !*
- *C'est bien pour cela qu'on l'a choisi. C'est l'appareil civil le plus rapide de la cité.*

Hervé Buissac alla prendre place à l'arrière. Il attendait confirmation par leur informateur au sein du bureau du contrôle spatial de l'arrivée du petit groupe de Sixpiliens au cœur du village bombardé.
Il allait devoir jouer serré car il savait que son nom circulait déjà dans les hautes sphères du contre-espionnage parisien. Tôt ou tard, il serait arrêté. Il était bien-sûr déjà sous surveillance, ce qui ne l'ennuyait pas, bien au contraire. Pour le reste du jeu, il était content de savoir un groupe d'intervention de la police sur ses talons. Ainsi, si la cité nantaise avait envoyé une équipe sur place, il serait protégé.

CHAPITRE 27

En découvrant la plaine calcinée, Paul qui marchait en tête s'arrêta, frappé de stupeur. Les autres le rejoignirent, constatant à leur tour le paysage de désolation qui s'étendait à la place du village.
Béatrice fut la première à retrouver la parole :

- *Mais que s'est-il passé ?*
- *Les Parisiens ont envoyé une bombe thermique cette nuit, sans doute pour effacer toute trace des événements,* répondit Teren.

Béatrice s'écria :

- *Quoi ? Mais les nôtres étaient dans le village !*
- *C'est bien le dernier de leurs soucis,* fit Teren les yeux baissés.

Béatrice tremblait de colère :

- *Non mais quels salauds ! détruire des gens innocents, leur maison, leur travail, leurs récoltes…*

Elle se mit à courir en direction des restes du village. Tout le petit groupe s'élança à sa suite.
Le sol était comme vitrifié et très glissant ; à plusieurs reprises Béatrice faillit tomber, mais la rage lui permit à chaque fois de rétablir son équilibre.
Ils arrivèrent très vite au cœur de ce qui avait été le village. Plus aucune maison visible. Les murs avaient littéralement fondu. Parfois ce qui en restait atteignait encore une vingtaine de centimètres de haut mais en général ils avaient purement et simplement disparu, laissant sur le sol une traînée éclatante comme du diamant.
Le silence était impressionnant, surréaliste. Aucun oiseau pour chanter. Même la brise matinale ne trouvait pas d'obstacle avec lequel jouer. Aucun mouvement, tout était figé. Mort.
Dans ces conditions, il était très difficile de s'orienter. Paul et Elizabeth, qui avaient pourtant toujours vécu là, ne s'en sortaient pas mieux que Béatrice. Teren restait en arrière. Il ne disait rien, mais il semblait évident qu'il craignait la réaction de Béatrice. Il s'en voulait de lui avoir caché qu'une bombe avait été lancée sur le village. Il avait été lâche, incapable d'assumer les actes de ses compatriotes.
En fait, il ne pouvait pas le savoir, mais il ne venait même pas à l'idée de Béatrice de lui reprocher quoi que ce soit. Et encore moins en cet instant où elle n'avait d'yeux que pour le sol autour d'elle. Elle cherchait désespérément l'entrée de la cave commune.
Finalement, après plus de dix minutes de tâtonnements, ils trouvèrent l'endroit où se trouvait la cave. Ils étaient absolument sûrs d'eux.

- *Il faudrait creuser*, dit Béatrice.
- *Avec quoi ?* fit Paul.

Ils se regardèrent, impuissants.
Paul jeta finalement un coup d'œil en direction des quais. Là-bas non plus il ne restait plus rien, mais il trouverait peut-être un outil.

Élisabeth le suivit des yeux tandis qu'il se mettait à courir. Elle s'agenouilla sur le sol et essaya de gratter avec ses ongles, mais la couche de terre fondue était beaucoup trop dure, elle dut renoncer.
Paul avait atteint les quais. Comme dans le village, tout avait littéralement fondu. Il sentit le découragement le gagner et réalisa soudain que la seule solution consistait à rejoindre un autre village pour y demander de l'aide. Mais ils allaient perdre plusieurs heures et s'il y avait des survivants, il semblait évident qu'il fallait les libérer de leur prison au plus vite avant qu' ils ne meurent d'asphyxie. A tout hasard, il marcha jusqu'au bord du quai et là, il aperçut avec surprise la drague, collée en contrebas contre la paroi, seulement retenue par le bout qu'il avait l'habitude d'arrimer à mi-hauteur. Toutes les amarres accrochées au-dessus du quai avaient fondu en même temps que les bites auxquelles elles étaient prises, mais ce malheureux bout avait tenu. En fait, la vague de chaleur avait dû passer par-dessus le quai, épargnant tout ce qui était collé à lui en contrebas. Le bout était tendu, la marée descendante essayant d'emmener la drague vers le large. Paul se précipita vers l'échelle dont les premiers barreaux, trop près du haut du quai, avaient fondu. En quelques secondes, il descendit jusqu'à la drague. Là, il savait qu'il trouverait tout ce dont il avait besoin.

Béatrice tournait en rond sur place lorsqu'elle aperçut Paul qui revenait les bras chargés d'outils. Elle se précipita vers lui. Elle avait envie de l'embrasser.
Ils se mirent immédiatement au travail. Teren, qui les avait finalement rejoint, prit la barre à mine et se mit à frapper violemment le sol. Il frappa de toutes ses forces, comme pour se faire pardonner les actes de ses compatriotes. Comme pour racheter leur inhumanité. Pour la première fois, il avait vraiment honte d'être un Techno.
Les deux femmes l'aidaient en dégageant les morceaux avec les mains. Au bout d'un moment, Paul le remplaça. Ils luttèrent ainsi une bonne demi-heure pour traverser la croûte de terre fondue. Après, ils rencontrèrent beaucoup de pierres, mais ce fut beaucoup plus facile et la pelle fut bien utile.
Il leur fallut malgré tout encore une bonne heure pour creuser les deux mètres de terre qui les séparaient de la cave. Lorsqu'ils percèrent son plafond voûté, faisant tomber les briques, une bouffée de chaleur s'en échappa. Ils se penchèrent pour essayer d'apercevoir quelque chose mais ils n'y voyaient rien. Élisabeth qui était la plus fine se laissa glisser dans le trou. Elle tomba lourdement sur le sol et faillit se casser la cheville. Il faisait une chaleur insupportable, comme dans un four, et l'air semblait difficile à respirer. Elizabeth cria pour demander s'il y avait quelqu'un, mais personne ne répondit. Au bout d'une minute, ses yeux s'habituèrent à la faible luminosité qui venait de l'ouverture qu'ils avaient faite. Elle vit avec effroi que la cave s'était effondrée. Elle expliqua la situation à Béatrice qui lui dit de chercher des survivants tandis que eux allaient agrandir l'ouverture.

Le petit groupe se remit au travail. Aucun des trois qui s'affairaient ne vit ni n'entendit l' HAPS noir de la police Nantaise se poser environ deux kilomètres plus loin.

Une fois n'est pas coutume, Hans Jerkein descendit le premier de l'appareil. Son groupe d'intervention sortit à son tour pour prendre position. L'interrogatoire du général Topieu avait été rapide et le film de ce qui s'était passé dans le village récupéré chez lui et visionné. Le rôle de chacun, y compris du lieutenant Teren, était établi. Toute l'affaire était maintenant parfaitement élucidée.

Ils avaient retrouvé la piste de Teren après les événements au Full Pleasure grâce aux satellites traqueurs. En temps normal, il aurait fallu plus de temps mais, du fait de la bombe thermique sur le village, une bonne partie des spécialistes satellites était encore au travail dans la salle BAR I. De fait, ils s'étaient occupés du problème en temps réel et avaient vite détecté l'atterrissage curieux d'un HAPS de nuit au marché sixpilien. Après, il avait suffit de remonter les enregistrements pour voir le petits groupes de fuyards s'abriter avant de prendre le premier train. Plutôt que de les intercepter immédiatement, Hans Jerkein avait préféré les espionner par satellite. De fait, maintenant, il savait que leur but était de porter secours aux éventuels survivants du village.

Hans Jerkein aurait pu clôturer là l'enquête, mais il aimait trop le travail bien fait et puis surtout, il se demandait comment un officier des forces armée avait pu ainsi passer côté Sixpilien, allant jusqu'à enlever son module d'identification. Il n'avait en fait rien de spécial à reprocher au lieutenant Teren qui dans cette affaire avait fait son travail et était resté fidèle à son commandant d'unité, mais il voulait savoir, par pure curiosité.

Soudain, le radio resté à l'intérieur de l'appareil appela :

- *Mon commandant, la base signale de multiples échos se dirigeant vers nous !*

Hans Jerkein sursauta :

- *C'est quoi ? Des missiles ?* demanda-t-il le cœur battant la chamade.

Le radio écoutait les explications de son interlocuteur.

- *Non, des HAPS,* répondit-il finalement, *mais très rapides. Nantes nous envoie immédiatement des renforts.*

Soulagé qu'il ne s'agisse pas de missiles, Hans Jerkein fronça les sourcils : il n'aimait pas du tout cela. Ils étaient complètement à découvert. Il voulut demander à ses hommes de rembarquer mais il était trop tard. Un premier HAPS fit son apparition dans le ciel. Il se posa plus au sud, à environ un kilomètre de leur position.

Hans Jerkein alla récupérer sa visière de combat et il demanda à ses hommes de se coucher au sol.

Dans les secondes qui suivirent, deux autres HAPS se posèrent sur les collines au Nord. Ajustant sa visière, Hans Jerkein put voir des hommes en uniformes des forces armées parisiennes mettre en place des stations de tir. Il jura entre ses dents : ils étaient à leur merci. Piégés comme des rats. En plus, il ne pouvait s'en prendre qu'à lui-même car rien ne l'avait empêché, en arrivant, d'atterrir sur les collines. Il aurait été sensiblement à la même distance des Sixpiliens mais dans une position bien meilleure sur le plan stratégique puisqu'elle lui aurait permis de décoller en se servant du terrain pour s'abriter d'un éventuel tir.
Il reporta son attention sur le premier HAPS : un appareil civil. Personne n'en était encore descendu.
Le radio annonça :

- *Je ne reçois plus rien mon commandant, quelqu'un a activé une unité de brouillage puissante.*

Hans Jerkein jura entre ces dents: les Parisiens ne venaient pas en touristes. Il fit activer les projecteurs de camouflage tout en sachant pertinemment que cette mesure était sans doute inutile car les Parisiens avaient dû lancer des sondes un peu partout sur le terrain avant d'atterrir. A l'aide des données transmises par ces sondes, les ordinateurs de conduite de tir pouvaient reconstituer la position de chacune de leurs cibles et tirer à coup sûr malgré les projecteurs de camouflage. Par contre, il leur fallait supprimer le brouillage pour que les sondes puissent transmettre. C'était le point faible du système. Si les forces armées nantaises arrivaient à temps, elles mettraient aussi un brouilleur en route et ils seraient à l'abri derrière les projecteurs. Mais tout cela n'était que spéculation. Tout dépendait des ordres reçus par les Parisiens. S'ils avaient vraiment une mission de combat, ils ne laisseraient pas atterrir les HAPS des forces armées nantaises... En fait, tout pouvait très vite dégénérer. En quelques minutes, cette plaine désertique pouvait encore recevoir un déluge de feu. Tous ceux qui étaient là mourraient instantanément.

Jean reprit conscience. Il sentait que quelque chose avait changé mais, dans son état, il mit plusieurs secondes à réaliser que quelqu'un appelait. Une voix de femme. Une autre survivante ? Il voulut répondre mais aucun son ne sortit de sa bouche. Il ouvrit les yeux et s'aperçut qu'un peu de lumière lui parvenait. Il pouvait discerner autour de lui un enchevêtrement de planches, de bocaux cassés, de terre et de briques. Il comprit que les rayonnages sur lesquels étaient entreposées les réserves s'étaient écroulés en même temps qu'une partie de la cave. Son corps était enseveli sous les décombres. Voilà pourquoi il ne pouvait pas bouger. En fait, seule sa tête et une petite partie de son torse émergeaient. Il se rendit compte aussi qu'il respirait mieux et qu'il faisait moins chaud. Quelque chose avait changé... C'est alors qu'il distingua une silhouette qui se dirigeait vers lui. Son cœur se mit à battre plus fort : il n'était donc pas le seul survivant !

Elizabeth avançait prudemment au milieu des décombres. Elle venait d'apercevoir un lit à demi enseveli. Une tête en dépassait. Ce n'est qu'arrivé à moins d'un mètre qu'elle reconnut Jean, en même temps qu'elle se rendait compte qu'il avait les yeux ouverts. Retenant sa respiration, elle lui demanda immédiatement si ça allait. Jean donna l'impression de rassembler toute son énergie pour émettre un « oui » à peine audible .
Élisabeth éprouva une joie immense. Elle se sentit soudain débordante d'énergie. Elle cria à l'adresse des autres qui s'affairaient à agrandir l'entrée qu'elle avait retrouvé Jean vivant mais qu'il ne semblait pas aller trop bien. Elle avait besoin d'aide pour le dégager. Elle commença à déplacer fébrilement les décombres qui immobilisaient l'Ancien tout en lui parlant pour l'encourager.

- *Que fait-on ?* demanda un des reporters.

Hervé Buissac le dévisagea. Il devait avoir 25 ans à peine et, de toute évidence, il mourrait de peur à l'idée de sortir du HAPS.

- *Je ne sais pas*, répondit-il, *je dois réfléchir.*

Il alla s'asseoir dans le cockpit avant. De là, il distinguait sans mal le HAPS de la police nantaise et, plus loin, sur les collines, les soldats parisiens qui avaient pris place. Au centre de ce qui restait du village, les Sixpiliens s'affairaient. Ils n'étaient plus que trois. Apparemment, l'un d'entre eux était descendu dans un souterrain ou une cave. Se pouvait-il qu'il y ait des survivants ?
Le pilote vint s'asseoir à côté de lui.

- *On est dans la merde, hein ?* fit-il d'un ton amusé.

Hervé Buissac lui sourit machinalement:

- *Oui, c'est le moins que l'on puisse dire. J'ai avec moi tout le matériel nécessaire pour faire un superbe reportage en direct mais le brouillage m'empêche d'émettre. Je n'avais pas prévu cela. En plus, ce sont des militaires, pas des policiers. Du genre qui tirent et qui posent des questions ensuite.*
- *Eh oui*, répondit le pilote, *les médias sont une arme formidable mais là, on ne les laisse pas s'exprimer*
- *C'est exactement cela.*
- *Vous vouliez dévoiler au monde ce qui s'est passé ici ?*
- *Oui, c'est un peu ça.*
- *Bon, de toutes évidences, ce n'est plus possible. Alors pourquoi ne pas rentrer à Paris?*
- *D'abord parce que nous ne sommes pas certains qu'on nous laissera redécoller et ensuite parce que je ne peux pas renoncer comme ça.*
- *Oh !* fit le pilote, *l'enjeu est si important ?*
- *Oui, il l'est.* Répondit Hervé Buissac sur un ton coupant.

L'autre comprit qu'il n'en saurait pas plus. Il soupira et retourna s'asseoir à l'arrière avec les deux reporters.
Resté seul, Hervé Buissac put se concentrer. La situation n'était pas brillante. Les militaires l'avaient isolé et ils ne le lâcheraient plus. Il ne comprenait pas la raison d'un tel acharnement, mais les faits étaient là et il fallait réagir rapidement. Il lui fallut plusieurs minutes pour trouver une solution.
Il se leva alors et appela le pilote.

- *Allons-y, je veux que vous décolliez en restant au raz du sol et que vous alliez vous placer rapidement juste à côté l'HAPS de la police nantaise afin qu'il fasse écran entre nous et les soldats. Si vous manœuvrez rapidement, ils n'auront pas le temps de réagir.*

Le pilote acquiesça. Il ne dit rien mais son visage exprimait une grande inquiétude.

- *Surtout,* insista Hervé Buissac, *ne prenez pas de la hauteur, qu'ils n'aient pas l'impression qu'on veut s'échapper.*

Le train semblait avancer au ralenti et, comme d'habitude, il s'arrêtait dans tous les villages rencontrés. Guillaume écoutait les conversations des Sixpiliens dans le compartiment. Il avait bien-sûr mis en route sa caméra lentille, celle qu'il portait sur son œil droit et que personne ne pouvait déceler sans des appareils de détection spéciaux dont aucun Sixpilien au monde n'avait jamais entendu parler. Il adorait jouer ainsi les voyeurs. En plus, ce qu'il enregistrait ne manquait pas d'intérêt puisque les Sixpiliens exprimaient leurs craintes de ne trouver là-bas que des ruines. L'idée que la bombe thermique avait tué tout le monde semblait retenir la majorité des suffrages. Sylvie, qui se trouvait dans ce compartiment, reprochait à l'Ancien d'avoir envoyé Béatrice là-bas. Ce dernier ne se défendait pas. Visiblement, il éprouvait du remords. Le plus étonnant dans tout cela, songea Guillaume, c'est que personne ne semblait se rendre compte du danger d'aller ainsi sur place. Car enfin, on ne savait pas ce qu'on allait trouver. Peut-être des soldats qui ne manqueraient pas de faire un carton sur leur petit groupe, histoire de s'entraîner au tir. Ces Sixpiliens n'avaient vraiment aucune expérience du conflit. Ils vivaient dans un monde irréaliste où l'homme n'était plus un loup pour l'homme. C'était vraiment là un indéniable point faible de leur civilisation puisqu'il les conduisait à une inconscience totale du danger. Même un enfant ferait preuve de plus de maturité.
Pour sa part, une fois sur place, il agirait avec une extrême prudence pour ne pas y laisser la vie.
Les discussions continuaient dans le compartiment. Certains, de nature optimiste, se raccrochaient à l'idée que le téléphone de l'Ancien ne marchait peut-être plus, mais la majorité conservait une vision pessimiste.
Guillaume se dit que s'ils ne trouvaient rien d'autre là-bas que des ruines, ce serait parfait pour lui. Non seulement tout danger serait alors écarté, mais en

plus, la perspective de retrouver une extrémiste comme Béatrice ne l'enchantait guère. Cette femme l'empêchait de bien faire son travail.

La salle BAR I était comble. Même le Maire et son état-major se trouvaient là, derrière l'écran qui les isolait du reste de la salle. L'alerte avait atteint le niveau 5. Tout le monde était à son poste, les forces armées prêtes à intervenir. Quelques minutes auparavant, Marie Beaunier avait aperçu le général Topieu, encadré par deux gardes, pénétrer dans la zone réservée au Maire. Elle savait qu'il se trouvait en état d'arrestation mais n'en connaissait pas la raison. Elle se demanda ce qu'il faisait là.
Un message avait été envoyé à Paris pour demander pourquoi deux HAPS armés avaient enclenché leur brouilleur dans la zone du village sixpilien et pourquoi les soldats tenaient en respect avec leurs stations de tir une unité de la police nantaise venue constater les dégâts sur place.
La réponse venait d'arriver. Le Maire, après l'avoir lu, la diffusa sur l'écran virtuel géant. Tout le monde put ainsi constater que Paris exigeait le départ immédiat des Nantais de la zone du village qui constituait une zone de guerre.
Marie Beaunier, comme tous les techniciens présents, se demanda pourquoi les Parisiens attachaient autant d'importance à cette plaine calcinée. Ce n'était quand même pas le petit groupe de Sixpiliens en train de creuser sur place qui les intéressait ? Quelque chose leur échappait.

Le général Topieu avait à peine récupéré de son interrogatoire. Il se sentait nauséeux. Le Maire en personne était venu lui expliquer que ses agissements étaient graves, de nature à briser sa carrière. Il n'aurait jamais dû utiliser un de ses hommes à des fins d'enrichissement personnel et encore moins essayer de le faire assassiner. Mais eu égard à la situation de crise actuelle, il souhaitait quand même sa présence à ses côtés dans BAR I. Officiellement, il était en effet encore le chef des armées mais surtout, il était impossible de le remplacer assez vite en cas de conflit avec Paris.
Le Maire s'adressa à lui :

- *Que pensez-vous de la réponse parisienne ?*

Le général, qui n'avait pas trop envie de participer, réfléchit tout de même avant de répondre :

- *On sait ce qui s'est passé dans le village. On sait que ces chasseurs venaient de Paris et qu'ils sont à priori tous morts. Il ne fait aucun doute que dévoiler cette défaite honteuse nuirait au prestige parisien.*
- *Oui, c'est possible. D'ailleurs, aucune information n'a encore été diffusée par les médias parisiens à propos de cette affaire.*
- *Vous voyez ? Les chasseurs se sont quand même fait avoir comme des bleus par des Sixpiliens désarmés.*
- *Comment est-ce possible ?*

- *Les Sixpiliens ont été prévenus de l'arrivée des chasseurs et ces derniers ne s'attendaient absolument pas à rencontrer de résistance.*
- *Quand bien même !*
- *Ah,* insista le général, *il ne faut pas trop négliger les Sixpiliens, au corps à corps, ils savent se battre.*
- *Ils n'ont pas d'expérience militaire.*
- *Le lieutenant Teren les a aidés.*
- *Oui, c'est vrai.*
- *Monsieur le Maire, il est certain que, les élections approchant, le Maire de Paris ne veut pas de mauvaise publicité.*
- *Oui, surtout que cette chasse n'est pas légale.*
- *Bah, ce ne sont que des Sixpiliens…*
- *Les Sixpiliens sont des êtres humains, général. Ils ont le droit de vivre. Vous avez à Paris un mouvement pacifiste important qui demande que les Sixpiliens soient reconnus comme des citoyens à part entière. Hervé Buissac appartient à ce mouvement. Il en est sans doute l'un des fondateurs.*

Le général Topieu n'insista pas. Il demanda :

- *Monsieur le Maire, qu'allez vous faire du film ?*

Le Maire se mit à rire :

- *Vous ne croyez quand même pas que je vais vous le rendre ?*
- *Non, je voulais seulement savoir s'il va être diffusé.*
- *Bien-sûr que non. Il est classé secret défense et personne ne le verra jamais.*
- *Vous pourriez faire chanter les Parisiens avec.*
- *C'est effectivement une possibilité, mais il vaut mieux garder cet atout dans notre manche au cas où nous en aurions besoin dans les années qui viennent.*

Le général acquiesça. Il demanda :

- *Que comptez-vous faire ?*
- *Nous allons demander à ce que le brouillage soit interrompu afin de contacter nos hommes là-bas et les faire rentrer.*
- *Vous aller céder ?*
- *Oui, nous n'avons pas intérêt à envenimer la situation. En plus, Hans Jerkein n'a aucune raison de se trouver là-bas. Il a agit de sa propre initiative, sans ordre.*

Le général jeta un coup d'œil à la vue satellite de la zone et constata :

- *On aperçoit un HAPS non identifié sur zone.*
- *Oui, nous ne savons pas de qui il s'agit.*
- *C'est peut-être la clé du problème.*
- *peut-être, mais je ne suis pas curieux…*
- *Regardez*, fit le général en fixant la vue satellite de la zone.

Le HAPS inconnu venait en effet de bouger pour aller se mettre à côté du HAPS nantais.

Hans Jerkein s'était reculé précipitamment pour ne pas être fauché par l'HAPS Parisien. Ce dernier n'avait mis que quelques secondes à les rejoindre. Un homme grand et svelte en descendit et se dirigea vers lui.

- *Bonjour, est-ce vous qui commandez ?*

Hans Jerkein dévisagea l'homme qui lui faisait face. Il semblait sûr de lui, habitué à parler et à être écouté. Un sourire aux lèvres. Un intellectuel de toute évidence. Du genre qu'il n'aimait pas du tout. Il acquiesça sans rien dire, prudent quand même.

- *Je suis Hervé Buissac, journaliste, et je souhaiterais me mettre sous la protection des autorités nantaises que vous représentez.*

Hans Jerkein éclata de rire devant un tel culot. Il répondit :

- *Je vous connais oui. Le défenseur des Sixpiliens. Celui qui a informé les villageois de l'attaque des chasseurs parisiens.*

Hervé Buissac prit une mine stupéfaite:

- *Oh… Je vois que les services de renseignements nantais sont très efficaces.*
- *Oui, nous faisons bien notre travail. En ce qui concerne votre demande de protection, sachez que nous ne sommes pas en mesure de vous aider. Non seulement nos communications sont brouillées mais en plus nous n'avons pas les moyens d'affronter les soldats là-bas. Nous ne sommes que des policiers et ils ont des stations de tir…*

Les deux hommes furent soudain interrompus par l'officier des communications qui leur cria :

- *Ils ont interrompu le brouillage !*

Hans Jerkein comprit immédiatement que les militaires devaient demander des instructions suite à la manœuvre de l'HAPS civil. Il fallait réagir vite. Il fonça pour contacter BAR I.

Hervé Buissac courut vers l'entrée du HAPS et, sans donner d'explications à quiconque, il demanda à l'ordinateur de bord d'envoyer un code. Il n'eut même pas d'accusé de réception, le brouillage ayant reprit quelques secondes plus tard.

Essoufflé, il s'assit pour reprendre des forces. Son stratagème avait fonctionné au-delà de ses espérances. Il avait obligé les militaires à interrompre leur brouillage pour demander des instructions Il avait alors pu envoyer le code qui allait le sortir de cette situation.

Soudain, des chocs sourds retentirent contre la coque du HAPS. De la fumée apparut et tout le monde s'affola.

Les systèmes de lutte contre l'incendie neutralisèrent rapidement le départ de feu. Le calme revint.

Le pilote le rejoignit, il semblait très inquiet, à la limite de la panique :

- Nous n'avons plus d'antenne pour émettre et le moteur est détruit ! Les réacteurs pour le vol rapide sont intacts mais comme on ne peut pas décoller ils ne servent à rien !
- Ils nous ont immobilisés ?
- Oui !

Hervé Buissac jeta un coup d'œil par la porte de l'appareil. De la fumée s'échappait aussi de l' HAPS Nantais qui avait de toute évidence subit le même sort.
Il n'aimait pas cela et sentait que le contrôle de la situation pouvait lui échapper. La réaction des militaires avait été étonnamment brutale. Mais le code avait été envoyé. Normalement, le mouvement allait entrer en action.
Il se dit que l'officier qui commandait l'unité allait se faire taper sur les doigts. Il avait paniqué devant la situation et voulut obtenir une réponse rapide sur la marche à suivre. De toute évidence, il n'avait pas été choisi pour son intelligence mais plutôt pour sa faculté à suivre les ordres sans discuter. Envoyer un de ses HAPS se mettre hors d'atteinte du brouillage pour demander des instructions ne lui aurait en effet pris que quelques minutes.
Hervé Buissac se félicita d'avoir poussé le militaire à la faute. Ceci étant dit, il songea que, le mouvement ayant accès aux images satellite par Euclide, il aurait probablement fini par intervenir. Mais peut-être trop tard. L'envoi du code allait activer les choses.
Hervé Buissac ne pouvait pas le savoir, mais un envoi massif de virus venait de paralyser le réseau Euclide, et sans l'envoie du code, jamais le mouvement n'aurait été informé qu'il lui fallait déclencher le plan B.

Hans Jerkein fulminait. Ces imbéciles de BAR I lui avaient demandé de rentrer mais il ne pouvait s'exécuter avec son HAPS hors d'état de voler. Il sortit de l'appareil et observa d'un air mauvais l'HAPS de Hervé Buissac. Quelque chose lui échappait, mais quoi ?

L'entrée de la cave commune permettait maintenant aisément le passage et laissait pénétrer dans la cave assez de lumière, ce qui avait permis aux Sixpiliens de trouver de quoi confectionner des torches improvisées à l'aide de chiffons et d'huile. Jean était dégagé et il se reposait à côté de l'entrée. L'air pur lui avait fait du bien et ils avaient pu lui expliquer la situation. Il ne pouvait toujours pas parler mais il hochait la tête et souriait. La cave s'était effondrée au niveau du lit où il dormait, l'ensevelissant presque, coupant la cave en deux. Il était impossible de savoir si, de l'autre côté, les autres étaient encore en vie. Il n'était même pas certain qu'il y ait un autre coté. Mais ils y croyaient tous. Il fallait creuser très vite car si la cave était intacte avec des villageois pris au piège, ils devaient terriblement manquer d'oxygène. Paul et Teren se relayaient pour creuser. Les deux femmes évacuaient la terre et apportaient des étagères, des barres, tout ce qu'elles trouvaient pour consolider le tunnel. L'espoir de sauver d'autres villageois décuplait leurs forces. Ils étaient trempés de sueur, couverts de terre, mais ils creusaient.

CHAPITRE 28

Un des techniciens chargé de surveiller la télévision parisienne utilisa sa clé pour envoyer sur l'écran géant de BAR I le bulletin d'information spécial qu'il venait d'enregistrer.
On y voyait des photos satellites du village sixpilien avant et après les événements et un court résumé de ce qui s'y était passé. Le commentateur expliquait ensuite que Hervé Buissac était sur place et que des unités des forces armées Parisiennes essayaient par tous les moyens de l'empêcher de faire son travail.
A la suite de ce bulletin, de nombreux journalistes intervinrent pour crier au scandale et à la censure policière. Qu'était devenue la démocratie ? Les faits auraient dû être connus du public parisien depuis longtemps. Plusieurs HAPS des télévisions parisiennes décollaient à l'instant même pour se rendre sur place. Une épreuve de force était engagée avec le Maire de Paris.
Dans BAR I c'était l'euphorie. Tout le monde, à part le général Topieu, espérait maintenant un dénouement pacifique de la situation. Le Maire s'était même permis d'affirmer que son confrère parisien allait devoir démissionner.

Malgré l'optimisme qui régnait à BAR I, sur place, dans la plaine autour du village, la situation était désormais complètement bloquée. Elle n'avait jamais été aussi tendue. Un nouveau HAPS des forces armées parisiennes avait atterri, probablement pour donner des instructions. Il venait de repartir. Dans le ciel, un HAPS de la télévision parisienne avait fait son apparition. Il allait et venait, balayant la scène avec ses caméras. Au bout de quelques minutes, il s'éloigna, remplacé par un autre.
Hervé Buissac, qui observait depuis le cockpit de son HAPS sourit. Le premier HAPS repartait vers Paris pour transmettre ses images. C'était la seule solution pour contrer le brouillage des militaires. Ces derniers étaient dans l'impasse. Les HAPS des journalistes restant en vol, ils ne pouvaient les immobiliser sans faire des victimes. Le Maire de Paris pouvait difficilement aller jusque-là. Rien ne le justifiait. D'ailleurs, le premier HAPS de la télévision ne serait jamais parvenu jusqu'ici si les militaires avaient eu des bases suffisamment solides pour justifier un black out complet du secteur. Ils n'auraient pas hésité à lui tirer dessus avant qu'il arrive à destination.
En attendant, les événements jouaient en faveur de Hervé Buissac et du mouvement. Ils étaient en effet en train de monopoliser l'attention du public. Si Guillaume, l'étudiant, avait bien filmé, ils pourraient ensuite montrer ce qui s'était passé dans le village. Ce serait du grand spectacle. Le reportage ferait le tour du monde. Il agirait comme un détonateur, permettant d'amorcer un véritable débat sur la civilisation sixpilienne. Après les images choc, les Technos découvriraient en effet, au travers d'une série d'émissions, une autre façon de vivre. Ils cesseraient de considérer les Sixpiliens comme des sauvages et s'intéresseraient à cette autre manière de voir le monde. A

l'inverse, les Sixpiliens apprendraient à mieux connaître les Technos, à moins les craindre et à prendre conscience de l'intérêt des technologies modernes.
Hervé Buissac n'était pas un grand philosophe, mais il savait qu'en matière de civilisation, comme d'ailleurs dans toute chose, le blanc ou le noir n'existe pas. Il n'y a que du gris. C'est-à-dire qu'en étudiant la civilisation techno et sixpilienne, on pouvait tirer le meilleur de chacune. L'une comme l'autre avaient fait leurs preuves, permettant à l'homme de surmonter les grands défis du XXIe siècle que constituaient la pollution, la surpopulation et la disparition des gisements de matières premières. Il fallait désormais démontrer qu'en fait, aucune n'avait plus de valeur que l'autre. Il fallait faire cohabiter ces deux visions réussies de l'avenir. Le sujet était d'autant plus passionnant qu'il n'avait encore jamais été étudié. Un terrain vierge, inexploré. Les retombées sur le plan littéraire et philosophique seraient sans précédent. Une véritable mine d'or.
Hervé Buissac travaillait depuis si longtemps sur ce projet en secret ! Lui et des dizaines d'autres intellectuels parisiens. Leur mouvement ne portait pas de nom, mais ils les avait soudés dans leur passion de faire découvrir le monde sixpilien.
Ils étudiaient, grâce au réseau Euclide, les coutumes sixpiliennes. Ils amassaient des informations.
Et puis, vint ce jour où un des journalistes du mouvement avait appris, par le biais de son réseau d'informateurs, l'existence des chasseurs. Ils avaient tous été révoltés.
Au début, l'idée était d'infiltrer ces tueurs, de filmer une de leurs chasses et de la révéler au monde. Mais ils n'avaient jamais réussi à infiltrer les chasseurs, probablement parce que, étant constitué essentiellement d'intellectuels, le mouvement s'était révélé incapable de trouver en son sein un homme capable de simuler une telle brutalité et une telle perversion. Par contre, ils avaient découvert l'identité de l'un des chasseurs : un militaire à la retraite qui partageait l'essentiel de son temps entre la drogue et les femmes. Une des femmes du mouvement, Mireille, l'avait facilement séduit et était même devenue sa maîtresse préférée. Ça n'avait pas été une tâche facile car l'homme, violent et vantard, ne brillait pas par son intelligence. Mireille avait dû se laisser dominer, humilier pour obtenir des informations. Elle souffrait physiquement, à cause des coups, mais aussi mentalement. La cause était juste, elle était allée jusqu'au bout de sa mission. Son monstrueux amant ne se rendait pas compte, lorsqu'il était sous l'emprise de la drogue, qu'elle lui administrait des produits pour le faire parler. C'est ainsi, après des mois de galère, que Mireille apprit plus ou moins précisément le lieu de la prochaine chasse. L'homme, dans un de ses délires, avait en effet parlé de l'ancien pont de Saint-Nazaire comme d'une zone à gibier.
Pour le mouvement ce fut une période d'intense excitation. Ils touchaient enfin au but. Ils allaient pouvoir filmer une chasse. Ils savaient qu'ils ne pourraient pas se servir d'Euclide car les chasseurs agissaient évidemment

toujours par temps couvert, pour éviter d'être repérés par les satellites. Il fallait donc envoyer quelqu'un sur place. Au début, leur idée fut d'envoyer un journaliste du mouvement, de filmer le début du massacre et de prévenir au dernier moment les autorités parisiennes afin qu'elles interviennent.
Mais ce projet comportait de nombreux aléas : le journaliste serait-il accepté par le village ? Ne serait-il pas repéré par les chasseurs avant l'attaque ? Les autorités parisiennes accepteraient-elles d'intervenir ? Arriveraient-elles à temps, avant que tout le monde soit tué ?
Mais au-delà de tous ces aléas, Hervé Buissac et ses amis, qui se considéraient comme des humanistes, n'avaient pas pu se résoudre à filmer passivement un massacre qu'ils pouvaient peut-être éviter. A l'unanimité, ils décidèrent donc de mettre les Sixpiliens au courant de ce qui se tramait.
C'est ainsi qu'Hervé Buissac prit contact avec l'Ancien d'un village sixpilien de la zone. Un certain Bernard. Il fit sur place un court déplacement de moins d'une heure, priant le ciel de ne pas avoir été repéré, et laissa au Sixpilien un module de communication dernier cri afin de le tenir au courant de la suite des événements.
Il ne restait plus qu'à connaître le lieu exact et la date. Mireille apprit le lieu quelques jours après, en doublant la dose de ce qu'elle appelait son sérum de vérité et en interrogeant directement l'homme. Complètement groggy, il lui montra une photo satellite du village que Mireille s'empressa de scanner pour la faire parvenir au mouvement. Déterminer la date se fit par déduction puisque son amant arrêta soudain de prendre de la drogue et la prévint qu'un certain soir il ne pourrait s'occuper d'elle car il partait à la chasse. D'ailleurs, depuis quelques jours, son fusil à aiguilles, dont la détention était pourtant totalement illégale, traînait, démonté, sur la table à manger.
Ils possédaient désormais toutes les informations. A ce moment-là, Guillaume venait d'arriver sur place.
Dès que le lieu approximatif de la chasse avait été connu, Hervé Buissac avait en effet avancé de presque un mois le tirage au sort des sujets de stage des étudiants de dernière année et il s'arrangea pour que le malheureux gagnant soit Guillaume, le meilleur élément de la promotion. Il aurait pu utiliser un journaliste chevronné du mouvement, mais Hervé Buissac savait que depuis quelques temps, leurs réunions secrètes étaient filmées par les services secrets parisiens. Ils connaissaient donc tous les membres du groupe. Si l'un d'entre eux partait longtemps en terre Sixpilienne, il serait très probablement repéré et il était difficile de prédire quelle serait la réaction des autorités. Peut-être arrêteraient-elles l'un d'entre eux pour l'interroger. Cela risquait de tout faire échouer. Il fallait donc quelqu'un d'extérieur au mouvement, quelqu'un de complètement innocent qui n'était au courant de rien. Guillaume était un choix parfait.
Qui plus est, Hervé Buissac était convaincu qu'un étudiant serait bien mieux accepté par les Sixpiliens, qu'il pourrait même s'intégrer à leur communauté.

Et puis, le stage de fin d'études, même avancé d'un mois, était une couverture parfaite.
Le reste du plan s'était déroulé plus ou moins sans souci. Le chasseur qui les avait informés était mort lors de l'attaque, libérant Mireille de son calvaire. Avant de partir, l'homme, excité lui avait en effet dit qu'elle était désormais son objet et que quand il reviendrait de son expédition ils passeraient à une relation beaucoup plus violente, qu'elle y prendrait beaucoup de plaisir mais qu'elle n'y survivrait peut-être pas.
Un homme de goût, plein de tact, songea Hervé Buissac avec ironie. Personne ne pleurerait sa disparition à n'en pas douter.

Hervé Buissac revint soudain à la réalité : la plaine calcinée, les soldats à la gâchette facile, l'HAPS immobilisé. Après tout ce travail, il fallait maintenant concrétiser. Le Maire de Paris était de toute évidence entêté et la partie n'était pas encore gagnée, mais il fallait se battre jusqu'au bout.
S'il pouvait interviewer les Sixpiliens là-bas, il déclencherait sa bombe médiatique. Le reportage de Guillaume viendrait alors compléter. Mais, en l'état actuel des choses, il était impossible de bouger.

Hans Jerkein avait projeté de prendre d'assaut avec ses hommes l'HAPS d'Hervé Buissac et de faire parler ce dernier, mais l'apparition dans le ciel de l'HAPS de la télévision parisienne l'en dissuada. Il rongeait donc son frein, cloîtré à l'intérieur de l'appareil pour ne pas être filmé. Quelle poisse ! Lui qui aimait la discrétion, il était servi !
Un de ses hommes lui annonça du mouvement au nord-ouest. Il s'avança jusqu'au cockpit et regarda dans cette direction mais ne vit rien. Peut-être des promeneurs qui avaient rebroussé chemin.

Couchés à l'orée du petit bois qu'il fallait traverser pour arriver jusqu'à la grande plaine où se trouvait le village, les Sixpiliens attendaient. Ils avaient découvert avec horreur la plaine calcinée et c'est Guillaume qui leur avait crié de se coucher pour éviter d'être aperçus des HAPS qui stationnaient. Avec sa caméra, il avait zoomé et reconnu des HAPS de combat parisiens ainsi que des stations de tir, dont l'une était pointée vers eux. De toute évidence, les militaires les avaient déjà repérés. Inutile de les inciter à faire un carton. Difficile de comprendre ce qui se passait là, mais la présence dans le ciel d'un appareil de la télévision parisienne rassurait.
Guillaume rampa jusqu'à l'Ancien.

- *Il vaut mieux repartir,* lui dit-il.
- *Repartir ? Non, je ne crois pas,* répondit Bernard d'un ton déterminé, *je vais aller voir sur place ce qui s'est passé. Il y a peut-être des survivants.*
- *Des survivants ?* s'offusqua Guillaume, *mais c'est une bombe thermique qui a tout détruit. Il ne reste rien vous le voyez bien. Par*

contre, si vous allez là-bas, les soldats vont sûrement vous abattre pour rigoler ou pour une toute autre raison que je ne connais pas.

- *C'est un risque à courir,* fit l'Ancien en se levant, imité par tout le petit groupe.

Ils se mirent en marche sans un mot en direction du centre de la plaine. Guillaume se retrouva seul.
Il attendit une bonne minute pour voir si les soldats tiraient mais rien ne se passa. A la fois un peu rassuré et exaspéré, il se leva et courut pour rejoindre les Sixpiliens. Il devait rester au cœur de l'action. C'était son boulot.

Le corps expéditionnaire nantais envoyé en renfort avait atterri à près de dix kilomètres du village. Juste à la limite de la zone de brouillage. De cette façon, il gardait la liaison avec la cité. Il était composé de l'*Intrépide*, un vaisseau de guerre capable de voyager dans l'espace et d'une dizaine d'HAPS chargés de soldats. L'*Intrépide* disposait de tout un arsenal, mais en cas de conflit, il serait immédiatement la cible de missiles tirés depuis les satellites de guerre parisiens. Sa présence était donc purement symbolique et elle constituait sans nul doute une grossière erreur sur le plan stratégique. Sa place était en effet dans l'espace. C'est là que se trouvait son milieu naturel et qu'il pouvait évoluer et se défendre.
Un groupe d'une cinquantaine d'hommes se mit en route en direction du village sixpilien. Ils emmenaient avec eux des stations de tir, des missiles filoguidés et un câble de communication qu'ils déroulaient derrière eux. Il leur permettrait de rester en communication avec l'Intrépide malgré le brouillage.

A la lueur de la seule torche qui brûlait encore, Béatrice contemplait, dubitative, le résultat de leur travail. Ils avaient creusé un tunnel de presque trois mètres de profondeur sans rencontrer l'autre côté. Se pouvait-il que le reste de la cave se soit entièrement effondré ? Qu'il n'y ait plus rien ? Paul et Teren étaient assis à même le sol, épuisés. Ils s'étaient accordé une dizaine de minutes de repos. Elizabeth leur apporta une bouteille d'eau tiède, récupérée sur le sol, qu'ils burent au goulot. Teren ne sentait plus ses bras et son dos. Il se demandait s'il allait pouvoir recommencer à creuser. Ils n'auraient peut-être pas dû s'arrêter. Paul n'était pas dans un meilleur état. Béatrice les observa du coin de l'œil, inquiète. Elle regarda la grande barre de fer et se demanda si elle allait pouvoir la soulever.
C'est à ce moment-là qu'ils entendirent appeler de l'extérieur.
Béatrice se précipita et, en arrivant à l'entrée, elle aperçut le visage de Bernard. La joie qui la saisit la rendit muette.
De son côté, en l'apercevant, Bernard fut si soulagé, si rempli de joie, qu'il faillit tomber en avant dans la cave. Il se rattrapa de justesse et s'écria :

- *Mais c'est la petite Betty !*

Puis, avisant sa figure noircie par la terre et la poussière :

- *Dis-donc, tu ne t'es pas débarbouillée ce matin.*

Béatrice se mit à rire de bon cœur. Après quelques minutes d'effusion et d'explications, les Sixpiliens s'organisèrent. Paul, Teren, Elizabeth et Béatrice sortirent, remplacés au travail par une dizaine d'hommes valides. Ils remontèrent aussi Jean qui allait de mieux en mieux. Ils purent constater qu'il avait de nombreuses côtes fêlées, une traumatisme crânien, une jambe cassée et de multiples contusions, mais à priori, sa vie n'était pas en danger.
Remonté à l'air libre, Teren observa les HAPS au loin, se demandant ce qu'ils faisaient là. En fait, il n'en avait cure. Il n'était plus un Techno. L'important maintenant était de voir si on pouvait encore sauver quelqu'un en bas.
Bernard remonta :

- Il nous faudrait des seaux, des pelles supplémentaires et de l'eau. De quoi fabriquer des brancards aussi pour transporter Jean et ceux qu'on pourrait encore trouver s'ils sont en mauvais état.

Paul partit avec un petit groupe en direction des quais. Ils avaient tout cela à bord de la drague. Cette drague toute rouillée, toute cabossée, qui semblait maintenant le joyau de ce paysage lunaire.

Guillaume ne disait rien. Debout dans un coin de la cave, se faisant aussi discret que possible, il filmait les Sixpiliens au travail. Il espérait qu'ils trouveraient des survivants parce que cela donnerait un reportage émouvant, mais d'un autre côté, s'ils ne trouvaient rien, le côté dramatique serait tout aussi spectaculaire. De fait, quoi qu'il arrive, le reportage serait bien.
Il s'inquiétait quand même un peu de la présence des HAPS dans la plaine. Il avait reconnu l'HAPS de la police nantaise. Il ne faudrait pas qu'il se retrouve au milieu d'une bataille rangée entre Parisiens et Nantais. En plus, si cela devait se produire, il savait qu'il ne pourrait même pas faire un reportage parce que tout allait très vite dans les conflits modernes. Tout venait du ciel. Rien de spectaculaire, des explosions c'est tout.
De toute façon, il ne bougerait pas de la cave.

Dans BAR I, la tension montait. Après l'espoir de voir le Maire de Paris obligé de démissionner, la chute n'en était que plus rude. Seul le général Topieu jubilait. Il sentait qu'il ne manquait pas grand-chose, juste une étincelle pour mettre le feu aux poudres. Et alors là, il serait à nouveau le maître des armées, le défenseur de la cité, Dieu en personne.
Paris ne répondait plus à aucun message et des groupes d'HAPS avaient atterri en divers points autour des restes du village. La flotte parisienne avait décollé et stationnait en orbite : des milliers de vaisseaux qui, à tout moment, pouvaient fondre sur les satellites nantais.
A contrecœur, le Maire avait donné son accord pour faire décoller aussi la flotte nantaise. Elle ne représentait pas le quart de la puissance de son adversaire mais constituait quand même une force de frappe susceptible de faire réfléchir Paris.

Le plus curieux dans tout cela était que le personne ne comprenait le pourquoi de cette escalade. Quel intérêt pouvait avoir ce village sixpilien détruit ? Et puis, qu'attendaient les Parisiens pour déclencher les hostilités ?
C'est alors qu'un message ultra-confidentiel de Paris arriva. Ce message n'était visible que par la plus haute autorité nantaise.
Le Maire s'empressa d'utiliser ses codes et put en lire la teneur : son homologue parisien demandait à ce que lui soit remis par voie ultra-confidentielle, dans les dix minutes, le film des combats dans le village sixpilien et que toute copie soit détruite, sinon il déclenchait les hostilités.
Le Maire nantais resta perplexe. Ce message était une vrai bombe. D'abord, il impliquait la présence d'un espion très haut-placé à la solde des Parisiens. Ensuite, il donnait énormément d'importance à ce film. Assez en tous cas pour griller un espion aussi bien placé. Un film qu'il n'avait en fait que rapidement parcouru tellement il présentait peu d'intérêt. Se pouvait-il que son homologue se soit senti à ce point humilié par la défaite des chasseurs qu'il veuille en effacer toute trace ?
Le Maire regarda le compteur qui accompagnait le message : il ne lui restait plus que huit minutes. Inutile de défier les Parisiens en attendant le dernier moment. Il n'allait pas risquer sa cité pour un film. Il donna immédiatement des ordres pour que les désirs de Paris soient exaucés. Normalement, l'espion confirmerait qu'il avait donné cet ordre et la paix devrait revenir. Enfin… Il fallait l'espérer.

Hervé Buissac avait pu voir arriver le groupe de Sixpilien et fut surpris d'y apercevoir Guillaume ! Ce dernier venait se jeter dans la gueule du loup. En plus, avec ses habits Techno, il était visible comme le nez au milieu de la figure.
Il aurait pu essayer de le rejoindre, de le prévenir de la situation, mais il fallait pour cela sortir de l'appareil et il risquait d'être abattu.
Encore une fois, il ne comprenait pas l'attitude des autorités parisiennes. Pourquoi voulaient-elles l'empêcher d'aller interviewer le petit groupe de Sixpiliens dont le mouvement suivait les péripéties par satellite depuis les événements du village ?
Comment un reportage sur les Sixpiliens pouvait-il avoir autant d'importance, au point de prendre le risque de tirer sur un HAPS de la police nantaise ? Au point de déclencher un conflit qui ferait des millions de morts ? A une époque où les guerres entre cités étaient considérées comme des aberrations ?
Hervé Buissac voulait juste faire un reportage. Il voulait parler à ces quatre Sixpiliens pour leur demander de raconter leur aventure. Il voulait savoir comment ils avaient pu piloter un HAPS et pénétrer dans une cité ? Et pourquoi ? Il voulait en savoir plus sur l'attaque du village par les chasseurs. Cette attaque dont il n'avait rien pu voir à cause du mauvais temps. Comment avaient-ils fait pour battre les chasseurs? Il y avait tant de questions auxquelles il rêvait de pouvoir donner des réponses !

BAR I. Nouveau message parisien, cette fois par le canal normal, visible par tout le monde.
Paris demandait aux Nantais de commencer à rappeler sa flotte. Il allait en faire de même. Il demandait aussi à ce que les HAPS militaires nantais quittent la zone du village et donnait l'autorisation à un HAPS civil de venir récupérer l'équipage de l'HAPS de la police bloqué.
Le Maire de Nantes souffla. Allaient-ils se diriger vers un dénouement pacifique de la situation ?
Il donna des ordres. La moitié de la flotte commença les manœuvres de descente et l'*Intrépide* reçut l'ordre de rappeler les soldats qui marchaient vers le théâtre des opérations.
Dans son coin, le général Topieu broyait du noir.

Le tunnel faisait maintenant cinq mètres de profondeur. Les Sixpiliens s'acharnaient. Ils avaient dégagé un corps sans vie, ce qui leur avait fait perdre beaucoup de temps. Tout le monde s'inquiétait. C'est alors que l'homme qui maniait la barre s'écria :

- On a percé !

Il y avait donc bien une autre cavité. La cave ne s'était pas totalement effondrée. Dans les secondes qui suivirent, ils dégagèrent fébrilement le passage et quelle ne fut pas leur joie de découvrir une dizaine de visages tournés vers eux !
Les survivants étaient épuisés, à demi asphyxiés, incapables de bouger par eux-même, mais ils vivaient. Ils furent transportés à l'air libre. Quelques corps étaient allongés sur le sol. On tenta de les réanimer mais en vain.
Il ne fallait pas traîner là. Après avoir constaté que toute la cave était explorée, Bernard demanda à tout le monde d'évacuer.
Ils se retrouvèrent tous à l'air libre. Là, la plupart des rescapés retrouvèrent rapidement des forces. Seuls deux brancards furent nécessaires.
Béatrice se sentait épuisée, mais heureuse. Comme Bernard, comme tout le monde en fait, elle n'avait plus qu'un seul désir : quitter cette plaine maudite, s'éloigner des Technos.
Ils se mirent en marche.
Guillaume jetait des coups d'œil inquiets vers les HAPS au loin, mais il se disait que s'ils avaient voulu tirer, ils l'auraient fait depuis longtemps. A titre de précaution, il s'arrangea quand même pour marcher en gardant un Sixpilien entre lui et les HAPS.
Teren marchait à côté de Béatrice. Il éprouvait un sentiment merveilleux de devoir accompli. Il avait sauvé des vies. Des vies de gens simples et gentils. Des vies qui méritaient tellement d'être vécues. Mais plus encore que cela, il sentait l'admiration et la reconnaissance que Béatrice lui témoignait. Ce sentiment d'être quelqu'un, d'exister aux yeux de l'autre était ce qui lui avait toujours manqué. Il lui tardait aussi de quitter cet endroit.

Ils atteignirent assez rapidement l'abri relatif des bois et se dirigèrent vers la gare où ils attendraient le prochain train.

En voyant les Sixpiliens disparaître derrière les arbres, Hervé Buissac sourit, soulagé. Certes, il ne pourrait pas réaliser son reportage ici, mais il enverrait quelqu'un d'autre du mouvement le faire dans l'autre village et surtout, il allait faire rapatrier Guillaume au plus vite.
Il jeta un coup d'œil en direction des positions parisiennes. Toujours le brouillage, mais les soldats étaient en train de démonter leurs stations de tir. Apparemment, sans raison, la situation se débloquait. Il faut dire qu'on ne voyait vraiment pas ce qui avait pu justifier une telle tension.

En fait, Hervé Buissac ne pouvait pas le savoir, mais Yves Madmeyer, le Maire de Paris, ayant visionné le film de l'attaque du village, avait pu constater que son fils n'apparaissait clairement à aucun moment. Même lorsqu'il se faisait tuer, puisque Teren avait supprimé la fin de l'enregistrement pour éviter que le général Topieu ne le voit participer à l'action. D'ailleurs, même sur le film réalisé par Guillaume, on apercevait très furtivement Teren en train de tirer, mais l'angle de vue ne permettait absolument pas de déterminer sur qui. Et puis, il y avait tellement de monde entre lui et la caméra qu'on ne faisait que deviner un bras tendu et le haut de son crâne. Pas de quoi l'identifier, sauf à décider d'y mettre vraiment les moyens, en rapprochant chaque bout d'image comme les pièces d'un puzzle pour essayer d'obtenir une vision claire de l'homme. Un travail de titan que rien ne justifiait.
A Paris même, Yves Madmeyer avait pu effacer toute trace. La copine de son fils était en effet venue imprudemment le trouver pour lui expliquer qu'elle ne savait pas où était ce dernier, qu'il n'était pas rentré au matin comme prévu. Elle n'avait aucune idée de ce qu'il faisait exactement, mais elle savait qu'il traînait depuis quelques temps avec une bande et faisait des mauvais coups. Le Maire avait immédiatement envoyé son homme de confiance arrêter et mettre au secret ce qui restait de l'organisation des chasseurs. Cinq hommes et deux femmes avaient été immédiatement soumis à des interrogatoires. En fait, ces individus s'étaient révélés complètement inoffensifs puisqu'ils ne connaissaient pas la vraie identité de son fils, ce dernier ayant eu, une fois n'est pas coutume, l'intelligence de garder pour lui sa véritable identité. Le Maire s'était donc contenté de faire disparaître la copine de son fils, relâchant les autres. Il avait fait récupérer tout le matériel, y compris les films ou les photos de chasse qui traînaient au domicile de chacun des chasseurs. Il était facile de justifier ces perquisitions par le fait qu'il voulait effacer toute trace pour que le scandale n'éclabousse pas la cité. Là encore, il put constater que son fils, qui était rentré depuis peu dans cette organisation (c'était d'ailleurs probablement sa première chasse), n'apparaissait sur aucun enregistrement.

Le Maire pouvait désormais dormir tranquille et se consacrer aux prochaines élections. Son équipe de communication travaillait déjà à transformer l'affaire des chasseurs en un hymne à sa gloire. Il était l'homme qui, se sentant honteux devant les agissements d'une bande de schizophrènes parisiens, avait voulu blanchir la cité, éviter que le scandale n'éclabousse tous ses concitoyens. Il plaiderait l'amour pour sa cité et son dévouement inconditionnel.
En fait, le seul désormais à détenir la clef du mystère qui avait failli provoquer un conflit dramatique entre les deux cités était Teren.
Mais le Maire de Paris ne pouvait pas le savoir. Il était heureux, par ailleurs, qu'il ne soupçonne pas encore l'existence d'un autre film, celui de Guillaume, sinon, les choses n'en seraient sûrement pas restées là.
A titre de précaution, ou par esprit de vengeance, il aurait pu faire abattre les Sixpiliens survivants et leurs sauveteurs, mais il se moquait éperdument de la mort de son fils et provoquer un massacre inutile sous les yeux des caméras de la télévision aurait été une énorme erreur politique. Il fallait en rester là. Déjà, son intransigeance dans cette affaire avait choqué plus d'un électeur. L'affaire était classée.

Si Hervé Buissac s'était douté que Teren était un Techno, nul doute qu'alors, bravant tous les dangers, il aurait sauté sur l'occasion d'interviewer en direct le premier couple entre un Techno et une Sixpilienne. Mais il ne savait pas encore.
L'HAPS de la télévision atterrit pour évacuer son équipage, en même temps qu'un autre HAPS venait récupérer le groupe de Hans Jerkein.
Avant d'embarquer, ce dernier jeta un coup d'œil en direction d'Hervé Buissac. Il aurait bien aimé soumettre ce Parisien à un interrogatoire. Son intuition lui disait qu'il apprendrait alors bien des choses. De manière générale, il sentait bien que dans cette affaire, il était passé à côté de quelque chose. Mais bon, il sauvait sa vie, n'était-ce pas là le plus important ?

EPILOGUE

Le lendemain des événements, Guillaume fut étonné de voir un HAPS venir le récupérer avec tout son matériel dans le village sixpilien. Ensuite, il découvrit le mouvement et, avec Hervé Buissac et toute une équipe, ils travaillèrent pendant plusieurs jours à la présentation aux médias de l'affaire des chasseurs, mais aussi du monde sixpilien. L'émission qu'ils animèrent alors fut une véritable révolution médiatique. Elle fit le tour du monde. Guillaume fut considéré comme un explorateur, un découvreur de nouvelles terres et devint le grand spécialiste du monde sixpilien. Il obtint cette même année le prix Pulitzer. Des réalisateurs de renom vinrent le trouver pour faire un film sur son aventure en terre sixpilienne.

Le général Topieu passa quelques mois en prison puis fut relâché. Il fut congédié de l'armée et devint un simple citoyen. Il lui fallut trouver du travail. Personne ne s'intéressa plus à lui. Devenu alcoolique, privé de ce pouvoir qui le faisait vibrer, il finit par se suicider.

Le Maire de Paris fut réélu avec une majorité de voix écrasante. Un an après avoir été le sauveteur de l'honneur de la cité, il réussit même l'exploit se faire passer pour un défenseur de la cause sixpilienne.

Paul et Elizabeth restèrent quelques semaines dans le village de Bernard, avec Jean et les rescapés de la bombe thermique. Puis ils repartirent pour récupérer la drague et reprendre l'exploitation du sable. Elizabeth, la rêveuse, avait eu sa dose d'aventures. Elle trouva la sérénité en travaillant sur la drague. Parfois, Paul mettait le cap au large et lui demandait :

- *On va où ?*

Alors, en riant, elle lui répondait :

- *Allez, ne fais pas l'idiot, on rentre.*

Bernard accueillit Jean dans sa maison parce que ce dernier avait besoin d'être aidé. Encore plus que les autres survivants, Jean eut en effet beaucoup de mal à surmonter l'épreuve de ces deux nuits de violence. Malgré tout, les deux hommes se mirent à réfléchir ensemble aux conséquences de tous ces événements et, de manière générale, aux rapports que le monde Sixpilien entretenait avec les Technos.
Ils devinrent les interlocuteurs privilégiés de Hervé Buissac.
Pourtant, tout ne s'était pas déroulé comme prévu. Par exemple, aucune complicité ne s'était établie entre Béatrice et Guillaume. De même, ni Paul, ni Béatrice ne s'étaient vraiment intéressés au monde Techno. Tous deux étaient pourtant considérés par les anciens comme des sortes de rebelles. Ils

respectaient en effet globalement les usages sixpiliens mais avaient tendance à dériver. Paul en pratiquant un katé extrêmement violent pour combattre les Technos, Béatrice en faisant preuve de beaucoup d'intolérance dès lors qu'il s'agissait des Technos.
Il fallait avouer que tous deux avaient trouvé l'amour. Paul fort logiquement puisqu'il s'était rapproché de la Sixpilienne qu'il avait toujours aimée, mais en ce qui concernait Béatrice, Bernard fut extrêmement surpris en découvrant qu'elle était tombée amoureuse d'un soldat techno ! Il en conclut que les êtres humains, même Sixpiliens, sont décidément totalement imprévisibles. Ou du moins, pour rester en harmonie avec les notions d'humilité qu'il prêchait, qu'il n'avait pas le savoir et l'intelligence nécessaire pour prévoir de tels événements.

Béatrice et Teren profitèrent d'un temps nuageux pour prendre un train et disparaître. D'abord parce que Teren craignait une éventuelle vengeance de la part d'un parent des chasseurs, mais aussi à cause du général Topieu. Il ne pouvait pas savoir que ce dernier n'avait désormais plus aucun pouvoir et ne représentait donc plus un danger quelconque.
Ils ne parlèrent de leur départ qu'à Paul et Elizabeth, toutefois sans leur dire où ils allaient.
Ils allèrent s'installer dans un autre village du côté de Brest. Béatrice, qui avait pu voir l'incroyable énergie déployée par son homme pour dégager les Sixpiliens enterrés dans la cave, était follement amoureuse. L'enfant qu'elle portait venait couronner ce chef-d'œuvre d'amour. Teren était heureux. Il savait qu'il avait trouvé ce à quoi il avait inconsciemment toujours aspiré. Il adorait sa petite Sixpilienne.
Dans le village où ils s'installèrent, personne ne savait que Teren était un Techno. Personne ne s'en rendit compte. Béatrice lui répétait souvent : « tu es plus Sixpilien qu'un Sixpilien ». Il avait donc fini par le croire et il se sentait chez lui, à sa place.
Leur décision de disparaître fut heureuse puisque Guillaume, maintenant conscient de la mine d'or médiatique que représentait ce premier couple entre les deux civilisations, les chercha pendant des mois. S'il les avait trouvés, ils seraient devenus des animaux de foire, filmés en permanence. Ils préféraient la liberté et la tranquillité.
Leur premier enfant naquit. Une petite fille. Elle fut élevé au village comme n'importe quel autre enfant sixpilien.

Hervé Buissac ayant réussi à dévoiler aux Technos le monde sixpilien, il donna à son mouvement le nom de « Rencontre ».
Ce titre évoquait parfaitement ses objectifs. Il voulait que les deux peuples apprennent à ce connaître.
Mais il se rendit vite compte que la tâche n'était pas simple.

En effet, s'il était aisé de réaliser des reportages sur le monde sixpilien et de les présenter dans les cités, l'inverse était impossible. Les Sixpiliens n'avaient pas de télévision, pas de journaux, même pas d'instances représentatives. Les Sixpiliens étaient dispersés, aucun village ne dépassant cinq cents habitants.
Sans arme, sans violence, le monde Sixpilien se protégeait de l'extérieur.
Mais Hervé Buissac n'était pas homme à se décourager. Pour le moment, il s'attachait à trouver des correspondants pour le mouvement dans les cités du monde entier. Il cherchait aussi des financements. L'organisation grandissait sans cesse. Elle attirait des hommes et des femmes brillants qui tous allaient bientôt travailler à résoudre ces difficultés.
Déjà, des milliers de messages leur parvenaient, des milliers de projets... L'élite du peuple techno se tournait vers le monde sixpilien.
Hervé Buissac n'était pas mécontent de la tournure des événements, mais la plus grande déception de sa vie fut sans aucun doute d'avoir raté l'interview du premier couple entre un Techno et une Sixpilienne alors même qu'il se trouvait à quelques mètres d'eux, dans la plaine calcinée. Ce couple extraordinaire qui, comble de tout, attendait un enfant ! Il tenait cette information de ce cher Bernard avec lequel il entretenait désormais une relation faite de respect mutuel et de collaboration.
Les deux oiseaux s'étaient envolés, certes, mais Hervé Buissac avait récupéré les photos des deux amoureux prises par les caméras de l'HAPS de la télévision au moment où les Sixpiliens quittaient les restes du village calciné avec les rescapés de la bombe thermique parisienne. Il s'en servit pour dévoiler au monde techno l'existence de ce couple extraordinaire.
La disparition mystérieuse du couple, cette histoire d'amour pas comme les autres, enthousiasma la jeunesse techno et inspira des centaines de producteurs de films dans les cités du monde entier.
La disparition du couple fut donc finalement un moindre mal. Et, dans un certain sens, Hervé Buissac les comprenait. D'ailleurs, il n'engagea pas de recherches.

Dans les champs, inconscients de l'engouement qu'ils suscitaient dans les cités, les Sixpiliens récoltaient, accumulant les réserves qui leur permettraient de passer l'hiver.

Du même auteur :

Déjà paru :

- Les primitifs
- Les nettoyeurs.
- Un monde meilleur.
- Esperanza 64

Note à l'attention du lecteur :

Si vous avez aimé le roman, je vous remercie de le faire savoir en mettant un commentaire gentil sur Amazon.

13344481R00145

Printed in Great Britain
by Amazon